一九八四

George Orwell Nineteen Eighty-Four

ジョージ・オーウェル＝作

山形浩生＝訳

つくみず＝画

第Ⅰ部 7
第Ⅱ部 129
第Ⅲ部 273

補遺　ニュースピークの原理　363
付録　バーナム再考：現状追認知識人の権力崇拝とその弊害　380
訳者あとがき　412
解説　木澤佐登志　434

George Orwell
Nineteen Eighty-Four

第Ⅰ部

第1章

四月の晴れた寒い日で、時計がどれも一三時を打っていた。ウィンストン・スミスは、嫌な風を逃れようとしてあごを胸に埋めたまま、勝利マンションのガラス戸から急いですべりこんだが、それでもほこりっぽいつむじ風がいっしょに入ってくるのは防げなかった。

廊下《ろうか》は茹《ゆ》でキャベツと古いぼろマットのにおいがした。片方のつきあたりに画鋲《がびょう》で貼られたカラーポスターは、屋内用には大きすぎた。描かれているのは、幅一メートル以上ある巨大な顔だけ。四十五歳くらいの男の顔で、濃く黒い口ひげと、頑強そうでハンサムな顔立ちだ。ウィンストンは階段に向かった。エレベーターを使おうとしても無駄だ。調子がいいときでも滅多に動かなかったし、今は昼間には電気が切られていた。憎悪週間に向けた準備のための経済キャンペーンの一環だ。アパートは七階にあったので、三十九歳で右のかかとの上に静脈瘤《じょうみゃくりゅう》の潰瘍《かいよう》があるウィンストンは、ゆっくりと階段をのぼり、途中で何度か休憩《きゅうけい》した。エレベーターシャフトの向かいにある踊り場ごとに、あの巨大な顔のポスターが壁から見つめていた。こちらが動くとその視線が追いかけてくるような仕掛けの絵だ。「ビッグ・ブラザーは見ている」とポスター下の標語に書かれている。

アパートの中では甘ったるい声が、銑鉄《ちゅうてつ》の生産がらみの一連の数字を読み上げていた。その声は、曇《くも》った鏡のような長方形の金属板から流れている。右手の壁面の一部となっている金属板だ。ウィンストンがスイッチをひねると、声は多少小さくなったが、まだ言葉は聞き取れた。

その装置（テレスクリーンと呼ばれる）は暗くはできても、完全に切ることはできなかった。窓に近寄る。小柄で弱々しい姿、肉体の貧弱さは党の制服である青いオーバーオールでかえって強調されている。髪は薄い金色で、顔は生まれつき血色がよく、粗悪なせっけんと切れ味の悪いカミソリと、終わったばかりの冬の寒さのために肌は荒れている。

外を見ると、閉じた窓越しでも世界は寒そうだった。眼下の通りでは、小さな風の渦がほこりや紙の切れ端をくるくると舞い上げ、日が照って空は濃い青だというのに、すべては色彩がなかった。ただそこらじゅうにべたべた貼られたポスターだけが例外だった。黒い口ひげ顔は、街角に面したあらゆる位置から見下ろしていた。真向かいの建物の正面にも貼られている。「ビッグ・ブラザーは見ている」と標語が書かれ、黒い目がウィンストンの目を深く見抜いている。通りの高さに貼られた別のポスターは隅《すみ》が破け、風の中で気ぜわしくはためいて、それがたった一語「英社主義《イングソック》」を隠したり見せたりしている。はるか彼方ではヘリコプターが屋根の間を降下し、一瞬デンキクラゲのように漂《ただよ》ったかと思うと、曲線の軌跡を描いて飛び去っていった。警察のパトロールが人々の窓をのぞき込んでいるのだ。でもパトロールはどうでもよかった。重要なのは思考警察だけだった。

ウィンストンの背後では、テレスクリーンからの声が相変わらず銑鉄や第九次三カ年計画の前倒し達成についてしゃべりまくっていた。テレスクリーンは受信と同時に送信を行う。ウィンストンのたてる音はすべて、小さなささやき声以上なら捕捉される。さらに金属板の視界にいる限り、音が聞かれるだけでなく姿も見られる。もちろん、いつの時点でも自分が見られているかどうかは知りようがなかった。思考警察がある個人の回路にどのくらいの頻度《ひんど》で、どういう規則でプラグを差し込むのかは憶測《おくそく》するしかなかった。全員を常時見張っていることだってを考えられなくはない。だがいずれにしても、思考警察は好きなときにこちらの回路に接続できるのだった。自分のたてるすべての音が聞かれ、暗闇の中でない限りすべての動きが検分されているという想定のもとに生きるしかなかった——そして実際にそう生きるのだった、というのもその習慣はもはや本能の一部となったからだ。

　ウィンストンはテレスクリーンに背を向けたままだった。そのほうが安全だからだ。とはいえ、背中も口ほどにものを言うことがあるのは、ウィンストンもよく知っていた。勤め先の真実省《しんじつしょう》は一キロ先にあり、陰気な風景の上に巨大な白い姿でそびえている。これがロンドンなのだ、とウィンストンは漠然《ばくぜん》とした嫌悪とともに考えた。そのロンドンを首都とするエアストリップ・ワンは、オセアニアの最も人口の多い地方でもある。ロンドンが昔からこんな様子だったか、子供時代の記憶をしぼりだそうとしてみた。前からこんな、腐りかけた19世紀の家屋の眺めだったろうか、そしてその壁面に材木でつっかい棒を張られ、窓は段ボールで継ぎがあてられ、屋根は波打ちトタンの継ぎ、そして荒れ果てた庭の塀があちこちに垂れ下がっていただろうか？　そして爆撃跡にはしっくいの粉が宙に舞い、ヤナギランが瓦礫《がれき》の上に生い茂っていただろうか。そして爆撃がもっと大きな穴を開けたところには、ニワトリ小屋じみた貧相な木造家屋が群生《ぐんせい》していただろうか？　だが無駄だった、思い出せなかった。子供時代については一連の明るく照らされたタブロー画が思い出せるだけで、それも背景はまったくなく、ほとんど細部は思い出せない。

　真実省——ニュースピーク[1]では真省——は視界の中の他のどんな建物とも驚くほどちがって

いた。ギラつく白いコンクリートの巨大なピラミッド構造であり、次々にテラスが後退する形で空中三百メートルにまでそびえている。ウィンストンの立ち位置からだと、その白い壁面に優美な文字できざまれている、党の三つのスローガンがかろうじて読み取れた‥

戦争は平和
自由は隷属
無知は力

真実省の地上部分には三千室あると言われており、地下も同じくらいの数の部屋に分かれているそうだ。ロンドン中の他の部分には、似たような外見と大きさの建物があと三つだけあった。それらは完全に周囲の建物を威圧しきっていて、この勝利マンションの屋上からだとその四つを同時に見ることができた。それは政府機構すべてを含む四つの省の建物だった。真実省、これはニュース、娯楽、教育、芸術を担当する。平和省《へいわしょう》は戦争を担当している。愛情省《あいじょうしょう》は法と秩序を維持した。そして豊富省《ほうふしょう》は経済関連を担当していた。これらをニュースピークで言うと、真省、平省、愛省、豊省だ。

本当におっかないのは愛情省だった。窓は一切ない。ウィンストンは愛情省に入ったことがないどころか、半径五百メートル以内に近づいたこともなかった。公用以外では絶対に中に入れない建物で、その場合でも鉄条網のからんだ柵や鉄のドアや隠れた機関銃の銃座の迷路を通過しなくてはならなかった。その外壁に向かう通りですら、ジョイント式棍棒《こんぼう》で武装した黒い制服姿のゴリラ顔の警備員だらけだった。

ウィンストンはいきなり振り向いた。顔は、テレスクリーンに面するときに望ましいとされる、静かな楽観の表情に設定しておいた。部屋を横切って小さな台所に入る。こんな時間に退省したことで、食堂での昼食を逃してしまい、そして台所には明日の朝食用に残しておくべき黒パンのかたまり以外には食べ物がないのも知っていた。棚から透明な液体のボトルを取った。無地の白いラベルに「勝利ジン」と書かれている。中国の米の酒めいた、胸の悪くなる油っぽいにおいを放っている。ウィンストンはほとんどティーカップ一杯分それを注ぐと、ショックに備えて心の準備を整えて、薬のように一気に飲み干した。

一瞬で顔が紅潮《こうちょう》し、目からは水気がほとばしった。ブツは硫酸《りゅうさん》まがいで、さらにそれを飲み干すのは後頭部をゴムの棍棒でぶん殴《なぐ》られたような感じをもたらした。でも次の瞬間《しゅんかん》、腹の中の炎上はおさまって、世界はもっと楽しげに見えてきた。「勝利タバコ」と書かれたくしゃくしゃの箱からタバコを取り出して、軽率にもそれを縦に持つと、タバコが床に落ちてしまった。次の一本ではもっとうまくいった。居間に戻ると、テレスクリーンの左に置かれた小さなテーブルについた。テーブルの引き出しからはペン立てとインキ、そして分厚い四つ折り判の白紙の本を取り出した。背は赤くて、表紙は大理石模様だ。

どういうわけか、居間のテレスクリーンは変わった位置にあった。通常なら部屋の奥の壁に取り付けられて部屋全体を見渡せるようになっているのに、ここでは窓の向かいの長い壁に取

1　ニュースピークはオセアニアの公式言語である。その構造と語源については補遺を参照。

り付けられていた。その片側には浅いアルコーブがあって、いまウィンストンがすわっているのもそこだ。たぶんこのアパートが建てられたときには、本棚を作る場所だったのだろう。アルコーブにすわってずっと奥に身を寄せると、テレスクリーンの視界から逃れることができた。もちろん音は聞かれるが、いまの位置にいる限り、見られることはない。これからやろうとしていることを思いついたのは、一部にはこの部屋の変わった形のせいなのだった。

でも、いま引き出しから取り出した本もそれをうながした。それは異様に美しい本だった。なめらかでクリーム色の紙は、少し古びて黄ばんでいたが、過去少なくとも四十年間は作られていないような紙だった。でも、その本は四十年よりずっと古いことが推測できた。街のスラムじみた一角（どの一角だったかはいまや思い出せなかった）にあった、薄汚《うすぎたな》い小さな古物屋のウィンドウに転がっているのを見て、すぐさまそれを所有したいという圧倒的な欲望にとらわれてしまったのだった。党員たちは通常の店に入ってはいけないことになっていたが（「自由市場での取引」と言われていた）、この規則はあまり厳守されていなかった。靴のひもやカミソリなど、それ以外の方法では手に入らないものがいろいろあったからだ。通りを急いできょろきょろと見渡すと、店にすべりこんで本を二ドル五〇セントで買った。その時点では、何か特に使途があってほしかったわけではなかった。後ろめたい思いでそれをブリーフケースに入れて持ち帰った。なにも書かれていなくても、それは危険な所有物だった。

これからやろうとしていたのは、日記を始めることだ。これは違法ではなかった（違法なことなどなかった。というのも法律がもうなかったからだ）が、もし見つかれば、罰として死刑になるか、二十五年の強制労働キャンプに送られるのはかなり確実だった。ウィンストンはペン先を軸につけると、なめて油気を取った。ペンは古めかしい道具であり、もはや署名にすらほとんど使われず、ウィンストンがそれをこっそりとかなり苦労して入手したのは、この美しいクリーム色の紙がインキ鉛筆で殴り書かれるよりも、本物のペン先で書かれるべきものだという気がしたからというだけのこと。実は、手書きにはあまり慣れていなかった。短いメモを除けば、話筆機《わひつき》ですべて口述するのが通例だったからだが、これはもちろん目下の目的のためには不可能だった。ペンをインキにつけて、一瞬ためらった。下腹部に震《ふる》えが走る。紙にしるしをつけるのは、決定的な行動となる。小さいへたくそな字で、彼はこう書いた：

1984年4月4日

そして身を引いた。まったくの心細さにとらわれてしまったのだ。そもそも、いまが本当に1984年だということさえ、まったく確信がなかったのだ。たぶんそのくらいの年代のはずだ。自分が三十九歳なのはかなり自信があったし、自分が1944年か1945年に生まれたと思っていたからだ。でも最近では、どんな日も一年か二年の幅をもってしか特定できないのだった。

急に思いついた疑問として、自分はいったいだれのためにこの日記を書いているんだろうか？未来のために、未だ生まれぬ者たちのために。心はしばらく、ページ上のあやしげな日付のまわりをさまよい、それからニュースピーク用語「二重思考《ダブルシンク》」にどしんとぶちあたった。初めて、自分のやったことがどれほどのものかが腑に落ちた。未来とどうやって対話できるというのか。

それは本質的に不可能なことだ。未来は現在と同じかちがうかで、同じなら自分の書くことに耳を貸したりはしないだろうし、もしちがっていれば、自分の窮地などは無意味になる。

しばらく呆《ほう》けたように紙を見つめたますますわっていた。テレスクリーンは勇ましい軍楽《ぐんがく》に変わっていた。自己表現力を失ったというだけでなく、自分がもともと何を言おうとしていたのかも忘れたというのは不思議なことだった。過去何週間も、この瞬間のために準備を整えてきたし、勇気以外の何かが必要になるとは思いもしなかった。実際に書くのは簡単だろうと思っていた。文字通り何年にもわたり、頭の中を駆けめぐり続けていた止まらない落ち着かない独白を、紙に写せばいいだけのことだ。でもこの瞬間、その独白すら干上《ひあ》がってしまった。さらに静脈瘤の潰瘍が我慢できないほどかゆくなった。絶対にかいたりしないようにはしていた。かけば必ず炎症を起こすからだ。カチカチと秒が過ぎる。感じられるのは、目の前のページの白さと、足首の上の皮膚《ひふ》のかゆみ、けたたましく鳴り響く音楽、そしてジンが引き起こした軽い酔いだけ。

突然、パニックにとらわれたように書き出したが、自分が何を書いているのか半分くらいしか認識していない状態だった。小さいが子供じみた手書き文字はページを上下に波打ち、最初は文の切れ目もすっとばし、さらには読点すらなくなっていった。

1984年4月4日。昨夜は映画へ。全部戦争映画。すごくよかったのが難民だらけの船が地中海のどこかで爆撃されてるやつ。でかい巨大なでぶ男が泳いで逃げようとしているのをヘリコプターが追いかけるショットで観客は大受け、最初はイルカみたいに水の中をよたよた泳いでたのが、次にヘリコプターの銃の照準ごしになって、それから穴だらけになってまわりの海がピンク色になって穴から水が入った見たいにいきなり沈んで、観客は沈んだときに大笑いして叫び、それから子供でいっぱいの救命ボートの上空にヘリコプターが滞空してるのが見えて、舳先では中年女がユダヤ女だったかもしれないけど身を起こしてすわってて腕には三歳くらいの男の子を抱いて、男の子は怖がって泣き叫び女の胸の間に頭を隠してまるで女にそのまま穴をほってもぐろうとしているかのようで女はその子に腕をまわしてなぐさめながらも自分だって恐怖で真っ青で、ずっと子供をできるだけかばって腕が銃弾を防げるとでも思っているみたいで、そこでヘリコプターがそいつらに二〇キロ爆弾をくらわしてすごいせん光でボートはマッチ棒くらいこなごなになって、子供の腕がぐんぐんと空にとばされるすばらしいショットがあって鼻面にカメラをつけたヘリコプターが後を追ったようで党のシートからは大喝采だったがプロレ席の女がいきなりなんくせつけはじめてこんなん子供たちの前で見せんなんてよくねえの子どもたちの前ってなダメだのとわめきだしたんだけど警察がきて外に追い出してあの女には何もおきなかっただろうなプロレの言うことなんてだれもきにしないまったくプロレらしいものいいであのれんちゅうときたらけっして――

ウィンストンは書くのをやめたが、それは一部はこむらがえりが起きたせいだった。なぜ自分がこんなクズの羅列を吐《は》きだしたのかはわからなかった。でも不思議なのは、これを書いているうちにまったくちがう記憶が心のなかではっきりしてきて、ほとんどそれを書き留めているような気になったことだった。今日帰宅して日記をはじめようといきなり決心したのも、このもう一つのできごとのせいだったということに思い当たった。

それはその朝に省で起きたことだった。こんなあいまいなことが「起きた」と言えるのであればの話だが。

ほぼ一一〇〇時で、ウィンストンの働く記録部では作業仕切りの中から椅子《いす》を引っ張り出して、通路の真ん中の大きなテレスクリーンの向かいに集合し、二分憎悪《にふんぞうお》の準備をしているところだった。ウィンストンはちょうど中央の列にすわろうとしていたが、そのときこれまで見覚えはあっても口をきいたことはなかった人物二人が、不意に部屋に入ってきた。一人は廊下でよくすれちがう女子だ。名前は知らなかったが、創作部で働いているのは知っていた。おそらく――ときどき油だらけの手をしてスパナを持っていたから――小説執筆装置のどれかで機械関係の仕事をしているのだろう。くっきりした印象の女子で、二十七歳くらい、濃い黒髪をしていてそばかす顔、すばやく活発な動きをしている。青年反セックス連盟の紋章である細い深紅《しんく》の腰帯をオーバーオールのウェストに何重か巻いており、そのきつさはヒップの形のよさがちょうど出るくらいだった。ウィンストンは一目見て彼女が嫌いになった。理由はわかっていた。彼女が漂わせているホッケー場や水風呂やコミュニティハイキングや全般的な精神的おきれいさ加減の雰囲気のためだ。女はほとんどみんな嫌いだったし、若くてきれいな女は特に嫌いだった。党の最も頑迷な支持者、スローガンの鵜呑《うの》み屋、非正統行動の素人《しろうと》スパイや嗅《か》ぎ出し屋を務めるのはいつだって女、特に若い女だった。でもこの女は他のみんなよりもっと危険だという印象を与えた。一度、廊下ですれちがったときに、彼女は脇目でちらりとこちらを見たが、それは彼を突き刺すようで、一瞬真っ黒な恐怖でいっぱいになってしまったほどだ。彼女が思考警察の手先かもしれないとさえ思ったこともあった。確かにそれはきわめてあり得ないことだった。でも、彼女が近くにいるときには、敵意と恐怖が混ざり合ったような、奇妙な居心地の悪さを感じ続けていたのだった。

もう一人はオブライエンという名前の男で、党内輪《うちわ》の一員で、あまりに重要かつ上層の地位にいるため、ウィンストンはそれがどんな仕事かほんの漠然としか理解していなかった。党内輪の一員の黒いオーバーオールが近づいてくるのを見て、椅子のまわりの人々は一瞬だまりこんだ。オブライエンは大柄でがっしりした男で、首は太く、顔は荒々しくユーモラスで険しかった。立派な外見とは裏腹に、その振る舞いにはちょっとした魅力があった。鼻のメガネをずらすという小技が、不思議なくらい警戒をとく――いわく言い難《がた》いかたちで、不思議に洗練《せんれん》されているのだ。それは、未だにこういう発想をする人がいるなら、18世紀の貴族が嗅ぎタバコの箱を差し出す様子を思わせるものと言えるかもしれない。ウィンストンはこの十二年ほどで、オブライエンを十二回くらい見ただろうか。強く惹《ひ》かれていたが、それは単にオブライエンの都会的な身のこなしとボクサー的な体つきとのコントラストに魅了《みりょう》されたからというだけではない。それよりずっと大きいのは、オブライエンの政治的な正統性が完全ではないという秘密の信念――いや信念ですらなく、ただの希望――のためだった。オブライエンの顔の何かが、どうしようもなくそれを示唆《しさ》していた。そして一方で、その顔に書かれているのは非正統性ですらなく、単なる知性なのかもしれなかった。でもいずれにしても、オブライエンは何とかテレスクリーンを出し抜いて二人きりになれたら、話ができそうな相手に見えたのだった。ウィンストンはこの憶測を確認しようなどという努力は一切したことがなかった。いや、それをする方法がなかったのだ。この瞬間、オブライエンは腕時計を見て、ほとんど一一〇〇時とわかると、どうやら二分憎悪が終わるまで記録部にいようと決めたようだ。ウィンストンと同じ列の、数個離れた椅子にすわった。二人の間には、ウィンストンのとなりの区画で働く小柄で砂色の髪をした女がすわった。黒髪の女はすぐ後ろにすわっている。

次の瞬間、部屋の奥にある大テレスクリーンから、醜悪でひっかくようなきしり音が、まるでオイル無しで巨大な機械が動いているかのように飛び出してきた。人々の歯をくいしばらせて、首の後ろの毛を逆立てるような音だった。憎悪がはじまったのだ。

いつもながら、人民の敵エマニュエル・ゴールドスタインの顔が画面に映し出された。観客のあちこちからシッシッとヤジがきこえた。小さな砂色の髪の女は、恐怖と嫌悪のいりまじった悲鳴をあげた。ゴールドスタインは、裏切り者の反動主義者で、かつてはるか昔に（どのくらい昔かは、だれもまともに覚えてはいなかった）党の主要人物の一人で、ほとんどビッグ・ブラザー自身と肩を並べるくらいだったのに、反革命活動に手を染めて死刑を宣告されたが、謎の脱出をとげて姿を消したのだった。二分憎悪の番組は毎日ちがったが、ゴールドスタインが主要登場人物でないものは一つもなかった。ゴールドスタインは第一の裏切り者であり、党の純粋性を最もはやく汚《けが》した人物だった。それ以降の党に対する犯罪、すべての裏切り、妨害《ぼうがい》行為、邪説、逸脱行為は直接的にゴールドスタインの教えから生じたものだった。彼はどこかしらでまだ生きており、陰謀を生み出している。たぶんどこか海の向こうで、外国の出資者に保護をされているのか、あるいは――ときに噂《うわさ》されるように――このオセアニア自身のどこかにある隠れ家にいるらしい。

ウィンストンは胸がしめつけられた。ゴールドスタインの顔を見るたびに、どうしても痛々しい感情が入り交じってしまう。その顔はやせたユダヤ人顔で、大量のもじゃもじゃした白髪を逆立たせ、小さな山羊《やぎ》ヒゲをはやしている——賢そうな顔だが、なぜか本質的に嫌悪をもよおさせ、メガネが端にのっかっている長細い鼻には年寄りじみたまぬけさがあった。ヒツジの顔に似ていて、声もヒツジめいたところがあった。ゴールドスタインはいつもながら、党の政策に対して悪意に満ちた攻撃を加えているところだった——あまりに大げさで歪曲された攻撃なので、子供でも見抜けるほどのものだが、でも多少はもっともらしいので、自分ほど冷静でない他の連中ならこれを真に受けるのではないかという警戒感で胸がいっぱいになる。彼はビッグ・ブラザーを罵倒《ばとう》し、党の独裁を糾弾《きゅうだん》し、ユーラシアとの即時平和締結《ていけつ》を要求し、言論の自由や報道の自由、集会の自由、思想の自由を支持し、革命は裏切られたとヒステリックに叫んでいた——そしてこのすべては、党の弁舌家たちの一般的なスタイルをある意味でパロディ仕立てにした、早口で長い単語を多用する演説形式で行われており、ニュースピーク用語さえ使われていた。それもどんな党員だろうと現実生活では普通使わないと思われるほど大量に使っていたのだ。そしてその間ずっと、ゴールドスタインのまことしやかなご託《たく》が隠蔽《いんぺい》しようとしている現実を疑う者がないように、テレスクリーン上のゴールドスタインの頭の後ろには、無数のユーラシア軍の行列が行進していた——何列も何列も、無表情なアジア的顔立ちのがっしりした男たちが次々に、画面に浮かび上がっては消え、まったく同じような別の者にとってかわられる。兵たちの軍靴《ぐんか》による鈍いリズミカルな足音が、ゴールドスタインのメエメエとした声の背景となっていた。

憎悪が三十秒も続かないうちに、部屋の半数の人々からは抑《おさ》えようのない激怒の叫びが起こっていた。スクリーン上の自足しきったヒツジのような顔と、その背後のユーラシア軍のおそるべき勢力は、あまりに耐え難かった。それに、ゴールドスタインの姿や彼についての考えだけでも、自動的に恐怖と怒りを引き起こす。ゴールドスタインは、ユーラシアやイースタシアにもまして一貫した憎悪の対象となっていた。これらの二国であれば、片方と戦争状態のときにはもう片方とは平和を保っているのがふつうだったからだ。でも奇妙なことに、ゴールドスタインはだれからも憎まれ、軽蔑《けいべつ》されているのに、そして毎日、それも日に何千回も、演台やテレスクリーン、新聞、本で彼の理論は反駁《はんばく》され、叩き潰《つぶ》され、バカにされ、惨《みじ》めなゴミクズとして万人の目にさらされているのに——これだけのことがあるにもかかわらず、その影響力は決して弱まらないようだった。いつも彼に誘惑される新しいまぬけが次々に現れる。毎日のように、彼の命令で活動しているスパイや妨害工作員が思考警察に暴《あば》かれていた。彼は広大な影のような軍隊、国家を転覆《てんぷく》させることだけに専念する陰謀家たちの地下ネットワークの司令官なのだ。その名は友愛団だといわれていた。またささやかれる話としては、ゴールドスタインが書いた、あらゆる邪説を集めた恐るべき本があって、それがあちこちで密かに流通しているのだとか。題名のない本だった。人々は、それに万が一言及することがあっても、単に「あの本」と呼んでいた。でもそういう話は漠然とした噂でしか伝わってこなかった。友愛団もあの本も、口にのぼらせずにすませられるなら、通常の党員はだれも口にしないようにしていた。

二分目に入ると憎悪は狂乱状態に高まった。人々は席でぴょんぴょん飛びはね、スクリーンからくるメエメエというような気の狂いそうな声をかき消そうと思い切り絶叫していた。砂色の髪をした女は明るいピンク色になって、口は陸に上がった魚のようにぱくぱくしている。オブライエンの重たい顔ですら紅潮していた。椅子にまっすぐすわり、強そうな胸は襲い来る波に立ち向かっているかのように、ふくれては震えていた。ウィンストンのすぐ後ろの黒髪女は「ブタ！　ブタ！　ブタ！」と叫びだしていて、いきなり重たいニュースピーク辞典を手にすると、スクリーンに投げつけた。それはゴールドスタインの鼻に当たってはねかえった。声は止めようもなく続いていた。一瞬頭がはっきりすると、ウィンストンは自分自身も他のみんなといっしょに怒鳴《どな》り、椅子の横木を激しくかかとでけとばしているのに気がついた。二分憎悪のひどいところは、参加が義務づけられているということではなく、つい参加せずにはいられなくなってしまうということだった。ものの三十秒で、どんな気取りも必ずまるで不要になる。恐怖と復讐《ふくしゅう》心の醜悪なエクスタシー、殺意、拷問《ごうもん》欲、大ハンマーで顔を叩き潰したい欲望が、集団の人々すべての間を電流のように走り抜けるようで、それが人を己自身の意志にすらそむかせて、顔をゆがめた叫ぶキチガイにしてしまう。それでありながら、そこで感じられる怒りは抽象的で方向性のない感情であり、溶接《ようせつ》トーチの炎のように、ある対象から別の対象へと切り替えられる。だからある瞬間にはウィンストンの憎悪はまったくゴールドスタインに向かわず、正反対のビッグ・ブラザーと党と思考警察に向いていた。そしてそうした瞬間には、彼の心はスクリーンに映りバカにされている孤独な異端者、ウソまみれの世界における、たった一人の真実と正気の守護者のほうに向かうのだった。でもその次の瞬間には、まわりの人々と一つになって、ゴールドスタインについて言われていることはすべて本当に思える。そういう瞬間には、ビッグ・ブラザーに対する密かな嫌悪は崇拝《すうはい》にかわり、ビッグ・ブラザーは無敵の恐れをしらぬ守護者としてそそり立つようで、それがアジアの群衆に対しても、さらには孤立や無力さやその存在自体をめぐる疑念にもかかわらず、なにやら悪意ある詐術師として声の力だけで文明の構造を破壊できるゴールドスタインに対しても、岩のように立ちはだかる。

ときには、自分の憎悪を自発的にこちらやあちらの対象へと切り替えることさえできた。いきなり、悪夢の途中で頭を枕からもぎはなすときのような荒々しい努力によって、ウィンストンは自分の憎悪をスクリーンの顔から背後の黒髪女子に転移させるのに成功した。鮮明で美しい幻覚が頭の中を走る。ゴム警棒で殴り殺してやる。裸にして杭にしばりつけて、聖セバスチャンのように無数の矢を打ち込んでやる。陵辱《りょうじょく》して絶頂の瞬間にのどをかき切ってやる。それ以上に、前よりよかったのは、自分がなぜ彼女を憎んでいるのかに気がついたことだった。嫌いなのは、彼女が若くて美人でセックス拒否だったからだ。彼女とベッドにいきたいのに決してそれはかなわない。なぜならその甘いしなやかな腰は、こちらに腕をまわしてくれと頼んでいるようでありながら、そこにあるのは唯一、あの不愉快な深紅の腰帯、貞操《ていそう》の強烈なシンボルだけなのだ。

憎悪はクライマックスを迎えた。ゴールドスタインの声は本物のヒツジの鳴き声となり、その顔も一瞬だけ本当にヒツジになった。それからヒツジの顔がとけてユーラシア兵の姿となり、前進しつつあるようで巨大でおそろしげで、軽機関銃をとどろかせ、スクリーンから飛びだしてくるように見えたので、最前列の何人かは椅子の中で本当に身をすくめていた。でもその瞬間、みんながほっとして深い溜息《ためいき》をついたのは、その敵意に満ちた姿がとけて、ビッグ・ブラザーの顔になったからだ。黒髪、黒い口ひげ、力に満ちて謎めいた平穏さを見せ、あまりに大きくてほとんどスクリーンいっぱいになっている。だれもビッグ・ブラザーが何を言っているのか聞いていなかった。単に勇気づけの数語、戦闘のとどろきの中で発せられ、個別に意味はないが、単にそれが言われたというだけで落ち着きを取り戻させてくれるような言葉だ。そしてビッグ・ブラザーの顔はまたとけ去り、かわりに党の三つのスローガンが、太字で現れた。

戦争は平和
自由は隷属
無知は力

だがビッグ・ブラザーの顔はスクリーン上に何秒か残っているかのようで、それがみんなの目玉に与えたインパクトは、まるですぐに消え去るには鮮明すぎたとでもいうようだった。砂色の髪の小さな女は、前の椅子の背にしがみついた。「我が救世主よ！」とおぼしき震えるようなつぶやきとともに、彼女はスクリーンのほうに腕をのばした。それから顔を手にうずめた。お祈《いの》りを唱《とな》えているのは明らかだ。

この瞬間、そこにいる集団の全員が、深くゆっくりしたリズミカルな「B－B！　……B－B！　……B－B！」という詠唱《えいしょう》を始めた――何度も何度も、非常にゆっくり、最初のBと二番目のBの間に長い間をおいて――思いつぶやくような音だが、なぜか不思議と野蛮で、その背後にははだしの足踏みやトムトムの鼓動《こどう》が聞こえるような感じがする。それをおそらくは三十秒ほども続けただろうか。それは圧倒的な感情の瞬間にしばしば聞かれる繰り返しだった。

部分的には、ビッグ・ブラザーの叡智《えいち》と威厳に対する賛歌のようなものだが、それ以上に自己催眠《さいみん》行動であり、リズミカルな騒音で意識を意図的におぼれさせようとするものだ。ウィンストンは内臓が冷え込むように感じた。二分憎悪ではどうしても全般的な興奮状態は共有してしまうが、この人間以下の「B－B！　……B－B！」の詠唱にはいつも恐怖でいっぱいにさせられる。もちろん、他のみんなにあわせて詠唱はした。他にどうしようもなかった。感情を解体し、表情をコントロールし、他のみんなにあわせるのは、本能的な反応だった。でも、目にあらわれた表情が、ひょっとしてそのコントロールを裏切ったかもしれない期間が、ものの数秒ほどあった。そしてまさにその瞬間に、その重大なことが起きたのだ——もし本当にそれが起きたのだとすればの話だが。

一瞬、オブライエンと目が合ったのだ。オブライエンは立ち上がっていた。メガネをはずしており、あの特有の仕草でそれを鼻にのせなおすところだった。でも二人の視線がほんの一瞬だけ出会い、そしてそれが起こっている間、ウィンストンにはオブライエンも自分と同じことを考えているとわかった——そう、確信できた！　まちがいないメッセージが交わされた。二人の心が開いてお互いの思考が目を通じて流れ込んでいるようだった。オブライエンはこう言っているようだった：「私は君の味方だ。君がずばり何を感じているか知っている。その軽蔑、その憎悪、その嫌悪もすべてわかる。でも心配するな。私は君の味方だ！」そこで情報の一閃《いっせん》は消え、オブライエンの顔は他のみんなと同じく、とらえどころがなくなった。

それだけのことであり、それが実際に起こったのかも、もはや確信がなくなっていた。こうしたできごとには決して続編がない。それは単に、自分以外にもだれかは党の敵なのだという信念、または希望を維持し続けるだけのものだった。巨大な地下の陰謀組織の噂は、実は本当なのかもしれない——友愛団は実在するのかもしれない！　果てしない逮捕や告白や処刑にもかかわらず、友愛団が単なるお話ではないと断言するのは不可能だった。それを信じる日もあれば信じられない日もあった。証拠はなく、どうとでも解釈できる、あるいは何の意味も持たないような、かすかなほのめかしがあるだけだ。ちょっと耳に入った会話の断片、便所の壁のかすかな落書き——あるときは、見知らぬ人物二人が出会ったときに、ちょっとした手の動きがまるでお互いを認め合ったという合図に思えたこともあった。どれも憶測でしかない。すべて自分の妄想《もうそう》だという可能性も高い。二度とオブライエンのほうを見ないまま、ウィンストンは自分の区画に戻った。その一瞬の接触をさらに進めようという発想など、ほとんど思いもよらなかった。どう進めればいいか知っていたとしても、考えられないほど危険な行為だ。一秒、二秒ほど、二人はあいまいな視線をかわし、それっきりだ。でもそれだけでも、ここで強いられた閉塞《へいそく》した孤独の中では特筆すべきできごとなのだった。

ウィンストンは気を取り直すと身を起こしてすわりなおした。そしてゲップをした。ジンが腹からのぼってきている。

ページに視線の焦点《しょうてん》をあわせた。漫然と回想するうちに、自動書記のように筆記もしていたのがわかった。そしてそれは、前のようなぐしゃぐしゃのへたくそな手書きではなかった。ペンは自在になめらかな紙の上をすべり、大きくきれいな大文字でこう書いていた。

打倒ビッグ・ブラザー
打倒ビッグ・ブラザー

これが何度も何度も繰り返され、ページ半分を埋め尽くしていた。

軽いパニックを抑えられなかった。バカげた話だ。こんな言葉を書いたからといって、そもそもこの日記帳を開いたという最初の行動より危険というわけではなかったのだから。でも一瞬、この汚れたページを破り捨てて日記自体をやめてしまおうという誘惑にかられた。

でもそうはしなかった。無駄だというのを知っていたからだ。**打倒ビッグ・ブラザー**と書こうと書くのをやめようと、何のちがいもない。日記を続けようと続けまいと何のちがいもない。どのみち思考警察につかまる。自分は他のすべての犯罪を包含《ほうがん》する、基本的な罪を犯《おか》したのだ――そして紙にペンを走らせずとも、やはり犯していただろう。それは思考犯罪と呼ばれる。思考犯罪は永遠に隠しおおせられるものではない。しばらくはうまくかわせるだろうし、それを何年も続けることだってできるが、いずれは連中につかまる。

それはいつも夜のことだった――逮捕は必ず夜に起こる。いきなり眠りから引きずりだされ、荒っぽい手が肩をつかんで揺すり、電灯が目に照らされ、怖い顔がベッドを取り巻いている。大半の場合、裁判もなければ逮捕の報道もない。人々は夜のうちに、あっさり消える。名前は住民登録から消され、これまで行ったことのあらゆる記録も消され、その人の一回限りの存在が否定されて、そして忘れられる。破壊され、消し去られる。蒸散《じょうさん》、というのが一般的な表現だ。

一瞬、彼はヒステリーのようなものに囚われた。慌《あわ》てた乱雑な殴り書きを始めた。

射殺されるかまわない首の後ろを撃たれるかまわない打倒ビッグ・ブラザーいつも首の後ろを撃つかまわない打倒ビッグ・ブラザー――

椅子の背に身体を預《あず》けて、ちょっと自分を恥《は》ずかしく思い、ペンを置いた。次の瞬間、彼は飛び上がった。ドアにノックの音がしたのだ。

もう来たのか！　彼はネズミのように硬直して、ノックの主がだれであれ、一回であきらめて帰ってくれないかという無駄な希望を抱いた。だがそうはいかない。ノックは繰り返された。これ以上グズグズするのは最悪だ。心臓は太鼓《たいこ》のように高鳴っていたが、顔は、長い習慣のために、たぶん無表情だっただろう。立ち上がると、足取り重くドアに向かった。

第2章

ドアノブに手をかけたとき、日記がテーブルで開いたままになっているのが目に入った。一面に「**打倒ビッグ・ブラザー**」と書かれており、その字はほとんど部屋の向こうから読めそうなくらい大きい。考えられないくらいバカな行為だった。でも、これほどのパニックの中でも、インキが乾かないうちに本を閉じてクリーム色の紙にしみを作りたくなかったのだ、とウィンストンは悟《さと》った。

息を吸い込むとドアを開けた。すぐに全身を暖かい安堵《あんど》の波が走り抜ける。外に立っているのは生気《せいき》のない、粉砕《ふんさい》されたような様子の女で、髪はまばら、顔はしわだらけだった。

「ああ同志」と彼女は陰気で泣き言めいた声で口を開いた。「帰ってらしたのが聞こえたと思ったもので。ちょっときて、うちの台所の流しを見ていただけませんか。詰まってしまって——」

同じ階のご近所の奥さん、パーソンズ夫人だった(「夫人」は党があまりいい顔をしない用語だった——だれでも「同志」と呼ぶことになっていた——が、一部の女性に対しては本能的にこの用語が使われてしまうのだった)。三十歳くらいだが、ずっと歳を取って見えた。顔のしわにほこりが詰まって異様な印象を受ける。ウィンストンは彼女について廊下を下った。こうした素人修理作業はほとんど毎日のように起こる悩みの種だった。勝利マンションは古いアパートで、竣工《しゅんこう》は一九三〇年かそこらだから崩壊寸前だった。壁や天井のしっくいは絶えずはがれ落ち、配管は霜《しも》が厚くなればすぐに破裂し、雪がふれば雨漏《あまも》りし、暖房《だんぼう》も経済性のために完全に止められているか、そうでなくてもスチーム半量でしか動かない。自分ではできない修理はどこか遠くの委員会に委《ゆだ》ねられており、そいつらは窓ガラスの修理ですら二年も待たせるのだった。

「もちろんトムが家にいればこんなお願いはしないんですけど」とパーソンズ夫人はうわの空で言った。

パーソンズ一家のアパートはウィンストンのものより大きかったが、ちがった形でみすぼらしかった。すべてがいためつけられたような、踏みつけられたような、まるで何か凶暴な巨獣《きょじゅう》がついさっき訪れたかのような様子をしていた。邪魔なスポーツ用品――ホッケースティック、ボクシングのグローブ、破れたサッカーボール、裏返しの汗だらけの半ズボン――が床中に散らばり、テーブルの上には汚れた皿とページの端を折った練習問題帳が散在していた。壁には青年連盟とスパイ団の赤い旗と、ビッグ・ブラザーの大型ポスターがあった。この建物全体でどこでもありがちな茹でキャベツのにおいがしたが、その間からもっと鋭い汗の悪臭がして、それは――一嗅ぎでわかるのだが、なぜわかるかはわからない――いまここにいない人物の汗なのだった。別の部屋では、くしとトイレットペーパー製の即席楽器を持っただれかが、テレスクリーンからまだ流れ続ける軍楽にあわせて演奏しようとしていた。

「子供たちですよ」とパーソンズ夫人はドアに向かって半分うわの空の視線を投げた。「今日はずっと家におりましてね。だからもちろん――」

彼女はいつもこのように文を途中で止めてしまうのがくせだった。

流しはほとんどふちいっぱいまで、汚らしい緑がかった水がたまっていて、それがすさまじいキャベツ臭を放っている。ウィンストンはひざをついて、配管の曲げ部分を調べた。手を使うのは大嫌いだったし、身をかがめるのもいやだった。かがむといつも咳《せき》がはじまってしまうのだ。パーソンズ夫人はなすすべもなく見守っていた。

「もちろんトムが家にいたら、すぐに直してくれるんですが。あの人、その手のことは大好きですから。手作業は本当に上手でしてね、トムは」

パーソンズは真実省でのウィンストンの同僚《どうりょう》だった。小太りで、活発だがあぜんとするほどバカで、まぬけな熱意でいっぱい——何一つまったく疑問に思わない、献身的な単純作業要員で、党の安定は思考警察よりもずっとこうした人々のおかげなのだ。三十五歳まで青年連盟にいすわっていたのを、ついに追い出されたばかりだったし、その青年連盟へと卒業する前も、スパイ団に規定年齢を一年超えて在籍し続けていたような人物だ。省では、知性を必要としない下働き職に雇《やと》われていたが、スポーツ委員会やその他コミュニティ旅行や自発デモ、節約キャンペーンやボランティア活動全般では大活躍だった。パイプを吹かすあいまに、静かな誇りをもって、自分が過去四年にわたり毎晩コミュニティセンターに顔を出したのだと話してくれたものだ。どこへ行くにも、圧倒的な汗臭さ——それはその人生の奮闘ぶりを無意識に証言しているともいえる——がついてまわり、立ち去ったあともそれがしばらく残っているような人物だった。

「スパナはありますか」とウィンストンは、曲げ配管のねじと格闘《かくとう》しながら言った。

「スパナですか」とパーソンズ夫人はすぐさまうろたえはじめた。「いや、ちょっとわかりかねます。子供たちなら——」

ブーツの足音とくし笛の一吹きとともに、子供たちが居間に突進してきた。パーソンズ夫人はスパナを持ってきた。ウィンストンは水を抜いて、パイプを詰まらせていた髪の毛のかたまりを嫌悪と共に取り除いた。蛇口からの冷水でできる限り指をきれいにすると、部屋を移った。

「手を挙げろ！」と粗野《そや》な声が叫んだ。

見栄《みば》えのいい、頑丈そうな九歳の少年がテーブルの向こうから顔を出し、おもちゃの自動拳銃《けんじゅう》でこちらを脅《おど》かしている。その妹は二歳ほど年下だが、木のかけらで同じ動作をしている。どちらも青の半ズボン、灰色のシャツと赤いネッカチーフをしている。スパイ団の制服だ。ウィンストンは両手を頭上にあげたが、穏やかならぬ気分がした。少年の態度があまりに凶悪で、それがただのお遊びには思えなかったからだ。

少年は叫んだ。「この裏切り者め！　思考犯罪者め！　ユーラシアのスパイめ！　撃ち殺してやる！　蒸散させてやる！　塩鉱山送りにしてやる！」

いきなり二人はウィンストンのまわりを飛びはね、「裏切り者！」「思考犯罪者！」と叫び、少女は兄のあらゆる動きを真似《まね》していた。なぜかちょっとこわい感じがした。いずれは人食いトラになるはずの子供のトラがじゃれているのを見るような思いだった。少年の目には計算高いどう猛《もう》さがあって、明らかにウィンストンを殴るか蹴《け》るかしたいと思っており、そしてあと少し大きくなればそれができることを認識しているのもうかがえた。こいつの手にしているのが本物の拳銃でなくてよかった、とウィンストンは思った。

パーソンズ夫人の目は不安そうにウィンストンから子供たちへと移り、そしてウィンストンへと戻った。居間のもっと明るい照明の下で見ると、夫人の顔のしわには本当にほこりが詰まっているのが見えて、興味深かった。

「この子たちも騒々《そうぞう》しくて。二人とも絞首刑《こうしゅけい》を見に行けないのでおかんむりなんですよ、この様子は。わたしは忙《いそが》しすぎて連れて行けませんし、トムも間に合うように仕事から帰ってこれないもので」

「なんで絞首刑を見に行けないの？」と少年はその大声で吠えた。

「絞首刑見たい！　絞首刑見たい！」と少女は、相変わらず飛びまわりながら唱えた。

そういえば今晩、戦争犯罪で有罪になったユーラシアの囚人たちが公園で絞首刑になるのだった。これは月に一度行われ、人気の高い見せ物だった。子供たちはいつも、連れて行けとせがみたおす。ウィンストンはパーソンズ夫人に失礼すると告げて、戸口に向かった。でも通路を六歩もいかないうちに、何かが首のうしろに当たって悶絶《もんぜつ》しそうな痛みをもたらした。灼熱した針金で突き刺されたかのようだ。振り返ると、ちょうどパーソンズ夫人が息子を戸口にひきずりこむところで、その少年はパチンコをポケットにしまっていた。

「ゴールドスタインめ！」と少年は、ドアの閉まりがけにこちらに怒鳴った。でもウィンストンがもっとも衝撃を受けたのは、夫人の灰色っぽい顔に浮かんだ、無力な恐怖の色だった。

自分の家に戻ると、ウィンストンは足早にテレスクリーンの前を通ってまたテーブルについたが、まだ首はさすり続けていた。テレスクリーンからの音楽は止まった。かわりに事務的な軍隊調の声が、ちょっと荒々しい声色《こわいろ》で、アイスランドとフェロー諸島の間に停泊したばかりの浮遊要塞《ようさい》の装備に関する説明を読み上げていた。

あんな子供たちをもって、あのあわれな女性は恐怖の人生を送っているにちがいない、とウィンストンは思った。あと一年、二年もすれば、子供二人は日夜、非服従のしるしを探して母親を監視するようになる。最近の子供はほとんど例外なくひどいものだった。最悪なのは、スパイ団のような組織を通じて、子供たちが系統的に手のつけられない小野蛮人に変えられてしまっているのに、それが党の規律に反抗しようという傾向にはまったくつながらないということだった。それどころか、子供たちは党やそれと関係したものすべてを敬愛していた。歌や行進、旗、ハイキング、模擬小銃での訓練、スローガンの斉唱、ビッグ・ブラザー崇拝――子供たちにしてみれば、これはみんな輝かしいゲームでしかない。その兇暴さはすべて外に、国家の敵に、外国人、裏切り者、妨害工作員、思考犯罪者に向けられた。三十歳以上の人々は、自分の子供たちを怖がっているのが通例だった。無理もない。「タイムズ」紙には毎週のように、盗み聞きをした子ネズミ――一般には「英雄児童」と呼ばれていた――がよからぬ発言を耳にして、思考警察に自分の両親を告発したというニュースが出ていたのだから。

パチンコ弾からの痛みはおさまった。半《なか》ばうわの空でペンを取り上げると、日記にこれ以上書くことがあるかどうかを考えた。突然、彼はまたオブライエンのことが頭に浮かんだ。

何年も前――どのくらいになるか？　もう七年になるはずだ――真っ暗な部屋を歩いている夢を見た。そして片側にすわった人が、通りすがりにこう言ったのだ：「いつか暗闇のない場所で会おう」これはとても静かに、ほとんどさりげなく言われた――単なる発話で、命令ではなかった。ウィンストンは足を止めることもなく歩き続けた。不思議なのはそのときの夢の中では、その言葉はあまり印象に残らなかったということだ。それが重要に思えてきたのは、後になってのことで、それも徐々にそう思えてきたのだ。オブライエンを初めて見たのがその夢の前なのか後なのかは、もう覚えていない。その声がオブライエンのものだと見極めたのも、いつだったのか忘れた。でもいずれにしても、そう見極めたのだ。闇の中で彼に話しかけたのはオブライエンだった。

オブライエンが敵なのか味方なのか、ウィンストンはちっとも確信できなかった——今朝の目配せの後でも、相変わらず確信は不可能だった。どのみち、それは大して重要ではなかった。二人の間には、理解の結びつきがあって、それは愛情や党派性よりも重要なことだった。「いつか暗闇のない場所で会おう」と彼は言った。どういう意味かはわからなかったが、いつか何らかのかたちでそれが実現することだけは知っていた。

テレスクリーンからの声が止まった。ラッパの合図が、はっきりと美しく、停滞した空気の中に漂いこんだ。声がたたみかけるように続く。

「静聴《せいちょう》！　ご静聴を願います！　マラバー前線からたったいま速報が届きました。南インドの我が軍が輝かしい勝利をおさめたとのことです。いま報道したこの戦闘で、戦争の終結のめどがつくかもしれないとお伝えする許可がおりています。それでは速報です——」

悪い知らせがくるな、とウィンストンは思った。そしてその通り、すさまじい死傷者と囚人の数を含めたユーラシア軍殲滅《せんめつ》の輝かしい描写に続いて、来週からチョコレートの配給が三十グラムから二十グラムに減らされるという発表がきた。

ウィンストンはまたゲップをした。ジンの酔いがさめかけていて、気が沈んでいる。テレスクリーンは——勝利を祝うためか、はたまた失われたチョコレートの記憶を埋没させようとしてのことか——「オセアニア、それは汝《なんじ》のもの」を大音響で流しはじめた。立ち上がって気をつけの姿勢をとるべきだった。でもいまいる位置なら見られることはない。

「オセアニア、そは汝のもの」に続いてもっと軽い音楽となった。ウィンストンは窓辺に寄って、テレスクリーンには背中を向け続けた。相変わらず寒く晴れた日だ。どこか遠くでロケット弾が、鈍く反響するとどろきと共に炸裂《さくれつ》した。現在では週に二十から三十発がロンドンに投下されている。

眼下の通りでは、破れたポスターを風がぱたぱたとはためかせ、「英社主義《イングソック》」の一語がけいれんのようにあらわれたり消えたりした。聖なる原理英社主義《イングソック》。ニュースピーク、二重思考、過去の変動性。自分が海底の森林をさまよい、化け物じみた世界で迷子になったが、その自分自身が怪物であるような気がした。ひとりぼっちだった。過去は死に、未来は想像できなかった。生きた人間がたった一人でも自分の味方だという可能性がどれだけあるというのか。そして党の支配が永遠には続かないと言えるのだろうか？　それに対する答えのように、真実省の白い壁面にある三つのスローガンがこちらを向いている。

戦争は平和
自由は隷属
無知は力

ポケットから二十五セント玉を取り出した。そこにも、小さくはっきりした文字で、同じスローガンが彫られており、その硬貨の裏側にはビッグ・ブラザーの顔が刻印されていた。硬貨からでもその目は人を見据《みす》えている。硬貨からも、切手からも、本の表紙からも、旗からも、ポスターからも、タバコの包装からも――あらゆるところから。いつもその目がこちらを監視し、声がこちらを包み込む。寝ても覚めても、働くときも食事のときも、屋外でも屋内でも、風呂の中でもベッドの中でも――逃れようがない。自分の頭蓋骨《ずがいこつ》内部のほんの数立方センチ以外に、自分だけのものと言えるものはなかった。

太陽がめぐって、真実省の無数の窓にはもう光が当たらなくなり、要塞の銃眼のように陰気に見えるようになっていた。巨大なピラミッド形を前にして心がひるんだ。強すぎる、襲撃できない。ロケット弾を千発うちこんでも潰せないだろう。再び、自分がだれに向けて日記を書いているのか思案した。未来のために、過去のために――空想上のものかもしれない世界のために。そして目の前のそこに横たわるのは、死ではなく殲滅。日記は灰となり、自分は蒸気となる。自分の書いたものを読むのは思考警察だけで、その直後にこれは存在を消され、記憶からも消される。自分の痕跡《こんせき》すら残らず、匿名《とくめい》で紙に書きつけた言葉ですら物理的に生き残れないのに、どうやって未来に訴《うった》えかければいいのだろう。

テレスクリーンが一四時を告げた。十分でここを出なくては。仕事に一四＝三〇までに戻らなくてはならない。

不思議なことに、時を告げるチャイムが勇気を取り戻させてくれた。自分は孤独な幽霊で、だれも決して聞くことのない真理をつぶやいているだけだ。でもつぶやいている限り、何かはっきりしない形で、連続性は失われない。人間の遺産を伝えるには、自分の主張を聞いてもらうより、正気でいることだ。テーブルに戻り、ペンをインキに浸すと、こう書いた。

未来または過去へ、思考が自由であり、人々がお互いにちがっていて、孤独に暮らしてはいない時代へ――真理が存在し、行われたことを取り消すことができない時代へ。
均質性の時代より、孤独の時代より、ビッグ・ブラザーの時代より、二重思考の時代より――こんにちは！

おれはすでに死んでいる、とウィンストンは考えた。こうして自分の考えをまとめられるようになった今こそが、決定的な一歩を踏み出したときのように思えた。あらゆる行為の帰結はその行為自体に含まれている。ウィンストンはこう書いた：

思考犯罪は死をもたらすのではない。思考犯罪は死**そのもの**なのだ。

自分が死人だと認識した以上、できるだけ生き延びることが重要となった。右手の指二本にインキの染みがついている。まさに墓穴を掘りそうな細部だ。省でかぎまわっている狂信者（たぶん女だ：砂色の髪の小女か、創作部の黒髪女みたいなだれか）が、なぜウィンストンが昼食時間中にものを書いていたのか、なぜ旧式のペンを使ったのか、何を書いていたのか、いぶかしみだすかもしれない――そして適切な部門に何かほのめかすかもしれない。洗面所にいって、ベトベトしたこげ茶色の石けんで慎重にインキをこすり落とした。その石けんは皮膚を紙ヤスリのように削るので、目下の目的にはぴったりだった。

日記は引き出しにしまった。隠そうとしてもまったく無駄だったが、その存在がばれたかどうかはわかるようにしておきたかった。ページのふちに髪の毛を置いておく手口はすぐにばれてしまう。指先で、それとわかる白っぽいほこりをつまみ上げると、表紙の隅にふりかけておいた。本が動かされたら、こぼれ落ちるだろう。

第3章

ウィンストンは母親の夢を見ていた。

母親が消えたときは、確か十歳か十一歳だった。背が高く、彫像《ちょうぞう》のようで、物静かで動きもおっとりしており、すばらしい金髪をしていた。父親はもっと漠然と、色黒でやせていて、いつもきちんと黒っぽい服を着ていて（ウィンストンは特に、父親の靴の底がとても薄かったのをおぼえている）、メガネをかけていたという記憶しかない。二人はたぶん、50年代の初期の大粛清《だいしゅくせい》の中に飲み込まれてしまったのだろう。

目下の夢では、母親は自分よりはるか深い下の方にすわっていて、妹を抱いている。妹のことは、小さい弱々しい赤ん坊で、いつも静かで、すべてを見通すような大きい目をしていたという以外は何も覚えていない。二人とも、こちらを見上げている。二人は何か地下の場所にいる——たとえば井戸の底、あるいはとても深い墓——でもそれは、すでにずっと下にあるのに、さらに下方に動き続けていた。沈む船のサロンにいて、暗くなる水を通してこちらを見上げている。サロンにはまだ空気はあるし、二人ともこちらが見えるしこっちも二人が見えるが、その間にも二人は沈み続け、次の瞬間にも永遠に二人を見えなくしてしまうはずの緑の水に沈んでゆく。こちらは光と空気のある屋外にいるのに、二人は死へと吸い込まれ、そして二人が下にいるのは、まさに彼が上にいるためなのだった。こちらも、二人も、それを知っているし、それを知っているのが二人の顔から読み取れた。二人の表情にも心にも恨みはなく、こちらを生かすためには自分たちが死なねばならず、それが避けがたい物事の秩序の一部なのだという知識だけがある。

何が起きたのかは覚えていないが、夢の中で彼は、母と妹の命が自分の命を救うために何らかの形で犠牲《ぎせい》になったということを知っていた。それは夢の場面としての特徴を保ちつつ、知的な生活の連続であるような夢であり、目を覚ましたあとも目新しくて価値あるものに思える事実や発想に気づかせてくれるような夢だ。いまウィンストンがはっと気がついたのは、ほとんど三十年前の母親の死の悲劇性や悲しさは、いまや不可能になっているということだ。悲劇というのは、まだプライバシーと愛と友情があり、家族がいちいち理由がなくてもお互いとともにあった、古代に属するものだった。母親の記憶が心をかきむしるのは、彼女が自分を愛するがために死んだからであり、当時の自分は幼すぎて身勝手で愛し返すことができず、そしてどういう形だったかは今や思い出せないが、母が彼女個人の決して変えられない忠誠の概念に基づき、自らを犠牲にしたからなのだった。そうしたことは、現在では起こりえないのだ、とウィンストンは気がついた。今日では恐怖と憎悪と苦痛はあるが、感情の尊厳はなく、深く複雑な悲しみもない。このすべてが母と妹の大きな目の中に読み取れたようだが、その母と妹は深さ何百ひろもある緑の水の中からこちらを見上げ、いまなお沈み続ける。

いきなりウィンストンは、短い弾力のある芝生に立っていた。夏の夕方、西日《にしび》が地面にきらめいている。いま目にしている風景はあまりにしょっちゅう夢に登場したので、それを現実の世界で見たことがあるのかどうか、完全には自信が持てなかった。起きているときの思考の中では、それを黄金の国と呼んでいた。古い、ウサギの穴だらけの牧草地で、踏み固められた道がうねうねと横切り、あちこちにモグラ塚がある。草原の向こう側に生い茂った茂みでは、楡《にれ》の木の大枝がそよ風のなかでごくかすかに揺《ゆ》れており、その葉が女の髪のように密なかたまりとなって、ささやかにそよいでいる。もう少し近いところには、視界からははずれているけれど、澄《す》んだゆるやかな小川があり、デース[2]が柳の下の淀《よど》みで泳いでいる。

黒髪の女子がその草原を横切ってこちらに向かってくる。ほとんど一動作で自分の服を破り捨てて、軽蔑したかのようにそれを横に投げ捨てた。彼女の肉体は白くなめらかだったが、それで欲望が喚起《かんき》されることはなく、ウィンストンはほとんどそれを見なかったほどだ。その瞬間に彼を圧倒したのは、彼女が服を横に投げ捨てたときの身振りに対する賞賛だった。その優雅さとさりげなさは、一つの文化丸ごと、一つの思考体系まるごとを殲滅させるかのようで、ビッグ・ブラザーと党と思考警察をすべて、すばらしい腕の一動作だけで無の中へと掃き出してしまえるかのようだった。これまた古代に属する身振りだった。ウィンストンは「シェイクスピア」と口にしながら目をさました。

テレスクリーンは耳をつんざくようなホイッスルを流しており、それが同じ音で三十秒続いた。〇七＝一五、オフィス労働者の起床時間だ。ウィンストンはむりやり身体をベッドから引きずり出した——裸で、というのも党外周たちは年間三千の衣服クーポンしかもらえず、パジャマの上下は六百するのだ——椅子の上に放り出してあった薄汚い袖無しアンダーシャツと半ズボンをつかんだ。身体躍動《やくどう》が三分で始まるのだ。次の瞬間、ほとんどいつも起きてすぐにお

2　訳注：ウグイに似たコイの一種。

そわれるすさまじい咳き込みで、ウィンストンは身体を二つ折りにしていた。肺がほとんど空っぽになってしまったので、息を取り戻すために横になって、深呼吸を何度かしなくてはならなかった。咳き込んだために血管が膨張《ぼうちょう》し、静脈瘤の潰瘍がまたかゆくなってきた。

「三〇から四〇代のグループ！」と突き刺すような女性の声がわめいた。「三〇から四〇代のグループ！　位置についてください！　三〇から四〇代！」

　ウィンストンはテレスクリーンの前で飛び上がって直立した。スクリーンにはすでに、若そうな女性の姿が映っていた。やせてはいるが筋肉質で、チュニックと運動靴を履《は》いている。

「腕の屈伸《くっしん》！」と彼女はわめいた。「わたしに拍子《ひょうし》をあわせてください。いっち、二、三、四！　さあ同志のみなさん、もっと元気よく！　いっち、二、三、四！　いっち、二、三、四！……」

　咳の発作からの痛みでも、夢の印象が頭から完全に消えたわけではなかったし、体操のリズミカルな動きはそれを少し復活させた。身体躍動の最中に適切とされる、陰気な楽しみの表情を顔にまといつつ、機械的に腕を前後にふりまわす間、彼は記憶のぼんやりした幼年期を回想しようと苦闘していた。きわめてむずかしいことだった。50年代末より前のことはすべて薄れていた。参照できる外部の記録がないと、自分自身の人生の輪郭《りんかく》すら鮮明さを失う。ほぼまちがいなく起きていないはずの大事件が記憶にあったりするし、できごとの細部は覚えているのにその雰囲気が思い出せなかったりするし、何一つ思い浮かばない長い空白の時期もある。当時はすべてがちがっていた。国の名前や、その地図上での形すらちがっていた。たとえば、エアストリップ・ワンは、当時はそういう名前ではなかった。イギリスとかブリテンとか呼ばれていたはずだ。でもロンドンは、昔からロンドンだったことはかなり確かだった。

ウィンストンは自国が交戦中でなかった時代をはっきりとは思い出せないが、子供時代にはかなり長い平和の時期があったことは明らかだった。最も初期の思い出の一つは空襲だったが、だれもがそのときに驚いていたからだ。コルチェスターに原爆《げんばく》が落ちた時だったかもしれない。空襲そのものは覚えていないが、父親の手が自分の手をつかまえて、下へ、下へと地面の奥深いどこかへ引き連れ、ぐるぐると下るらせん階段が足の下で鳴り、あまりに足が疲れてきたのでべそをかきはじめて、途中で止まって休まなくてはならなかったのは覚えていた。母親は、そのゆっくりした夢見るようなやり方で、ずっと遅れてついてきていた。赤ん坊だった妹を抱いている――それとも抱えていたのはただの毛布のかたまりだろうか。その時に妹が生まれていたかどうか、確信がなかった。やっと騒々しい混雑した場所に出てきたが、それは地下鉄の駅だった。

石敷きの床のいたるところに人々がすわりこみ、他の人たちは何段にも重なった金属の寝台にびっしりとすわっている。ウィンストンと両親は床に場所を見つけたが、近くには老人と老《ろう》婆《ば》が寝台に並んですわっていた。老人は立派なダークスーツと、真っ白な髪をのぞかせて黒い布製帽子《ぼうし》を身につけていた。顔は真っ赤で、目は青く涙で一杯だった。ジンのにおいがぷんぷんする。汗のかわりに肌からしみ出してくるようで、目から流れ落ちる涙も純粋なジンだと思えるくらいだった。でもちょっと酔ってはいても、その老人は本物の耐え難い悲しみに苦しんでいた。ウィンストンは子供ながらに、何か恐ろしいこと、何か許し難く、決して元に戻せないことがいま起きたのだと理解した。そして、それが何なのかわかったような気がした。老人の愛しただれか、小さい孫娘かもしれないが、それが殺されたのだ。数分ごとに老人はこう繰り返していた。

「あいつら信用しちゃなんねかったんだよ。そう言っただろうが、婆《ばあ》さん、え？　信用したらこのざまだ。前から言った通り。あのクズども信用しちゃなんねかったんだよ」

でも信用しちゃなんねかったのがどのクズどもなのかは、ウィンストンはもう思い出せなかった。

その頃あたりから、戦争は文字通り不断に続いていたが、厳密に言えばそれはずっと同じ戦争というわけではなかった。子供時代の何ヶ月かにわたり、ロンドンそのものでも混乱した市街戦があったし、そのいくつかは鮮明に記憶にある。でもその期間の歴史全体をたどり、各時点でだれがだれと戦っていたのかを述べるのはまったく不可能だった。書かれた記録も口伝も、現在の相関図以外のことは一切触れていないからだ。たとえば現在の1984年だと（いまが本当に1984年ならだが）、オセアニアはユーラシアと交戦中で、イースタシアと同盟関係にある。この三勢力が、かつて一度でもちがった形で手を組んでいたということは、公的にも私的な会話でも決して認められることはなかった。実は、ウィンストンがよく知っている通り、オセアニアがイースタシアと交戦してユーラシアと同盟関係にあったのはほんの四年前のことだった。でもそれは、記憶が十分な統制下にないためにたまたま手元にあった、秘密の知識の断片でしかなかった。公式には、同盟関係の変更は一度も生じていない。オセアニアは目下、ユーラシアと交戦中である。したがってオセアニアは常にユーラシアと交戦していた。目下の敵は常に絶対的な悪であり、よってその相手との過去または未来の合意はまったく不可能なのだということが導かれる。

恐ろしいのは、とウィンストンは苦痛とともに肩をむりやり後ろに曲げながら（腰に手をあてて、上体を回しているところで、この運動は背筋によいとされていた）一万回も繰り返し考えたことを考えた——恐ろしいのは、そのすべてが真実かもしれないということだった。党が過去に手をつっこんで、このできごとやらあのできごとについて、**それがまったく起きていない**と言えるなら——それこそまさに、ただの拷問と死よりも恐ろしいことじゃないだろうか。

党は、オセアニアがユーラシアと同盟したことはないという。この自分、ウィンストン・スミスは、オセアニアがたった四年前にはユーラシアと同盟関係にあったことを知っている。でもその知識はどこに存在するのだろう。自分自身の良心の中だけであり、それはどのみち間もなく消滅させられてしまうものだ。そして他のみんなが党の押しつけるウソを受け入れたら——すべての記録が同じおとぎ話を語っていたら——そのウソは歴史へと流れ込んで真実となる。「過去を支配する者は未来を支配する。現在を支配する者は過去を支配する」というのが党のスローガンだ。でも過去は、その性質上改変可能なものではあっても、改変されたことはない。現在真実であることは、はるか昔からはるか未来まで真実である。単純明快。必要なのは自分の記憶に対する果てしない勝利だけだ。「現実コントロール」と呼ばれている。新話法《ニュースピーク》では「二重思考《ダブルシンク》」だ。

「休め！」と女性指導員が、ちょっと優しげに言った。

ウィンストンは腕を脇にたらして、ゆっくりと肺を空気で満たした。頭は二重思考《ダブルシンク》の迷宮世界へとさまよっていった。知りつつ知らないこと、完全に正直であると意識しつつ、慎重に構築されたウソを語ること。相殺し合うような二つの意見を同時に持ち、それらが矛盾していると知りつつ両方を信じること。論理に対して論理を使い、道徳を否定しつつそれに依拠すること、民主主義は不可能だと信じつつ党が民主主義の守護者だと信じること、忘れることが必要なものはすべて忘れ、それが必要とされたとたんにそれを記憶に引き戻し、そしてすぐさま再び忘れ去ること。そして何よりも、この同じプロセスをこのプロセス自体に適用すること。それこそが究極の巧妙さだった。意識的に無意識を動員して、それから再び自分がたった今行った催眠術行為を意識から消し去ること。「二重思考《ダブルシンク》」という言葉を理解することさえ、二重思考《ダブルシンク》が必要となる。

女性指導員が、また気をつけを命じた。「ではこんどは、つま先に手が届くか見てみましょう！」と熱心に言う。「では腰から曲げてみましょう、同志のみなさん。いっち、に！　いっち、に！　……」

ウィンストンはこの体操が大嫌いだった。かかとから尻まで痛みが走るし、最後にはまたもや咳の発作が引き起こされるのがおちだ。空想の持っていた多少の楽しみもこれで消えてしまった。過去は単に変えられたのではなく、破壊されたんだ、とウィンストンは考えた。だって自分の記憶以外に何の記録もなかったら、どんなに自明な事実であっても証明なんかできやしない。ビッグ・ブラザーのことを最初に耳にしたのがいつの年だったか思い出そうとしてみた。たぶん60年代だったはずだと思ったが、確実なことは何も言えなかった。党の歴史ではもちろん、ビッグ・ブラザーは革命のごく初期からその指導者であり守護者だった。その偉業はだんだんと時代をさかのぼり、いまや伝説の40年代や30年代からずっと続いていることになっていた。当時は変な円筒《えんとう》状の帽子をかぶった資本家たちが、まだロンドンの街路で大きな輝く自動車やガラス壁の馬車を乗り回していた時代だ。この伝説のどこまでが事実でどこまでがでっちあげなのかは知りようがなかった。ウィンストンは、党そのものが誕生したのがいつの日だったかも思い出せなかった。1960年以前に英社主義《イングソック》という言葉を聞いたことがあるとは思わなかったが、オールドスピークでの語形――つまり「イギリス社会主義《イングリッシュ・ソーシャリズム》」――ではもっと以前からあったかもしれない。すべてが霧の中にとけこんでしまっている。確かに、確実なウソを指摘できることもある。たとえば、党の歴史書で主張されている、党が飛行機を発明したというのは真実ではない。飛行機は自分が物心ついた頃から存在していた。でも、何も証明はできない。証拠はあったためしがない。全人生でたった一度だけ、歴史的事実のねつ造をまちがえようもなくはっきりと示す証拠を手にしたことがあった。そしてその時には――

「スミス！」とテレスクリーンから金切り声じみた声が叫んだ。「6079番　スミス・W！そう、あなたです！　もっと身をかがめてください！　やればできるはずですよ。もっと気合いを入れて。もっと下まで！　そーうです、同志。さあ休め！　全員です。こちらを見てください」

ウィンストンの全身に熱い汗が噴《ふ》き出した。顔は完全な無表情のまま。決してうろたえを外に示さないこと！　嫌悪を外に出さないこと！　視線のちょっとしたふらつきでバレてしまいかねない。立って見つめる女性指導員は、腕を頭上にあげて――優雅にとはいえないが、非常にきれいかつ効率よく――身をかがめて、指の第一関節を足の指の下に入れた。

「こーんなふうに、同志のみなさん！　こーんなふうにしてくださいね。もう一度見ていてくださいよ。わたしは三十九歳で四人の子持ちなんですよ。さあ見てください」彼女はまた身をかがめた。「わたしのひざは曲がってませんよね。みなさんだって、やろうと思えばできるんです」と言いながら身を起こす。「四十五歳以下の人はだれでもつま先に手が届きます。わたしたちみんな、前線で戦う特権があるわけではありませんが、少なくとも健康でいようじゃありませんか。マラバー前線の兵士たちのことを考えてください！　浮遊要塞の水兵たちを！　あの人たちが耐えていることを考えてみましょう！　さあもう一度やってみましょう。はい、ずっとよくなりましたよ、同志。本当に上出来です」と彼女が元気づけるように語りかけたウィンストンは、思いっきり身をかがめて、数年ぶりにひざを曲げずにつま先に触れることができたのだった。

第4章

一日の仕事が始まったときに出る、テレスクリーンの近さすら放出を抑えられない深い無意識のため息とともに、ウィンストンは話筆機を引き寄せて、マウスピースのほこりをはらい、メガネをかけた。それから、仕事机の右手にある気送管《きそうかん》から早くも飛び出してきた、四つの小さな筒状の紙をほどき、クリップであわせて留めた。

小区画の壁には三つのくぼみがあった。一つは話筆機の右側にある、文書メッセージ用の小さな気送管だ。左には、新聞用のもっと大きな気送管。そして横の壁には、ウィンストンからすぐに手の届くところに、針金の格子で保護された大きな横長のスリットがあった。この最後のものは反古紙《ほごがみ》を捨てるためのものだ。似たようなスリットが、この建物中に何千、何万とあり、それも部屋ごとどころかあらゆる廊下にごく短い間隔で設置されていた。どういうわけかそれは記憶穴とあだ名されていた。何か文書が破棄されると知っていたら、あるいはそこらに反古紙が転がっていたら、手近な記憶穴のフラップを上げてそこに捨てるのが反射的な行動となっていた。するとそれは温風の流れに運ばれて、どこか建物の裏に隠されている巨大な焼却炉へと向かうのだ。

ウィンストンは、丸められていたのをほどいた四枚の紙を検分した。それぞれ一、二行のメッセージが、省内で使われる短縮形の専門用語——ニュースピークではないが、かなりニュースピーク用語が使われている——で書かれていた。こう書かれている。

タイムズ　17・3・84　bb演説不適報告　アフリカ　修正
タイムズ　19・12・83　予測　3yp83　4四半期　ミスプリ　確認　最新号
タイムズ　14・2・84　豊省　不適引用　チョコ　修正
タイムズ　3・12・83　報告　bb　日令　二重プラス非好　参照　不人　全面改定　ファイル前　上提

かすかな満足感と共にウィンストンは最後のメッセージを横に置いた。これはややこしく責任ある仕事なので最後に処理したほうがいい。残り三つは定型作業だが、二番目は数字一覧をあさる面倒な作業になるだろう。

ウィンストンはテレスクリーンの「バックナンバー」をダイヤルし、『タイムズ』の適切な号を要求した。ものの数分で気送管から出てきた。受け取ったメッセージは、何らかの理由で改変、あるいは公式用語でいえば修正が必要となった、記事やニュースを指していた。たとえば三月十七日号の『タイムズ』では、ビッグ・ブラザーがその前日の演説で、南インド前線は静かなままだが北アフリカでユーラシアの攻勢が始まると予測していた。ところが実際にはユーラシア司令部は、南インドで攻勢を開始して、北アフリカでは動かなかった。したがってビッグ・ブラザーの演説を書き直し、彼が実際に起こったことを予想したようにする必要が生じた。あるいはやはり『タイムズ』の十二月十九日号で、各種消費財の１９８３年第四四半期（同時に第九次三カ年計画における第六四半期）における産出量の公式予測を公表していた。今日の号は

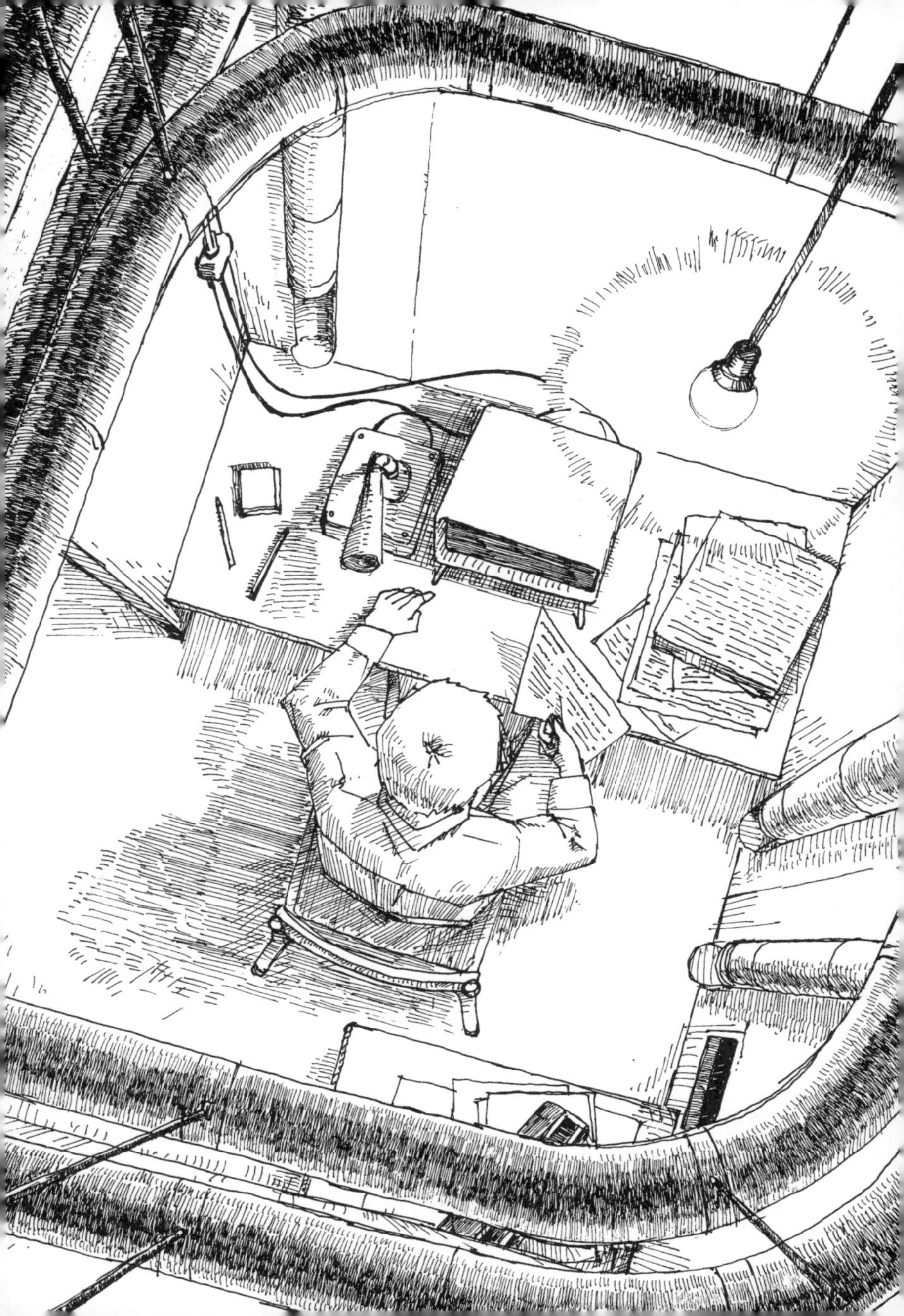

実際の産出量についての記述を含んでいたが、すべてのものについて、予測値は大幅にまちがっていたようだ。ウィンストンの仕事はもとの予測値を修正して、それが実際の値と一致するようにすることだ。第三のメッセージはといえば、これはものの数分で直せるごく単純なまちがいだった。二月というほんの少し前の時点で、豊富省は1984年中にはチョコレートの配給量は減らさないという約束（公式用語では「全面的確言」）を発表した。実はウィンストンも知っているように、チョコレートの配給は三十グラムだったのが、今週末には二十グラムに減らされる予定だった。だからもとの約束のかわりに、四月のどこかで配給量を減らさざるを得ないという警告を入れればすむ。

ウィンストンはそれぞれのメッセージに対応し終えるとすぐに、話筆した訂正を該当する『タイムズ』にクリップで留めて、気送管に送り込んだ。それから可能な限りもっとも無意識に近い動作で、もとのメッセージや自分が作ったメモなどをすべて丸めると、記憶穴に落とし込んで炎に燃やし尽くされるに任せた。

気送管が向かう先の、見たこともない迷路で何が起きるのか、彼も詳《くわ》しくは知らなかった。だが一般的なことは知っていた。ある号の『タイムズ』で必要とされた訂正がまとめられてそろえられると、その号は印刷し直され、もとの号は破棄されて、修正済みの号がかわりにファイルに加えられる。この絶え間ない改変プロセスは新聞だけでなく、本や雑誌、パンフレット、ポスター、ちらし、映画、音声録音、マンガ、写真など――政治的、イデオロギー的に少しでも重要性を持ちそうな文献や記録すべて――に及んだ。毎日、毎分ごとに、過去は最新の状態に更新される。こうすれば、党の行ったあらゆる予想は正しかったということが、記録証拠に基づいて示される。どんなニュースだろうと意見表明だろうと、その時点のニーズにそぐわないものは、記録に残ることは認められなかった。歴史はすべて改変可能な羊皮紙であり、必要に応じていくらでもきれいに白紙に戻され、書き直されるのだった。この作業が行われてしまえば、いささかも偽造が行われたとは一切証明できなかった。記録部の最大の部門は、ウィンストンが働いている部門よりはるかに大きくて、そこでの人々の仕事は、すでに改訂《かいてい》されて破棄されるべき本や新聞などの文献を追跡し、集めることだった。政治的な同盟関係の変化やビッグ・ブラザーが口走ったまちがった予言、何十回となく書き直された『タイムズ』の号が、相変わらずもとの日付のままでファイルに並んでいる。本もまた何度もリコールされて書き直されたが、すべて何ら改変が行われたという記録なしに再発行される。ウィンストンが受け取り、処理が終わったら確実にすぐ処分した文書指令でさえ、なんら偽造が行われるなどと述べたりほのめかしたりはしていなかった。常に述べられるのは、ミスやまちがい、ミスプリ、引用の誤りなどであり、したがって正確さを保つために正す必要がある、ということだった。

だが実は、これは偽造ですらない、と彼は豊富省の数字を改訂しつつ考えた。単に一つのでたらめを別のでたらめで置き換えるだけだ。自分が扱っている内容のほとんどは、現実世界とは何一つ結びついてはいなかった。真っ赤なウソに見られるほどの結びつきさえない。統計はもとの数字だろうと改訂後の数字だろうと、まったくの想像の産物でしかなかった。かなりの場合、ウィンストン自身が勝手に頭の中ででっちあげることになっていた。たとえば豊富省の予測では、その四半期のブーツ生産は一億四五〇〇万足ということになっていた。実際の生産は六二〇〇万足だという。だがウィンストンは予測値の書き直しにあたり、予測値を五七〇〇万足に引き下げた。そうすれば、ノルマが十分以上に達成されたというい つもの主張が可能になるからだ。どのみち、六二〇〇万足というのは五七〇〇万足という数字よりも、あるいは一億四五〇〇万足という数字に比べても、事実に近いわけではなかった。おそらくブーツなどまったく作られていないのだろう。もっとありそうなこととして、だれもどれだけ生産されているかわかっていないし、まして気にもしていない。みんな知っているのは、紙の上ではどの四半期にも天文学的な数のブーツが作られているはずなのに、オセアニアの人々のおそらく半分くらいは裸足でうろついているということだ。そしてあらゆる記録された事実についても話は大なり小なり同じだった。すべてはぼんやりした影の世界へとかき消えて、ついには今日が何月何日なのかもはっきりしなくなった。

ウィンストンは廊下の向こうを見た。向かいの小区画には、小柄で几帳面そうな、あごの黒いティロトソンという男が一心に働いており、そのひざにはたたんだ新聞がおかれ、口は話筆機のマウスピースにぐっと寄っている。自分の言うことを、自分とテレスクリーンとだけの秘密にしておこうという雰囲気だった。彼は顔をあげ、そしてそのメガネがウィンストンのほうに、敵意に満ちた一瞥《いちべつ》を投げかけた。

ウィンストンはティロトソンをほとんど知らなかったし、彼が何の仕事で雇われているのか見当もつかなかった。記録部の人々は、そう気軽には自分の仕事の話をしない。長い窓のない廊下部屋には、二列に並んだ小区画で人々が果てしなく紙をかさかさいわせ、話筆機につぶやく声のうなりが響いていたが、毎日廊下を足早に行ったり来たり、あるいは二分憎悪で腕をふりまわしたりするところは見ているのに、名前すら知らない人物が何ダースもいた。自分の隣の小区画にいる、砂色の髪の女性は、一日中苦労して、数年前に蒸散させられ、したがって元々存在しなかったとされる人々の名前を報道からひたすら削除し続けているのだった。これはなかなかふさわしいことに思えた。彼女自身の夫も数年前に蒸散させられていたからだ。そして数区画離れたところにいる、おとなしい、手際の悪い、夢見る生き物はアンプルフォースという名で、毛だらけの耳と、韻《いん》や韻律に関する意外な才能を持っており、イデオロギー的に不適切となったが、何らかの理由で詩集に遺《のこ》しておくべき詩の歪曲版《わいきょく》――決定版と呼ばれていたが――を作っているのだった。そしてこの廊下部屋は、労働者五十人かそこらだが、記録部という巨大で複雑な組織の中で、一つの課でしかなく、いわば一つの細胞でしかない。向こう、階上、階下には、群衆のような労働者たちが、想像もつかないほど多様な仕事に従事している。編集補助を備えた印刷工房、タイポグラフィの専門家や、写真偽造のための一大設備を備えたスタジオ。テレ番組部には、エンジニアやプロデューサがいて、さらに声色を真似るのがうまいかどうかで特別に選ばれた役者群がいた。リコールされるべき本や雑誌の一覧をひたすら作るのが仕事の司書軍団もいた。訂正された文書が保存される広大な保管庫があり、原本を破壊するための、隠れた巨大な焼却炉があった。そしてどこかは知らないが、まったく匿名で、この作業全体を調整して、方針を決める指導的な頭脳がいるはずだった。その方針によって、過去のこの部分は保存するがあの部分は偽造し、他の部分は消去する必要が生じるわけだ。

そして記録部は結局のところ、それ自体が真実省の一部局でしかなかった。真実省の主な仕事は過去を再構築することではなく、オセアニア市民に新聞、映画、教科書、テレスクリーン番組、芝居、小説などを提供することだ――ありとあらゆる情報、指令、娯楽、銅像からスローガンまで、叙情詩から生物学の論文、そして子供の書き取り帳からニュースピークの辞典まで。そして省は党の多種多様なニーズを満たすだけでなく、プロレタリアートのためにその活動を丸ごともっと低いレベルでも繰り返さなくてはならなかった。一連のまったく別個の部局が、プロレタリア向けの文学や音楽、ドラマ、娯楽などを扱っていた。ここで作られるのは、スポーツと犯罪と星占いしか載っていないクズのような新聞、扇情《せんじょう》的な安っぽい三文《さんもん》小説、セックスまみれの映画、そして多様化機と呼ばれる特殊な万華鏡《まんげきょう》により機械的に作曲される感傷的な歌だ。最低の種類のポルノ生産に従事する専門の課――ニュースピークではポルノ課《セック》と呼ばれる――すらあって、そこの産物は封印した封筒に入って送り出され、その作成に従事する人々以外の党員は、見ることが一切許されていなかった。

ウィンストンの作業中に、メッセージが三つ気送管から出てきたが、ごく単純なことだったので、二分憎悪で中断される前にそれらは片付けてしまった。憎悪が終わると、自分の小区画に戻り、棚からニュースピーク辞典を取って、話筆機を一方に押しやり、メガネをふいて腰を落ち着け、午前中の大仕事に取りかかった。

ウィンストンの人生最大の喜びは仕事だった。そのほとんどは退屈な定型作業だったが、中には実にむずかしくて複雑で、数学問題の深みにはまったときのように、没頭してしまうような仕事もあった――きわめて繊細《せんさい》な偽造で、英社主義《イングソック》の原理に関する知識と、党が何を言ってほしいかという推測以外は何も導いてくれるものがない仕事だ。ウィンストンはこの手のものが得意だった。ときどき、『タイムズ』のトップ記事の修正を任されることもあって、それは丸ごとニュースピークで書かれているのだった。さっき横にどけておいたメッセージをほどくと、こうある：

タイムズ　3・12・83　報告　bb　日令　二重プラス非好　参照　不人　全面改定　ファイル前　上提

オールドスピーク（または通常英語）ではこういうことになるだろうか：

タイムズ　1983年12月3日号の、ビッグ・ブラザーの日次指令報告はきわめて不満足なものであり、非在人物への言及がある。完全に書き直したうえでファイリングの前に上司に草稿を提出のこと。

ウィンストンは問題の記事を通読した。ビッグ・ブラザーの日次指令は、どうやら主にFFCCなる組織の仕事ぶりをほめるのに費《つい》やされていたようだ。これは浮上要塞の水兵たちに、タバコなどの嗜好《しこう》物を提供する組織だ。ある同志ウィザースなる人物、党内輪の重要人物が、中でも特筆すべき存在として選り抜かれ、二等傑出勲章《くんしょう》を与えられたのだった。

三ヶ月後、FFCCは何ら理由も示されないまま、突然解体された。おそらくウィザースやその仲間は解職されたのだろうが、新聞やテレスクリーンでの報道はまったくなかった。これはありがちなことだ。政治違反者たちは裁判にかけられたり、公式に糾弾されることすら滅多になかったからだ。何千もの人がからみ、裏切り者や思考犯罪者たちが自分の犯罪について惨めな自白をしてから処刑される、公開裁判を伴うような大粛清は、特別な見せ物で数年に一度くらいしか起きない。もっと普通の場合には、党の不興を買った人々はあっさり消滅し、二度と行方が知れることはなかった。彼らの身に何が起きたのか、まったく見当もつかなかった。一部の場合には、死んでさえいないのかもしれなかった。ウィンストンの個人的知り合い(両親は含めない)も三十人ほどこれまでに姿を消していた。

ウィンストンは紙クリップでそっと鼻をついた。通路を挟んだ小区画では同志ティロトソンが、相変わらず何かを隠すかのように話筆機の上にかがみ込んでいる。一瞬その顔があがった。またもや敵意に満ちたメガネの視線。ウィンストンは、ティロトソンが自分と同じ仕事に従事しているのではないかと思った。これほどに面倒な作業は、たった一人に任されることは決してない。一方、それを委員会にかけたら、偽造が行われていることを公式に認めることになってしまう。おそらくは一ダースもの人々が、ビッグ・ブラザーの本当の発言について、競合するバージョンを作る作業にかかっているのではないか。そして党内輪のマスター頭脳が、そのどれかのバージョンを選び、再編集して、必要となる相互参照プロセスを開始し、それから選ばれたウソが永続記録へとまわされて真実となる。

ウィンストンはなぜウィザースが解職されたか知らなかった。汚職のためか無能のためか。それともビッグ・ブラザーが、人気の出すぎた部下を始末しただけかもしれない。あるいはウィザースかその近くの人物が、異端傾向の嫌疑をかけられたのかもしれない。あるいは——これがいちばんありそうだったが——粛清や蒸散が政府にとって不可欠なメカニズムだからこれが起きただけなのかもしれない。唯一本物のヒントは「参照　不人」という言葉にあった。これはウィザースがすでに死んでいることを示唆している。逮捕されただけでは、死んだとは限らない。ときには釈放《しゃくほう》されて、一年から二年も自由にしていたあげくに処刑されることもあった。ごくまれに、とっくの昔に死んだと思っていた人物が、何か公開裁判で幽霊のように再登場し、何百という人々を告発する証言をしてから消滅することもあった。だがウィザースはすでに不人になっていた。彼は存在しなかった。存在したこともなかった。ウィンストンは、単にビッグ・ブラザーの演説の論調を逆転させるだけでは不十分だと考えた。もとの話題とまるっきり無関係な内容に変えた方がいい。

いつもの裏切り者や思考犯罪者に対する糾弾に仕立ててもいいが、それはちょっとあまりに見え透いている。一方で前線での勝利や第九次三カ年計画での生産ノルマ超過達成という勝利をでっちあげるのは、記録をあまりにややこしくしてしまうだろう。必要なのはまったくのおとぎ話だった。突然頭の中に、すっかり仕上がった形で、同志オギルヴィなる人物の姿が飛び込んできた。彼は最近戦闘で、英雄的な状況で死んだのだった。ときどきビッグ・ブラザーは、日次指令を慎《つつ》ましいたたき上げの党員の特集に仕立てることがあった。その人物の生と死が、人々の従うべき価値あるお手本として讃えられるのだ。この日は同志オギルヴィを特集したことにしよう。もちろん同志オギルヴィなる人物が存在しないのは事実だが、印刷物何行かと写真何枚かを偽造すれば、すぐに実在したことになる。

ウィンストンはしばし考え、話筆機を引き寄せると、ビッグ・ブラザーのおなじみの文体で口述を始めた。軍隊式でもありながら衒学《げんがく》的でもあり、そして質問を投げかけてすぐにそれに自分で答えるという手口のため（「この事実からどんな教訓が学べるだろうか、同志諸君？　その教訓とは」云々かんぬん)、真似しやすい。

　三歳にして同志オギルヴィは、太鼓とサブマシンガンとヘリコプター模型以外のあらゆるおもちゃを拒んだのだった。六歳にして――特別に規則を曲げることで規定より一歳早く――スパイ団に入った。九歳にして部隊長となった。十一歳のとき、叔父の会話を盗み聞きして犯罪傾向を感じとり、思考警察に告発した。十七歳で青年反セックス連盟の地区組織長となった。十九歳のときに設計した手榴弾《しゆりゆうだん》は平和省に採用され、最初の試験使用で一発で三十一人のユーラシア人囚人たちを殺すほどの性能を示した。二十三歳にして作戦行動中に絶命。重要な指令を携《たずさ》えてインド洋上空を飛行中に、敵のジェット機に追跡された彼は、機関銃を重りにして飛行機から海中に飛び込み、指令もろとも海の藻屑《もくず》と消えた――この末路を考えるとき、羨望《せんぼう》の念を感じずにいるのは不可能だ、とビッグ・ブラザーは述べた。ビッグ・ブラザーは同志オギルヴィの人生の純粋さと一途《いちず》さについていくつか言葉を足した。彼は完全にセックスを拒み、タバコも吸わず、一日一時間ずつジムで過ごす以外に娯楽は持たず、結婚と家族育成が一日二十四時間の任務への献身とは相容《あいい》れないという信念の下、生涯独身の誓いをたてていた。話すのは英社主義《イングソック》の原理のことばかりであり、人生の目的は敵ユーラシアの打倒と、スパイ、妨害工作者、思考犯罪者やその他裏切り者たちのあぶり出しだけだった。

　ウィンストンは、同志オギルヴィに傑出勲章を授与すべきか内心で議論した。最終的には、それはやめておいた。無用な相互参照作業が増えるだけだからだ。

　改めて向かいの小区画のライバルを一瞥した。ティロトソンがまちがいなく自分と同じ作業に没頭しているのだ、という確信がなぜか浮かんだ。最終的にだれのバージョンが採用されるかは知るよしもないが、ウィンストンはそれが自分のものであるはずだという深い自信を抱いた。一時間前は想像もしたことのなかった同志オギルヴィは、いまや事実となった。死人は創れるのに生者は創れないというのは、ちょっと不思議な気がした。現在には存在したことのなかった同志オギルヴィは、いまや過去に存在し、ひとたび偽造作業が忘れ去られれば、彼はシャルルマーニュやユリウス・カエサルと同じくらい権威をもって、同じ証拠に基づいて、実在したことになるのだ。

第5章

地下深くにある、天井の低い食堂で、昼食の行列がゆっくりよろよろと前進していった。部屋はすでにかなり満杯で、耳がつぶれそうなほどうるさかった。カウンターの格子からはシチューの湯気が絶えず流れ出し、そこには酸っぱい金属臭があったが、勝利ジンの臭いを打ち消すほどのものではなかった。部屋の奥には小さなバー、といってもただの狭苦しい片隅だが、そこからジンが大きなグラス一杯十セントで買えた。

「ちょうど探してたところだ」とウィンストンの背後から声がした。

振り向くと、調査部で働く友人のサイムだった。「友人」というのは必ずしも適切な言葉ではないかもしれない。最近では友人なんかおらず、同志がいるだけだ。だが同志の中には、一緒にいると他の同志よりは心地よい人物がいた。サイムは文献学者で、ニュースピークの専門家だ。実はニュースピーク辞典第十一版の編纂《へんさん》に従事している専門家の大軍勢の一人なのだった。かなりのチビで、ウィンストンより背が低く、黒髪と飛び出したような大きな目をしていて、それが哀れみと嘲笑《ちょうしょう》を同時にたたえており、話しかけているときにはこちらの顔を間近に観察するかのようだった。

「カミソリの刃《は》を持ってないかと思ってね」とサイム。

「一枚もないよ!」とウィンストンは、ある種の後ろめたさからくる性急さで答えた。「いたる所探し回ったよ。もう存在しなくなってるんだ」

みんなカミソリの刃がないか人に聞いて回っている。実はウィンストンは、未使用のものを二枚ため込んでいた。過去何ヶ月も、カミソリが大欠乏状態だったのだ。党の店はいつも何かしら切らしていた。あるときはボタン、あるときは繕《つくろ》い用の毛糸、あるときは靴紐《くつひも》。いまはそれがカミソリの刃なのだ。手に入れようと思ったら、「フリー」マーケットでこっそりと探し回るくらいしかないし、それも確実ではない。

「同じ刃をもう六週間も使ってるんだ」とウィンストンは、ウソをつけ加えた。

行列がまたじわりと前進した。それが止まると、振り返ってサイムとまた向かい合った。二人とも、カウンターの端の山からベトベトの金属トレーを取った。

「昨日、囚人たちの絞首刑を見に行ったかい?」とサイム。

「仕事があったんだよ。映画で見ようかな」とウィンストンは無関心を装った。

「実物を見るよりはるかに劣るな」とサイム。

そのからかうような目がウィンストンの顔を値踏みした。その目はこう言っているようだった。「おまえのことはわかってるぞ。おまえなんかお見通しだ。おまえが囚人たちの絞首刑を見に行かなかった理由はよーく知ってるとも」。知的な面で、サイムは反吐《へど》が出るほどの正統派だった。敵の村へのヘリコプター襲撃や、思考犯罪者の裁判や自白、愛情省の監獄での処刑などに、不快なほど大喜びして満足を示すのだった。話をするときにはそうした話題をかわし、できることならニュースピークの詳細に没頭させるのがコツだ。この話題であれば、彼は権威だったしおもしろかった。ウィンストンはちょっと顔をそむけて、その大きな黒い目の検分を避けた。

「なかなかの絞首刑だったんだが」とサイムは回想するように言った。「でも足を縛りあわせると台無しだと思うんだな。足をばたばたさせるのが見たいよ。そして何よりも、最後に舌がだらんと出てきて、それが青いんだ――それもかなり真っ青。そういう細部に魅力を感じるんだ」

「次どうぞ！」と、おたまを持った白エプロン姿のプロレが叫んだ。

ウィンストンとサイムはトレーを格子の下に置いた。それぞれにすばやく規定昼食がどしんと載せられた――ピンク色がかった灰色のシチュー入りの金属製小皿、パンのかたまり、四角いチーズ、ミルクなしの勝利コーヒー入りコップ、サッカリンが一錠《いちじょう》。

「あそこに空きテーブルがあるぜ、テレスクリーンの下のとこ。途中でジンをもらっていこう」とサイム。

ジンは取っ手のない瀬戸物製のマグで支給されていた。二人は混雑した部屋の中を縫《ぬ》って横切り、上が金属製のテーブルの上に、トレーの上のものを移した。テーブルの片隅にはだれかがシチューをこぼしたのがたまっている。醜《みにく》い液状の汚物で、ゲロみたいに見える。ウィンストンはジンのマグを手に取り、勇気をかき集めるために一瞬動きを止めて、油くさい液体を一気に飲み干した。目をしばたいて涙を払うと、急に腹が減っているのに気がついた。彼はスプーンでシチューを掻《か》き込みはじめた。それはおおむねどろどろした液体の中に、スポンジ状のピンクがかった四角いものが入っていて、たぶん調理した肉なのだろう。二人とも、金属小皿を空にするまで一言も口をきかなかった。ウィンストンの左後方のテーブルでは、だれかが早口で絶え間なくしゃべっており、そのきつい口調はほとんどアヒルの鳴き声のようで、それが部屋全体の喧噪《けんそう》を突き破って聞こえてくる。

「辞典はどんな具合？」ウィンストンは騒音に負けないよう声を張り上げた。

「ぼちぼち。形容詞にかかったところ。すばらしいぜ」

ニュースピークの話になったとたん、サイムの顔つきが明るくなった。金属小皿を脇に押しやり、パンのかたまりをひ弱な片手に、チーズをもう片方の手に取ると、テーブル越しに身を乗り出して、怒鳴らなくても話ができるようにした。

「第十一版は決定版なんだ。言語を最終形に仕立ててる——他のだれもこれ以外の言葉をしゃべらなくなったときの形なんだよ。おれたちの仕事が完成したら、君みたいな人はそれを最初っから学び直さないとダメだ。敢えて言うが、君はおれたちの主な仕事が新語の発明だと思ってるだろう。だが大まちがい！　おれたちは言葉を破壊してるんだよ——それも大量に、毎日何百もね。言語を骨までそぎ落とす。十一版には、２０５０年までに古くなるような単語は一語たりとも入ってない」

サイムは飢《う》えたようにパンをかじると何口か飲み込み、衒学者にも似た熱意で話を続けた。その細く陰気な顔が活気づき、目からはもはやバカにしたような表情が消え、ほとんど夢見るような表情になっている。

「何とも美しいんだな、この言葉の破壊ってやつは。もちろん大量に始末されるのは動詞や形容詞なんだが、処分できる名詞だって何百もある。同義語だけじゃない。反対語だってある。だって、何か別の言葉の単なる反対語なんて、存在が正当化できるかね？　言葉はそれ自身の中にその反対語を含んでいる。たとえば『良い』を考えよう。『良い』という言葉があるんなら、『悪い』なんて言葉がなんで要るね？　『非良い』でも十分に用が足りる——いや、むしろこのほうがいい。こっちはずばり反対の言葉だけれど、『悪い』だとそうはいかないから。あるいはまた、『良い』の強調版がほしいなら、『すばらしい』『見事』とかその他あれこれ、漠然とした役立たずな言葉をあれこれ抱えているのがまともと言えるか？『プラス良い』でその意味はカバーできる。あるいはもっと強いものが欲しいんなら『二重プラス良い』でいい。もちろん、この形式はすでに使われているけれど、ニュースピークの最終版ではそれ以外のものはなくなる。最終的には良さ、悪さの概念すべてがたった六語でカバーされる——現実にはたった一語で。この美しさがわからないか、ウィンストン？もちろんもとはＢＢのアイデアだ」と彼は後付のように付け加えた。

ビッグ・ブラザーの名前が出て、ウィンストンの顔には形ばかりの厳粛さめいたものがチラリと浮かんだ。それでもサイムはすぐに、そこにある種の関心欠如を感じ取った。

「ウィンストン、君はニュースピークが本当にわかってないなあ」と彼はほとんど悲しげに言った。「自分でそれを書いているときにすら、君は相変わらずオールドスピークで考えてる。『タイムズ』に君が書いたその手の記事をたまにいくつか読むよ。それなりにいいが、でも翻訳《ほんやく》だ。内心ではオールドスピークにこだわって、そのあいまいさや役立たずの意味の陰影を残したいんだろう。言葉の破壊の美しさがつかめていない。ニュースピークは世界中で、語彙《ごい》が毎年減る唯一の言語だって知ってたか？」

もちろんそのくらい知っていた。ウィンストンは、にっこりしてみせた。同意を示す微笑に見えてくれることを願った。何か言ってごまかしおおせる気がしなかったのだ。サイムは黒ずんだパンのかけらをまたかじり取り、しばらく噛んでから先を続けた。

「ニュースピークのそもそもの狙いは、思考の幅を狭めることなんだってのがわからんか？　最終的に我々は思考犯罪そのものを文字通り不可能にする。それを表現する言葉がなくなるからだ。必要とされるあらゆる概念は、ずばり一語で表現され、その意味は厳密に定義され、その付属的な意味はすべてもみ消され忘れ去られる。すでに第十一版でその地点にかなり近づいている。だがプロセス自体は君やおれが死んでからもずっと続く。毎年言葉はどんどん減る。今でももちろん、思考犯罪の理由も口実もあり得ない。単なる自己規律、現実統制の問題だ。だが最終的にはその必要性さえなくなる。言語が完璧になれば革命は完全になる。ニュースピークは英社主義《イングソック》で英社主義《イングソック》がニュースピークだ」と彼は、何やら神秘めかした満足をこめて付け加えた。「ウィンストン、どんなに遅くても２０５０年には、存命中の人間はだれ一人として、いま我々が交《か》わしているような会話は理解できなくなるんだぜ、わかるか？」

「ただし――」とウィンストンは疑念をこめて始めたが、そこで口を閉じた。「プロレ以外は」とほとんど舌の先まで出かかっていたが、自分を抑えた。そうした発言に非正統的な部分がいささかもないかどうか、確信しきれなかったのだ。だがサイムは、こちらの意図を感じ取ってしまっていた。

「プロレどもは人間じゃないから」と彼は事もなげに言った。「２０５０年には――おそらくはもっとはやく――オールドスピークのまともな知識はすべて消えてる。過去の文学すべては破壊される。チョーサー、シェイクスピア、ミルトン、バイロン――すべてニュースピーク版しかなくなる。何かちがうものに変えられただけじゃない、もともとの作品とは矛盾するようなものに変えられるんだ。党の文献すら変わる。スローガンでさえ変わる。「自由は隷属《れいぞく》」というスローガンなんて、自由の概念が廃止されたらあり得ないだろう？　思考の環境そのものが丸ごとちがったものになる。実際、いま理解されているような意味での思考はなくなる。正統性とは考えないこと――考える必要がないことだ。正統性は無意識なんだ」

いつの日か、サイムは蒸散されるぞ、とウィンストンはいきなり深く確信した。知的すぎる。はっきりものが見えすぎ、率直に語りすぎる。党はそういう人間がお気に召《め》さない。いつの日かこいつは消えうせる。それは彼の顔にはっきり書かれていた。

ウィンストンはパンとチーズを食べ終えた。椅子の中で少し横ずわりになってマグからコーヒーを飲んだ。左側のテーブルでは声高な人物がまだ何の反省もなくしゃべり続けていた。彼の秘書だろうか、若い女性がウィンストンに背を向けてすわっていて、彼の話に耳を傾け、その発言すべてに熱心に同意しているようだった。ときどき、若々しくいささかバカのような女性的な声でつぶやかれる、「ほんとにおっしゃる通りだと思います、心底同意します」といった発言が耳に入ってきた。だがもう一つの声は一瞬たりとも、女子がしゃべっている時ですら止まることはなかった。ウィンストンはその男を見かけたことはあったが、創作部のお偉いさんだということ以外は何も知らなかった。三十歳くらいの男性で、筋肉質ののどと、大きくよく動く口を持っていた。頭を少し後ろに傾けていて、そのすわっている角度のおかげでメガネに光が反射して、ウィンストンのほうには目のかわりに、黒い何もない円盤が二つ見えるだけだった。ちょっと恐ろしかったのは、彼の口から流れ出る音の流れから、単語一つたりとも識別できないということだった。たった一度だけ、ウィンストンは一節を聞き分けられた――「ゴールドスタイン主義の完全かつ最終的な排除」――がえらく早口に出てきて、まるでひとかたまりの、まとめて鋳造《ちゅうぞう》された一行の活字のようだった。それ以外の部分はただの雑音、ガアガアガアという鳴き声だった。だがそれでも、男が言っていることを実際には聞き取れなくても、その全般的な性質についてはまったく疑問の余地はなかった。ゴールドスタインを糾弾し、思考犯罪者やサボタージュ犯への対応厳格化を要求しているのかもしれない。ユーラシア軍の残虐《ざんぎゃく》行為について激怒しているのかもしれない。ビッグ・ブラザーか、マラバー前線の英雄たちを賞賛しているのかもしれない——どれだろうと何のちがいもなかった。それが何であろうと、そのあらゆる単語は純粋な正統教義、純粋な英社主義《イングソック》なのは断言できた。目のない顔のあごが急速に上下に動くのを見ているうちに、ウィンストンはこれが本当の人間ではなく、一種の木偶《でく》人形なのだという不思議な感覚にとらわれた。しゃべっているのはこの男の脳ではなく、声帯なのだ。彼から出てくるものは言葉で構成されてはいるが、それは本当の意味での発話ではない。それは無意識のうちに発せられる雑音で、アヒルがガアガア鳴くようなものなのだ。

サイムはしばらくだまっていて、スプーンの柄でシチューの淀みの中にパターンをくりかえしなぞっていた。向こうのテーブルからの声は早口でガアガア言い続け、まわりの喧噪にもかかわらず容易に聞き取れた。

「ニュースピークにある単語で、君が知ってるかはわからんが。ダックスピーク、アヒルのようにガアガア鳴くこと。二つの矛盾した意味を持つおもしろい言葉の一つなんだ。敵について使うとそれは罵倒で、同意する相手に使うとそれはほめ言葉になる」

まちがいなくサイムは蒸散させられるな、とウィンストンは再び考えた。そう思うといささか悲しくなった。とはいえサイムが自分を軽蔑し、少し嫌っているのは十分に承知していたし、理由さえあればすぐに自分を思考犯罪者として告発できるのも知っていた。サイムには何かちょっとおかしいところがあった。何か欠けているものがある。思慮、超然としたところ、一本抜けた、憎めないところ。彼が非正統的だとは言えない。彼は英社主義《イングソック》の原理を信じ切っていたし、ビッグ・ブラザーを崇拝し、勝利には大喜びで、逸脱者が大嫌いで、しかも本気で嫌うにとどまらず一種の落ち着きのない情熱をもって嫌っていた。最新の情報をひたすら求め、通常の党員はその足下にも及ばない。だがかすかな不敬の雰囲気が常につきまとっていた。言わぬが仏のことを言ってしまうし、あまりに本を読みすぎているし、画家やミュージシャンのたまり場である栗《くり》の木酒場にも通っていた。栗の木酒場に通ってはいけないという法律はないし、不文律さえないが、それでもその場所はなぜか不吉だった。党の古い、追い落とされた指導者たちは、そこに集まるのが通例だったが、その後ついに粛清された。ゴールドスタイン自身も、何年も前、何十年も前に、ときどきそこに姿を現したとされる。サイムの運命は簡単に予想がついた。だがサイムがほんの三秒ほどであっても、自分の、つまりウィンストンの秘密の意見がどんなものかを把握したら、即座に思考警察に売り渡すのはまちがいなかった。それを言うなら、他のだれでも同じだ。だがサイムは他のみんなよりその度合いが強い。情熱だけでは不十分だ。正統教義は無意識なのだ。

サイムが目を上げた。「パーソンズがきたぜ」

その声色の何かが「あの薄らバカの」と付け加えたように感じられた。パーソンズは、勝利マンションでのウィンストンのご近所で、確かに部屋を横切ってくるところだった――太った中くらいの大きさの男性で、金髪でカエルのような顔を持っている。三十五歳だというのに、すでに首とウェストに脂肪《しぼう》のかたまりをつけつつあったが、その動きはすばやく少年っぽかった。その外見すべては男の子をそのまま大きくしたような感じで、既定のオーバーオールを着ているとはいえ、スパイ団の青い半ズボン、灰色のシャツ、赤いネッカチーフを身につけているところを想像せずにはいられなかった。彼を思い描くときにはいつも、くぼみのあるひざ小《こ》僧《ぞう》、ぷくぷくした前腕からまくられた袖を思い描いてしまう。実際パーソンズは、コミュニティハイキングなど、身体活動で口実さえあれば、必ず半ズボンを身につけるのだった。彼はこちら二人に、「いよう、いよう」と陽気にあいさつし、テーブルについて、強烈な汗のにおいを放った。そのピンクの顔からは滴となった湿気がいたるところに立ち上っていた。その発汗能力は驚異的だった。コミュニティセンターでは、彼が卓球をやっていると、すぐわかった。ラケットのグリップが湿っているからだ。サイムは長い言葉の列が書かれた紙切れを取り出して、それを指に挟んだインキ鉛筆で検討していた。

「こいつ、昼食時間もこうやって仕事だぜ」とパーソンズはウィンストンを小突いた。「熱心さってやつだよな。そこに持ってるのはなんだい、旦那《だんな》？　なんかオレにはちょっとむずかしすぎるものだろうな。スミスの旦那、なんであんたを追いかけ回してるか教えてやろうか。オレに払うの忘れた、あの寄付金だよ」

「どの寄付だっけ？」とウィンストンは自動的に服の上からお金を探った。給与の四分の一ほどは自発的な寄付用に取り置かれていたが、その種類があまりに多すぎて、どれがどれかもわからないほどなのだった。

「憎悪週間のやつだよ。ほら――家ごとの基金。うちの街区はオレが財務担当なんだ。全面的に打ち出すつもりなんだぜ——すごいショーを仕掛けてやる。いやあ、言っておくが勝利マンションが街路でいちばんでかい旗の掲示をしてなくても、オレのせいじゃないからな。二ドル出すって約束してくれたよな」

ウィンストンは、しわくちゃの汚い紙幣《しへい》二枚を見つけて渡し、パーソンズはそれを小さな手帳に書き留めた。文盲《もんもう》ならではのていねいな手書き文字だ。

「ところでだね、旦那、うちの乞食小僧が、昨日パチンコであんたを狙ったって聞いたよ。それについてはしっかり折檻しといたから。それどころか、二度とやったらパチンコを取り上げると言ってやったよ」

「処刑にいけなくてちょっと機嫌が悪かったんだろう」とウィンストン。

「ああ、まあな——オレが言いたいのは、まともな精神を見せてたってことだ、そうだろ？　イタズラばかりの物乞《ものご》いチビどもだ、あの二人とも。だが目の鋭さときたら！　連中が考えるのはスパイどものことだけ、それに戦争だ、もちろん。うちの娘がこないだの土曜に何をしたと思う？　部隊がバーカムステッドのほうにハイキングにでかけてたときだぜ？　他に女の子二人をつれて、ハイキングから抜けだし、午後中ずっと変な男を尾行してたんだ。二時間もずっと尾行して、森の中をずっと、そしてそれからアマーシャムに入ったら、パトロールに引き渡したんだ」

「なぜそんなことを？」ウィンストンはいささか驚いた。パーソンズは勝ち誇ったように続けた。

「うちの子はそいつがまちがいなく何やら敵のエージェントだと確認したんだ——たとえばパ

ラシュートで降下したかなんかかもな。だが重要な点というのはだな、旦那。そもそもなんで娘がそいつに目をつけたと思う？　そいつが変な種類の靴を履いてたのに気がついたんだよ――そんな靴を履いてるやつにはこれまでお目にかかったことがないそうだ。だからそいつは外国人だった可能性が高い。七歳の小娘にしちゃ、かなり賢いだろうが？」

「その男はどうなった？」とウィンストン。

「ああ、そいつはオレにはわからんよ、もちろん。だがこうなってても驚かんね」とパーソンズはライフルを構えるふりをし、そして舌を鳴らして爆発を示してみせた。

「いいことだ」とサイムはあいまいに言ったが、紙切れから顔を上げようともしない。

「もちろん万が一の危険は冒《おか》せないからな」ウィンストンも唯々諾々《いいだくだく》と合意した。

「オレが言いたいのはさぁ、だって戦争が続いてるもんな」とパーソンズ。

これを裏付けるかのように、頭上のテレスクリーンからラッパが漂い出てきた。だが今回は軍事的勝利の宣言ではなく、単に豊富省からの発表だった。

熱烈な若々しい声が叫んだ。「同志諸君、聞きたまえ！　輝かしいニュースがあります。生産のための戦いに勝利しました！　あらゆる消費財の産出量についていまや完了した集計を見ると、生活水準は前年比で最低でも20パーセント高まったことがわかりました。今朝はオセアニア全土で、抑えようのない自発的なデモが生じ、労働者たちが工場やオフィスから行進して出てくると、横断幕を掲げて通りをパレードし、ビッグ・ブラザーへの感謝を述べたのです。彼の賢明なるリーダーシップが与えてくださった、我々の新しい幸福な生活に対する感謝を口々に述べました。集計された数字をいくつかお示ししましょう。食品は――」

「我々の新しい幸福な生活」という一節が何度か繰り返された。これは豊富省の最近のお気に入りだった。パーソンズはラッパの音に気を取られて、唖然《あぜん》とするような荘厳さでそれを聞き続けた。一種の教化された退屈さだ。数字は追えなかったが、それが何らかの形で満足すべきものなのだということはわかった。彼は巨大で汚いパイプを引っ張り出したが、それはすでに焦《こ》げたタバコが半分詰まっていた。葉タバコの配給が週百グラムでは、パイプをいっぱいまで満たすなどほぼできない相談だ。ウィンストンは、慎重に水平を保った勝利タバコを吸っていた。新しい配給は明日まで始まらないし、残ったタバコは四本だけだったのだ。その瞬間では、彼は遠くの雑音に対しては耳を閉ざし、テレスクリーンから流れ出すものに聞き耳をたてた。どうやらチョコレート配給を週二十グラムに増やしてくれたことで、ビッグ・ブラザーに感謝するデモまであったらしい。そしてほんの昨日、配給が週二十グラムに**減らされる**という発表があったばかりだったのだ。こんな話を、みんながたった二十四時間後に鵜呑みにするなんてあり得るのだろうか？　そう、みんな鵜呑みにした。パーソンズは楽々と、動物の愚かさをもって鵜呑みにした。向こうのテーブルの目なし動物はそれを熱烈に、情熱的に鵜呑みにして、先週の配給量は三十グラムだったと示唆するものを全員追跡し、糾弾し、蒸散させようというすさまじい欲望を発揮して見せた。サイムもそうだ——もっと複雑な、二重思考を使ったやり方で、サイムも鵜呑みにしていた。ならば、記憶を持っているのは自分一人なのだろうか？

テレスクリーンからはすばらしい統計が流れ出し続けた。去年と比べると、食品、衣服、住宅、家具、鍋、燃料、船、ヘリコプター、本、赤ん坊がすべて増えていた——あらゆるもの、病気や犯罪や狂気以外はすべて増えていたのだ。毎年毎年、一分ごとに、全員、あらゆるものが急激に猛然と上昇していた。サイムがさっきやっていたように、ウィンストンはスプーンを手に取って、それをテーブルの上にこぼれた淡い色の肉汁につっこんで、そこから長い線を引っ張り出してパターンを描きはじめた。そして人生の物理的な様相について、恨みがましく思案した。ずっとこんな様子だったのか？　食べ物はいつもこんな味だったろうか？　彼は食堂を見回した。天井の低い混雑した部屋で、無数の肉体の接触により壁はべとついていた。ボコボコの金属テーブルや椅子が、あまりに密に寄せ集められているので、すわると肘《ひじ》が触れあう。曲がったスプーン、へこんだトレー、粗雑な白いマグカップ。あらゆる表面は脂ぎって、あらゆる割れ目に汚れが詰まっている。そしてひどいジンとひどいコーヒーと金属味のシチューと汚れた衣服が入り混じった、酸っぱい匂い。いつも腹の底と肌には、一種の抗議があった。何か自分が権利を持つものをだまし取られた、という感覚だ。確かに、何かが大きくちがっていたという記憶はなかった。正確に思い出せるあらゆる時代には、食べ物はいつも不十分で、靴下や下着で穴だらけでないものはなく、家具はいつもボロボロで壊れかけ、部屋の暖房は弱すぎ、地下鉄は混雑し、家は崩壊寸前で、パンは黒っぽく、紅茶はめったに手に入らず、コーヒーは泥のような味で、紙巻きタバコは不十分——合成ジンを除けば安く豊富なものはない。そしてもちろん、これは肉体が年をとるにつれて悪化したとはいえ、その不快と汚れと物不足、果てしない冬、靴下のベトベトぶり、いつも動かないエレベーター、冷たい水、カスだらけの石けん、バラバラになる紙巻きタバコ、奇妙なひどい味の食べ物に心が病むというのは、これが物事の自然な秩序などではないしるしなのではないだろうか？　物事がかつてはちがったという先祖からの何か記憶でもない限り、なぜそれが耐えがたいなどと感じてしまうのか？

改めて食堂を見回した。ほとんどみんな醜悪だったし、制服の青いオーバーオール以外の服を着ていても、やはり醜かっただろう。部屋の向こう端には、小柄で奇妙なほどカナブンに似た男が一人でテーブルに向かってコーヒーを飲んでおり、その小さな目は左右に怪しげな視線をキョロキョロ向けている。あたりを見回しさえしなければ、党が理想として設けた身体タイプ——背の高い筋肉質な若者と胸の張り出した乙女、ブロンドの髪、活気にあふれ、日に焼けて何の懸念もない——が実在して主流ですらあると思ってしまうのは、何とも簡単なことだなあ、とウィンストンは思った。実は彼が判断できる限り、このエアストリップ・ワンの人々の大半はチビで暗く機嫌が悪かった。あのカナブンめいたタイプの連中は、おもしろいくらいに省庁にはびこっているのだ。小柄で陰気な男たち、人生のきわめて早い時期に太りはじめ、短足でシャカシャカと動き、太った不可思議な顔で目はやたらに小さい。党の支配下ではそういうタイプが最も繁栄しやすいらしい。

豊富省からの発表は、再度のトランペット音と共に終わり、キンキンした音楽がかわりに流れはじめた。パーソンズは数字を大量に見せられてなにやら興奮したらしく、パイプを口から取り出した。

「豊富省はまったく、今年はすばらしい仕事ぶりだな」と彼は、いかにも事情通ぶって首を振って見せた。「ちなみにスミスの旦那よ、融通できるようなカミソリの刃なんか持っちゃいねえよな?」

「一つもない」とウィンストン。「こっちだって同じ刃を六週間も使ってるんだ」

「まあそうだよなあ——訊《き》くだけ訊いてみようと思ってな」

「すまん」とウィンストン。

隣のテーブルのガアガア声は、省の発表中は一時的に静まっていたが、それが以前に負けない大音量で再開した。なぜだかウィンストンは、気がつくといきなりパーソンズ夫人のことを考えていた。ゴワゴワの髪の毛と、顔のしわにはほこりが溜まった女性だ。二年しないうちに、その子供たちは母親を思考警察に告発するだろう。パーソンズ夫人は蒸散させられる。サイムも蒸散。ウィンストンも蒸散。オブライエンも蒸散。だがパーソンズ自身は決して蒸散させられない。ガアガア声の目なしの生き物は決して蒸散させられない。省庁の迷路のような廊下を実に巧みにカサコソうろつく、小さなカナブンめいた連中も、決して蒸散させられない。あの黒髪女子、創作部からの女子——彼女も決して蒸散させられない。だれが生き残りだれが消えるか、直感的にわかるようだった。だが生存を可能にするのがずばり何なのかとなると、なかなかわからなかった。

この瞬間、彼はギョッとして我に返り、空想からむりやり引き出された。隣のテーブルの女子が少し向きを変えて、こちらを見ていた。あの黒髪女子だ。こちらを横目で見ていたが、その視線は奇妙なほど強烈だった。目が合った瞬間、彼女はまた目をそらした。

ウィンストンの背中に冷や汗が吹き出てきた。全身をひどい恐怖の衝撃が貫いた。一瞬で消えたが、何かしつこい不安が残った。なぜ彼女はおれを見ていたんだろう？　なぜおれをつけまわすんだろう？　残念ながら、自分がきたときに彼女がすでにいたのか、後からやってきたのか思い出せなかった。だが少なくとも昨日、二分憎悪のとき、特にこれという必然性もないのに彼女は真後ろにすわったのだ。真の狙いは自分に聞き耳をたてて、十分に大声で怒鳴っているかを確かめることだった可能性が高い。

さっきの考えが戻ってきた。おそらく彼女は思考警察の一員ではないのだろう。だがそれを言うなら、最も危険なのはまさに素人のスパイなのだ。彼女がいつまで自分を見ていたかはわからなかったが、ヘタをすれば五分にもなった可能性があり、自分がその間に表情を完全に抑制していなかった可能性もある。何か公共の場にいたりテレスクリーンの範囲内にいたりするときに、物思いにふけるのはきわめて危険だった。ほんのつまらないことでも命取りになりかねない。神経質な顔のひきつり、無意識のうちに見せる不安の表情、ぶつぶつつぶやく習慣――少しでも異常性の示唆を伴うものや、何か隠し事をしているという示唆を持つものは何でも。いずれにしても、不適切な表情（たとえば勝利が発表されたときに、不信の表情をするなど）はそれ自体が処罰の対象となる罪だ。ニュースピークにはそれを指す単語さえある。顔罪《フェイスクライム》と呼ばれるものだ。

女子は再びこちらに背を向けた。ひょっとすると結局彼女は自分を尾行したりはしておらず、二日続けて近くにすわったのは、偶然だったのかもしれない。タバコの火が消えたので、彼はそれを慎重にテーブルの端に置いた。中のタバコの葉を温存できたら、仕事の後で吸い終えよう。隣のテーブルにいる人物は思考警察のスパイである可能性がかなり高く、自分が愛情省の監獄に三日以内に入れられる可能性はかなり高いが、タバコの吸いさしは無駄にしてはならない。サイムは自分の紙切れを折りたたんでポケットにしまった。パーソンズはまた話し始めた。

「旦那、話したかもしれねーがな、うちの物乞い二人がマーケットばばあのスカートに火を放ったんだよ」と彼はパイプの吸い口を回しつつ笑って見せた。「ＢＢのポスターでソーセージを包んでたのを見かけたからってな。後ろから忍び寄って、マッチ一箱で火をつけてやった。かなりのヤケドを負ったはずだぜ。まったくろくでもない。だが熱意は折り紙つき！　スパイ団でいまや連中がやるのは、そういう一級の訓練なんだ——オレの頃よりもいいくらい。お上がガキどもによこした最新の装備は何だと思う？　鍵穴越しに聞き耳立てるための盗聴耳当てだよ！　娘がこないだ一つ持って帰ってきたんだ——うちらの居間のドアで試してみて、鍵穴に耳をあてるより二倍もよく聞こえるとさ。もちろんただのオモチャだぜ、言っとくけど。それでも、ちゃんとした考え方は身につくだろ、え？」

その瞬間にテレスクリーンが突き刺すようなホイッスルを鳴らした。仕事に戻る合図だった。三人とも即座に立ち上がり、エレベーター周辺の争いに加わり、そして残ったタバコの葉がウィンストンのタバコからこぼれ落ちた。

第6章

ウィンストンは日記にこう書いていた：

三年前のことだった。暗い夜のこと、大きな鉄道駅の近くにある狭い脇道だ。彼女は壁にある戸口近く、ほとんど光のない街灯の下に立っていた。若い顔を分厚く塗っている。私が惹かれたのは実はその塗りなのだった。その仮面のような白さと、明るい赤い唇《くちびる》。党の女性は絶対に顔を塗らない。道にはだれもおらず、テレスクリーンもなかった。彼女は二ドルと言った。私は――

先を続けるのがあまりにつらくなった。彼は目を閉じて指を押し当て、絶えず繰り返されるその光景をそこから絞り出そうとした。一連の卑猥《ひわい》な言葉を絶叫したい圧倒的なほどの誘惑にかられた。あるいは壁に頭を叩きつけ、テーブルを蹴り倒し、インキの壺を窓から投げ出したい――自分を苦しめる記憶を黒塗りしてくれるものなら、どんな暴力的で騒々しいことでもやりたくなった。

最大の敵は、自分自身の神経系なのだ、と彼は考えた。自分の中の緊張が、いつ何か目に見える症状としてあらわれてもおかしくない。数週間前に道端ですれちがった男のことを思い浮かべた。ごく普通に見える男性で、党員で、三十五歳から四十歳ほど、背は高めでやせていてブリーフケースを持っていた。数メートル離れたところで、その男の顔の左半分がいきなり、何かけいれんで歪《ゆが》みはじめた。ちょうどすれちがったときにも、同じことが起きた。ちょっとしたひくつき、震え、カメラのシャッター音並みに一瞬。だが明らかに習慣的だ。そのときの自分の考えも思い出した。あの哀れな野郎はおしまいだ、と思ったのだ。そして恐ろしいことに、その男の行動はおそらくは無意識のものだったのだ。何よりも致命的な危険は寝言だった。彼の知る限り、それを防ぐ方法はないのだ。

彼は息を吸い込むと書き続けた。

その女と戸口をぬけて裏庭を通り、地下の台所に行った。そこの壁際にベッドがあり、テーブルにひどく灯りを落としたランプがあった。彼女は――

歯を食いしばった。唾《つば》を吐き捨てたくなった。地下室の台所の女のことと同時に、彼は妻キャサリンのことを考えた。ウィンストンは結婚していた――少なくともかつては結婚していた。たぶんいまでも、妻が死んでいないとわかっている以上、結婚は続いているのだろう。再びあの地下の台所の、ぬるい息詰まる匂いが漂ってくるようだった。その匂いはムシや汚い服や、悪質な安手の香水でさらにひどくなっていたが、それでも魅惑的だった。というのも党の女性はだれも決して香水など使わず、また使うところを想像すらできないからだ。香水を使うのはプロレだけだった。彼の内心では、その香りは交接とどうしようもなく混じり合っているのだった。

その女についていったのは、二年かそこらで初めてのぶりかえしだった。売春婦との関係はもちろん禁止されていたが、それはたまに勇気を出して破るルールの一つなのだ。危険ではあるが、生死に関わるものではない。売春婦といっしょのところを捕まれば、強制労働キャンプで五年くらいか。他に違反がなければそれ以上にはならない。そして現行犯で捕まるのさえ避ければ、実に簡単だった。貧困地区は、すぐに自分を売りに出す女だらけだった。中にはジンのボトル一本で買える女もいた。プロレはジンを飲んではいけないことになっていたのだ。暗黙のうちに、党は売春を奨励《しょうれい》する傾向さえあった。完全に抑圧《よくあつ》できない本能のはけ口となるからだ。単なる背徳など大した問題ではない。それがこっそり行われ、歓《よろこ》びがなく、埋もれて軽蔑されている階級の女しか関与していなければそれでいい。許されざる犯罪は、党員同士の乱交だった。だが——これは大粛清で糾弾された犯罪者たちがいつも必ず自白する罪の一つなのだが——そんなことが実際に起きているのを想像するのはむずかしかった。

党の狙いは、単に男女が党の統制の効かない忠誠関係を形成するのを防ぐというだけではない。その本当の口に出さない目的は、性行為からあらゆる歓びを取りのぞくことだった。結婚の内外問わず、敵は愛ではなくエロティシズムだ。党員同士の結婚はすべて、そのために任命された委員会の承認が必要で——この原理は決して明示されなかったが——そのカップルが、肉体的に惹かれあっているという印象を与えたら、絶対に許可は下りなかった。結婚の唯一認知された目的は、党に奉仕する子供を得るためだ。性交はいささか嫌悪すべきちょっとした手術、浣腸《かんちょう》を受けるようなものと見られた。これまた、明言されることはなかったが、間接的にあらゆる党員に子供時代からずっと刷り込まれるのだ。青年反セックス連盟などという組織まであった。これは両性の完全な禁欲を訴える団体だ。あらゆる子供は人工授精（ニュースピークでは人精と呼ばれる）で得られ、公的機関で育てられるべきだとのこと。これが完全に真面目に主張されているわけではないのはウィンストンも知っていたが、それでもなぜかこれは党の全般的イデオロギーにうまくはまっているのだ。党は性的本能を殺すか、殺せないならそれを歪めて汚いものにしようとしていた。なぜそうなのかはわからなかったが、それが自然なことに思えた。そして女性に関する限り、党の努力はおおむね成功していた。

再びキャサリンのことを考えた。別れてからもう九年、十年——十一年近くになるはずだ。自分が彼女のことをほとんど考えないのは不思議だった。ときには何日も続けて、自分が結婚していたことさえ忘れてしまえるのだ。いっしょにいたのはたった十五ヶ月ほどだ。党は離婚を認めなかったが、子供がない場合には離別を積極的に奨励した。

キャサリンは背が高く金髪の女子で、きわめて背筋がのびた、見事な身のこなしをしていた。目鼻だちのはっきりした、わし鼻の顔だ。気高いと呼べそうな顔なのだが、それはその背後には能《あた》う限りほぼ何一つないのだというのを発見するまでのことだ。結婚生活のきわめて早期に彼は、キャサリンこそ自分が出会った中で、例外なく最も愚かで粗野で空疎な心の持ち主だと確信した——とはいえそれは単に、キャサリンほど身近で過ごした人間が他にいなかっただけのことで、他のみんなも大差ないのかもしれないが。彼女の頭の中にはスローガンでない思考など一つたりともなく、どんなまぬけな主張だろうと、党から渡されたら彼女が鵜呑みにしないものは、まったく一つたりとも存在しないのだった。「人間サントラ」と彼はキャサリンに内心であだ名をつけていた。だが一つのことさえなければ、彼女との暮らしも耐えられただろう。

その一つとは——セックスだ。

触れたとたん、彼女は身を縮めて硬直するようだった。彼女を抱きしめるのは、ちょうつがいでつなげた木製の人形を抱くようなものだった。そして奇妙だったのは、彼女がこちらを抱きしめているときですら、彼女が同時に全力で自分を押しやっているような感じがしたということだ。彼女のこわばった筋肉がそんな印象を与えたのだ。目を閉じてそこに横たわり、抵抗するでもなく協力するでもなく、**身を任せるだけ**。きわめて屈辱的で、しばらくすると陰惨《いんさん》になった。だがそれですら、二人がセックスせずにいようと合意できたら、いっしょに暮らすのも我慢できただろう。だが奇妙なことに、それを拒否したのはキャサリンのほうだった。できることなら二人は子供を作らねばならない、と彼女は言った。このためこのパフォーマンスは相変わらず続き、週に一回、それが不可能でない限りは定期的に行われた。彼女は当時、朝にそれをわざわざ告げて、何か晩にやらねばならないことで、忘れてはならないことなのだとでも言うようだった。彼女はそれについて二種類の呼び名を使った。一つは「赤ん坊づくり」で、もう一つは「私たちの党への義務」（そう、彼女は本当にこの表現を使った）だった。間もなく彼は、この指定日がやってくると、本当にはっきりとうんざりする気分を感じるようになった。だが運のいいことに子供はついぞできず、最終的に彼女は試みを諦《あきら》めることに合意して、その後間もなく二人は別離した。

ウィンストンはかすかにため息をついた。そしてペンを再び手にして書いた。

彼女はベッドに身を投げ出し、即座に、何一つ前戯なしに、想像できる限り最も粗野でひどいやり方で、私は彼女のスカートを引き上げた。そして――

暗いランプの明かりの中に立っている自分の姿が甦《よみがえ》ってきた。鼻孔《びこう》にはムシや安い香水が漂い、内心では敗北と嫌悪感がたちこめ、その瞬間ですらそれはキャサリンの白い肉体の思い出と入り混じっていた。その肉体は、党の催眠力により永遠に凍りついていたのだ。なぜ常にこうでなければならないんだ？　なぜこんな薄汚い取っ組み合いを、しかも何年も間を置いてするのではなく、自分だけの女性を持てないんだろうか？　だが本当の情事などほとんど考えられなかった。党の女性はみんな似たり寄ったりだ。禁欲は、党への忠誠と同じくらい彼女たちに根深く植えつけられている。ゲームや冷や水、学校やスパイ団や青年連盟などで叩き込まれるゴミクズ、講義、パレード、歌、スローガン、軍楽などで叩き込まれるものにより、自然な感情が彼女たちからは追放されてしまったのだ。理性は、例外もいるはずだと告げていたが、心はそれを信じようとはしなかった。みんな心が死んでいるのだ、党がそうあるべきだと意図した通りに。そして彼が求めたのは、愛されること以上に、生涯たった一度でもいいからその美徳の壁を打ち倒すことだった。性行為をうまくやったら、それは反逆だ。欲望は思考犯罪だ。キャサリンを目覚めさせることさえ、実現できていたとしても、誘惑と同じなのだ。彼女は妻だったというのに。

だが残りの話を書き留めねばならなかった。彼はこう書いた。

ランプを明るくした。光の中で見た彼女は――

暗闇の後では、パラフィンランプのかすかな灯りも非常に明るく思えた。初めてその女をまともに見た。彼女のほうに一歩踏み出したが、情欲と恐怖でいっぱいになり立ち止まった。ここにくることで犯したリスクは痛いほどわかっていた。出たところでパトロールが自分を捕まえることも十分にあり得た。それを言うなら、やつらがこの瞬間にもすぐ外で待ち構えているかもしれない。ここにやってきた目的を果たさずにここを離れたとしても――！

どうしても書き留めておかねばならない、告白しなければならない。そのランプの灯りの中で突然わかったのは、その女が年寄りだということだった。顔に塗りたくった絵の具はあまりに分厚くて、段ボールの仮面のようにひび割れそうだった。髪は白髪交じりだった。だが本当にゾッとする細部は、彼女の口が少し開いて、そこには洞窟《どうくつ》のような黒さ以外何も見えなかったことだ。歯が一本もなかったのだ。

彼は急いで書き殴った。

灯りの中で見た彼女はかなりの老婆で、少なくとも五十歳にはなっていた。それでも私はまるで気にせずやった。

再び指をまぶたに押し当てた。ついにそれを書き留めたが、何も変わらなかった。この療法は失敗だった。汚い言葉を絶叫したい衝動はいつになく強かった。

「希望があるなら、それはプロレにある」とウィンストンは書いた。

希望があるなら、プロレにあるとしか考えられなかった。というのも、その大量の黙殺された大衆、オセアニア人口の85パーセントにしか、党を破壊する力は生み出せないからだ。党は内部から打倒はできない。党の敵があっても、集まったりお互いを見つけたりすることさえできない。伝説の友愛団が存在したにしても(確かに存在する可能性はあった)、その団員たちが二、三人以上の大人数で集まれるとは考えられなかった。反乱なんて、ある目つき、声の抑揚、最大でもたまにささやかれる言葉でしかない。だがプロレたちは、どうにかして自分たちの強さに気がつけたなら、はかりごとをする必要などない。単に立ち上がり、ハエを振り落とす馬のように身を揺するだけでいい。彼らさえその気になれば、明日の朝にでも党を粉々に粉砕できる。どう考えても、遅かれ早かれ彼らはそうしようと思いつくはずでは? だがそれなのに——!

かつて、混雑した通りを歩いていたとき、何百人もの叫び声——女性の叫び声——が少し先の脇道から噴出したのを思い出した。それは怒りと絶望の侮れない絶叫であり、深い大音響の「おおおおおお」という声で、それが鐘《かね》の音の残響のように響き続けたのだ。彼の心は躍った。始まったんだ! 暴動だ! プロレたちがついに身をふりほどいた! その場所にたどりつくと、見えたのは二、三百人の女性の暴徒たちが青空市場の屋台に押し寄せているところだった。

その顔は、沈み掛けた船の死にゆく乗員たちであるかのように悲劇的だった。だがこの瞬間に、全般的な絶望は大量の個別の口論へと解体していった。どうやら屋台の一つがブリキのシチュー鍋を売っていたようだ。ひどい安手の代物だったが、どんなものでも調理器具は常に入手困難なのだ。いまや供給がいきなり底をついた。うまく手に入れた女性たちは、他のみんなに小突かれ押しやられつつ、自分のシチュー鍋を手にそこを離れようとしており、その他何十人もの女性は屋台のまわりにむらがって、屋台主をえこひいきだと糾弾し、どこかに予備のシチュー鍋を隠しているはずだと詰め寄っているのだった。新たに叫び声が響いた。太った女性二人、うち一人は髪を振り乱して、一つのフライパンを取り合い、相手の手からそれを引きむしろうとしていたのだ。しばらく二人は引っ張り合いを演じていたがそこで取っ手がはずれてしまった。ウィンストンはうんざりして彼女たちを眺めた。だがほんの一瞬だけ、たった数百人ののどからの叫びで、ほとんど恐ろしいとすら言える力が鳴り響いたではないか！　なぜこいつらは、本当に意味があることについて、決してこのように叫べないのだろうか？

彼は書いた。

目覚めるまで彼らは決して反逆せず、反逆した後にならなければ彼らは目を覚ませない。

まるで、党の教科書のどれかをほぼ引き写したようだ、と彼は思案した。党はもちろん、プロレを隷属から解放したと主張していた。革命前には、彼らは資本家にとんでもなく抑圧されており、飢えて殴られており、女性は炭坑で強制労働させられ（実は女性はいまでも炭坑で働いていた)、子供は六歳で工場に売られていたのだ。だが同時に、二重思考の原理に忠実に、党はプロレがもともと劣った存在であり、常に少数の単純な規則の適用によって、動物のように従属させられねばならないのだと教えていた。現実には、プロレたちについてはほとんどわかっていなかった。知る必要もさほどなかったのだ。連中が働いて繁殖し続ける限り、他の活動など重要ではなかった。放っておけば、アルゼンチンの草原に放たれた牛のように、彼らに自然と思える生活様式に、一種の先祖伝来のパターンに逆戻りしたことだろう。生まれ、泥の中で育ち、十二歳で働きはじめ、ごく短期間だけ美しさが花開いて性欲が生まれ、二十歳で結婚して、三十歳で中年になり、ほとんどは六十歳で死ぬ。厳しい肉体労働、家庭と子供の世話、ご近所とのつまらない口論、映画、サッカー、ビール、そして何より博打《ばくち》が彼らの心の地平を満たしている。やつらを統制しておくのはむずかしくはない。思考警察のエージェント数人が常に彼らの間を動き回り、ウソの噂を流して、危険になりそうと思われた数少ない個人に目をつけては排除すればいい。だが、彼らに党のイデオロギーを植えつけようという試みは一切行われなかった。プロレが強い政治感情を持つのは望ましくなかった。連中に求められるものは、原始的な愛国心だけだ。労働時間を増やしたり配給を減らしたりする必要が出たら、それに訴えかければいいのだ。そして彼らが不満を抱いても(ときにはそういうこともあった)その不満は行き場がなかった。全般的な思想がないので、チマチマした具体的な不満にそれを集中させるしかないのだ。大きな邪悪はすべて、やつらには気づかれなかった。プロレの大半は家にテレスクリーンさえ持っていなかった。市民警察ですら、彼らにはほとんど介入しなかった。ロンドンでは大量の犯罪が起きていて、泥棒、盗賊、売春婦、ヤクの売人、ありとあらゆる恐喝者がいて、世界の中の別世界を構成していた。だがそれがすべてプロレたち自身の中で起きていたから、まったくどうでもよかった。道徳面でのあらゆる問題で、彼らは先祖伝来の規範に従うのを許されていた。党の性的な純潔主義は彼らには適用されなかった。乱交は処罰を受けず、離婚も許された。それを言うなら、プロレたちが少しでも必要性や願望を示したら、宗教的な信仰すら許されただろう。連中は疑惑にすら値しない。党のスローガンに言うように「プロレと動物は自由である」。

ウィンストンは手を下に伸ばして、静脈瘤を慎重にひっかいた。またかゆくなってきたのだ。革命前の人生が本当はどんなものだったか、決して知ることができないという思いが絶えずぶり返す。彼はピアソン夫人から借りた、子供向け歴史教科書を引き出しから取り出し、その一節を日記に書き写し始めた。

古い時代（とその本には書かれていた）、栄光の革命より前には、ロンドンは今日のわたしたちが知っている美しい都市ではありませんでした。それは暗く、きたない、ひどい場所で、ほとんどだれも十分に食べるものがなく、何百人、何千人もの貧しい人たちが、足にはくブーツもなく、眠るために頭の上にやねさえなかったのです。きみたちと変わらない歳の子どもたちが、ざんこくなご主人さまのため、一日十二時間も働かねばなりませんでした。そのご主人たちは、はたらきがおそいとムチで叩き、干からびたパンくずと水しか与えなかったのです。でもこのひどい貧しさの中に、ほんのすこしだけ大きく壮大で美しい家があって、そこには金持ちがすんでいて、最大三十人もの召使いたちがそのめんどうをみていました。

この金持ちたちは、しほんかとよばれていました。こいつらはデブでみにくい連中で、じゃあくな顔をしていました。この向かいのページの絵にあるような顔です。長い黒い上着を着ているのがわかりますね。これはフロックコートと呼ばれていました。そしてへんなピカピカした、ストーブのえんとつみたいな形のぼうしをかぶっています。これはトップハットとよばれていました。これがしほんかたちの制服で、ほかのだれもそれを着てはいけなかったのです。しほんかたちは世界のすべてをひとりじめしていました。家も、工場も、お金もぜんぶです。だれかが言うことをきかないとろうやに入れてしまうか、あるいは仕事をとりあげてうえじにさせてしまえたのです。ふつうの人がしほんかに話をしたければ、身をちぢこまらせて、おじぎをして、帽子をぬいで「サー」と呼びかけねばなりませんでした。しほんかたちみんなの親玉は王様と呼ばれ、そして——

だがカタログの残りもすでに知っていた。ローン製の法衣を着た枢機卿《すうききょう》、アーミン毛皮製ローブの裁判官、首と手のさらし台、足をはさむさらし台、踏み車の刑、キャットオーナインの刑、知事閣下の晩餐《ばんさん》会、法皇《ほうおう》のつま先に口づけする風習の話も出てくる。また初夜権《しょやけん》と呼ばれるものもあったが、おそらくこれは子供向けの教科書では言及されていないだろう。これは、あらゆる資本家は自分の工場で働くどんな女性とも寝る権利があるという法律なのだ。

　このうちどのくらいがウソか、どうすればわかるだろうか？　平均的な人間は、現在のほうが革命前よりもいい暮らしをしているというのは、確かに本当なのかもしれない。それを否定する唯一の証拠は、自分自身の骨身から出てくる物言わぬ抗議、自分が暮らしている状態は耐えがたいもので、どこか別の時代にはもっとちがっていたはずだという本能的な感覚なのだった。現代生活について、本当に特徴的なことは、その残酷さと不安定さではなく、単にそれがあまりに殺伐としていて、貧相で、歓びがないことなのだ、ということに思い当たった。人生は、あたりを見回せば、テレスクリーンから流れ出るウソとは似ても似つかないばかりか、党が達成しようとしている理想とすらまるでちがっているのだ。その人生の広大な領域は、党員にとってすら中立的で非政治的であり、陰惨な仕事をなんとか切り抜け、地下鉄での場所をめぐって争い、すりきれた靴下をつくろい、サッカリン錠剤をねだり、紙巻きタバコの吸い殻を取っておくといった代物なのだった。党が設定した理想は何か巨大でおそろしく、輝くものだった――鋼鉄とコンクリートの世界、巨大機械と恐ろしい兵器の世界――戦士と狂信者の国で、それが完全に一体となって前へと行進し、みんな同じ思考を考え、同じスローガンを叫び、永遠に働き、戦い、勝利し、糾弾している――三億人がみんな同じ顔だ。だが現実は、崩壊する薄汚い都市に、食べ物の不十分な人々が穴の空いた靴でうろうろして、いつもキャベツとひどい便所の匂いがする、継ぎを当てた19世紀の家屋で暮らしているというものだ。彼はロンドンの幻影を見たように思った。広大でボロボロで、百万ものゴミ箱の都市だ。それとまざりあっているのがパーソンズ夫人の姿で、しわだらけの顔と荒れた髪をして、詰まった排水管を寄る辺ない様子でいじくりまわしている。

手を下に伸ばしてまた足首を掻いた。昼も夜もテレスクリーンは、今日の人々は食事も衣服もずっと増え、家も改善し、娯楽もよくなっていると証明する統計で人々の耳を潰していた――寿命も延び、労働時間も短くなり、五十年前の人々よりも大きく、健康で、強く、幸福で、知能も高く、教育水準も上がっているという。その一言たりとも、裏付けることも否定することもできない。たとえば党は、今日では成人プロレの40パーセントは読み書きできると主張する。革命前は、その数字はたった15パーセントだったそうだ。党によれば、乳児死亡率は千人あたりたった百六十人だが革命前はそれが三百人だったとか——そんな調子で続く。未知数が二つある一つの方程式のようなものだ。歴史書のあらゆる単語、疑問の余地なく受け入れられているものですら、完全なおとぎ話だという可能性も十分ある。彼の知る限り、初夜権などという法律は一度も存在せず、資本家などという生き物も、トップハットなどという衣装もまったく無かったかもしれないのだ。

すべては霞《かすみ》の中へとかき消えていった。過去は消され、その消したことも忘れられ、ウソが真実となる。人生で、たった一度だけ、彼は——そのできごとの後だ。それが重要なことなのだ——確固たるまちがえようのない、偽装行為の証拠を所有したことがある。それを、三十秒も指の間に持っていただろうか。1973年のことだったにちがいない——いずれにせよ、キャサリンと別離した頃のことだった。だが本当に関連した日付は、その七年か八年前なのだった。

その物語が本当に始まったのは60年代半ば、大粛清の時期で、革命の元々の指導者たちがまとめて一掃されたときだった。1970年になると、ビッグ・ブラザーその人以外は一人たりとも残っていなかった。残りは全員が裏切り者や反革命家だとして暴かれていた。ゴールドスタインは逃亡し、だれも知らないところに隠れていた。そして残りのうち、数人はあっさり消えうせ、大多数は壮観な公開裁判の後で処刑された。その裁判で、彼らは自分の犯罪を自白したのだ。最後の生き残りたちの中には、ジョーンズ、アーロンソン、ラザフォードという三人の男がいた。この三人が逮捕されたのは1965年だったはずだ。ありがちなことだが、三人とも一年かそれ以上姿を消したので、だれも彼らの生死すら知らなかったが、そこでいきなり、いつもながらのやり方で己の犯罪を告白するために引き出されてきたのだ。敵との内通を自白した（当時も敵はユーラシアだった）。公金の着服、数々の信頼された党員の殺害、革命が起こるずっと前から始まっていた、ビッグ・ブラザーの指導に対する陰謀、そして何十万人もの死を招いた妨害工作。こうしたことを告白してから、彼らは恩赦を受け、党に復帰して、閑職《かんしょく》とはいえ立派そうな名前の役職を与えられた。三人とも『タイムズ』に長い卑屈《ひくつ》な論説を書き、自分たちの裏切りの理由を分析してみせて、つぐないをすると約束した。

彼らが釈放されて間もなく、ウィンストンは実際にその三人が栗の木酒場にいるのを見かけていた。横目で彼らを眺めていたときの、恐ろしいような魅惑は忘れられない。自分よりはるかに年配の男たち、古い世界の遺物で、党の英雄的な日々から残された、最後の偉大な人物たちとすら言えた。地下闘争と内戦の栄光がまだかすかに彼らにまとわりついていた。すでにその時点で事実や日付はぼやけつつはあったが、自分がビッグ・ブラザーの名前を知るより何年も先に、彼らの名前を知っていたという気がした。だが彼らは違法者、敵、不可触の存在であり、一、二年で絶対確実に殲滅される運命にあった。一度思考警察の手に落ちた者は、一人として最終的にそこから逃れることはできない。墓場に送り返されるのを待つ死骸なのだ。

三人の間近のテーブルにはだれもいなかった。こうした人物の近くにいるのを見られることさえ賢明ではなかった。彼らはこの酒場の名物である、丁子《ちょうじ》で味付けしたジンのグラスを前にだまってすわっていた。三人のうち、その外観がもっともウィンストンに感銘を与えたのはラザフォードだった。ラザフォードはかつては有名な戯画作家であり、その強烈な漫画は、革命の前や革命の間に、世論をかきたてるのに役立った。いまでも、ずいぶんまれに、彼の漫画は『タイムズ』に登場していた。それは単に、以前の様式の模倣でしかなく、奇妙なまでに生気がなく、説得力のないものではあった。いつもそれは、古いネタの焼き直しだった――スラム貧困住宅、飢えた子供、市街戦、トップハットの資本家たち――バリケードの上ですら資本家たちは相変わらず、過去に戻ろうという絶え間ない絶望的な試みとしてトップハットにしがみついているようだった。ラザフォードは怪物めいた人物で、べとつく灰色のたてがみを持ち、顔はたるんでしわが刻まれ、唇は分厚く黒人的だった。すさまじく強い人物だったこともあるのだろう。いまやその巨体はたるみ、だらしなく、ふくれあがり、あらゆる方向に垂れ下がっていた。こちらの目の前で崩壊しつつあるようで、山が崩れるところのようだった。

人気のない、一五時という時間だった。自分がこの酒場にそんな時間になぜいたのか、もう思い出せなかった。ほとんど無人だった。テレスクリーンからはキンキンした音楽が流れていた。三人はその隅っこでほとんど身動きせずにすわり、決して口を開かなかった。注文もなく、給仕が新しいジンのグラスを持ってきた。彼らの隣のテーブルにはチェス盤があり、駒が並べられていたが、だれもゲームをしようとはしなかった。そして、ひょっとして全部で三十秒ほどだったかもしれないが、テレスクリーンに何か起きた。流れる曲が変わり、音楽の調子も変わった。そこに入り込んだ何かがあった――だが表現しづらいものだ。奇妙な、割れるような、やかましい、耳障りな音符だ。心の中でウィンストンはそれを黄色い音符と呼んでいた。するとテレスクリーンからの声がこう歌っていた。

大きな栗の木の下で
あなたとわたし
おたがい売り渡す
みんな転がる栗の木で

三人は身じろぎすらしなかった。だがウィンストンが再びラザフォードの荒れ果てた顔をちらりと見ると、その目に涙があふれているのがわかった。そして初めて、内心である種の身震いが起こり、自分が何に対して身震いしたかもまだわからないうちに、アーロンソンとラザフォードが二人とも鼻を折られていることに気がついたのだった。

その後間もなく、三人とも再逮捕された。どうやら彼らは、釈放されたその瞬間から、新しい陰謀を企てたらしい。二回目の裁判で彼らは、かつての犯罪すべてを改めて自白し、さらに大量に新しいものもつけくわえた。彼らは処刑され、その運命は党史に記録され、後世への警告とされた。その五年ほど後の１９７３年に、ウィンストンは自分のデスクに気送管からちょうど飛び込んできたばかりの文書の束を開いているところだったが、そこで他の文書にまぎれこまされて、そのまま忘れられたらしい紙切れに出くわした。丸まったその紙をのばしたとたん、その重要性がわかった。それは十年ほど前の『タイムズ』から破り取られた半ページだった――ページの上半分だったので、日付が入っていたのだ――そしてそこには、ニューヨークでの何か党会議での代表団写真が載っていたのだ。その集団の中心に大きく写っていたのはジョーンズ、アーロンソン、ラザフォードだった。まちがえようがなかったし、どのみちその名前は写真下のキャプションに書かれていた。

重要なのは、どちらの裁判でも三人とも、その日に彼らがユーラシアにいたと自白していたことだった。彼らはカナダの秘密飛行場から、シベリアのどこかにある会合場所に飛び、ユーラシア参謀たちと野合して、重要な軍事機密を売り渡したのだ。その日付がウィンストンの記憶にこびりついていたのは、それがたまたま真夏の日だったからだ。だがこの物語はすべて、無数の他の場所にも記録されているはずだ。考えられる結論は一つしかない。自白がウソなのだ。

もちろん、これ自体は新発見でもなんでもない。その時点ですらウィンストンは、粛清で抹消された人々が、本当に糾弾されている罪を犯したとは想像していなかった。だがこれは確固たる証拠だった。廃棄された過去の断片であり、まちがった地層にあらわれて地質学理論を破壊する化石の骨のようなものだ。これをどうにか世界に発表し、その意義が知らされたら、党を粉砕するに十分なものだった。

彼はすぐに作業に取りかかった。その写真が何かを見て、その意味を理解したとたん、彼はそれを別の紙で覆った。幸運なことにそれを開いたとき、テレスクリーンの視点からは逆向きになっていたのだった。

ひざに筆記パッドをのせて、椅子を後ろに押しやり、できるだけテレスクリーンから離れた。顔を無表情に保つのはむずかしくはないし、呼吸ですら努力次第ではコントロールできる。だが鼓動はコントロールできないし、テレスクリーンはかなり敏感なので鼓動を拾える。彼は、自分では十分ほどと思った時間がたつにまかせ、その間ずっと、何かの偶然——たとえば机上にいきなり突風が吹いてくるなど——で自分が裏切られるのではという恐怖に苦しめられた。そして、二度とそれを表に出すことなく、彼はその写真を他の反古紙といっしょに記憶穴に落とし込んだ。さらに一分くらいもすれば、おそらくそれは灰燼《かいじん》に帰したことだろう。

それが十年——いや十一年前のことだった。今日ならおそらく、彼はその写真をとっておいたことだろう。それを自分の指で持ったという事実が、いまだに何か自分にとってちがいをもたらすように思えるというのは不思議なことだった。その写真自体は、それが記録したできごとと共に、ただの記憶になっているというのに。もはや存在しない証拠でも、それがかつては存在していたというだけで、過去に対する党の掌握力は弱まってしまうのだろうか？

だが今日、それがどうにかして灰から復活させられるとしても、その写真は証拠にすらならないかもしれない。すでにその発見をした時点では、オセアニアはもはやユーラシアと戦争をしておらず、三人の死んだ男たちが自国を裏切った相手は、イースタシアのエージェントに対してであったはずだ。それ以来、他の変化もあった——二つか、三つか、いくつかは思い出せなかった。彼らの自白は何度も書き直されて、元の事実や日付など、ごく小さな意義さえもはやなくなっているだろう。過去は変わっただけでなく、絶えず変えられ続けている。彼が最も悪夢の感覚により苦しめられたのは、なぜそんな詐欺行為が行われたのか、自分自身も一度たりともはっきり理解したことがなかったという点だった。過去を捏造《ねつぞう》する目先の利益は明らかだったが、その最終的な動機は謎めいていた。彼は再びペンを手にしてこう書いた。

方法はわかる。**理由**がわからないのだ。

それまで何度も思案したように、自分自身がイカレているのではないかと思った。キチガイというのは、単にたった一人の少数派なのかもしれない。ある時代には、地球が太陽のまわりを巡ると信じるのは狂気だった。今日では、過去が変えられないと信じるのが狂気なのかも。そんな信念を抱いているのは自分一人かもしれず、もし一人なら、つまり自分はキチガイだ。だが自分がキチガイだという考えはそんなに気にならなかった。恐ろしいのは、自分が同時にまちがっているかもしれないということだった。

彼は歴史の児童書を手に取り、その口絵となっているビッグ・ブラザーの肖像を眺めた。その催眠術のような目がウィンストン自身の目をのぞきこんだ。まるで何か巨大な力が自分にのしかかっているようだった――頭蓋骨の内部に貫通し、自分の脳に対して攻撃をしかけ、自分の信念を恐怖により否定させ、自分自身の感覚という証拠を否定するようほとんど説得してしまうのだ。最終的には、党は二足す二が五だと発表し、こちらはそれを信じるしかなくなる。遅かれ早かれ、連中がその主張をするのは避けられなかった。党の立場の論理がそれを要求するのだ。単に体験の有効性にとどまらず、外部の現実の存在そのものが、暗黙の内に彼らの哲学では否定される。邪説にとっての邪説は常識だ。そして恐ろしいのは、それ以外の考え方をしたらやつらに殺されるということではなく、やつらのほうが正しいかもしれないということなのだ。というのも、なぜ二足す二が四だとわかるのだろうか？　あるいはなぜ重力が作用するとわかるのか？　過去が変えられないということも？　過去と外部世界が心の中にしかなく、心自体は統制可能ならどうなってしまうのか？

だがちがう！　勇気がいきなり、勝手に力むかのようだった。心の中に、何ら明らかな連想で呼び起こされたわけでもないのに、オブライエンの顔が浮かび上がった。彼は以前にも増して、オブライエンが自分の味方だと確信した。彼はオブライエンのために日記を書いていたのだ――オブライエンに宛《あ》てて。だれも読まないはずのいつまでも続く手紙だが、特定人物に宛てられたものであり、その論調はその事実からきていたのだ。

党は、自分の目と耳の証拠を拒絶せよという。それが連中の最後の最も本質的な命令だ。自分に対して並び立つすさまじい力を考えると、心が沈んだ。どんな党の知識人だろうと、論争すれば自分をやすやすと論破するだろうし、細かい議論は自分には理解できず、まして答えることもできないだろう。だが正しいのはこちらなのだ！　まちがっているのは向こうで、自分が正しいのだ。自明なこと、バカげたこと、真実であることは擁護《ようご》されねばならない。自明のことは真実であり、それにしがみつくのだ！　確固たる世界は存在し、その法則は変わらない。石は固く、水は濡《ぬ》れていて、支持のない物体は地球の中心に向かって落ちる。自分がオブライエンに語っているのだという気持と、自分が重要な公理を述べているという感覚をもって、彼はこう書いた。

自由とは、二足す二が四になると言う自由である。それが認められれば、その他すべてが続く。

第8章

どこか通路の奥底から、コーヒーをローストする匂い――本物のコーヒーで、勝利コーヒーではない――が街路に漂い出てきた。ウィンストンは思わず立ち止まった。二秒ほどだろうか、半ば忘れかけた子供時代の世界に連れ戻された。そのときドアが叩きつけられ、その香りはまるで音のように、唐突に断ち切られたように感じられた。

舗装の上を数キロ歩いたところで、静脈瘤がズキズキしていた。コミュニティセンターでの晩を欠席したのはこの三週間で二回目だった。軽率な行動だった。センターでの出席回数が慎重にチェックされているのは確実だからだ。原則として党員には余暇などなく、ベッドで寝るとき以外は決して一人きりではない。働くか、食事か、寝ていないときには、何らかの共同娯楽に参加しているものとされた。孤独を好む様子を示唆するものはすべて、一人で散歩にでかけることさえ、常に少し危険なのだった。ニュースピークにはそれを指す言葉があった。自生《オウンライフ》と呼ばれ、個人主義と畸人《きじん》ぶりを意味するものだ。だがこの晩、省を出たとき、四月の空気のかぐわしさに惹かれたのだ。空はその年にそれまで見たものよりも暖かい青で、いきなりセンターでの長く騒々しい晩、退屈で疲れるゲーム、講義、ジンを潤滑剤にした痛々しい仲間騒ぎが耐えがたく思えたのだ。思わず彼はバス停から向きを変え、ロンドンの迷路に迷い込み、まずは南、それから東、そしてまた北にさまよい、知らない通りで迷子になりつつ、自分がどの方向に向かっているかもほとんど気にしなかった。

日記にこう書いたことがあった。「希望があるなら、それはプロレにある」。この言葉が絶えず甦ってきた。神秘的な真実と露骨なばかばかしさを湛えた発言だ。どこか、かつてセントパンクレアス駅だったものの北と東にある、広大な茶色のスラムにきていた。歩いている石畳《いしだたみ》の通りには二階建ての小さな家が並び、そのボロボロの戸口はすぐに歩道に出るようになっていて、なぜか不思議とネズミの巣穴を思わせるのだった。舗石のあちこちには汚水の水たまりがあった。暗い戸口の中や外、さらに両側に延びる狭い裏道には、驚くほど大勢の人々が群れていた——魅力の絶頂にある女子たちが、粗野に口紅を塗りたくった口をしている。そしてその女子を追いかける若者たち、さらにその女子が十年たてばどうなるかを示す、デブでヨタヨタ歩く女たち、さらにねじれた足でシャカシャカ歩く老いぼれて腰の曲がった生き物たち、ボロをまとった裸足の子供たちがその水たまりで遊んで、母親からの怒りの叫びを受けて逃げ惑う。その通りの窓の四分の一ほどは、割れて板張りになっていた。ほとんどの人はウィンストンのことなどまるで気に留めなかった。数人が、警戒をこめた好奇心をもって眺めていた。レンガのような赤い上腕をエプロン上で腕組みしている化け物じみた女性二人が、戸口の外でしゃべっていた。ウィンストンは近づきつつ、その会話のかけらを耳にした。

「『そうだよ』って言ってやったんだよ。『そりゃあ結構なこって。だけどあんたぁあたしとおんなし立場になったら、あたしとおんなしことやったはずだよ』ってね。『口ではなんとでも言えるけど、でもあんたはあたしみたいな問題かかえてないんだから』」

もう一人は言った。「そうだねー。まったくその通り、ほーんとそーゆーもんだよ」

その騒々しい声が突然止まった。女たちは彼が通り過ぎるのを、敵意をこめた沈黙の中で見守った。だが正確には敵意ではない。ただの警戒のようなもの、一瞬の身構え、何か見慣れぬ動物が通り過ぎるときと同じだ。党の青いオーバーオールは、こんな通りでは見慣れたものであるはずもない。実際、そこで文句なしの業務でもない限り、そんな場所にいるのを見つかるだけでも賢明ではない。パトロール員に出くわしたら呼び止められかねない。「同志、書類を拝見できますか？　こんなところで何を？　仕事を終えたのは何時ですか？　これはいつもの帰り道ですか？」——そしてそれが延々続く。いつもとちがう道を歩いて帰るのを禁止する規定があるわけではない。だが思考警察が嗅ぎつけたら、目をつけられるには十分だった。

いきなりその通り全体が沸《わ》き立った。あらゆる方向から警告の叫びが聞こえた。みんなウサギのように戸口に飛び込んでいる。ウィンストンのすぐ先で、若い女性が戸口から飛びだして、水たまりで遊んでいる幼児を抱え上げ、エプロンでくるんで、また戸口に飛び込んだ。そのすべてが流れるような一動作だ。その同じ瞬間に、アコーディオンのような黒スーツを着た男が脇の横丁から出てきて、興奮したように空を指さしながらウィンストンに駆け寄った。

「スチーマーだ！　旦那、気をつけて！　頭上から一発くるぞ！　急いで腹ばいに！」とそいつは叫んだ。

「スチーマー」というのは、プロレがどういうわけかロケット爆弾につけたあだ名だった。ウィンストンは即座に腹ばいになった。プロレがこの手の警告をするときには、ほぼまちがいなく正しいのだ。ロケットがくるときには、数秒前に告げる何やら本能を持っているようなのだった。ロケットは音速よりも速いはずなのに。ウィンストンは頭上でしっかり腕を組んだ。轟音があがり、舗石が波打つようだった。軽い物体が背中に降り注いだ。立ち上がると、最寄りの窓からのガラスのカケラだらけなのがわかった。

歩き続けた。爆弾はその通りの二百メートル先にある家屋群を破壊したのだった。黒煙のかたまりが空に垂れ下がり、その下にはしっくいのほこりが立ち上って、すでにその廃墟のまわりに群集がたかっていた。すぐ先の舗石の上に小さなしっくいの山ができていて、その真ん中にまばゆい明るい筋が見えた。近寄ると、それが手首でちぎれた人間の手なのがわかった。その血まみれの切り口以外は、その手は完全に白くなっていて、まるで石膏《せっこう》の模型のようだった。

その代物をドブに蹴り込み、それから群集を避けるため、右に曲がって横丁に入った。三、四分で爆弾の影響を受けた場所をぬけ、すると街路のむさ苦しい群集生活は、何事もなかったかのように続いていた。二〇時近く、プロレが通う飲み屋(「パブ」と彼らは呼んでいた)は客でいっぱいだった。薄汚いスイングドアは、絶えず開いたり閉じたりしていて、その中から小便、おがくず、酸っぱいビールの匂いが漂ってきた。突き出した家屋の正面が作る片隅で、男三人がきわめて密接して立っており、その真ん中の男が畳んだ新聞を持ち、他の二人はそれを男の肩越しに読んでいた。その表情を見分けられるほど近づく以前から、ウィンストンは彼らの身体のあらゆる動きにより、三人が没頭しているのがわかった。明らかに三人が読んでいるのは、何か真面目なニュースなのだ。数歩離れたところまでやってきたとき、いきなりその三人が別れて、二人が激しい口論を始めた。一瞬、ほとんど殴り合いを始めそうな勢いだった。

「クソめが、オレの言ってることがわかんねえのかよ? 七で終わる数字はもう十四ヶ月も当たってねえんだって言ってるだろうが!」

「当たったよ、その間にも」

「当たってねえったら！　ウチん戻れば二年分のやつを全部、紙切れに書いといてある。時計仕掛けみたいにちゃーんと書いとくんだ。それで言うんだが、七で終わる数字は一度も――」

「いや、七はホントに当たってるって！　もうその数字全部をほとんど暗記してんだから。最後は四、ゼロ、七だ。二月だった――二月の二週目」

「二月が聞いて呆れるぜ！　オレ全部まちがいなく書いてあるんだ。それで言うんだが七で終わる――」

「まったくいい加減にしろって！」と三人目。

三人は宝くじの話をしていたのだ。ウィンストンは三十メートル離れてから振り返った。相変わらず口論は、活《い》き活《い》きとした情熱をこめた顔で続いていた。宝くじは、毎週すさまじい賞金を支払うので、プロレたちが真面目に注目する唯一の公的イベントなのだった。おそらく、生き続ける大きな、いや唯一の理由が宝くじだというプロレは、何百万人もいそうだった。それが彼らの歓び、愚行、暇つぶし、知的刺激なのだ。宝くじの話となれば、ほとんど読み書きできない人々ですら、複雑な計算ができるし、とんでもない記憶力を発揮するようだった。必勝法や予測、幸運のお守りを売るだけで生計を立てている人々が山ほどいた。ウィンストンは宝くじ運営にはまったく関係なかった。豊富省が管理しているのだ。だがその当選金がおおむね架空《かくう》だというのは知っていた（実際、党の人間はみんな知っていた）。本当に支払われるのは少額だけで、大金が当選する人物は実在しないのだ。オセアニアの地域間にまともな相互通信が存在しないので、これを仕組むのは簡単なことだった。

だが希望があるとすれば、それはプロレにあるのだ。それにはしがみつくしかない。言葉にすると、まともに聞こえる。それが信仰と化すのは、その歩道であたりを行き交う人間を見たときだ。曲がって入った通りは下り坂となった。この近隣には前にきたことがあるような気がした。あまり遠からぬところに大通りがあるはずだ。どこか先のほうで、叫び声が響いた。その道は急に曲がり、それが階段に続いて、そこを下ると沈み込んだ路地があり、屋台が何台か並んで、しなびて見える野菜を売っていた。この瞬間に、ウィンストンは自分がどこにいるのかわかった。この路地は大通りに続いているのだ。そして次の角を曲がったところ、五分もかからないところに、いまや日記で使っている白紙の本を買った古物屋があるのだ。そしてさほど遠からぬ小さな文具屋で、彼はペン入れとインキびんを買ったのだった。

階段のてっぺんで、しばし立ち止まった。路地の反対側には、貧相な小さなパブがあり、その窓は曇りガラスに見えるが、実際には単にほこりで覆われているだけなのだった。きわめて高齢の男性が、背は曲がっているが元気で、白い口ひげをエビのように前方に突き出させつつ、スイングドアを押し開けて入っていった。立って見守るうちに、少なくとも八十歳にはなっているこの老人は、革命が起きたときにはすでに中年だったはずだとウィンストンは思い当たった。こうした数少ない人々こそは、いまや消滅した資本主義の世界との間に存在する、最後のつながりなのだった。党そのものの中でも、革命以前に思想を形成された人物はあまり残っていなかった。50年代と60年代の大粛清で、高齢世代はおおむね一掃され、生き残ったわずかな人々もとっくの昔に脅されて、完全な知的降伏を示していた。今世紀初期の状況について正直な説明をしてくれる人物が生き残っているとすれば、プロレだけだ。いきなり、日記に書き写した歴史書の一節が心に甦り、ウィンストンはイカレた衝動に囚われた。パブに入り、あの老人の知己をなんとか得て質問するのだ。こう尋《たず》ねよう。「少年の頃の暮らしを話してください。その頃はどんな様子でしたか？　いまより物事はよかったでしょうか、それともひどかったのでしょうか？」

自分に怯える暇を与えないよう急いで、彼は階段を下りて狭い通りを横切った。もちろんキチガイ沙汰《ざた》だった。いつもながら、プロレと話をしたり、彼らのパブに通ったりしてはいけないというはっきりしたルールはなかったが、あまりに珍しい行動なので、絶対に目立つ。パトロールが現れたら、急にめまいがしたのだと言い訳してもいいが、たぶん信じてはもらえないだろう。ドアを押し開けると、醜悪なチーズめいた酸っぱいビールの匂いが顔に吹き付けてきた。入ると、声の喧噪の音量が半分ほどに下がった。背後でみんなが自分の青いオーバーオールを見ているのが感じられた。部屋の向こう端で続いていたダーツの試合が、三十秒ほども途切れただろうか。後を追ってきた老人はバーに立ち、何やらバーマンと口論している。そのバーマンは背が高くでっぷりしたかぎ鼻の若者で、すさまじく太い腕をしている。他に数名がグラスを手に立っていて、その光景を眺めていた。

老人は、肩をまっすぐにいからせた。「おう、十分ていねいに頼んだじゃろが。このクソろくでもねえ飲み屋に、パイントのマグが一つもないとは言わせんぜ」

「で、そのパイントとやらってのは、いったいぜんたい何なんですかい？」とバーマンは、カウンターに指先を置いて身を乗り出した。

「こいつ、あきれちまうぜ！　バーマンを名乗るくせにパイントが何かもご存じねえ！　だからよ、パイントってのはクォートの半分で、ガロンは四クォートになるんだろが。お次はＡＢ

Cでも教えろってか？」

「聞いたことないですなあ」とバーマンは手短に言った。「リットルか半リットル――うちはそれしか出さない。目の前の棚にグラスがあるでしょう」

老人は言い張った。「おいら、パイントがいいんだ。パイントを出してくれるなんざ簡単なことだろうが。おいらの若い頃には、ろくでもねえリットルなんざぁなかったぜ」

「あんたが若い頃といえば、みんな木の上に住んでたでしょうよ」とバーマンは言って、他の客たちをちらりと見た。大笑いが起きて、ウィンストンが入ってきたことで生じた気まずさは消えたようだった。老人の蒼白《そうはく》だった顔がいまや紅潮した。そして向きを変え、何かつぶやいて立ち去りつつ、ウィンストンにぶつかった。ウィンストンはその腕をつかんだ。

「一杯おごらせてください」と彼は言った。

「これはご立派な紳士で」と相手は、再び肩をまっすぐいからせた。ウィンストンの青いオーバーオールには気がつかなかったようだ。「パイント！」と老人は声高にバーマンに言い放った。「ワロップ一パイント」

バーマンは、半リットルの濃い茶色のビールを、カウンター下のバケツですすいだだけの分厚いグラス二つに注いだ。プロレのパブで買えるドリンクはビールだけだ。プロレはジンを飲んではいけないことになっていた。とはいえ、実際には手に入れるのは容易だった。ダーツの試合はまた全開となり、バーにかたまった男たちは宝くじの話を始めた。ウィンストンの存在は一瞬忘れられた。窓の下に木製のテーブルがあり、そこでなら老人と、盗み聞きされる心配なしに話ができた。恐ろしく危険なことだったが、とにかくこの部屋にはテレスクリーンはない。ここに入った瞬間にウィンストンが確かめたことだった。

グラスを前に腰を据えつつ、老人はグチった。「あんにゃろ、パイント入れてくれたっていいのによ。半リットルじゃ足りねえんだ。満足いかん。丸一リットルだと多すぎだ。膀胱《ぼうこう》がうずいちまう。まして値段がな」

「お若い頃以来、いろいろ大きな変化をごらんになってきたでしょうね」とウィンストンは用心深く言った。

老人の淡い青い目が、ダーツ盤からバーに動き、バーから男子用トイレのドアへと移った。まるでその変化が起こると思ったのが、このバーの部屋だとでも言うようだった。

やっと彼は口を開いた。「ビールはマシだったな。それに安かった！　おいらが若い頃は、うすいビール——ワロップって呼んだもんだ——は一パイント四ペンスだ。戦争前だがな、もちろん」

「どの戦争ですか？」とウィンストン。

「どれも戦争だろ」と老人は漠然と言った。グラスを掲げ、また肩をのばした。「んじゃ、あんたに最高の健康を祈って！」

そのやせたのどで、鋭くとがったのど仏が、驚くほど急速に上下動をして、ビールは消えた。ウィンストンはバーにでかけ、半リットルをさらに二杯持ってきた。老人は、丸一リットル飲むことに対する偏見を忘れたらしかった。

「あなたは私よりずっと高齢ですね。私が生まれる前に成人していたはずです。昔の日々、革命前がどんなだったか思い出せるでしょう。私の年齢のみんなは、そういう時代のことを実は何も知らないんです。本で読んだだけで、本に書かれていることが本当とは限らない。それについてご意見をうかがいたい。歴史の本では、革命前の生活はいまとはまったくちがうと言うんです。最悪の抑圧、不正、想像を絶するほどの貧困があったと。ここロンドンでは、大半の人々は生まれてから死ぬまで、一度も十分に食べたことがなかったと。半分は足に履くブーツもなかった。一日十二時間労働で、九歳で学校を出て、一部屋に十人が寝ていたと言います。そして同時にごくわずかな人々、ほんの数千人ほどがいました——資本家、と呼ばれている人たちです——金持ちで権力を持っていたんです。所有できるものほとんどすべてを所有していたんです。巨大で豪華な家に召使い三十人を使って暮らし、自動車や馬四頭立ての馬車を乗り回し、シャンパンを飲んで、トップハットをかぶり——」

老人はいきなり活気づいた。

「トップアットだと！　それが出てくるなんて不思議なもんだ。ちょうどそいつが、ほんの昨日、頭に浮かんだばっかりでよ。なぜかはわからん。ただ考えてたんよ、もう何年もトップアットなんざ見てないってな。あっさり消えちまった、んなもんは。おいらが最後にかぶったのは、義理の妹の葬式《そうしき》だったなあ、そしてそれは——日付まではわからんが、もう五十年も前だったか。もちろん、んのときだけ借りたんだがな、わかるだろ」

ウィンストンは辛抱《しんぼう》強く言った。「トップハット自体はどうでもよいのです。重要なのは、そういう資本家——それと少数の弁護士や聖職者とか、資本家にたかっていた連中——はこの世の支配者だったたってことです。すべては彼らの便益のために存在していた。あなた——一般人、労働者——はそいつらの奴隷だった。こちらに何でも好き勝手なことができた。家畜のようにカナダに出荷することもできた。やりたければこちらの娘たちとも寝られた。キャットオーナインテイルズとかいうもので鞭《むち》打たれるよう命じることもできた。横を通るときには帽子をぬがねばならない。あらゆる資本家は従僕どもの群れを従えて――」

老人は再び活気づいた。

「従僕！　いやあ、その言葉をきくのは、えらく久しぶりだな。従僕ときたか！　ンとに懐かしいぜ、いやホント。思い出すなあ。とんでも年も前だったか――ときどき、日曜午後にアイドパークにときどき出かけて、野郎どもが演説するのを聞いたもんだ。救世軍とかローマカトリック教会、ユダヤ人、インド人――いろんな連中がいたなあ。んでもって、一人いた野郎が――名前は出てこねえが、すげえ力のこもった話屋だったなあ。半端な罵倒ぶりじゃなかったぜ。『従僕ども！　ブルジョワジーの従僕ども！　支配階級の走狗《そうく》ども！』寄生虫――そんな言い方もしたな。それとアイエナ――まちがいなくアイエナ呼ばわりはしてた。もちろんそいつが言ってたのは労働党のことだがな、わかるだろ」

ウィンストンは、話がかみ合っていないという印象を得た。

「私が本当に知りたかったのはこういうことなんです。昔と比べていまのほうが自由だとお感じになりますか？　もっと人間として扱われていますか？　昔の時代には、金持ちたち、てっぺんの連中――」

「キソク院」と老人は懐かしそうに述べた。

「貴族院、とおっしゃりたいなら。お尋ねしたいのは、そうした連中は金持ちであなたが貧乏だと言うだけで、劣った存在として扱えたのでしょうか？　たとえば、そいつらを『サー』と呼んで、通り過ぎるときには帽子をぬがねばならなかったというのは事実ですか？」

老人は深く考え込むようだった。答える前に、ビールの四分の一ほどを飲み干した。

「そうだな、帽子をそいつらに向けて触れてやると喜びやがったな。敬意を示すことになる、みたいな。おいらは別にそういう感じはしなかったんだが、それでもよくやったもんよ。やんなきゃいけなかった、と言おうか」

「そしてそいつらが――歴史の本で読んだ話を引用しているだけなんですが――そいつらやその召使いどもは、あなたを歩道からつきとばしてドブに落とすというのがよくあったんですか？」

老人は言った。「いつだったか、んな連中の一人がおいらを押しやがったな。まるで昨日のことみてえに思い出すぜ。競艇《きょうてい》の夜だ――競艇の夜にはみんな、えらく荒っぽくなりやがんだよ――んでシャフツベリー通りで若い野郎にぶつかっちまってよ。大した紳士だったぜ、そいつ――ドレスシャツ、トップアット、黒いオーバーコート。そいつぁ何やら歩道をジグザグに歩いてやがって、こっちぁうっかりぶつかっちまったわけよ。そいつ言いやがる。『どこ見て歩いてるんだ』とな。おいらは言ってやったぜ。『てめえがクソ歩道を買ったつもりでもいやがんのか？』そいつは言いやがる。『なめた口きくと、そのクソ首ひねり落としてやる』。んで『てめえ、飲んだくれてやがんな。すぐにでもサツに突き出しちゃる』ってな。そしたら、信じられっかよ、そいつおいらの胸ぐらつかんでよ、どつきやがって、こっちは投げ出されちまってバスに轢かれる寸前よ。まあおいらも若かったしよ、ここは一発くらわせちゃろうとしたら、そんとき――」

ウィンストンは絶望感に襲われた。この老人の記憶は、細かい話のゴミためでしかない。一日中質問しても、まともな情報は得られまい。やはり党史は、ある程度は正しいのかもしれない。いや完全に正しいことさえあり得る。彼は最後に一回だけ試してみた。

「きちんと説明できていなかったかもしれませんね。言いたいのはこういうことです。あなたはずいぶん長く生きてこられた。人生の半分は革命前に過ごされている。たとえば１９２５年には、もう成人してましたよね。ご記憶からするとどうでしょう、１９２５年の生活はいまよりよかったのか悪かったのか？　選べるものなら、いま生きるのと当時生きるのとどっちがいいですか？」

老人は思索にふけるようにダーツ盤を眺めた。ビールを以前よりゆっくりと飲み干した。口を開くと、寛容で哲学的な雰囲気が漂った。まるでビールで優しくなったかのようだった。

「おいらに何と言って欲しいかはわかっとる。文句なしに若くなりたいと言って欲しいんだろう。ほとんどの人は、尋ねりゃそう言うだろさ、若くなりたいってな。若い頃は、健康で強いもんな。人生でおいらくらいの時期になれば、ずっと身体のどこかがおかしくなる。足がなにやらおかしくなってて、膀胱もひっでえもんだ。夜には六回も七回も起き出すはめになる。んだが逆に、老いぼれだとかなりいいところもある。昔みたいな心配はねえ。女がらみの騒ぎもねえし、こいつはいいことだ。言っちゃあアレだが、もう三十年近くも女は抱いてねえなあ。それ以上に、抱きてえとも思わねえ」

ウィンストンは窓枠に背中をもたせかけた。これ以上続けても仕方ない。もっとビールを買おうとしたところで、老人はいきなり立ち上がり、あわてて部屋の横にある臭い小便器に駆け寄った。追加の半リットルがすでに作用していたのだ。ウィンストンは老人の空のグラスを見つめて、一、二分ほどすわり続け、自分の足が再び外の通りへと己を運び出したときも、ほとんどうわの空だった。最大でもあと二十年で、巨大で単純な質問、「生活は革命前のほうがいまよりよかったのか？」は、どうあがいても回答不能となる。だが実質的には、今ですら回答不能だった。というのも数少ない散在する古代世界からの生き残りは、ある時代と別の時代を比べる能力がないからだ。何百万もの役立たずなことは覚えている。同僚との口論、なくした自転車ポンプ探し、とっくに死んだ妹の表情、七十年前の風の強い朝に舞い上がったほこり。だが重要な事実はすべて彼らの視野の外だった。こいつらはアリと同じで、小さな物体は見えても大きいものは見えないのだ。そして記憶があてにならず、文書記録が偽造されたら——そうなれば、党が人間生活の状態を改善したという主張は受け入れるしかなくなる。というのもそれを検証できるような基準は存在せず、二度と存在しようもないからだ。

この瞬間に、思索の流れが唐突に中断した。立ち止まって目を上げた。狭い通りにいて、暗い小さな店が数軒、住宅の中に散在している。すぐ頭上には、色あせた金属の球体がぶら下がっていて、かつては金メッキでもされていたかのように見える。見覚えがある場所だった。もちろん！　あの日記を買った古物屋の前に立っていたのだ。

刺すような恐怖に貫かれた。そもそもあの本を買うこと自体が拙速《せっそく》だったし、この場所には二度と近づくまいと誓っていたのだ。だが思索がさまようのを許したとたん、足が勝手に自分をこの場に連れ戻したのだ。日記を始めたのは、まさにこうした自殺的な衝動から自衛したかったからだったのに。同時に、二一時近いというのに店がまだ開いているのに気がついた。歩道をうろついているよりも中に入るほうが、多少は怪しまれないという気がして、彼は戸口をくぐった。質問されたら、カミソリの刃を買うつもりだといえばもっともらしい。

店主はちょうど、ぶらさがった灯油ランプに火をつけたところだった。それは汚れた感じながら親しみ深い匂いを放った。店主は六十歳くらいの人物だろうか、弱々しく背中が曲がり、長い博愛的な鼻を持ち、穏やかな目が分厚いメガネで歪んでいる。髪はほぼ真っ白だが、眉毛はぼさぼさでまだ黒かった。そのメガネ、優しく念の入った動き、古い黒ビロードの上着を着ているという事実が、彼に漠然とした知性の雰囲気を与えていて、まるで何か文筆家か、あるいは音楽家のような印象をもたらした。その声は柔らかく、まるでかき消えるようで、その訛《なま》りはプロレの大半ほど歪んだものではなかった。

店主は即座に言った。「歩道にいらっしゃるときからわかりましたよ。あの若い女性の記念アルバムをお買い上げくださったお方でいらっしゃいますね。あれは美しい紙でしたよ、あれは。クリーム罫線紙《けいせんし》、と昔は呼ばれておりました。あのような紙は——そうですな、五十年は作られておりません」。店主はメガネの上からウィンストンをのぞいた。「何か特にお役にたてることでもございますか？　それとも単にご覧になりたいだけでしたか？」

ウィンストンはあいまいに答えた。「通りすがりで、ちょっとのぞいただけです。何かこれといって欲しい物もない」

「かまいませんよ。お探しのものをご用意できたとは思えませんから」と店主は柔らかい手のひらで、詫《わ》びるような身ぶりをした。「ご覧のとおりですよ。空っぽの店と言ってもいい。ここだけの話ですが、骨董《こっとう》取引はもうおしまいです。もはや需要もないし、在庫もありません。家具、陶器《とうき》、ガラスはみんな、大なり小なり破壊されました。そしてもちろん金属はほとんど溶かされてしまった。真ちゅうのロウソク立てには何年もお目にかかっていない」

店の小さな内部は、実は不安なほどモノだらけだったが、いささかでも価値があるものはほとんど何もなかった。床はきわめて限られていた。あらゆる壁際に、無数のほこりっぽい額縁が積み上がっていたからだ。ウィンドウにはナットやボルト、すりきれたノミ、刃の折れたペンナイフ、まともに動くようなそぶりさえしていない、古びた時計などの各種ガラクタが並んでいた。隅にある小さなテーブルの上だけに、小物が大量にあった——漆塗《うるしぬ》りの嗅ぎタバコ入れ、めのうのブローチなど——そこには何かおもしろいものがありそうに見えた。そのテーブルのほうにふらふらと向かう途中で、ランプの灯りの中で柔らかく光る、丸い滑らかなものに目がとまり、それを手に取った。

重たいガラスのかたまりで、片側は丸く、反対側は平らで、ほとんど半球状だった。ガラスの色彩と手触りの両方に、何か特異な柔らかさ、まるで雨水のような感じがあった。その真ん中に、曲がった表面により拡大された、奇妙な、ピンク色の、複雑な形をした物体があった。バラかイソギンチャクを思わせる。

「これは何ですか？」魅了されてウィンストンは尋ねた。

老人は答えた。「サンゴでございます、それはね。おそらくインド洋からきたのでしょう。かつてはそれを、何かガラスの中に埋め込んだのです。作られて百年に満たないはずはありません。もっと古いかもしれない、その様子ですと」

「美しいものですね」とウィンストン。

「美しいものです」と相手も味わうように言った。「ですが、そんなことをおっしゃる方は最近はあまりおられませんな」と彼は咳き込んだ。「さて、まさかそれをお買いになりたいというなら、四ドルの値段となります。そんなものでも八ポンドの値がついた頃もありましたなあ。八ポンドといえば――まあ計算はできませんが、かなりの金額でございました。しかし最近では本物のアンティークのことなんて、だれが気にしましょうか――残ったわずかなものについてでも？」ウィンストンは即座に四ドルを渡して、その欲しくてたまらないものをポケットにすべりこませた。それに惹かれたのは、美しさよりもむしろ、現在とはまったくちがう時代に属していたような雰囲気のためなのだった。ソフトで雨水のようなガラスは、これまで見たどんなガラスともちがっていた。それが二重に魅力的なのは、一見するとまったく役立たずだからだ。とはいえ、かつてはそれが文鎮として使われただろうと推測はできた。ポケットのなかでかなり重かったが、ありがたいことに、そんなにふくれては見えない。党員が所有するにしては奇妙なものであり、疑念を抱かせるものですらあった。古いものはすべて、それを言うなら美しいものはすべて、いつも漠然と怪しまれた。老人は四ドルを受け取ると、目に見えて機嫌がよくなった。ウィンストンは、三ドルか、ヘタをすると二ドルでも相手が受け取っただろうと気がついた。

「よろしければ、二階の別の部屋もご覧になりますか。大したものはございません。ごくわずかです。二階に行かれるなら、灯りを用意いたします」

老人は別のランプを灯し、曲がった背中で、急でボロボロの階段をゆっくり先導して、小さな通路を通り、街路には面しておらず、石畳の中庭と、煙突の通風管を見渡す部屋に案内した。家具の配置は、まるでこの部屋がまだ人が暮らすためのものだとでも言うようだとウィンストンは気がついた。床にはじゅうたんがあり、壁には絵が一つ二つ、暖炉に寄せて深いだらしない安楽椅子があった。古風な十二時間の盤面を持つガラス時計が、マントルピースの上でカチカチと時を刻んでいる。窓の下、部屋の四分の一近くを占めているのは巨大なベッドで、まだマットレスがのっている。

老人は半ば詫びるように言った。「妻が他界するまでここでいっしょに暮らしておりました。少しずつ家具を売りさばいておるところです。さてこれは美しいマホガニーのベッドでございます。あるいは、南京虫を追い出せればそうなります。しかし申し上げれば、いささかかさばるものではございますな」

老人は部屋全体を照らそうとするかのようにランプを高く掲げた。そしてその温かく薄暗い光の中で、その場所は不思議なほど魅力的だった。あえて危険を犯すつもりさえあれば、この部屋を週に数ドルで楽に借りられるだろうという考えがウィンストンの脳裏をよぎった。それはとんでもない、あり得ない考えで、思いついたと同時に放棄すべきものだった。だがこの部屋は心の中にある種のノスタルジーを目覚めさせた。一種の先祖伝来の記憶だ。こんな部屋にすわるのがどんなものか、燃える炎の前の安楽椅子にすわり、足を炉格子に向けて暖炉の台にやかんをかけるのがどんな感じか、ずばり知っているように思えた。完全に一人で、完全に安全で、だれにも見張られず、どんな声にも追い立てられず、やかんの歌と時計が時を刻むやさしげな音しかしないのだ。

「テレスクリーンがない」ウィンストンは思わずつぶやいた。

「ああ、あの代物は一度も持ったことがありません。高価すぎます。それに一度も必要だと思ったこともございませんで、なぜかしらね。さてその隅にあるのは素敵な折りたたみ式テーブルでございますが、畳む部分を使いたければ新しいちょうつがいを入れねばなりません」

もう一つの隅には小さな本棚があり、ウィンストンはすでにそちらに近づいていた。そこに入っているのはゴミだけだった。書籍の狩り立てと破壊は、他の場所と同じくプロレ地区でも徹底して行われたのだ。オセアニアのどんな場所にも、1960年以前に印刷された本があるとはきわめて考えにくかった。老人はまだランプを持ったまま、暖炉の反対側、ベッドの向かいにぶら下がった、ローズウッドの額に入った絵の前に立っていた。「さて、もし古い版画に少しでもご関心がおありでしたら——」と彼は穏やかに話し始めた。

ウィンストンは部屋を横切って絵を検分した。四角い窓を持ち、正面に小さな尖塔がある、楕円形の建物を描いた鋼版画だった。その建物のまわりには手すりがあり、その裏側には彫像らしきものがあった。ウィンストンはしばらくそれを見つめた。何か漠然と見覚えがあるような気がしたが、その彫像には記憶がなかった。

「額縁が壁に固定されておりますが、はずして差し上げてもよろしゅうございますよ、よろしければ」と老人。

ウィンストンはようやく口を開いた。「この建物は知っています。いまは廃墟です。正義宮殿の外の、通りの真ん中にある」

「その通りです。法廷の外。爆撃されたのは——ああ、もう何年も前のことです。かつては教会で、セントクレメント・デインズ、という名前でした」と申し訳なさそうに微笑し、まるで自分が何かバカげたことを言うのを意識しているとでも言うようだった。そしてこう付け加えた。「オレンジにレモン、とセントクレメントの鐘！」

「なんですか、それは？」とウィンストン。

「ああ——『オレンジにレモン、とセントクレメントの鐘』。少年時代にあった詩ですよ。続きは忘れてしまいましたが、最後は覚えています。『これがロウソク、ベッドに導く灯り、これが鎌《かま》で頭を切り落とす』。一種のダンスでした。腕を伸ばしてその下を通るのですが『これが鎌で頭を切り落とす』というところで腕をおろして、こちらを捕まえるのです。教会の名前ばかりでしたな。ロンドンの教会はみんな入っておりましたよ——主要なものは、ということですが」

ウィンストンは漠然と、その教会が何世紀のものだろうかと思案した。ロンドンの建物の年代を見極めるのは常にむずかしかった。巨大で壮大なものはすべて、外観がそこそこ新しければ、自動的に革命後に建てられたものとされ、明らかにもっと古いものは、中世と呼ばれるなにやら薄暗い時代のものとされる。資本主義の数世紀は、価値あるものはまったく生み出さなかったとされた。本からと同様、建築からも歴史はまるで学べなかった。彫像、記念碑、碑石、通りの名前——過去に光をあてそうなものはすべて、徹底的に変えられていた。

「教会だったとは知らなかった」

老人は語った。「実は、かなり残ってはいるのですよ。だが他の用途に使われておるのです。さて、あの詩はどう続きましたっけ？　そうそう！　思い出した！

『オレンジにレモン、とセントクレメントの鐘、お代は三ファージング、とセントマーチンズの鐘——』

そうでした、さてこれが精一杯思い出せるところです。ファージング、というのは小さな銅の硬貨で、一セントと似ておりました」

「セントマーチンズというのはどこでした？」とウィンストン。

「セントマーチンズですか？　まだ建っておりますよ。勝利広場の[3]、写真ギャラリーの横に。三角じみたポーチと、正面に列柱がある建物で、大きな正面階段がございますな」

その場所ならよく知っていた。各種のプロパガンダ展示に使われる博物館だった——ロケット爆弾や浮上要塞の縮尺模型、敵の残虐行為を描いたロウ細工のタブローなどを飾るのだ。

「セント・マーチンズ・イン・ザ・フィールドというのが昔の呼び名でした」と老人は補った。「とはいえ、そのあたりのどこにもフィールド（草原）などあったとは記憶しておりませんが」

ウィンストンはその絵は買わなかった。ガラス製文鎮よりなおさら不適切な所有物になっただろうし、額縁から取り出さないと、家に持ち帰るのは不可能だ。だがさらに数分にわたりそこにとどまり、老人と話をした。名前はウィークスではないという——店頭の看板からはそうとしか思えないが、チャリントンという名前なのだ。チャリントンさんはどうやら、六十三歳の男やもめで、この店で三十年にわたり暮らしてきた。その間、ウィンドウの上の名前を変えるつもりではいたが、一向に手が回らなかったそうだ。二人がしゃべっている間ずっと、途中まで思い出された詩が、ウィンストンの脳裏を駆け巡っていた。オレンジにレモン、とセントクレメントの鐘、お代は三ファージング、とセントマーチンズの鐘！　奇妙ながら、それを頭の中で繰り返すと、本当に鐘の音が聞こえるような幻想が生まれた。どこかにまだ偽装され忘

3　訳注：現在のトラファルガー広場。

れられたまま存在する失われたロンドンの鐘。一つ、また一つと幻のような鐘楼《しょうろう》が、次々に鳴り響くのが聞こえるような気がした。だが思い出せる限り、現実の生活で教会の鐘が鳴るのを聞いたことなど一度もないのだ。

チャリントンさんから離れて、一人で階下に下り、自分がドアを出る前に通りを偵察しているところを老人に見られないようにした。すでに、ほとぼりが冷めてから——一ヶ月くらいだろうか——この店にまたくる危険を犯すと決めていた。それだってセンターでの一晩をサボるよりさほど危険ではないかもしれない。ずっと深刻な愚行は、そもそもあの日記を買った後でこの場所に戻ってきたことなのだった。この店主が信頼できるかもわからないというのに。だが——!

そうとも、とウィンストンは再び考えた。また来よう。そして美しいごみくずのかけらをもっと買うのだ。セントクレメント・デインズの版画を買い、額縁から取り出して、オーバーオールの上着の下に隠して持ち帰ろう。あの詩の残りをチャリントンさんの記憶から引き出してやろう。あの二階の部屋を借りるというキチガイじみた計画すら、再び一瞬頭を横切った。五秒ほどくらいか、その興奮状態のために軽率になって、窓からざっと外を確かめることさえせずに、歩道に足を踏み出した。そして即興の曲にあわせてハミングさえ始めていた。

オレンジにレモン、とセントクレメントの鐘、お代は三ファージング、とセントマーチンズの鐘——

いきなり、心が凍り付き内臓が水になったような気がした。青いオーバーオールの人物が歩道をこちらに向かっており、十メートルも離れていない。創作部の女子だ。黒い髪の女子。暗くなっていたが、すぐ見分けがついた。向こうはこちらの顔をまっすぐ見つめ、それからこちらを見もしなかったかのように、さっさと歩き続けた。

数秒にわたり、ウィンストンは麻痺《まひ》状態でまるで動けなかった。それから右に曲がり足早に立ち去ったが、そのときは自分の向かう方向がまちがっているとは気がつかなかった。いずれにしても、一つ疑問は片付いた。もはやあの女子が自分をスパイしているのは、疑問の余地がなかった。ここまで尾行してきたにちがいない。単なる偶然だけで、たまたま同じ晩に、同じへんぴな裏通りを歩いていたなどはあり得ない。ここは党員たちが暮らすあらゆる区画から、何キロも離れているのだ。偶然にしてはあまりにできすぎだ。本当に彼女が思考警察のエージェントなのか、生真面目さに動かされた素人スパイなのかは、ほとんどどうでもいい。彼女が見張っているというだけで十分だ。おそらくあのパブに入るところも見られただろう。

歩くのは一苦労だった。ポケットのガラスのかたまりが、一歩毎に腿《もも》にぶちあたり、それを取り出して投げ捨てようかと半ば思ったほどだ。最悪なのは腹の痛みだった。数分にわたり、すぐに便所にたどりつかなければ死ぬとさえ思った。だがこんな区域には公衆便所などない。だがそこで痙攣《けいれん》がおさまり、後には鈍い痛みだけが残った。

その通りは袋小路だった。ウィンストンは足を止め、数秒立ちつくして、どうしようかぼんやり思案し、そしてきびすを返して来た道を戻った。向きを変えたとき、あの女子が自分の横を過ぎたのはたった三分前だから、追いかければたぶん追いつけるはずだと気がついた。どこか静かな場所まで後をつけて、舗石で彼女の頭蓋骨を叩き潰せる。ポケットの中のガラスのかたまりは、重いから十分その役を果たせるはずだ。だがその考えは即座に捨てた。肉体的な努力を少しでもするなど考えただけで耐えがたかったからだ。走れないし、そんな一撃もくらわせられない。それに彼女は若く頑丈だから、抵抗するだろう。またコミュニティセンターにいまから急いでかけつけ、そこが閉まるまでとどまって、この晩について部分的なアリバイを確立しようかとも考えた。だがこれまた不可能だ。死にそうな倦怠《けんたい》感に襲われた。もうさっさと家に帰って腰をおろし、静かにしたいだけだった。

アパートに戻ったときには二二時をまわっていた。照明の主電源は二三＝三〇にスイッチが切られる。台所にいって、勝利ジンを紅茶カップ一杯近く飲み干した。そしてアルコーブのテーブルのところにいき、すわって日記を引き出しから取り出した。だがすぐには開かなかった。テレスクリーンからは騒々しい女性の声が、愛国的な歌をがなりたてていた。彼は本の大理石模様の表紙をすわったまま見つめ、意識から立ち上る声を封じようとしては失敗していた。

連中がつかまえにくるのは夜、いつも夜なのだった。つかまる前に自殺するほうがいい。まちがいなく、そうする人々もいた。多くの消滅は実は自殺なのだ。だが火器や、素早く確実な毒が完全に入手不能な世界にあって、自殺するには絶望的な勇気が必要だった。彼はある種の驚きをもって、苦痛と恐怖の生物学的な役立たずぶりを考えた。まさに特別な努力が必要とされるときに限って、常に惰性へと凍り付いてしまう、人間の身体の裏切りを思った。素早く行動していれば、あの黒髪の女子を黙らせられたのに。だがまさに危険が極度に大きかったがために、自分は行動の力を失ってしまった。危機のときには、人は決して外部の敵と戦っているのではない、と思い当たった。常に自分の肉体と戦っているのだ。この瞬間ですら、ジンにもかかわらず、腹の鈍い痛みのおかげで、続けてものを考えるのは不可能だった。そしてそれは、一見すると英雄的だったり悲劇だったりするあらゆる状況で同じなのだ。戦場だろうと拷問室だろうと、沈む船上だろうと、自分が戦おうとしている問題は常に忘れ去られる。というのも肉体はふくれあがって宇宙を満たすからだ。恐怖で麻痺したり痛みで絶叫したりしていないときですら、人生は一瞬ごとの、飢えや寒気や睡眠不足、腹痛や歯痛との戦いなのだ。

彼は日記を開いた。何か書き留めておくのが重要だ。テレスクリーンの女性は新しい歌を始めていた。その声は、ギザギザのガラスのかけらのように、脳に突き刺さるようだった。オブライエンのことを考えようとした。この日記を贈る相手、宛てる相手だ。だがかわりに、思考警察に連行された後で自分に何が起こるかを考え始めた。即座に殺されてもかまわない。殺されるのは想定通りだ。だが死ぬ前に（だれもそんな話はしないのに、みんなそれを知っていた）自白のルーチンを経由しなければならない。床に這《は》いつくばって、お慈悲を求めて絶叫し、骨の折れる音、砕かれる歯、血みどろの髪の毛のかたまり。

なぜそんな苦悶を強いられるのだろうか。終わりはいつも同じなのに？　なぜ人生からその数日、数週間を免除してもらえないのか？　だれも見つからずにはすまないのだし、だれも自白を逃れることは決してなかった。思考犯罪に陥ったら、ある日付までに死ぬのは確実だった。ならばなぜあの恐怖が、何を変えるわけでもないのに、未来の時間に埋め込まれていなければならないのか？

さっきより少し、オブライエンの姿を呼び起こすのに成功した。「暗闇のない場所で会おう」とオブライエンは語った。その意味はわかった、あるいはわかったと思った。暗闇のない場所とは想像された未来であり、決して見ることはないが、事前の知識によって神秘的に共有できる場所なのだ。だがテレスクリーンからの声が耳をいたぶり続けていたので、その考えの流れを続けられなかった。口にタバコをくわえた。タバコの半分がすぐに舌の上に転がり落ちた。苦い粉で、再び吐き出すのはむずかしい代物だ。ビッグ・ブラザーの顔が心に浮かび上がり、オブライエンの顔に置き換わった。数日前にやったのと同じように、彼はポケットから硬貨をすべり出して眺めた。その顔がこちらを見上げていた。重く、平静で、護るような顔。だがその暗い口ひげの下にはどんな微笑が隠されているのだろうか？　不吉な弔鐘《ちょうしょう》のように、あの言葉がよみがえってきた。

戦争は平和
自由は隷属
無知は力

George Orwell
Nineteen Eighty-Four

第II部

第1章

午前中の半ば、ウィンストンは自分の区画を離れて便所に向かった。

長い、照明の明るい廊下の向こう端から、だれかこちらに向かってきた。黒髪の女子だ。あの古物屋の外で出くわした晩からすでに四日経つ。近づいてきたのを見ると、右腕が吊《つ》り包帯《ほうたい》で吊られているのがわかった。オーバーオールと同じ色だったので、遠目にはわからなかったのだ。おそらく小説の筋書きが「押し込まれる」ときにあのでかい万華鏡《まんげきょう》をふりまわして、手を潰してしまったのだろう。創作部ではよくある事故だった。

二人が四メートルほどまで近づいたときに、女子はつまずいて、ほとんど顔から突っ込むように転んだ。鋭い痛みの叫びが彼女から絞り出された。怪我をした腕の上にまっすぐ倒れ込んだのだろう。ウィンストンは足を止めた。女子は身を起こして膝立ちになった。その顔は白濁《はくだく》した黄色い色になり、それを背景に口がいつになく赤く浮かび上がった。目があい、そこに浮かんだ訴えるような表情は、痛みより恐怖のように思えた。

ウィンストンの頭に奇妙な感情が湧いた。目の前にいるのは自分を殺そうとしている敵だ。同時に目の前にいるのは人間という生き物で、苦しんでおりおそらく骨折している。すでに彼は本能的に、助けようと前に出つつあった。転んで包帯を巻いた腕が下敷きになったのを見た途端、まるで自分の身体に痛みを感じたように思えた。

「怪我は?」

「なんでもありません。腕が。すぐによくなります」

まるで動悸《どうき》がしているような話しぶりだった。蒼白になったのはまちがいない。

「どこか折れてませんか？」

「いえ、だいじょうぶです。しばらく痛かったんですが、それだけ」

彼女が自由な手を差し伸べたので、立ち上がるのを手伝った。顔色が少し戻り、ずっと快方に向かったようだった。

彼女はきっぱり繰り返した。「なんでもありません。手首を少しぶつけただけです。同志、ありがとう！」

そしてその一言と共に、彼女はこれまで進んでいた方向に歩き続け、本当に何事もなかったような足早ぶりだった。この一件すべては、三十秒もかからなかったはずだ。気持を顔に出さないようにするのは、すでに本能の域に達した習慣ではあり、そもそも二人はそれが起きたとき、テレスクリーンの真ん前に立っていたのではある。それでも、一瞬の驚きを表に出さないのはとてもむずかしかった。というのも立ち上がるのを助けているほんの二、三秒ほどの間に、女子は何かをこちらの手にすべりこませたのだ。彼女がそれを意図的にやったのは疑問の余地がなかった。何か小さく平らなものだった。トイレのドアを通り抜けたところで、それをポケットに移して指先で触れてみた。四角く畳んだ紙切れだ。小便器に向かって立っている間に、もう少し指先でいじって、それを開けた。明らかにそこには、何やらメッセージが書かれているにちがいない。一瞬、それを大便室に持ち込んですぐに読みたい衝動にかられた。だがそんなことをするのは驚くほどの愚行だというのは十分承知していた。そこ以上に確実に、テレスクリーンから常に見張られている場所などないのだ。
ウィンストンは自分の小区画に戻り、紙切れをさりげなく机の上の他の紙切れにまぜて投げだし、メガネを掛けて話筆機を引き寄せた。「五分、最低でも五分だ！」と自分に言い聞かせた。胸の中で心臓が恐ろしいほどの音量で鼓動した。ありがたいことに、やっていた仕事はただの定型作業で、長い数字の一覧を修正するだけだったから、そんなに集中する必要はなかった。

紙に書かれたものが何であれ、何かしら政治的な意味を持つにちがいない。考えられる可能性は二つあった。可能性がずっと高いのは、あの女子は恐れたとおり思考警察のエージェントだというものだ。なぜ思考警察がこんな形でメッセージを配信しようとするのかはわからなかったが、何か理由があるのだろう。紙切れに書かれているのは、脅し、召喚《しょうかん》、自殺命令、何らかの罠《わな》かもしれない。だが別の、もっととんでもない可能性があり、押さえつけようとする努力の甲斐もなく、絶えずそれが頭をもたげ続けるのだった。そのメッセージは思考警察からきたものなどではなく、何か地下組織からきたものだ、という可能性だ。友愛団は本当に実在したのかもしれない！　あの女子はその一員なのかも！　まちがいなくバカげた考えではあったが、紙切れを手に感じたその瞬間に、それが頭に湧き上がってきたのだ。もっとあり得そうなもう片方の考えに思い当たったのは、やっと数分過ぎてからのことだった。そしていまだに、頭はこのメッセージがおそらく死を意味すると告げているのに、心はそうは信じておらず、法外な希望はしつこく続き、胸は高鳴り、数字を話筆機につぶやくときの声が震えないようにするのも苦労したほどだった。

仕上がった作業の束を丸めて気送管にすべりこませた。八分たっていた。鼻のメガネを調整しなおし、ため息をついて、次の仕事の束を引き寄せたが、そのてっぺんにあの紙切れが載っている。彼はそれを平らにのばした。そこには、大きな雑然とした手書きでこう書かれていた。

あなたを愛しています。

あまりに愕然《がくぜん》として、この罪に問われる代物を数秒にわたり、記憶穴に投げ込むことさえできなかった。そして投げ込む際にも、あまりに興味を示しすぎるのは危険だと十分にわかっていたのに、どうしても読み返して、その言葉が本当にそこにあるのを確認せずにはいられなかった。

その午前中の残りの時間は、仕事がほとんど手につかなかった。一連のつまらない作業に頭を集中させるよりなおさらつらかったのが、自分の興奮をテレスクリーンから隠す必要があることだった。腹の中で炎が燃えさかっているような感じがした。暑く混雑した騒音だらけの食堂での昼食は苦悶《くもん》だった。昼食時には少しでも一人きりになりたいと期待していたが、ツイていないことに、あの愚鈍《ぐどん》なパーソンズが隣にどっかり腰を据え、シチューの安っぽいにおいをほとんど圧倒するほどのすえた汗のにおいを放ちつつ、憎悪週間の準備についてしゃべり続けたのだった。彼は特に、ビッグ・ブラザーの頭部の紙粘土模型に熱をあげていた。幅二メートルで、スパイ団の彼の娘の部隊がこのために作っているのだという。苛立《いらだ》たしいのは、まわりでみんな大声を張り上げているので、ウィンストンはパーソンズの言うことがほとんど聞き取れず、まぬけな発言を繰り返すよう絶えず頼まねばならないということだった。一度だけ、あの女子の姿をちらりと見かけた。部屋の向こう端で、他に二人の女子とテーブルについている。こちらに気づいていない様子だったし、こちらもその方向を二度と見ないようにした。

午後は多少はしのぎやすかった。昼食後すぐに、微妙でむずかしい作業がやってきて、数時間かかるし他のすべては脇に置いておかねばならなかった。二年前の一連の生産報告を偽造する作業で、いまや疑惑のかけられている党内輪《うちわ》の有力者の信用を落とすような形でそれを行うのだ。この手の作業はウィンストンが得意とするもので、二時間以上にわたりあの女子を頭から完全に閉め出すのに成功した。だがそれが終わると彼女の顔の記憶が戻ってきて、それとともに一人きりになりたいという燃えさかる耐えがたい欲望がやってきた。一人きりにならないと、この新しい展開を考え抜くのは不可能だ。今夜はコミュニティセンターで過ごす夜の一つなのだった。彼は食堂でまた味のしない食事をかきこみ、センターに急いで、「討論グループ」の荘厳なばかばかしさに参加し、卓球を二試合やって、ジンを何杯か飲み干し、「チェスで学ぶ英社主義《イングソック》」という講義を半時間すわって聞いた。精神は退屈のあまりもがき苦しんだが、このときばかりはセンターでの一晩をサボろうという衝動は起きなかった。「あなたを愛しています」の言葉を見て、生き延びたいという欲望が湧き起こり、ちょっとした危険を犯すのも急にバカげたことに思えた。連続して考え続けられるようになったのは、やっと二三時になって、帰宅してベッドに入ってからだった――暗闇の中、だまってさえいればテレスクリーンからも安全な場所だ。

解決すべき物理的問題は、どうやってあの女子と接触して会合を手配するかということだ。

もはや彼女が何か自分に罠をしかけているのではという可能性は考えなかった。そんなことがないのはわかっていた。あのメモを渡したときの彼女はまちがいなく焦《あせ》っていたからだ。明らかに彼女は怯えきっていた。無理もない。またその申し出を拒絶するという考えは、思い浮かびさえしなかった。たった五日前の夜には、敷石で彼女の頭蓋骨を叩き潰そうかと考えていたのに、もはやそれはどうでもよかった。夢の中で見た、彼女の若々しい裸身を考えた。他のみんなと同じバカで、頭はウソと憎悪に満ち、腹は氷が詰まっているものと想像していた。彼女を失うかもしれない、白い若々しい肉体が自分の手から滑り落ちてしまうかもしれない、と考えると、やたらに気が急いてしまう！　他の何よりもこわかったのは、すばやく接触しないと彼女があっさり気を変えるかもしれないということだった。だが会うための物理的困難はすさまじかった。すでにチェスで詰んでいるのに駒を動かそうとするようなものだ。どっちを向いてもテレスクリーンが見ている。実のところ、彼女と連絡を取る方法として考えられるものはすべて、あのメモを読んで五分以内に思いついた。だがいまや、考える時間ができたので、それをテーブルに道具を一列に並べるように、一つずつ検討していった。

当然ながら今朝起きたような遭遇を繰り返すわけにはいかなかった。記録部で彼女が働いていたなら、比較的単純だっただろうが、創作部が建物の中のどこにあるかなど、漠然としたイメージしかなかったし、そこへでかける口実もなかった。どこに住んでいるかわかって、勤務時間がわかれば、なんとか無理をして帰宅途中に彼女とどこかで会う算段もできる。だが彼女を家まで尾行するのは危険だ。省の外でうろうろしなくてはならず、必ず気づかれてしまう。郵便で手紙を送るとなると、これは問題外だった。あらゆる手紙は配達中に開封されるというのは、あまりにお定まりでもはや秘密ですらなかった。それを言うなら、手紙を書く人などいないも同然だった。たまにメッセージを送らねばならないときには、長いフレーズの一覧が書かれた印刷済のはがきがあり、あてはまらないものを線で消すのだ。いずれにしても、彼女の住所どころか、名前すら知らないのだ。最後に、最も安全な場所は食堂だと判断した。テレスクリーンにあまり近くない、部屋の真ん中にあるテーブルに一人ですわってもらえれば、そしてそこら中に十分な騒々しい会話があれば——そうした条件が、そうだな、三十秒も続けば、何語かやりとりができるかもしれない。

その後丸一週間の人生は、落ち着かない夢のようだった。翌日、彼女は、すでにホイッスルが吹かれてこちらが立ち去る間際まで食堂にあらわれなかった。おそらく遅いシフトに変更されたのだろう。二人は目も合わせずにすれちがった。その翌日に彼女はいつもの時間に食堂にいたが、他に三人の女子といっしょで、しかもテレスクリーンの真下だった。そして恐ろしいことに三日にわたり、彼女はまったく姿を見せなかった。彼の心身はすべて、耐えがたい敏感さ、ある種の透明性にやられてしまったようで、あらゆる動き、あらゆる音、あらゆる接触、話したり聞いたりしなければならないあらゆる単語が苦悶に変わるようだった。眠りの中でも彼女の姿から完全に逃れることはできなかった。この日々には日記には触れなかった。救いがあるとすればそれは仕事であり、仕事中は十分間ほど続けて我を忘れることができた。彼女に何が起きたかはまったく見当もつかなかった。調べる方法も皆無だった。蒸散させられたか、自殺したか、オセアニアの向こう端に異動になったかもしれない。最悪で最もありえそうなのは、単に気が変わって自分を避けることにしたのかもしれない。

翌日彼女は再び姿をあらわした。腕の吊り包帯ははずれ、手首には絆創膏《ばんそうこう》が巻かれていた。彼女の姿を見た安心感はあまりに大きかったので、数秒にわたり、つい彼女をまじまじと見つめてしまった。翌日には、彼女に話しかけるのにほとんど成功しかけた。食堂に入ってみると、彼女は壁から十分離れたテーブルにすわっており、一人きりだった。時間がはやくて、満員というほどではなかった。列がゆっくりすすんで、ウィンストンはほぼカウンターまでやってきたが、そこで前にいるだれかが、サッカリン錠をもらっていないと苦情を申し立てたので、二分ほど足止めをくらった。だがウィンストンがトレーを確保して、彼女のテーブルのほうに向かったときも、彼女はまだ一人きりだった。さりげなくそちらに歩き、目は彼女の向こうにあるテーブルに空きがないか探した。彼女は三メートルほども離れていただろうか。あと二秒で行ける。そのとき、背後から声がよびかけた。「スミス!」聞こえなかったふりをした。「スミス!」とその声は、さらに大きく繰り返した。仕方ない。彼はふりむいた。ブロンドでバカそうな顔をしたウィルシャーという若者が、ほとんど知り合いでもないのに、自分のテーブルの空席にニッコリと招いていた。断るのはまずい。自分の存在に気がつかれてしまった今となっては、他にだれもいない女性のテーブルにでかけてすわるわけにはいかない。あまりに目立つ。彼は親しげな微笑を浮かべてすわった。バカそうなブロンドの顔が正面から迫ってきた。ウィンストンは、そのど真ん中にピッケルを叩きつける幻影を見た。女子のテーブルは数分後に埋まった。

だが彼女も自分が向かってくるのを見たはずで、それで気を利かせてくれるかもしれない。翌日彼は、早めに着くように配慮した。すると案の定、彼女はほぼ同じあたりのテーブルにいて、今度も一人きりだった。行列のすぐ前にいる人物は、小柄ですばやく動く、カナブンのような人物で、平らな顔と、小さな疑い深そうな目をしていた。ウィンストンがトレーを持ってカウンターから離れようとすると、この小男がまっすぐ彼女のテーブルに向かっているのがわかった。また希望が沈んだ。もっと向こうのテーブルには空席があったが、小男の外観の何かが、自分の快適性を重視して、絶対に最も人の少ないテーブルを選ぶ人物だろうと示唆していた。心臓が凍り付くような気持で、ウィンストンは小男の後にしたがった。彼女と二人きりになれないと意味がない。この瞬間、すさまじいガシャンという音がした。小男は腹ばいになり、トレーは吹っ飛び、スープとコーヒーの筋が二本、床一面に飛び散っていた。彼は恨みがましい目をウィンストンに向けつつ立ち上がりはじめた。足をひっかけたのではと疑っているのは明らかだった。だがどうでもいい。五秒後に爆音のような鼓動を響かせつつ、ウィンストンは彼女のテーブルにすわっていた。

彼女を見たりはしなかった。トレーを置いて、すぐに食べ始めた。一気に話すのが何より重要だ。他のだれかがくる前に。だがいまや恐ろしい恐怖に囚われてしまった。最初に接触されてから一週間がすぎた。心変わりしたかもしれない。まちがいなく心変わりしたはずだ！こんな情事が成功裏に終わるわけがない。こんなことは現実の人生では起きないのだ。そのまま尻込みしてまったく口をきけずに終わったかもしれないが、その瞬間にアンプルフォースが目に入った。耳が毛だらけの詩人で、トレーを持って部屋の中をヨタヨタとさまよい、すわる場所を探しているのだ。アンプルフォースは何か漠然とウィンストンに惹かれていて、見つかればまちがいなくこのテーブルにすわる。行動時間は一分ほどしかない。ウィンストンも女子もたゆまず食べ続けた。食べているのはうすいシチュー、というかハリコット豆のスープだった。低いつぶやきでウィンストンは話しはじめた。どちらも顔をあげなかった。水っぽい代物をスプーンで着実に口に運び、スプーンの合間に必要な言葉を、低い感情のない声でやりとりした。

「仕事あがりは？」

「一八＝三〇」

「どこで会える？」

「勝利広場、記念碑近く」

「テレスクリーンだらけだ」

「群集があれば関係ないから」

「合図は？」

「なし。あたしが大勢に混じっているのを見るまではこないで。それとこっち見ないで。ただどこか近くにいて」

「時間は？」

「一九時」

「わかった」

アンプルフォースはウィンストンを見つけそこない、別のテーブルにすわった。二人はそれ以上口をきかず、同じテーブルの対角線上にすわった二人として可能な限り、お互いを見なかった。女子は昼食をさっさと食べ終えて立ち去り、ウィンストンはそこにとどまってタバコを吸った。

ウィンストンは指定時間前に勝利広場に着いた。溝の刻まれた巨大な柱の根本のまわりをうろついた。そのてっぺんではビッグ・ブラザーの彫像が、エアストリップ・ワンの戦いでユーラシアの飛行機（数年前にはイースタシアの飛行機だったが）を殲滅させた、あの南方の空を見つめていた。目の前の街路には、馬にまたがった人物の彫像があり、オリヴァー・クロムウェルとされていた。予定時間を五分すぎても彼女はまだ姿を見せていなかった。またもやひどい恐怖にとらわれた。来ないんだ、気が変わったんだ！　彼はゆっくりと広場の北側に歩いて、セントマーチン教会が見分けられたので、何か色あせた歓びのようなものを感じた。その鐘は、鐘があったときには「お代は三ファージング」と鳴ったのだ。そのとき彼女が、彫像の根本に立っているのを見た。その柱にらせん状に貼られたポスターを読むか、読むふりをしている。もっと人が集まるまで、近づくのは危険だった。ペディメントのまわり中にテレスクリーンがあった。だがその瞬間に、叫び声が轟いて、どこか左のほうから重車両の轟音が響いてきた。いきなり、みんなが広場を走って横切っているようだった。彼女は身軽に記念碑の根本にあるライオンのまわりを跳び越えて、その群集に加わった。ウィンストンも続いた。走りながら、まわりの叫び声を元に、ユーラシアの囚人たちを乗せた車団が通過するのだと知った。

すでに高密の群集が広場の南側をふさいでいた。ウィンストンは、ふつうならどんな集団でも外周部を好む人物ではあったが、押して、突き飛ばし、前に進んで群集の中心にもぐりこんだ。やがて女子に腕をのばせば届くところまできたが、間に巨大なプロレと、同じくらい巨大な女性、おそらくは彼の妻が立ちはだかり、貫通不能の肉体の壁を形成しているようだった。ウィンストンはもがいて、横のほうに身を思いっきり押し込んで、何とか二人の間に肩を入れた。一瞬、その筋肉質の尻二つの間で、内臓がぐちゃぐちゃに潰されるような気がしたが、少し汗をかきつつなんとか突破した。彼女の隣だった。肩を並べ、二人ともじっと前だけを見ている。

軽機関銃で武装したこわばった表情の衛兵たちが四隅に立つ、長いトラックの行列が、ゆっくりと通りを下っていた。そのトラックには、チビの黄色人種たちが、貧相な緑がかった制服を着てしゃがみこみ、密集して詰め込まれていた。その悲しい蒙古《もうこ》系の顔立ちが、何の興味も示さずにトラックの横から外を眺めていた。たまにトラックがゆれると、金属のぶつかる音がした。囚人たちはみんな足枷《あしかせ》をされているのだ。トラックいっぱいに積み込まれたその悲しい顔が次々に通り過ぎる。ウィンストンは彼らがそこにいると知っていたが、たまに目に入るだけだった。彼女の肩と、その腕が肘までずっとこちらに押しつけられていたからだ。その頰があまりに近くて温かみが感じられそうだった。彼女はすぐに状況を制した。食堂でやったのと同じだ。以前と同じ無感情な声で話し始め、唇はほとんど動かさず、声の喧噪とトラックの轟音ですぐにかき消される、ただのつぶやきで語り出した。

「聞こえる?」

「うん」

「日曜午後は休める?」

「うん」

「ならしっかり聞いて。全部覚えて。パディントン駅に行って――」

驚くほどの軍事的な精度をもって、彼女はとるべき道筋を説明した。鉄道で半時間移動。駅の外で左折。道沿いに二キロ。てっぺんのバーがはずれた門。草原を横切る小径。草の生えた小径。茂みの間の通路。コケの生えた枯れ木。頭の中に地図があるかのようだった。「全部覚えた？」最後に彼女はそうつぶやいた。

「うん」

「左折、右折、また左折。門はてっぺんのバーがない」

「うん。時間は？」

「一五時あたり。待たせるかも。あたしは別の道で行く。本当に全部覚えた？」

「うん」

「なら急いで離れて」

それは言われるまでもなかった。だがその瞬間には、二人は群集から抜け出せなかった。トラックはまだ列をなして通過中で、人々はまだ飽き足りないかのように見とれていた。当初は罵声や冷やかし声もいくつかあったが、それを発しているのは群集の中の党員だけで、それも間もなくとまった。あたりに満ちた感情は単なる好奇心だった。外国人はユーラシアからだろうとイースタシアからだろうと、一種の珍獣なのだ。囚人以外の形でそいつらを目にすることは、文字通り決してなかったし、囚人としてですら、ほんの一瞬かいま見られるだけだ。また戦争犯罪者として絞首刑になる数名を除けば、そいつらがどうなるのかは、だれも知らなかった。丸い蒙古系の顔に続いて、もっとヨーロッパ型の顔がやってきた。汚く、ひげ面で疲れ切っている。汚い頬骨の上にある目がウィンストンと目をあわせ、ときには不思議なほど強烈に見つめてから、またすぐ目をそらした。車団はそろそろ終わりかけていた。最後のトラックには老いた男がいるのが見えた。その顔はもじゃもじゃの毛のかたまりで、まっすぐ立って手首を前で交差させ、まるで縛られるのは慣れているとでもいうようだった。今にもウィンストンと彼女が別れる時がくる。だが最後の瞬間、群集にまだ封じ込められているときに、彼女の手がこちらの手を探し出し、かすかに握りしめた。

十秒もたったはずはなかったが、二人の手が握られていたのはずいぶん長い時間に思えた。彼女の手のあらゆる細部を学ぶ時間があった。長い指、形のいい爪、仕事で固くなった、豆のならぶ手のひら、手首の下のなめらかな肉を彼は探索した。触れただけで、目で見たかのようにそれを描けた。その瞬間に、彼女の目の色を知らないのに思い当たった。たぶん茶色だろうが、黒髪の人が青い目をしているときもある。頭をめぐらせて彼女の方を見るのは、考えられないほどの愚行だ。手を握り合いつつ、肉体の圧力の中でだれにも見られず、二人はしっかり前をみつめ、すると女子の目ではなく高齢の囚人の目が、髪のかたまりの中からウィンストンを悲痛に見つめるのだった。

第2章

光と影のまだらの中、小径を通り抜けると、大枝が分かれているところでは必ず黄金の陽だまりに出た。左側の木々の下では、地面はブルーベルで湿っていた。空気が肌に口づけするようだった。五月二日だ。森のもっと深い深奥からはモリバトの鳴き声が響いてきた。

少し早目に着いた。道筋については何の苦労もなく、通常ならもっと怯えているはずだが、彼女が明らかに実に経験豊富だったから、それもなかった。おそらく彼女なら安全な場所を見つけられると信じてよかろう。一般には、ロンドンより田舎のほうが特に安全と想定はできなかった。もちろんテレスクリーンはなかったが、いつも隠しマイクの危険があり、声が拾われて認識されかねない。さらに一人きりで出かければどうしても注意を引いてしまう。百キロ以下の距離ならパスポートに承認印をもらう必要はなかったが、ときには鉄道駅にパトロールがうろついていて、党員をみつけたら全員の書類を検分し、面倒な質問をするのだ。だがパトロールは登場しなかったし、駅からの歩きでは、慎重にちらちら振り返って、尾行されていないのを確かめた。列車はプロレだらけで、夏めいた天気のおかげでみんな休日気分だった。乗ってきた木製シートの客車は、ある巨大な一家であふれかえるほどの満員ぶりで、歯なしの曾祖母から生後一ヶ月の赤ん坊までいて、それが田舎の「義理の家族」と午後を過ごすためにでかけるという。そして尋ねもしないのに、ちょっとばかり闇市のバターも手に入れるのだと説明してくれた。

小径は広がり、一分もしないうちに彼女の言った通路にやってきた。ただの獣道でしかないものが、茂みの間をぬけている。腕時計はなかったが、まだ一五時ではないはずだ。足下のブルーベルが密生していたので、踏みつけずにはいられなかった。ひざまずいて、いくつかを摘んだ。暇つぶしもあったが、会うときに女子に花束を渡したいと漠然と思ったからでもある。でかい束を作り、そのかすかで弱々しい香りを嗅いでいたとき、背後で物音がして凍り付いた。まちがいなく踏まれて折れた小枝の音だ。彼はブルーベル摘みを続けた。それがいちばんいいやり方だ。彼女かもしれないし、結局後をつけられていたのかもしれない。振り向けば罪悪感を示すことになる。次々に摘み続けた。すると肩に軽く手が置かれた。

目をあげた。彼女だった。首を振ってみせたのは、明らかに静かにしていろという警告で、それから茂みをかきわけて、急いで狭い通路を先導して森の中に入った。明らかに前にも来たことがあるのだ。というのも地面のぬかるんだ部分を、慣れた歩みで避けたからだ。ウィンストンは、まだ花束を握りしめて後にしたがった。まずはホッとしたものの、力強い細い肉体が自分の前を動くのを眺め、深紅の腰帯がヒップの曲線をちょうど引き出すように巻かれているのを見ると、自分がいかに見劣りするかひしひしと感じられた。この瞬間ですら、彼女がふりむいて自分を見たら、やっぱりやめておこうと思うことも十分にあり得た。空気の甘さと葉っぱの緑が彼をひるませた。すでに駅から歩いてくる間に、五月の日差しで自分が汚く蒼白く感じられ、屋内の生き物で、肌の毛穴にすすまみれのロンドンのほこりが詰まっているように感じた。彼女はこれまで、開けた場所で明るい日差しの下で自分を見たことがないだろうと思い当たった。彼女が話していた、倒木のところにやってきた。彼女はそれを跳び越えて、力任せに茂みをかきわけた。そこに開けた場所があるようには見えなかった。ウィンストンが従うと、自然の空き地にやってきたのがわかった。小さな開けた草地で、それが背の高い若木に囲まれて完全に閉ざされている。女子は立ち止まって振り返った。

「着いたよ」と彼女。

数歩離れて向き合った。まだとても近づく気にはならなかった。

「小径で何も言いたくなかったのは、隠しマイクがあるかもしれないから。たぶんないとは思うけど、あるかも。いつもあのブタどものだれかが、こっちの声を認識する可能性はあるし。ここなら大丈夫」

まだ近づくだけの勇気が出なかった。「ここなら大丈夫？」彼はまぬけに繰り返した。

「うん、木を見てよ」小さなトネリコで、しばらく前に切り倒されてから、また生えてきて小枝の森林となり、その枝のどれも手首ほどの太さもない。「マイクを隠せるほどの大きさのものはないでしょ。それにここには前にもきたし」

間を持たせるための会話でしかなかった。もう彼女に近づけるようになった。彼女はまっすぐ背をのばして横にたち、顔に浮かんだ微笑はかすかに皮肉っぽく、まるでなぜ彼がそんなにためらっているのか不思議に思っているかのようだった。ブルーベルは地面にこぼれ落ちて積み上がっていた。ひとりでに落ちたかのようだった。彼女の手を取った。

「信じられないだろうが、この瞬間まで君の目が何色か知らなかった」。茶色か、と彼は認識した。茶色でもうすい茶色で、まつげが濃い。「こうして私の実際の姿を見たところで、正視できるのか？」

「うん、全然平気」

「私は三十九歳。妻がいて始末できない。静脈瘤もある。入れ歯が五本」

「全然どうでもいい」と彼女。

次の瞬間、どちらが動いたかはわからないが、彼女が腕の中にいた。当初は、まったく信じられないという思いしかなかった。若々しい肉体が自分の身体に押しつけられ、黒髪のかたまりが顔に当たり、そして、すごい！　本当に彼女は顔を上げて、ウィンストンはその広い赤い口にキスしていたのだった。その腕をこちらの首に巻きつけて、愛しい人、大切な人、大好きと呼んでいた。地面に押し倒しても、まったく抵抗せず、好きにしていいのだった。だが本当のことを言えば、単なる接触以上の肉体感覚はなかった。感じたのは信じられなさと誇りだった。これが起きているのは嬉しかったが、肉体的な欲望はない。あまりに早すぎる。彼女の若さときれいさに怯えた。女なしで暮らすのに慣れすぎていたのだ——理由がわからなかった。女子は身体を起こし、ブルーベルを髪から引っ張り出した。そして寄り添ってすわり、腕をこちらの腰に回した。

「あわてなくても大丈夫。午後ずっとあるんでしょ。すばらしい隠れ家だと思わない？　コミュニティハイキングで前に迷子になったときに見つけたんだ。だれかが近づいてきても、百メートル先から聞こえる」

「君の名は？」とウィンストン。

「ジュリア。あなたのは知ってる。ウィンストン——ウィンストン・スミス」

「どうしてわかった？」

「そっちよりも調べごとはうまいつもりだし、愛しい人。ねえ、あのメモを渡す日より前には、あたしのこと、どう思ってた？」

ウソを告げようという誘惑は一切感じなかった。最悪のことをまっ先に語るのは、一種の愛の告白ですらあった。

「見るだけでいやだった。強姦《ごうかん》してから殺したいと思ったよ。二週間前には、その頭を敷石でかち割ってやろうかと本気で考えた。本当のことを言えば、君が思考警察の関係者だろうと思っていたんだ」

彼女は大喜びで笑った。明らかにこれを、自分の変装の優秀さに対する讃辞と受け取ったのだ。

「思考警察はないでしょ！　本気でそんなこと思った？」

「まあ、ずばり思考警察とは言わないがね。だが君の全般的な外見――とにかく君が若くて新鮮で健康だというだけでだよ、おわかりだろうが――君がおそらくは――」

「ご立派な党員だと思ったんだろ。発言も行いも純粋。横断幕、行進、スローガン、ゲーム、コミュニティハイキングとかその手のいろいろ。そしてちょっとでもチャンスがあったら、あなたを思考犯罪者として告発して殺させるとでも思った？」

「うん、そんなところだ。若い女子の大半はそんな具合だからね、ご存じの通り」

「このろくでもない代物のせい」と彼女は青年反セックス連盟の深紅の腰帯を引きちぎり、それを枝に投げかけた。そして、まるで自分のウェストに触れて何かを思い出したかのように、オーバーオールのポケットを探って、小さなチョコレートのかたまりを取り出した。それを半分に割り、片方をウィンストンにくれた。食べないうちから、それがきわめて珍しいチョコレートなのはわかった。暗く光り、銀紙に包まれているのだ。チョコレートは通常、鈍い茶色のボロボロした代物で、その味は、何と表現したものか、強いて言うなら、ゴミを焼いたときの煙のようだった。だがいつだったか、彼女がくれたようなチョコレートを味わったことがあった。その香りを一嗅ぎしただけで、何かはっきり特定できない記憶が甦ってきたが、強力で心乱れるものなのはまちがいなかった。

「これ、どこで手に入れた？」

「闇市」と彼女は平然と言った。「実はあたし、まさにそんな具合の女子だから。外見はね。スパイ団では班のリーダー。青年反セックス連盟のボランティアを週に三夜やるし。何時間も何時間も、あのろくでもないクズをロンドン中に貼って回んの。行進ではいつも横断幕の端を持つようにして。いつも快活で、絶対何もサボらない。いつも群集と怒鳴れ、というのがモットー。それしか安全でいられないからさぁ」

チョコレートの最初のかけらがウィンストンの舌の上で溶けた。すばらしい味だった。だが意識のふちのほうで動き回っている記憶がまだあった。何か強く感じられつつも、明確な形を持たず、横目でとらえた物体のような記憶が。彼はそれを脇に押しやった。それが、取り消したいのにもはや取り消せない、何か行動の記憶だということしかわからなかった。

「君はずいぶん若い。私より十歳か十五歳は年下だ。私のような男のどこに魅力を見出したんだ？」

「顔の何かかな。運試しをする気になったから。おさまりの悪い人を見つけるのはうまいからね。初めて見たときから、あいつらに逆らっているのは確信したんだ」

あいつら、というのは党のこと、とくに党内輪のことらしい。そいつらについて、彼女は公然と嘲《あざけ》るような憎悪をもって語ったので、ウィンストンは落ち着かない気分になったが、どこか安全でいられる場所があるとすれば、ここはまちがいなく安全だというのもわかっていた。彼女について驚愕させられたのは、粗野な口ぶりだった。党員は罵倒語など使わないはずで、ウィンストン自身もほとんど罵倒語は使わなかった。少なくとも声に出しては。だがジュリアは、党、特に党内輪について語るときには、小便まみれの路地にチョークで書かれているような言葉を使わずにはいられないようなのだった。決していやではなかった。単に党やそのやり口に対する反逆の一症状でしかなく、なぜだかそれが自然で健全に思えたのだ。まるで腐った藁《わら》をかいだときの、馬のくしゃみのようなものだ。二人は空き地を離れ、木漏れ日があちこちに見える木陰を歩き、道が並んで歩くほど広くなったときには、お互いの腰に手を回すのだった。腰帯がなくなると、そのウェストがずっと柔らかく感じられるのに気がついた。二人とも声はささやきにとどめた。空き地をぬけたら静かにしたほうがいい、とジュリアは言った。やがて二人は小さな森の端まで来た。ジュリアは彼を止めた。

「開けたところには出ないで。見ている人がいるかもしれないから。大枝の後ろにいれば大丈夫」

ハシバミの茂みの陰に二人は立っていた。日差しは、無数の葉の間をぬけても、まだ顔に当たると暑かった。ウィンストンは向こうの草原を見渡し、奇妙な、ゆっくりした認識でショックを受けた。見てすぐわかった。古い、草が食べられた放牧地で、それを横切る歩道があり、あちこちにモグラ塚がある。反対側の荒れた茂みには、楡の木の大枝がそよ風のなかでごくかすかに揺れており、その葉が女の髪のように密なかたまりとなって、ささやかにそよいでいる。まちがいなくどこか近くに、視界からははずれているけれど、小川があって、緑の淀みにはデースが泳いでいるはずでは？

「近くに小川がないか？」彼はささやいた。

「あるよ、小川が。実は次の野原の端にあんの。魚もいて、すっごい大きいの。それが柳の下の淀みに寝て、尻尾をゆらしているのを見られるんだ」

「黄金の国――まさに」と彼はつぶやいた。

「黄金の国？」

「なんでもないんだ、本当に。ときどき夢で見る風景なんだ」

「見て！」ジュリアがささやいた。

ほんの五メートルも離れていない、ほとんど二人の顔の高さにある枝に、ツグミが舞い降りた。二人が見えなかったのかもしれない。鳥はひなたで、二人は日陰にいたのだ。それは翼を一度ひろげてから、また慎重に畳んで、ちょっと頭を下げて、まるで太陽に何かお辞儀をするかのようで、そして流れるような歌をさえずりはじめた。午後の静けさの中で、その音量は驚異的だった。ウィンストンとジュリアは身を寄せ合い、魅了された。音楽はひたすら続き、一分ごとに驚くほどの変奏を示し、一度も同じものを繰り返すことなく、まるでその巧みさを意図的にひけらかしているかのようだった。ときどき数秒止まり、翼を開いてはまた畳み、それから斑点模様のついた胸をふくらませて、再び爆発するように歌い出した。ウィンストンはそれを、一種の漠然とした畏敬をこめて眺めた。あの鳥は、だれのために、何のために歌っているのだろうか？　伴侶《はんりょ》もライバルも見てはいないのだ。それがだれもいない森林の端にとまり、何もないところに音楽を注ぐよう仕向けたのは何なのだろう？　やはりどこか近くにマイクが隠されているのではと思った。ジュリアとは低いささやき声でしかしゃべっておらず、二人の会話は拾われないだろうが、ツグミは聞かれたことだろう。その装置の向こう端では、チビのカナブンめいた男が熱心に聞いているかもしれない――あの鳥の歌を聴いているのだ。だが次第に、音楽の洪水があらゆる憶測を頭から追い出した。まるでそれが、全身に浴びせられた一種の液体で、それが木漏れ日と混ざり合ったかのようだった。彼は考えるのをやめ、ひたすら感じた。腕の曲がったところにおさまった彼女のウェストは柔らかくて温かかった。それを引き寄せ、胸を寄せ合った。彼女の身体がこちらに溶け込むかのようだった。手をどこに動かしても、水のように受け入れてくれる。二人の口が出会った。さっき交わしたハードなキスとはまったくちがう。二人が再び顔を離すと、どちらも深くため息をついた。鳥が怯えて、翼をはためかせて飛び去った。

ウィンストンは彼女の耳に唇をよせた。「今だ」とささやいた。

彼女はささやき返した。「ここじゃダメ。隠れ家に戻って。そのほうが安全」

すばやく、ときどき小枝をピシピシと折りながら、二人は空き地へと戻っていった。いったん若木の輪の中に入ると、彼女は向きを変えて対面した。どちらもせわしい息づかいだったが、彼女の口の端に微笑が再びあらわれていた。立ってこちらを一瞬見てから、自分のオーバーオールのジッパーを探った。そして、そうだ！　ほとんど夢の中と同じだ。想像したのと同じくらいすばやく、彼女は服をむしり取り、それを横に投げ捨てた動作は、文明を丸ごと殲滅させるかのごとき、あの壮大なる動きなのだった。彼女の身体は太陽の中で白く輝いた。だが一瞬、ウィンストンはその身体を見ていなかった。その目は、かすかで大胆な微笑をうかべた、そばかす顔に釘付《くぎづ》けになっていた。彼女の前にひざまずき、その手を取った。

「これは前にもやったのか?」

「もちろん。何百回も——まあ、何十回ってところかな」

「党員と?」

「うん、いつも党員と」

「党内輪の連中と?」

「あのブタどもとはやらないでしょ、絶対。向こうは、ちょっとでも機会があればやりたがる連中がいくらでもいるけどね。表向きほどの聖人君子じゃないから、あいつら」

心が躍った。何十回となくやったのか。それが何百回だったらよかったのに——何千回でも。腐敗を匂わせるものはすべて、荒々しい希望で彼を満たすのだ。わかるものか、党は一皮剝けば腐りきっていて、その奮闘努力と自己否定のカルトは、単に不正を隠すための隠れ蓑《みの》なのかもしれないぞ。その連中丸ごと、ライ病か梅毒に感染させられたら、もう喜んでそうするのだが! 腐敗させ、弱め、衰えさせるものなら何でも! 彼女を引き下ろして、二人が向き合ってひざまずくようにした。

「聞いてくれ。君が寝た男が多ければ多いほど、君が愛おしくなる。わかるか?」

「うん、完璧に」

「純潔が大嫌いなんだ。善良さなんか嫌いだ！　どこにも美徳なんか一切ほしくない。みんなが骨の髄まで腐敗していてほしいんだ」

「おやおや、それならあたしでぴったりなはずね、愛しい人。骨の髄まで腐りきってるから」

「これをやるのは好きなのか？　私だけのことじゃない。やること自体が？」

「大好き」

何よりも聞きたかったのはそれだった。単にある人間の愛だけでなく動物的本能、単純な無差別の欲望。それが党を粉々に引き裂く力なのだ。彼女を草の上に、こぼれ落ちたブルーベルの上に押さえつけた。今回は何の困難もなかった。すぐに二人の胸の上下動が通常速度にまで減速し、一種の喜ばしい脱力感の中で、二人は離れて転がった。日差しは暑くなったようだった。二人とも眠くなった。彼は脱ぎ捨てたオーバーオールに手を伸ばして、彼女の上に部分的に引っ張り上げた。ほぼすぐに二人とも眠りに落ち、半時間ほど眠った。

先に目をさましたのはウィンストンだった。起き上がりそばかす顔を眺めた。まだ自分の手のひらを枕に静かに眠っている。口を除けば、彼女は美人とは言えない。目のまわりには、よく見ればしわが一、二本ある。短い黒髪はきわめて濃く柔らかかった。彼女の名字も住所も知らないことにふと思い当たった。

若く力強い肉体、いまや寄る辺なく眠る肉体は、哀れむような、護りたいという気持を心に目覚めさせた。だがあのハシバミの木の下で、ツグミが歌っているときに感じた無上の優しさは、完全には戻らなかった。彼はオーバーオールを脇にやって、彼女の白い横腹を眺めた。昔なら、男が女子の肉体を見てそれが望ましいと思ったら、それで話はおしまいだった。だが現在では純愛だの純粋な性欲だのは持てない。どんな感情も純粋ではあり得ない。すべては恐怖や憎悪と交じりあっているからだ。二人の抱擁は戦いであり、絶頂は勝利だった。党に対する一撃なのだ。それは政治的行為なのだった。

「ここにはもう一度こられるけど。どんな隠れ家でも、二回は安全に使えるんだ。でもあと一、二ヶ月は無理」とジュリア。

目を覚ましたとたん、彼女の態度が変わった。警戒した冷淡な態度になって、服を着ると、深紅の腰帯を巻き、帰路の細部を手配し始めた。これは彼女に任せるのが当然に思えた。明らかにウィンストンにはない実務的な感覚が備わっているし、またロンドン周辺の田舎部について、無数のコミュニティハイキングで蓄積した網羅的な知識を持っているらしい。与えられた帰路は、来た道とはまったくちがっていて、別の鉄道駅に送られた。

「絶対に行きと同じ道では帰らないで」と、まるで重要な一般原則を言明するかのように述べた。先に帰るのは彼女で、ウィンストンは半時間待ってからそれを追うように言われた。

四日後の晩に、仕事の後で会える場所を指示した。貧困区画の一つにある街路で、青空市場があり一般に混雑して騒々しかった。彼女は屋台の間をうろつき、靴紐か縫い糸でも探しているふりをする。まわりが大丈夫だと判断したら、彼が近づいたときに鼻をかむ。そうでなければ、彼女を素通りすること。だが運がよければ、群集の真ん中で、四分の一時間は安全に話ができて、次の逢瀬《おうせ》を手配できる。

「じゃあ、いかなきゃ」と、彼が指示を飲み込むと同時に彼女は言った。「一九＝三〇に戻ることになってるから。青年反セックス連盟に二時間参加しないと。ビラまきかなんかすんの。ひどいじゃん？　身体を払ってくれない？　髪に小枝とかない？　本当？　ならさよなら、愛しい人、じゃあね！」

彼女はこちらの腕に飛び込み、ほとんど暴力的にキスをすると、一瞬後には若木の間を押し分け、ほとんど音もなく森の中に姿を消した。いまだに彼女の姓も住所もわからなかった。だがそれで何か変わるわけでもない。二人が屋内で会えるとか、文書でやりとりできるとかいうのは、考えられないことだったからだ。

結局のところ、二人は二度とあの森の空き地には戻らなかった。五月の間に二人が実際に性交できた機会は、あと一回しかなかった。それはまたジュリアの知っている隠れ家でのことで、三十年前に原子爆弾が落ちた田舎の、ほとんど無人の地域にある、廃墟となった教会の鐘楼だった。たどりついてしまえば、そこはいい隠れ家だったが、そこに行くまでがとても危険だった。それ以外は街頭でしか会えず、晩ごとに場所が変わり、しかも一度に半時間以上は決して過ごせなかった。街頭ではふつう、話はできた、とは言える。混雑した歩道をふらふら歩き、完全に肩を並べるわけでもなく、決してお互いを見ることもなく、二人は奇妙な間歇《かんけつ》的な会話を行い、まるで灯台の明かりのようについたり消えたりするのだが、いきなりそれが党の制服の接近やテレスクリーン間近となって沈黙に陥り、それから何分か後に、文章の途中から再開して、そして事前に決めた場所で別れるため、いきなり中断し、そして翌日ほぼ前置きなしに続けられる。ジュリアはこうした会話にずいぶん慣れているようで、それを「分割払いの会話」と呼んでいた。また彼女は、唇を動かさずに話すのが驚くほど上手だった。夜毎の会合が一ヶ月近く続いて、やっと一回だけキスを交わせた。だまって横丁を通っているとき（ジュリアは大通りから離れているときには決して口をきかない）、耳をつんざく轟音がして地面が揺れ、空気が暗くなり、気がつくとウィンストンは横倒しになっていて、負傷し縮み上がっていた。ロケット爆弾がかなり近いところに落ちたにちがいない。いきなり、ジュリアの顔が自分の顔からほんの数センチのところにあるのに気がついたが、それがチョークのように蒼白だ。唇まで白かった。死んだのか！　抱きしめると、自分がキスしている顔が生きた温かい顔なのがわかった。だが何やら粉っぽいものが唇を遮った。二人とも顔が分厚いしっくいで覆われていたのだ。

ランデブー場所にやってきても、合図もなしにすれちがわねばならないときもあった。ちょうどパトロールが角を曲がってきたり、頭上をヘリコプターが飛んでいたりしたからだ。それほど危険でないときでも、出会う時間を見つけるのはむずかしかっただろう。ウィンストンは週六十時間労働、ジュリアはさらに長時間勤務で、休日は仕事の圧力に応じて変わり、なかなか一致しなかった。どのみちジュリアは完全に空いた晩がめったにない。講義やデモに出席し、青年反セックス連盟のビラまきをしたり、憎悪週間用に横断幕の用意、貯蓄キャンペーンの集金、その手の活動ですさまじい時間を費やしていた。その甲斐はある、カモフラージュなんだ、というのが彼女の言い分だった。細かいルールを守れば、でかいルールを破れる。彼女は果てはウィンストンまでせっついて、一晩を追加で差し出し、熱心な党員が自発的にやっているパートタイムの弾薬作業に登録させたのだった。だから毎週一晩、ウィンストンは麻痺しそうな退屈の中で四時間過ごし、小さな金属のかけらをネジで留めるのに費やした。おそらく爆弾の信管の部品なのだろう。場所はすき間風の吹き込む薄暗い工房で、ハンマーで叩く音がテレスクリーンの音楽と陰惨に混じり合っているのだった。

教会の鐘楼で逢ったときには、断片的な会話のすき間が埋められた。日が照りつける午後だった。鐘の上の小さな四角い小部屋の空気は暑く淀んでいて、ハトの糞の匂いがプンプンしていた。そのほこりっぽい小枝まみれの床にすわって二人は何時間もしゃべり続け、ときどき片方が立ち上がって、矢狭間から外をのぞき、だれも近づいてこないのを確かめるのだった。

ジュリアは二十六歳だった。他の女子三十名（「いっつも女臭くって！　女なんか大嫌い！」と彼女はついでのように言った）と共に寄宿舎暮らしで、仕事は、推測通り、創作部の小説執筆機だった。仕事は楽しく、主に強力ながらもクセのある電気モータの駆動と保守作業だった。「頭は悪い」けれど、手を使うのは好きで、機械作業には自信があった。長編執筆のプロセスをすべて説明できた。計画委員会が発行する一般指令から始まり、書き直し部隊による最後の修正で終わるのだ。だが、最終製品には興味が無いという。「読むなんてどうでもいい」とのこと。本はジャムやブーツの靴紐のように、とにかく作らなければいけない商品なのだ。

60年代初頭以前の記憶はまったくなく、革命前の日々についてよく語った唯一の人物は、八歳のときに姿を消した祖父だった。学校ではホッケーチーム主将で、二年連続で体育トロフィーを勝ち取っていた。スパイ団では班長で、青年連盟では支部書記を務めてから青年反セックス連盟に加わったのだった。いつも見事な人柄を表向きにはまとっていた。ポルノ課《セック》──創作部の中で、プロレの間に流通させる安手のポルノを量産する下位部門──での仕事にさえ選ばれたほどだ（これは文句なしによい評判を示すものなのだ）。そこで働く人々にはクソ屋と呼ばれている、と彼女は述べた。そこに一年ほどとどまり、『おしおき物語』『女子校での一夜』といった題名の、袋に密封したブックレットをつくるのを手伝った。これらはプロレの若者たちがこっそり買うよう意図されたもので、自分たちが何か違法のものを買っているという印象を与えようというわけだ。

「どういう本なんだい？」とウィンストンは好奇心にかられて尋ねた。

「ああ、ろくでもないクズ。ホントに退屈。プロットは六種類しかないんだけど、それを多少入れ替えるわけ。もちろんあたしは万華鏡の仕事しかしなかったけど。書き直し部隊には一度も入らなかった。文芸屋じゃないもんね――その仕事ですらこなせないほど」

ポルノ課《セック》で働く人々はすべて、部長たちを除けば女子だと知って彼は驚愕した。その理屈は、男は性本能が女性よりも抑えにくいので、扱う汚物により堕落する危険性が高い、というものだった。

「既婚女性がそこで働くのさえいい顔をしねーの、あいつら」とジュリアは付け加えた。女子はいつも実に純粋ということになっていた。ここにそうでない女子が一人いるわけだが。

初の情事は十六歳のとき、六十歳の党員とのものだが、この相手は後に逮捕を逃れるために自殺した。「でかしたって感じ、そうでないとあいつら、自白させるときにあたしの名前も吐かせただろうから」。その後はいろいろ相手がいた。彼女の考える人生というのは単純きわまるものだった。こっちは楽しくすごしたい。「あいつら」というのは党のことだが、こっちの楽しみを邪魔したい。だから精一杯ルールを破る。「あいつら」がこちらの歓びを奪いたがるのは、自分がつかまるのを回避したいというのと同じくらい自然なのだと思っているらしい。党が大嫌いで、それを極度に粗野な言葉で述べたが、党の全般的な批判はしなかった。自分自身の生活に関係しない限り、党のドクトリンなどに関心はなかったのだ。すでに日常用語と化したものを除けば、彼女がニュースピーク用語を使わないのに気がついた。友愛団のことなど聞いたことがなく、そんなものが存在することさえ信じようとしなかった。党に対する組織的な反逆など、どのみち失敗するに決まっているから、彼女から見ればバカげたものだ。ルールを破りつつ同時に生き延びるのが賢明なのだ。若い世代には彼女のような者がどれだけいるのだろうか、とウィンストンは漠然と思った。革命後の世界で育ち、それ以外は何も知らず、党を何か、空と同じように変えられないものとして受け入れ、その権威に対して反逆することなく、ウサギが犬をよけるように、単にそれを回避するだけ。

結婚の可能性についてはお互い話さなかった。あまりに突拍子もなくて考える価値もない。ウィンストンの妻キャサリンがどうにか始末できたとしても、そんな結婚を認める委員会など想像もつかない。白昼夢としてさえ絶望的だった。

「どんな人だった、奥さんって？」とジュリア。

「言うなら――ニュースピークの、『好考的』って知ってるか？　天然の正統、悪い思考を持てないという意味」

「知らない。でもその手の人は知ってる、まったくろくでもない」

結婚生活の話を語り始めたが、奇妙なことに、その要点についてはすでに知っている様子だった。キャサリンに触れたとたんにその身体が硬直すること、腕をしっかりこちらに巻きつけているときですら、全力でこちらを押しのけているように思えるやり方について、ジュリアは自分自身で見たか感じたかしたように説明してくれたのだった。ジュリアが相手だと、そういう話も苦労せずにできた。どのみちキャサリンは、とっくの昔に痛々しい記憶ではなくなり、単なる嫌な思い出でしかなくなっていたのだった。

「それでも、たった一つのことさえなければ我慢したんだが」。とウィンストンは、キャサリンが毎週同じ夜にむりやり実施させた、冷感症のちょっとした儀式について語った。「向こうも嫌でたまらなかったのに、絶対にそれをやめようとしないんだ。それを彼女が何と呼んでいたかというと――絶対に見当つかないだろうね」

「私たちの党への義務」ジュリアは即答した。

「なぜわかった？」

「あたしだって学校くらい行ってんの。十六歳以上は月一度のセックス対話。それと青年運動でも。何年もかけて叩き込むから。たぶんかなりの場合にはうまくいくんじゃないかな。でももちろん、確実にはわかんないよね。人間なんてみんな偽善者ばっかだから」

ジュリアはこの話題を広げはじめた。なんでも彼女自身の性に戻ってくるのだ。どんな形であれそれに触れられると、彼女はすさまじい鋭さを発揮する。ウィンストンとはちがって、彼女は党の性的純潔主義の内的な意味を把握していた。単に性本能が、党の支配の及ばない独自の世界をつくり出すから、可能なら破壊すべきだというにとどまらない。もっと重要なのは、性的剝奪《はくだつ》がヒステリーをつくり出すということだ。これは望ましい。戦争熱と指導者崇拝に変換できるものだからだ。彼女の言い方は次の通り。

「性交ではエネルギーを使うよね。そして終わったら幸せで、他のことなんかどうでもいい。あいつらは、みんながそんなふうに感じるのが我慢できないんでしょ。いつも活力で満ち満ちていてほしいわけ。行ったり来たりの行進だの声援だの旗振りだのは、単にセックスが歪んだだけ。自分の中で幸せなら、ビッグ・ブラザーだの三カ年計画だの二分憎悪だの、その他あいつらのくだらないクズなんかで興奮する必要なんかないもん」

まったくその通りだ。純潔性と政治的正統性の間には直接の親密なつながりがある、とウィンストンは思った。というのも、党が党員たちに求める恐怖、憎悪、キチガイじみた騙《だま》されやすさを適切な水準で維持させるためには、何か強力な本能を封じ込めて、それを原動力として使うしかないではないか？　性衝動は党にとって危険であり、党はそれを逆手に取って利用した。あいつらは親の本能にも似たような細工をしている。家族を本当に廃止はできないし、実際、人々はほとんど古くさいやりかたで子供を大切にするよう奨励されている。その一方で、子供たちは系統的に親に刃向かうように仕向けられ、親をスパイして、その逸脱を報告せよと教わる。家族は実質的に、思考警察の延長となるのだ。それは、あらゆる人が昼夜を問わず、自分を親密に知っている密告者に取り囲まれるようにするための装置なのだった。

いきなり、キャサリンに思いを馳《は》せた。キャサリンならまちがいなく、思考警察に自分をつきだしたことだろう。とはいえ、バカすぎてこちらの意見の非正統性に気づかなかったかもしれないが。だがこの瞬間に本当に彼女のことを思い出させたのは、額に汗をもたらした、午後のうだるような暑さだった。十一年前の、別のあるうだるような夏の午後に起こったこと、いや起こらなかったことについて、ウィンストンはジュリアに話し始めた。

結婚して三、四ヶ月の頃だった。ケントのどこかで、コミュニティハイキングの途中で迷子になったのだ。他のみんなから数分遅れただけだったが、曲がるところをまちがえて、すぐに古いチョーク採石場の縁で行き止まりになってしまった。十、二十メートルほどの急激に落ち込む崖《がけ》で、底には大きな石が転がっている。道を尋ねる相手もいなかった。迷子になったと気づいた瞬間、キャサリンはおろおろし始めた。騒々しいハイキングの群集から一瞬でも離れると、彼女は何かまちがったことをしたような気分になるのだ。すぐに来た道を急いで戻り、他の方向を探したがった。だがその瞬間、ウィンストンはミソハギのかたまりが、眼下の崖の割れ目に生えているのに気がついた。その一つのかたまりは二色、マゼンタとレンガの赤で、どうやら同じ根っこから生えているようだった。そんなものはこれまで見たこともなかったので、キャサリンに来て見るよう呼びかけた。

「ご覧、キャサリン！　あの花をご覧よ。あの谷底近くのかたまり。二つのちがった色が混じってるのが見える？」

すでにキャサリンはそこを去ろうと向きを変えていたが、いささか不承不承とはいえ、一瞬そこに戻ってきた。ウィンストンが指さしているところを見ようと、崖っぷちから身を乗り出しさえした。彼はそのちょっと後ろに立って、支えようと妻のウェストに手を置いていた。

この瞬間、まったく二人きりだということに思い当たった。どこにも人っ子一人おらず、そよぐ葉もなく、鳥すらいない。こんな場所なら隠しマイクがある危険はないも同然だし、マイクがあっても音しか拾えない。午後の最も暑く眠たい時間だ。太陽が照りつけ、顔に汗がつたっていた。そこでふと思いついたのだ……

「そこで一発、ドンとどついてやらないと。あたしならそうしたな」とジュリア。

「そうだな、君ならやっただろうよ。私だって、いまの私ならそうしたかもしれない。あるいはむしろ――いやわからん」

「やらなくて後悔してる?」

「うん、全体としては、やらなくて後悔してる」

二人はほこりっぽい床に並んですわっていた。彼女を近くに引き寄せる。その頭がこちらの肩にのせられ、その髪の快い香りがハトの糞を隠した。彼女はとても若いのだ。まだ人生から何かを期待しており、不都合な人物を崖から突き落としたところで、何も解決しないのを理解していないのだ、とウィンストンは思った。

「実のところ、何も変わらなかっただろうな」

「だったらなんで、やらなくて後悔すんの?」

「単に、やらないよりやるほうが好みだからというだけだ。私たちのやってるこのゲームでは、私たちの価値はない。ただ、他よりマシな失敗があるってだけなんだ」

ジュリアの肩が、異論でうごめくのを感じた。いつも自分がこの手のことを言うと反論するのだ。個人が常に敗北するとは認めなかった。ある意味で彼女は、自分がすでに破滅していて、遅かれ早かれ思考警察につかまって殺されると気がついてはいた。だが彼女の精神の別の一部では、自分が好きに生きられるような秘密世界の構築が可能だと信じていたのだ。必要なのは、ツキと狡猾《こうかつ》さと大胆さだけ。幸福などないというのを、彼女は理解しなかった。唯一の勝利ははるか未来、自分が死んだずっと先にしかないことも、党に対して宣戦布告をした瞬間から、自分を死骸として考えたほうがいいというのも理解しなかった。

「私たちは死者」とウィンストン。

「まだ死んでない」とジュリアは平板に述べた。

「肉体的にはね。六ヶ月、一年――五年かもしれない。私は死ぬのが恐いんだ。君は若いから、おそらく私よりもっと怖がっているかもしれない。もちろん、できるだけ先送りはしたい。だがそれでほとんど何もちがいは生じない。人間が人間である限り、死と生は同じことなんだ」

「まったく、デタラメもいいとこ！　寝るならどっちがいいの、あたしか骸骨か？　生きてて楽しくない？　感じるのが好きじゃないの？　これがあたし、これがあたしの手。これがあたしの脚。あたしは本物。確固たる存在、生きてる！　コレ、好きじゃないの？」

ジュリアは身をひねり、胸を押しつけてきた。オーバーオール越しに、熟しているのにシッコリした乳房が感じられた。その肉体が、若さと活力の一部をこちらに注ぎ込むようだった。

「うん、大好きだ」

「なら死ぬ話はやめてよ。さて、そろそろ次に会う話を固めておかないと。あの森の場所に戻ってもいいかな。かなりほとぼりも冷めたと思うし。でも今回は別のやり方で行かないと。全部計画ずみ。まず列車にのって――でもホラ、図示してやっから」

そしてその実務的なやり方で、彼女はほこりを集めて小さな四角を作り、ハトの巣からの枝を使って床に地図を描き始めた。

第4章

ウィンストンは、チャリントンさんの店の二階にある、貧相な小部屋を見回した。窓の脇では巨大なベッドが、ボロボロの毛布とカバーのない長枕でしつらえられていた。十二時間表示の古くさい時計は、マントルピースの上でカチカチと時を刻んでいた。隅の折りたたみ式テーブルの上には、最後の訪問時に買ったガラスの文鎮が、半ば暗闇の中で柔らかく輝いていた。炉格子の中には、チャリントンさんが提供してくれたおんぼろのブリキ製石油コンロ、シチュー鍋、コップ二つがあった。ウィンストンはバーナーに点火して、鍋に水をいれて沸かした。封筒に入れた勝利コーヒーとサッカリン錠をいくつか持ってきた。時計の針は、七＝二〇を指している。実際には一九＝二〇なのだ。彼女は一九＝三〇にやってくる。

愚行だ、愚行だ、と精神は言い続けていた。意識した甘い考えの自殺行為的愚行。党員が犯せる罪の中で、これは最も隠しようがない。実はこのアイデアが頭に漂ってきたのは、ある幻影としてなのだった。ガラスの文鎮が、折りたたみ式テーブルの表面に映っているという幻影だ。見込んだとおり、チャリントンさんは喜んで部屋を貸してくれた。明らかにそれで手に入る数ドルをありがたがっていた。また、ウィンストンがその部屋を求めているのは、情事のためなのだと知っても、ショックを受けたり機嫌を損ねたりはしなかった。むしろ遠い目をしつつ、いかにも一般論めいた話を始めて、ウィンストンはまるで自分が半ば目に見えなくなったかのような印象を受けた。プライバシーというのは、きわめて貴いものですなあ。だれしもたまには、一人きりになれる場所がほしいものですからなあ。そしてそんな場所があるなら、それを知った他の人々はだれであれ、それを他言しないのが普通の思いやりというものでしょうなあ。そして、言いながらほとんど姿を消すかのような雰囲気で、この家には入り口が二つあって、片方は路地に続く裏庭から入れるのだ、と付け加えた。

窓の下ではだれかが歌っていた。ウィンストンは、モスリン地のカーテンに護られつつ、のぞいてみた。六月の太陽はまだ空高く、眼下の日差しでいっぱいの裏庭では、ノルマン建築の柱のようにがっしりした巨体の女性が、屈強な赤い上腕とズック地のエプロンを腰に巻いて、洗濯おけと物干し綱の間をドスドスと往き来し、一連の四角い白いものを洗濯ばさみで止めていた。赤ん坊のおむつか、とウィンストンは気がついた。口に洗濯ばさみをくわえていないときには、ずっと力強いコントラルトで歌い続けている。

しょせん夢とはアかっていたの
行きずりに消える四月の日
でも一目、一言、夢がそそられ！
それが、
心をうアい去る！

この曲はロンドンを過去何週間も席巻していた。それは音楽部の下部局がプロレのために発表し続けている、無数の似たり寄ったりの曲の一つなのだった。

こうした歌詞は、人間の手を一切加えずに、歌詞機と呼ばれる道具で作られていた。だがこの女性はそれを実にリリカルに歌ったので、そのろくでもないゴミクズが、ほとんど心地よい音に変わりそうなほどだった。女性の歌声と、その靴が敷石に引きずる音が聞こえ、街頭の子供たちの叫びと、どこかはるか彼方ではかすかに車両の轟音が聞こえたが、それでもこの部屋はテレスクリーンがないおかげで、不思議なほど静かに思えた。

愚行だ、愚行だ、愚行!! と再び考えた。この場所に数週間以上通ったら絶対につかまってしまう。だが本当に自分たちだけのものと言える隠れ場所を、屋内で手近に持てるという誘惑は、二人にとって強すぎるものだった。教会の鐘楼を訪れてからしばらくは、逢瀬を手配するのは不可能だった。憎悪週間を控えて、勤務時間がすさまじく増やされた。まだ一ヶ月も先なのだが、それに伴う莫大《ばくだい》で複雑な準備が、あらゆる人に追加の仕事をもたらしていたのだ。やっと二人とも、同じ日の午後に自由時間を確保できた。あの森の空き地に行くことで合意した。その前の晩に、二人は道端で手短に顔をあわせた。いつもながら、群集の中でお互いにふらふら接近する間、ウィンストンはほとんどジュリアのほうに目をやらなかったが、チラリと見たところ、どうもいつもより青ざめているように見えた。

話しても安全と判断してすぐに彼女はつぶやいた。「全部取り消し。明日ってこと」

「なんだって?」

「明日の午後。無理」

「どうして?」

「ありがちな理由。今月は早くきちゃったの」

一瞬彼は激怒した。知り合って一ヶ月の間に、彼女に対する欲望の性質が変わったのだ。当初は、真の官能性などないも同然だった。最初の性交は単なる意志による行為だった。だが二回目以降はそれが変わった。彼女の髪の匂い、口の味わい、肌の感触がウィンストンの中に、あるいはまわりの空気すべてに染みこんだようなのだ。彼女は肉体的な必要性となり、求めるだけにとどまらず、手に入れる権利があると感じる存在となった。来られないと言われたとき、彼女にごまかされたような気がした。だがまさにその瞬間、群集が二人を押しつけあい、手が偶然触れあった。彼女はこちらの指先をすばやく握りしめ、それは欲望ではなく愛情をもたらした。女性と暮らしているなら、こういう理由による失望は、当たり前に何度も起こるできごとなのだと思い当たった。そして、これまでジュリアに感じたことのない、深い優しさにいきなり包まれた。自分たちが結婚十年の夫婦だったらと願った。いまと同じように二人で街路を歩けたらと願った。それを公然とやり、恐れることなく、雑談をして家のためにあれこれちょっとした買い物をするのだ。何よりも、二人きりでいられて、しかも毎回会うたびに性交しなければという義務感に追われる必要のない場所があればと願った。チャリントンさんの部屋を借りるという考えを思いついたのは、まさにその瞬間というわけではなく、その翌日のどこかだった。それをジュリアに提案すると、驚くほど二つ返事で承知してくれた。二人とも、それがキチガイじみているのは知っていた。まるで二人とも意図的に墓場に近づこうとしているかのようだ。ベッドのふちにすわって待ちながら、再び愛情省の地下室のことを考えた。その宿命づけられた恐怖が意識を出入りする様子は不思議なものだった。その地下室は、将来のどこかに固定されて横たわり、百の前に九十九がくるのと同じくらい確実に死に先立ってやってくるのだ。それを避けることはできないが、先送りはできるかもしれない。だがそれなのに、ときどき意識的で意図的な行動により、人はそれが起こるまでの期間を短縮する道を選んでしまうのだ。

この瞬間に階段を足早に上がってくる音がした。ジュリアが部屋に飛び込んできた。粗い茶色のカンバス地のツールバッグを抱えていた。これはときどき省で彼女がうろうろ抱えているのを見かけたようなやつだ。彼は進み出て彼女を抱きしめたが、向こうはいささか拙速に身をふりほどいた。相変わらずツールバッグを持っていたせいもある。

「ちょっと待った。持ってきたものを見せてあげるから。あのクソ勝利コーヒー持ってきた？やっぱりね。元のところにしまっといてよ、そんなのいらないから。これ見て」

ジュリアはひざをついて、バッグを大きく開くと、そのてっぺんに詰めたスパナ数本とネジ回し一本を放り出した。その下にはきちんとした紙袋がたくさんあった。最初に手渡してきた袋は、不思議ながらおぼろげに馴染みのある感触がした。なんだか重たい、砂のようなものが詰まっていて、どこに触れても袋がへこむ。

「これって、砂糖？」

「本物の砂糖。サッカリンじゃない砂糖。それとパンが一斤《いっきん》——まともな白パン、あたしらのろくでもないパンじゃないよ——それとちっちゃい瓶入りのジャム。それと缶入り牛乳——でもこれ見て！　こいつは本当に威張っちゃうもんね。ちょっとズックでかなり包まないといけなかったんだけど、それは——」

だが梱包の理由は説明するまでもなかった。その香りがすでに部屋を満たしていたのだ。豊かな熱い香りで、幼い子供時代から放たれるように思えたが、確かに最近でもたまに出くわす、ドアがバタンと閉じられる前に通路から吹き流れてきたり、混雑した街路で不思議と広がったりする香りで、一瞬だけ香ってすぐに消えてしまう香りなのだ。

「コーヒーだ。本物のコーヒー」とウィンストンはつぶやいた。

「党内輪のコーヒー。丸一キロあんの」

「どうやってこんなにあれこれ手に入れられた?」

「みんな党内輪の代物よ、あのブタども、あらゆるものを持ってんの、何でも。でももちろん給仕や召使いやいろんな人がそれをくすねて――ほら、紅茶の小さな包みもある」

ウィンストンは彼女の隣にしゃがんだ。そして袋の片隅を破って開いた。

「本物の紅茶だ。ブラックベリーの葉っぱじゃない」

「最近、紅茶はやたらに出回ってんの。インドを占領したとかなんとか」と彼女はあいまいに言った。「でも聞いてよ。三分だけ向こうを向いてて。ベッドの反対側に行ってすわってて。窓には近寄らないで。言うまでこっち向かないで」

ウィンストンは、モスリンのカーテン越しにぼんやりとながめた。下の裏庭では、赤い腕の女性が相変わらず洗濯おけと物干し綱の間をドスドスと往き来していた。口から洗濯ばさみをさらに二つ取って、感情たっぷりと歌った。

いずれ楽になると言うけれど
いつか忘れると言われるけれど

何年たってもあの微笑や涙
いまでも心を締め付けるの！

彼女はそのたわごとめいた歌すべてを暗唱しているようだった。その声は甘い夏の空気とともに舞い上がり、きわめてリリカルで、何か幸福そうな憂鬱に満ちていた。六月の晩が果てしなく続き、洗濯物が無限にあって、そこに千年とどまりおむつを干して、ゴミクズを歌い続けていても、彼女はまったく不満を抱かなかっただろうという気がした。そういえば、党員がだれ一人、自分だけで自発的に歌うのを聞いたことがないのは不思議だった。一人で歌うなどというのは、いささか非正統で、危険なほどエキセントリックで、まるで独り言のように思われた可能性さえある。人が何かについて歌いたいと思うのは、人々が多少なりとも飢餓水準に近いときだけなのかもしれない。

「もうこっち見ても大丈夫」とジュリア。

ふりむくと、一瞬それがだれだかわからなかった。実際に予想していたのは、彼女が全裸になっているところだった。だが全裸ではなかった。起きた変身はそれよりずっと驚くものだった。化粧していたのだ。

プロレタリア地区のどこかの店に忍び込んで、メーク材料を一揃い買ったにちがいない。唇は深い赤に塗られていた。頰には紅が差され、鼻には白粉が塗られていた。目の下にも何やら一筆加えられて、それが輝くように見せていた。あまりうまい化粧ではなかったが、そうした面でのウィンストンの基準はあまり高いものではなかった。それまで顔に化粧品をつけた党の女性など、見たことはおろか想像したことさえなかった。外観の改善は驚異的だった。適切な場所に少しばかり色を塗っただけで、ずっときれいになっただけでなく、何よりも、はるかに女性的になっていたのだ。そのショートヘアとボーイッシュなオーバーオールは、それを際立たせるばかりだった。彼女を腕に抱くと、鼻孔に合成スミレの波があふれた。あの地下室の台所の薄暗さと、女性の洞窟のような口が思い出された。あの女が使っていたのと同じ香りだ。だがこの瞬間は、それも気にならなかった。

「香水もか！」

「ええそう、香水も。そして次はどうするかわかる？　どっかから、本物の女性用ドレスを手に入れて、こんなろくでもないズボンの代わりにそれを着るの。シルクのストッキングとハイヒールも履く！　この部屋では、女になるんだ、党の同志じゃなくて」

二人は服を脱ぎ捨てると、巨大なマホガニーのベッドに飛び込んだ。彼女の前で全裸になったのは、これが初めてだった。これまでは自分の蒼白く貧相な身体があまりに恥ずかしく、さらにふくらはぎから突き出す静脈瘤と、足首の変色したアザも見せたくなかったのだ。シーツはなかったが、二人が横たわる毛布はすり切れてすべすべしており、ベッドの大きさとスプリングの効き具合には二人とも驚いた。「南京虫だらけなのはまちがいないけど、気にしないよね」とジュリア。最近ではプロレの住宅以外では、ダブルベッドにお目にかかることなどなかった。ウィンストンは少年時代にはたまに寝たことがあった。ジュリアは、思い出せる限り一度も経験がなかった。

やがて二人はしばらく眠り込んでしまった。ウィンストンが目覚めると、時計の針は九近くに迫っていた。身じろぎはしなかった。ジュリアがこちらの肘に頭を埋めて眠っていたからだ。そのメークのほとんどは、ウィンストンの顔か長枕に移っていたが、軽い頬紅の染みが、彼女の頬骨の美しさをまだ引き立てていた。沈みゆく太陽からの黄色い日差しが、ベッドの足下に落ちかかり、暖炉を照らした。そこではシチュー鍋の水が激しく沸騰《ふっとう》していた。裏庭の女性の歌は止まっていたが、子供たちのかすかな叫びが街頭から漂ってきた。廃止された過去には、こんなふうにベッドに横たわるのが普通の体験だったのだろうか、と彼はぼんやり思った。夏の晩の涼しさの中、男と女が一糸まとわず、好きな時に愛を交わし、好きな話題の話をして、起き上がる必要などまるで感じることなく、単に横たわって外の平和な物音を聞いているのだ。そんなことがあたりまえに思えた時代など、もちろんあったはずもない、のだろうか？　ジュリアは起きて目をこすると、肘で上体を起こして石油コンロを眺めた。

「あの水の半分は湯気で蒸散しちゃってるね。すぐに起きてコーヒー淹《い》れるから。あと一時間ある。そっちのアパートでの消灯時間は？」

「二三＝三〇」

「寄宿舎では二三時。でもその前に戻らないと。だって――おい、出てけこの薄汚い獣が！」

彼女はいきなりベッドで身をひねると、床から靴をつかんで、少年じみた腕の一閃でそれを部屋の隅に投げつけた。あの二分憎悪の朝に見た、ゴールドスタインに辞書を投げつけた動作とまったく同じだった。

「どうしたんだ？」とびっくりして尋ねた。

「ネズミ。忌まわしい鼻を腰板から突き出してるのが見えた。あそこに穴があるな。でもしっかり脅かしてやったから」

「ネズミだと！　この部屋に！」とウィンストンはつぶやいた。

再び身体を横たえつつ、ジュリアは平然としていた。「そこら中にいんのよ。寄宿舎の台所にまでいるんだから」「ロンドンの一部なんかネズミだらけ。子供を襲うんだって知ってた？　ホント。そういう通りでは、お母さんは赤ん坊を二分とほっとけないんだって。でっかい茶色のネズミの仕業。それで最悪なのが、その獣どもがいつも――」

「やめてくれ！」とウィンストンは、目をしっかり閉ざした。

「ちょっと大丈夫？　真っ青だけど。どうしたの、ネズミで気分が悪くなったの？」

「よりにもよって――ネズミかよ！」

彼女は身体を押しつけて手足をからめ、自分の身体のぬくもりでウィンストンを安心させようとでもいうようだった。彼はすぐには目を開かなかった。数瞬にわたり、生涯ずっとときどき繰り返された悪夢に戻ったような気分になった。いつもおおむね同じ夢だ。暗い壁の前に立っていると、その向こう側に何か耐えがたいもの、恐ろしすぎて正視できないものがいるのだ。夢の中で最も深く感じるものはいつも自己欺瞞《ぎまん》なのだった。というのも実は、その暗い壁の向こうに何がいるか知っていたのだ。死ぬほど頑張れば、自分の脳みそのカケラを引きちぎるほど頑張れば、その存在を明るみに引きずり出すことさえできた。いつも、それが何かを突き止める前に目が覚めた。だがなぜかそれは、彼が黙らせたときにジュリアが言いかけていたことと関係しているのだった。

「すまん。何でもない。ネズミが嫌いなんだ。それだけ」

「心配しないでね、愛しい人。あの薄汚い獣どもなんか、ここには入れないから。出かける前に、穴に少しズックを詰めとくね。そして今度くるときには、少ししっくいを持ってきて、きっちり穴埋めするから」

すでにあのパニックの黒い瞬間は半ば忘れられていた。ちょっと恥ずかしくなって、ウィンストンは身を起こしてベッドの頭部にもたれた。ジュリアはベッドを出てオーバーオールを着ると、コーヒーを淹れた。シチュー鍋から立ち上る香りはあまりに強力でわくわくするものだったから、二人は窓を閉めた。そうでないと外のだれかが気がついて、詮索《せんさく》したがるかもしれない。コーヒーの味よりさらにすばらしかったのは、そこに砂糖が加えたなめらかな味わいだった。長年のサッカリンの後で、ウィンストンがほとんど忘れかけていた味わいだ。片手をポケットに突っ込み、もう片方の手にはジャムつきパンを持って、ジュリアは部屋の中をうろつき、本棚を興味なさそうに眺め、折りたたみテーブルを修理する最善の方法を指摘し、ぼろぼろの安楽椅子に身を沈めて快適かどうかを調べ、バカげた十二時間式の時計を、一種の辛抱強い興味をもって観察した。ガラスの文鎮をベッドのほうに持ってきて、もっと明るい光の中で見てみようとした。ウィンストンはそれを彼女の手から取り、いつもながら、そのガラスの柔らかく雨水のような見かけに魅了された。

「何なのそれ、何だと思う?」とジュリア。

「何でもないと思う――というか、何かに使われていたわけじゃないと思う。だからこそ気に入ってるんだ。あいつらが変えるのを忘れた、ちょっとした歴史のかたまりだ。百年前からのメッセージなんだ、読み方さえわかっていればね」

「それとあそこの絵」――と彼女は向かいの壁にかかった版画に会釈した――「あれも百年前のもの?」

「もっとだ。二百かもしれないくらい。わからないよ。最近では、なんであれ年代なんか絶対わからないから」

彼女は近寄ってそれを眺めた。「あの獣が鼻を突き出したのはここだな」と彼女は絵のすぐ下にある腰板を蹴飛ばした。「この絵に描いてあるのって何? どっかで前に見たような気がするんだけど」

「教会だよ、少なくとも昔はそうだった。セントクレメント・デインズ、という名前だった」。チャリントンさんに教わった詩の断片が頭に浮かび、半ばノスタルジックに彼は付け加えた。

「オレンジにレモン、とセントクレメントの鐘!」

仰天《ぎょうてん》したことに、彼女がその先を続けた。

お代は三ファージング、とセントマーチンズの鐘

お支払いはいつ、とオールドベイリーの鐘――

「その先は思い出せないや。でも最後のところは覚えてる。『これがロウソク、ベッドに導く灯り、これが鎌で頭を切り落とす!』」

合い言葉の半分ずつのようだった。だが「オールドベイリーの鐘」の後にもう一行あるはずだ。うまくつっつけば、チャリントンさんの記憶から掘り起こせるかもしれない。

「だれに教わった?」

「おじいちゃん。小さかった頃に暗唱してくれた。八歳のときに蒸散させられたけど——というか、消滅したけど。レモンってどんなものだったのかな」と彼女は脈絡なしに付け加えた。

「オレンジは見たことある。丸い黄色い果物で、皮が分厚いの」

「レモンなら覚えている。50年代にはかなり普通だったんだ。ものすごく酸っぱくて、匂いを嗅いだだけで歯がむき出しになる」

「あの絵の裏にはムシがいると思うんだな。いつか外して、よく掃除《そうじ》しようっと。たぶんそろそろ出なきゃいけない時間だよね。この塗り物を洗い落としはじめないと。まったくうんざり。後であなたの顔の口紅も落としてあげるから」

ウィンストンは、その後数分にわたり起き上がらなかった。部屋は暗くなりつつあった。転がって明かりのほうに向かい、横たわったままガラスの文鎮をのぞきこんだ。いつまでも見飽きないほどおもしろいのは、サンゴのかけらではなく、そのガラス自体の内部なのだった。何とも言えぬ深みがあり、同時に空気のように透明だ。まるでガラスの表面が空の弧《こ》であり、空気まで含めて小さな世界を封じ込めたかのようだった。自分がその中に入れるような気がした。いや、本当にその中にいて、マホガニーのベッドと折りたたみテーブルも、時計も鋼版画も、文鎮そのものもいっしょにいるような気がした。文鎮は自分がいる部屋で、サンゴはジュリアと自分の命であり、それがクリスタルの真ん中で、一種の永遠の中に固定されているのだ。

第5章

サイムが消滅した。ある朝がくると、サイムは職場にいなかった。考えの浅い人々数名が欠勤を話題にした。翌日は、だれもサイムの話をしなかった。三日目にウィンストンは、記録部の入り口ホールに出かけて掲示板を見た。その掲示の一つには、チェス委員会の委員が印刷されており、サイムもその一人だった。それはほとんど前と同じに見えた——何も打ち消されたりはしていない——だが名前一つ分だけ一覧が短くなっていた。それで十分。サイムは存在しなくなった。もともと存在しなかった。

天気は焼け付くように暑かった。迷路のような省では、窓のない空調の入った部屋は平常気温を維持していたが、屋外では歩道が足を焼き、ラッシュアワーの地下鉄の臭気は恐ろしいほどだった。憎悪週間の準備がいまや大詰めで、全省庁の職員は残業していた。行進、会合、軍事パレード、講義、ロウ人形《にんぎょう》、展示物、映画ショー、テレスクリーン番組すべてをまとめねばならない。観客席を作り、人形を作り、スローガンを決め、歌を書き、噂を流し、写真を偽造しなくてはならない。創作部のジュリアの課は、小説生産から外されて、一連の残虐パンフレットを急ごしらえしていた。ウィンストンは、いつもの勤務に加え、『タイムズ』の過去記事ファイルをひっくり返して、演説で引用されるニュース記事を改変したり粉飾したりするのに、毎日長い時間をかけていた。夜遅く、騒々しいプロレたちの群集が街頭をうろつく頃には、町は奇妙に熱っぽい雰囲気となった。ロケット爆弾がいつになく頻繁に落とされ、ときにははるか彼方で大爆発が起きて、だれにも説明がつかず、とんでもない噂ばかりが飛び交った。

憎悪週間のテーマ曲となるはずの新曲(「憎悪の歌」と呼ばれていた)はすでに作曲され、テレスクリーンで果てしなく宣伝されていた。荒っぽい吠えるようなリズムを持ち、音楽と呼べるかどうかも怪しく、むしろドラムのビートに似ていた。行進する足音にあわせて何百人もの声がそれを歌うと、恐ろしかった。プロレたちはそれが気に入ったようで、深夜の街頭ではこの曲が、いまだに人気のある「しょせん夢とはわかっていたの」と競り合っていた。パーソンズ一家の子供たちは昼夜問わず一日中、くしとトイレットペーパーで作った楽器でそれを耐えがたいほど演奏し続けていた。ウィンストンの晩は空前の忙しさだった。パーソンズが率いるボランティア団が、憎悪週間に向けて街頭の準備をしており、バナーを縫い、ポスターを描き、屋根に旗竿を立て、吹き流しをかけるためのワイヤーを危なっかしげに通りに渡していた。パーソンズは、勝利マンション単独で旗やバナーを四百メートルにわたり掲げるのだと豪語していた。これぞ本領発揮ということで、彼は嬉々としていた。暑さと肉体労働のため、晩に半ズボンと開襟《かいきん》シャツに戻る口実ができていた。そしてどこへでも顔を出し、押したり引いたり、ノコギリで切ったり釘を打ったり、即興をしたり、同志じみた励《はげ》ましでみんなの士気を高め、肉体のあらゆるしわから、はてしないほどのすえた匂いの汗を放っていた。

新しいポスターがいきなりロンドンの到るところにあらわれた。キャプションはなく、単にユーラシア兵士の化け物じみた姿が描かれている。身長三、四メートルで、無表情な蒙古系の顔と巨大なブーツで前進し、腰だめにした軽機関銃を構えている。そのポスターをどの角度から見ても、その銃口は短縮法により拡大されていて、まっすぐこちらに向けられているように見えるのだ。この代物が、あらゆる壁の空いた場所に貼られ、ビッグ・ブラザーの肖像よりも多いほどだった。プロレたちは、通常は戦争には無関心だが、定期的な愛国心の熱狂へと追いやられていた。一般的な気運と調和するように、ロケット爆弾はいつもより大勢の人々を殺していた。ステップニーの混雑した映画館に一発が落ちて、何百人もの犠牲者を瓦礫の中に埋めた。そのご近所の全住民が、何時間も続く長い葬式に顔を出したが、それは実質的には糾弾集会だった。別の爆弾が、遊び場に使われていた空き地に落下し、数十人の子供たちが粉々にされた。さらに怒りのデモが生じ、ゴールドスタインの人形が焼かれ、ユーラシア兵のポスター何百枚もが破り捨てられて炎にくべられ、その混乱の中で多くの店が強奪された。すると、スパイたちが無線波でロケット爆弾を誘導しているという噂が流れ、外国生まれの嫌疑をかけられた高齢夫婦の家が放火され、二人は窒息死した。

チャリントンさんの店の上の部屋に行けるときには、ジュリアとウィンストンは開いた窓の下のむきだしのベッドに並んで横たわり、涼しさを求めて素っ裸になっていた。ネズミは二度と戻ってこなかったが、暑さで南京虫がゾッとするほど増えていた。気にならないようだった。汚くてもきれいでも、この部屋は天国だった。到着したらすぐに、闇市場で買ったコショウをすべてにふりかけて、服をはぎ取り、汗だくの身体で愛を交わして眠りに落ち、目をさますと南京虫たちが集結し、反撃すべく群がっているのだ。

四回、五回、六回——六月の間に二人は七回も密会した。ウィンストンは、始終ジンを飲む習慣を捨てた。飲みたいとも思わなくなっていた。以前より太り、静脈瘤はおさまって足首上の皮膚に茶色い染みが残るだけとなった。早朝の激しい咳の発作も止まった。人生のプロセスはもはや耐えがたいものではなくなり、テレスクリーンにしかめっ面をしたり、呪詛を絶叫したりする衝動もまったくなくなった。いまや安全な隠れ家、家らしきものがあるので、めったに会えず、しかも数時間ずつしか会えないのも、大してつらくは思えなかった。大事なのは、古物屋の上の部屋があるということだ。それがそこにあり、不可侵だと知っているだけで、その中にいるも同然なのだ。その部屋は一つの世界であり、絶滅した動物が歩ける過去のたまり場なのだ。いつも上階に向かうついでに足を止め、チャリントンさんと数分にわたりおしゃべりをした。老人はどうも、ほとんど、いやまったく外に出ないようだし、またお客もまるでないようだった。小さい暗い店と、食事を調理するさらに小さな裏の台所とのあいだで、幽霊まがいの暮らしをしていた。その台所にはいろいろあったが、中でも信じられないくらい古い蓄《ちく》音機《おんき》があり、巨大な拡声ホーンがついていた。老人はおしゃべりできて喜んでいるようだった。無価値な在庫の中を歩き回りつつ、その長い鼻と分厚いメガネと、ビロードの上着に包まれた曲がった肩を持つ彼は、いつも商売人というよりは収集家の雰囲気を漂わせていた。ある種の色あせた熱意をもって、彼はこっちのガラクタの山やあっちの山を指でいじる——瀬戸物の瓶の栓、壊れた嗅ぎタバコ入れの塗られたふた、とっくの昔に死んだ赤ん坊の髪の毛が入った金色銅のペンダント——そして決してウィンストンに買うかとは尋ねず、単にそれを味わうよう求めるのだ。老人との話は、すり切れたオルゴールの奏でる音を聞くようなものだった。記憶の片隅から、忘れられた詩の断片をさらにひきずりだしてきた。四と二十の黒鳥についての詩があり、曲がった角の牛の詩があり、哀れなクックロビンの死についての詩があった。「ご興味があるかと思い当たったのですがね」と新しい断片を語るたびに、彼は遠慮するような笑いを浮かべるのだった。だがどの詩でも、数行以上は思い出せないのだった。

いま起きていることが長続きしないのは二人とも知っていた――ある意味で、それが脳裏を離れたことはなかった。来るべき死の事実が、横たわるベッドなみに確固たるものに思えることもあり、二人は一種の絶望的な官能性でお互いを求め合った。まるで時計があと五分で鳴ろうというときに、呪われた魂が快楽の最後のかたまりにしがみつくようなものだ。だが、安全の幻想のみならず、それが永遠に続くという幻想に囚われるときもあった。実際にこの部屋にいる限り、どんな害も及ばないような気がしたのだ。ここまでくるのは困難で危険だったが、部屋自体は保護区なのだ。まるでウィンストンがあの文鎮の中をのぞきこみ、このガラスの世界の中に入り込めるような気がして、いったん入ればそこで時が止まると感じたときのようだった。しばしば二人は、逃避の白昼夢に浸った。この幸運が無限に続き、この密通をいまと同じように、自然に死ぬまでずっと続けられるという妄想だ。あるいはキャサリンが死んで、巧妙な手管《てくだ》によりウィンストンとジュリアはうまいこと結婚できる。あるいは心中する。あるいは二人とも姿を消して、どちらも見分けがつかないほど姿を変え、プロレタリア訛りでしゃべれるようにして、工場で仕事を見つけ、裏通りでだれにも知られずに生涯を送る。まったくのナンセンスで、二人ともそれは承知していた。現実には、逃げ出せるはずもない。唯一実行可能な計画は心中だが、彼らはそれも実施するつもりなどなかった。日々、週ごとに、未来のない現在を紡《つむ》ぐというのは止めようのない本能らしかった。ちょうど肺が、空気がある限り次の呼吸をしようとするようなものだ。

またときどき、二人は党に対する積極的な反逆活動をしようかとも話したが、そのための第一歩をどう踏み出すべきか見当もつかなかった。あの伝説の友愛団が現実だったとしても、そこに参加する方法を見つけるという困難があった。彼は自分とオブライエンとの間に存在する、というか存在するように思える、不思議な親密性についてジュリアに話した。ときどき、オブライエンの目の前にあっさり進み出て、自分が党の敵だと宣言して、支援を要求しようという衝動を感じるのだとも告げた。なかなかおもしろいことに、ジュリアはそれがあり得ないほど性急な行動だとは考えなかった。彼女は人々を顔で判断するのに慣れていたから、ウィンストンが目つきの一閃だけでオブライエンを信頼できる人物と考えるのも不自然とは思わなかったのだ。さらに彼女は、あらゆる人、またはほとんどあらゆる人が実はこっそり党を嫌っており、安全だと思えば当然ルールを破ると思っていた。だが、広範な組織化された反対勢力が存在するとも、存在できるとも信じようとはしなかった。ジュリアによれば、ゴールドスタインとその地下勢力のおとぎ話は、党が自らの狙いをもって発明したゴミクズの束でしかなく、人々は単にそれを信じるふりをするしかないのだそうだ。彼女は党の集会や自発的なデモで、名前を聞いたこともなく、その犯罪と称するものなどこれっぽっちも信じていない人々の処刑を求めて、数え切れないほど絶叫してきた。公開裁判が起きているときには、法廷を朝から晩まで取り囲む青年連盟の連隊に参加し、ときどき「裏切り者に死を!」と叫んだ。二分憎悪の間は、ゴールドスタイン罵倒で彼女はだれにも負けなかった。だが、ゴールドスタインというのがだれで、どんな教義を代表しているのやら、彼女は本当に漠然としか知らないのだった。彼女は革命後に育ち、50年代や60年代のイデオロギー闘争のことなど若すぎて記憶になかった。独立した政治運動などという代物は、彼女の想像力の範疇にはなかった。そしていずれにしても党は無敵だった。常に存在し、いつも変わらないのだ。それに反逆しようと思ったら、秘密の不服従か、せいぜいだれかを殺したり何かを爆破したりといった、孤立した暴力行動しかないのだ。

　ある面で彼女はウィンストンよりはるかに鋭く、党のプロパガンダにはるかにだまされにくかった。何かのついでにユーラシアに対する戦争に言及したら、彼女は戦争なんか起きていないと思っていると平然と言ってのけて、ウィンストンを驚愕させた。ロンドンに毎日のように墜《お》ちているロケット爆弾は、おそらくオセアニア政府が「単にみんなをこわがらせておくために」自ら発射しているのだろうと言う。これはまさに、ウィンストンにはまったく思いもよらなかった発想だった。彼女はまた、二分憎悪でいちばん苦労するのは、何とか爆笑しないようにすることだ、と述べたので、ウィンストンはいささかうらやましく思った。だが党の教えを疑問視するのは、それが何らかの形で自分自身の生活に関係してきたときだけだった。しばしばあっさり公式のおとぎ話を平然と受け入れたが、それは真実と嘘との差が彼女には重要に思えないからなのだった。たとえば彼女は、学校で教わったからということで、飛行機を発明したのは党だと信じていた（50年代のウィンストン自身の学校時代には、確か党が発明したと主張していたのは、ヘリコプターだけだったはずだ。一ダースほどの年がたち、ジュリアが学校にいるときには、すでに飛行機も自分の発明に仕立てていたのか。もう一世代たてば蒸気機関も党の発明にされていることだろう）。そして飛行機なんか自分が生まれる前から、革命のはるか以前から存在したとウィンストンが告げても、その事実は彼女にとって、まったくどうでもいいことなのだった。結局のところ、飛行機なんかだれが発明したってどうでもいいじゃない、というわけだ。それ以上にいささか衝撃だったのは、何かちょっとした一言から、オセアニアが四年前にはイースタシアと戦争していて、ユーラシアとは講和状態だったというのを覚えていないことがわかったときだった。確かに彼女は、戦争そのものがインチキだとは思っていたが、明らかに敵の名前がかわったことすら気がついていないのだった。「ずっとユーラシアと戦争してたんじゃなかったっけ」とジュリアは漠然と言った。ウィンストンは少し恐くなった。飛行機の発明は彼女が生まれるはるか前のできごとだが、戦争の敵の切り替えはたった四年前、彼女が成人したずっと後に起きている。それについて、ジュリアと四分の一時間ほども議論しただろうか。最終的には彼女の記憶をむりやり取り戻させるのに成功し、確かにかつてはユーラシアではなくイースタシアが敵だったと、彼女もぼんやり思い出した。だがこの問題は相変わらず彼女にとってはどうでもいいことだった。「それがどうしたっての？　いつだって、次から次へくだらない戦争じゃない。どのみちニュースなんて全部ウソなのはわかってんだし」

ときどき、記録部のことと、自分がそこでやっている恥知らずな偽造について話した。彼女はそれで別に震え上がるようでもなかった。ウソが真実になると思っても、足下に開く奈落を感じたりはしないのだ。ジョーンズ、アーロンソン、ラザフォードの話をして、一瞬だけ指の間でつまんだ重大な紙切れの話をした。彼女はちっとも感銘を受けなかった。それどころか、そもそもこの話の意味すら最初は理解できなかったのだ。

「お友だちだったの？」

「いや、まったく知らない。党内輪の人々なんだ。それに私よりはるかに高齢だ。革命前の古き時代の人々だ。ほとんど見たこともないくらい」

「だったら何心配してんのよ。みんなしょっちゅう殺されてるでしょうに」

何とかわからせようとした。「これは突出した話なんだ。単にだれかが殺されたとかいうだけのことじゃない。過去が、昨日以前の過去が本当に消し去られたというのがわからないか？　それがどこかに生き残っているとしても、それは何か数少ない具体的なものについていて、そこには何の言葉もついていない。あそこのガラスのかたまりみたいなもんだ。すでに私たちは、革命と革命以前の日々のことなんか、文字通り何も知らない。あらゆる記録は破壊されるか偽造され、あらゆる本は書き直され、あらゆる絵は描き直され、あらゆる彫像や街路や建物の名前が変えられる、あらゆる日付が改変されている。そしてそのプロセスが、一日ごと、一分ごとに続いているんだ。歴史は止まった。存在するのは果てしない現在だけで、そこでは党が常に正しい。もちろん私は、過去が偽造されているのは知っている。でもそれを証明するのは絶対に不可能なんだ。その偽造をやったのが私であっても。偽造が終われば証拠は何もない。唯一の証拠はこっちの頭の中だけで、他に私の記憶を共有する人間がいるかどうか、絶対に確信できない。生涯で、そのたった一度の瞬間だけ、事後の確固たる証拠を手にしていたんだ――事件の何年も後に」

「で、それが何の役にたったの？」

「何も、だって数分後に捨ててしまったから。でも同じことが今日起きたら取っておいただろう」

「ふん、あたしならそんなことはしない。リスクを冒す気は十分あるけど、でも何かそれなりの見返りがいるじゃん。古新聞の切れ端なんかのためじゃない。それを取っておいたとしても、何ができるっての？」

「大したことはできないだろう。でも証拠なんだ。あちこちに疑念を植えつけることはできただろう、あえてだれかにそれを見せたらの話だが。私たちの生きている間には何も変えられるとは思わない。だがあちこちで小さな抵抗のかけらが湧き起こるのは想像できる——小さな集団が結束して、次第に成長し、ヘタをすれば多少は記録も残して、次世代がその後を引き継げるようにするんだ」

「次の世代なんかに興味はないの。興味あるのはあたしたちのことだけ」

「君ってのは、下半身だけの反逆者だな」そう言うと、彼女はこれが見事なほど気が利いていると思って、喜んで抱きついてきた。

党の教義が持つ意味合いについて、彼女はこれっぽっちも興味がなかった。こちらが英社主義《イングソック》の原理や二重思考、過去の可変性、客観的現実の否定について話し始め、ニュースピーク用語の使用を始めるたびに、彼女は退屈して混乱し、そんなものは全然気にしたことがないと述べるのだった。そんなのみんなゴミクズだと知ってるんだから、心配しなくていいじゃない？　歓声をあげるべきときと、罵声を浴びせるべきときはわかっていたし、それだけで十分。それでもこの手の話を続けようとすれば、彼女は寝てしまうという心折れる習慣を持っていた。いつ、どんな体勢でも眠れる人間の一人なのだ。彼女と話をするうちに、正統性の外見を保ちつつ、その正統性がどんなものかまるで理解せずにいるのが実に簡単だということに気がついた。ある意味で、党の世界観というのは、それを理解できない人々にこそ、もっともうまく押しつけられるのだ。そういう連中には、現実の最もとんでもない侵害ですら受け入れさせられる。どれほど凄絶なことを要求されているか決して完全には理解できず、何が起きているかに気がつくほど、世間のできごとに関心がないのだ。理解しないことで彼らは正気でいられる。単にあらゆることを鵜呑みにするが、鵜呑みにしても何も害はない。それは何も残滓《ざんし》を残さず、まるで鳥の身体を消化されずに通り抜ける穀物のようなものだからだ。

第6章

ついに起こった。待望のメッセージが届いたのだ。生涯にわたり、これが起こるのを待っていたように思えた。

省の長い廊下を歩いていて、ジュリアがメモを手にすべりこませた地点の寸前まできたところで、自分より大柄なだれかがすぐ後を歩いているのに気がついた。その人物は、だれだか知らないが軽く咳払いした。どうやら何かを話す前触れらしい。ウィンストンは急停止して振り返った。オブライエンだった。

ついに二人は対面したが、逃げ出そうという衝動しか起きないようだった。鼓動が暴力的に高まった。何も口をきけなかった。だがオブライエンは同じ動きで前進を続け、ウィンストンの腕に一瞬親しげな手を置いたので、二人は並んで歩いていた。彼は党内輪のメンバーの大半と一線を画す、特有の深い親しみをこめて話し始めた。

「君と話す機会があればと思っていた。先日『タイムズ』で君のニュースピーク記事を読んでね。ニュースピークに学術的な興味を持っているとお見受けするが？」

ウィンストンは、少し自制心を取り戻した。「学術的なんてとても。ただの素人です。私の仕事の対象でもない。言語の実際の構築にはまったく関わっておりませんし」

「だが非常にエレガントな書きぶりだよ。これは私だけの意見じゃない。最近、まちがいなく専門家である君の友人と話をしていたんだがね。名前はちょっと失念してしまったが」

またもやウィンストンの心が痛み揺れた。これはサイムについての言及以外の何物でもあり得なかった。だがサイムは死んだばかりか、廃止されており不人になっていた。サイムのことだとはっきりわかる言及は、命に関わるほど危険だった。オブライエンの言及は明らかに合図、暗号として意図されたものだ。ちょっとした思考犯罪を示すことで、彼は二人を共犯者に仕立てたのだ。二人はゆっくりと廊下を進んだが、こんどはオブライエンが足を止めた。あの身ぶりにいつもこめられている、奇妙な、警戒を解くような親しみやすさで、彼は鼻の上のメガネを調整した。そして先を続けた。

「本当に言いたかったのはだね、君の論説では古くなった単語が二つ使われていたのに気がついたということなんだ。だがそれが古くなったのは、ごく最近のことだ。『ニュースピーク辞典』第十版は見たかね?」

ウィンストンは答えた。「いいえ。まだ十版は出ていないはずです。記録部ではまだ九版を使っています」

「十版はあと数ヶ月は登場しないはずだ。だが見本版が出回っている。私も一冊持っているが、興味があれば見てみるかね?」

「はい、是非とも」ウィンストンは、即座に、話がどこへ向かおうとしているかを理解した。

「新しい展開の中にはきわめて巧妙なものもある。動詞の数の削減——この部分は君にはさぞおもしろかろう。そうだな、伝令に辞典を持たせて届けようか? だがどうも私は必ずその手のものを忘れるたちなんだ。君の都合にあわせて、私のアパートまで取りに来てもらうというのはどうかな。待った。これが住所だ」

二人はテレスクリーンの前に立っていた。いささかうわの空で、オブライエンはポケットを二つ探って、小さな革装のノートと金色のインキ鉛筆を取り出した。テレスクリーンの真ん前で、その道具の向こう端で見ている者ならだれでも書いた内容を読めるような位置で、オブライエンは住所を殴り書き、そのページを破ってウィンストンに渡した。

「晩にはおおむね家にいる。いなくても、召使いが辞典を渡してくれる」

そして彼は立ち去り、紙切れを手にしたウィンストンを後に残した。今回はそれを隠す必要はなかった。それでも彼は、書かれたことを慎重に暗記して、数時間後に大量の他の紙といっしょに記憶穴に落とし込んだ。

二人がしゃべっていたのは、最大でもほんの数分だっただろう。この一件が持ち得る意味合いはたった一つしかない。これはウィンストンに、オブライエンの住所を報せる方法として仕組まれたものなのだ。これは不可欠だった。直接尋ねない限り、だれかの住所は決してわからないからだ。住所録のようなものはまったくなかった。「私に会いたければ、ここにいるぞ」というのがオブライエンの言いたいことなのだった。辞典のどこかにメッセージが隠されていることさえあり得る。だがいずれにしても、確実なことが一つあった。夢見た陰謀は本当に実在しており、自分はその外周部に到達したのだ。

自分が遅かれ早かれオブライエンの呼び出しに応えるのはわかっていた。明日か、それともずっと後になってか——それはわからない。いま起きているのは、何年も前に始まったプロセスの展開でしかなかった。その第一歩は秘密のどうしようもない考えで、二歩目は日記を始めることだった。考えを言葉にして、いまや言葉を行動に移すのだ。最後の一歩は、愛情省で起こる何かだ。彼はそれを受け入れていた。終わりは始まりに含まれていた。だが怖かった。あるいはもっと厳密には、死の前触れのようなもので、前より少し命が減るようなものなのだ。オブライエンと話をしている間にもすでに、その言葉の意味が腹に落ちると、ゾッとして震えるような気分に囚われた。墓場の湿り気に踏み出したような感覚だった。そして墓がそこにあり、自分を待ちうけているのはずっと知ってはいても、それが大してマシになるわけではなかった。

第7章

ウィンストンは目にいっぱい涙を浮かべて目を覚ました。ジュリアが眠そうに転がって身を寄せ、「どうしたの」のようなことをもごもご言った。

「夢で――」と始めたが、そこで止まった。複雑すぎて言葉にできない。夢自体もあるが、それにつながった記憶があり、それが目を覚ましてから数秒後に頭に泳いで入ってきたのだった。

彼は目を閉じたまま横たわり、まだ夢の雰囲気に動揺していた。莫大で輝かしい夢で、全人生が雨後の夏の晩の風景のように目の前に広がるのだ。そのすべてがガラスの文鎮内で起きたが、ガラスの表面は天蓋《てんがい》であり、その天蓋の中のすべては、明るく柔らかい光であふれ、その中では果てしなく見通せるのだった。またその夢は、母親が行った腕の身ぶりを通じて理解されたものだった――ある意味ではその腕の動きで構成されていたのだ。その動きは、三十年後にニュース映画で観たユダヤ人女性が繰り返した動きでもあり、小さな少年を銃弾から守ろうとした動きだが、その直後にヘリコプターが二人とも粉々に吹き飛ばしてしまったのだった。

「なあ知ってたか？　この瞬間まで私は、自分が母親を殺したと思い込んできたんだ」

「なんで殺したの？」とジュリアはほとんど眠りかけて言った。

「殺していないよ。物理的にはね」

夢の中で、彼は最後に見た母親の姿を思い出し、そして数秒ほどで目覚めるうちに、それを取り巻く小さなできごとの群れがすべて戻ってきた。長年にわたり自分が意図的に意識から押し出してきたらしき記憶だった。日付は確信がなかったが、それが起きたときには十歳未満ではなかったはずで、十二歳だったかもしれない。

父親はしばらく前に消失していたが、どれほど前かは思い出せない。当時の不確実で落ち着かない状況のほうをよく覚えている。空襲と地下鉄駅への避難をめぐる定期的なパニック、そこらじゅうに瓦礫の山、街頭に貼られたわけのわからない宣言、全員同じ色のシャツを着た若者の群れ、パン屋にできるすさまじい行列、遠くで聞こえる間歇的な機関銃——何よりも、常に食べ物が十分にないという事実。他の少年たちと午後に長い時間をかけて、ゴミ箱やくず入れを漁り、キャベツの葉の芯《しん》やジャガイモの皮、ときには酸っぱくなったパン屑を引っ張り出して、そこから慎重に灰を取りのぞいたりした。さらに一部のルートで移動するトラックの通過を待ったりもした。そのトラックは牛のエサを積んでいるのがわかっていて、道の穴でゆれると、ときには油かすを少しこぼしたりするのだ。

父親が消失したとき、母親は一切驚いたり、激しい悲しみを示したりしなかったが、突然の変化を見せた。完全に魂が抜けたようになったのだ。必ず起こるとわかっている何かを母が待っているのは、ウィンストンにさえわかった。やるべきことは全部こなした——料理、洗濯、繕い、ベッドの整え、床掃除、マントルピースのほこり払い——いつもきわめてゆっくりと、奇妙なほど余計な動作がなく、絵描きの使うマネキン人形がひとりでに動いているかのようだった。その大きく豊満な身体は、放っておけば自然に静止に戻るかのようだった。ときには何時間にもわたり、母はほとんど身動きせずにベッドにすわり、妹をあやし続けた。妹は小さく病気でほとんど音を立てない、二歳か三歳の子供で、顔はやせこけてサルめいている。ごくたまに、母はウィンストンを抱いて、何もいわずにずっと身体に押しつけるのだった。幼く自分勝手なウィンストンであっても、これが今後起こるはずの、決して口に出されぬできごとと何か関係しているのはわかった。

家族が暮らしていた部屋を思い出した。暗く、すえた匂いの部屋で、その半分が白い掛け布団を持つベッドに占領されていた。炉格子にガスコンロがあり、食べ物を入れる棚があり、外の踊り場には数部屋で共用している茶色い陶器の流しがあった。母親の彫像のような身体がガスコンロの上にかがめられ、シチュー鍋の何かをかき混ぜているところを覚えている。何よりも絶え間ない空腹と、食事どきのあさましい激闘を覚えていた。母親を責め立てるように、何度も何度も、なぜもっと食べ物がないのか尋ね、母親に怒鳴って激怒し(自分の声色さえおぼえていた。その声はすでに声変わりし始めていて、ときには変などら声になった)、あるいは自分の分け前以上をもらおうとして、泣き言じみた哀れっぽい調子を試してみたりするのだ。母はいつも、取り分以上を与えてはくれた。「男の子だから」最大の分け前をもらうのが当然だと思っていたのだ。だが母親がいくらくれても、必ずもっとよこせとウィンストンは要求した。食事ごとに母は、自分勝手を言ってはダメで、妹は病気で食べ物がいるんだというのを忘れないでと諭《さと》したが、無駄だった。母がよそうのをやめると、怒りで叫び出し、シチュー鍋とスプーンを母の手からむしり取ろうとしたり、妹の皿からかけらをひっつかんだりする。自分が他の二人を飢えさせているのはわかっていたが、自分が抑えられなかった。自分にはその権利があるとさえ思った。お腹のすさまじい飢えがそれを正当化するように思えたのだ。食事と食事の間には、母親が見張っていないと、絶えず棚の乏しい食事の蓄《たくわ》えをくすね続けていた。

ある日、チョコレートの配給があった。過去何週間も何ヶ月も、そんな配給はなかった。その貴重なチョコのかたまりは、かなりはっきり覚えている。一家三人で、二オンスの板チョコだった（当時はまだオンスが使われていた）。三等分すべきなのは明らかだった。いきなり、他人の声を聞くように、自分が大音量で全部自分によこせと要求しているのが聞こえた。母は、欲張るなと告げた。長くしつこい口論になり、それが堂々巡りで、怒鳴り声と哀れに求める声、涙、抗弁、取引が行われた。小さな妹は両手で母親にしがみつき、まさに子ザルのようで、母の肩越しに大きく悲しげな目でこちらを見つめていた。最後に、母はチョコの四分の三を割ってウィンストンに与え、残りの四分の一を妹に渡した。女の子はそれを手に持って、ぼんやりと見つめた。なんだか知らなかったのかもしれない。ウィンストンは、一瞬突っ立って妹を見ていた。そしていきなり素早く飛び上がって、チョコのかけらを妹の手からもぎ取り、ドアめがけて駆けだした。

母親が後から呼びかけた。「ウィンストン、ウィンストン！　戻りなさい！　妹にチョコを返して！」

彼は立ち止まったが、戻らなかった。母親の心配そうな目がこちらの顔をじっと見ていた。いまだに彼はそのことを考えても、そのときに起ころうとしていたのがなんだかわからなかった。妹は、何か取られたのはわかっていて、弱々しい泣き声をあげはじめた。母は妹を抱きしめて、その顔を乳房におしつけた。その身ぶりの何かで、妹が死にかけているとわかった。彼は背を向けて階段を駆け下りた。手の中ではチョコレートがベトベトになり始めていた。

二度と母親を見ることはなかった。チョコレートを貪《むさぼ》り喰ってから、少し後ろめたくなり、数時間街路をうろついたが、お腹が空いたので家に帰ったのだ。帰ると、母親は消えていた。これはその頃にはあたりまえのことになりつつあった。部屋からは母親と妹以外何もなくなっていなかった。服も持って行かず、母親のコートさえそのままだった。母親が本当に死んだのか、まったく確実なことはいまだにわからない。単に強制労働キャンプに送られただけということも十分あり得る。妹はといえば、ウィンストン自身と同様に、内戦の結果として生まれた、家なき子たちのためのコロニー（教化センターと呼ばれていた）に移送されたのかもしれず、あるいは母親といっしょに労働キャンプに送られたかもしれず、あっさりどこかに置き去りにされて見殺しにされたのかもしれなかった。

その夢はまだ脳裏に鮮明で、特に母の腕の、保護するような動きには、そのあらゆる意味がこめられているようだった。思いは二ヶ月前の別の夢に移った。ちょうど子供をしがみつかせたまま、貧相な白い掛け布団のベッドにすわっていたのとまったく同じように、その夢の母も自分のはるか下の沈んだ船にすわっていて、一分ごとにますます深く溺れてゆくが、それなのに暗くなる水を通してこちらを見上げていたのだ。

ジュリアに、母親の消失の話をした。彼女は目も開けずに転がって、もっと快適な姿勢に落ち着いた。

「その頃のあんた、ケダモノじみたブタ小僧だったんでしょうね。子供はみんなブタだから」と彼女はもごもごと言った。

「うん。だがいまの話の本当のポイントというのは――」

その息づかいから、彼女がまた眠りに落ちようとしているのは明らかだった。母の話を続けたいとは思った。記憶から判断する限り、母親は決して変わった女性ではなく、まして知的な女性などではなかった。それでありながら、ある種の気高さ、ある種の純粋さを持っていた。それは単に、彼女が従っていた基準が個人的なものだったせいだ。彼女の気持ちは彼女自身のもので、外部からは変えられなかった。行動に何の効果もなくても、だからといって無意味だなどとは、彼女には思いもよらなかった。だれかを愛したなら、愛したのであり、他に何も与えるものがなくても、それでも愛は与えるのだ。最後のチョコレートがなくなったとき、母は子供を腕に抱きしめた。それは無駄で、何も変えはしなかったし、チョコレートを増やしもしなかったし、子供の死も自分自身の死も回避はできなかった。だが彼女はそうすることが自然だと思ったのだ。船の難民女性が男の子を腕で覆ったのも、やはり銃弾に対して紙切れほどの役にもたたなかった。党がやった恐ろしいことは、物質世界に対する力をすべて奪っておきながら、単なる衝動、単なる気持など何の意味もないと思い込ませてしまったことなのだ。いったん党に掌握されてしまえば、自分の感じること、感じないこと、やることややらなかったことは、文字通り何のちがいも生み出さない。何が起ころうとこちらは消滅し、自分もその行動も、二度とだれにも伝わらない。歴史の流れからきれいさっぱり取りのぞかれてしまう。だがほんの二世代前の人々にとっては、そんなことはちっとも重要には思えなかっただろう。その人たちは歴史を改変する気などなかったからだ。個人としての忠誠心に動かされており、その忠誠心を疑問視することはなかった。重要なのは個人の関係であり、まったく無防備な身ぶり、抱擁、涙、臨終の人にかける言葉は、それ自体として価値を持つ。いきなり思い当たったが、プロレたちはこの状態にとどまっていたのだ。党や国や思想に忠実ではなく、お互いに対して忠実なのだ。生涯で初めて、ウィンストンはプロレを軽蔑もせず、またいつの日か目覚めて世界を再生してくれるはずの、単なる休眠状態の力として見るのも止めた。プロレたちは人間であり続けたのだ。内面を硬直させなかった。この自分ですら意識的な努力により学び直さねばならなかった、原初的な感情にしがみついていた。そしてこれを考える中で思い出したのは、一見すると特に関係もないのだが、数週間前にちぎれた手が歩道に転がっているのを見て、それを自分がキャベツの茎であるかのように、ドブに蹴り込んだことだった。

「プロレたちは人間だ。私たちは人間じゃない」と彼は声に出した。

「なんで？」再び目を覚ましたジュリアが言った。

彼は少し考えた。「私たちにできる最善の策は、手遅れになる前にあっさりここから出ていって、お互い二度と会わないことだと思い当たったことはないか？」

「うん、それは何度か頭に浮かんだけど。でもやっぱりそれはいや」

「これまでツイていたが、長続きはするまい。君は若い。普通で罪のない人間に見える。私のような人間に近づかなければ、あと五十年は生き続けられるかもしれないんだ」

「いいえ。そんなの、一通り考えてはみたんだけどね。あなたのやることは、あたしもやる。そう悪い方に考えなさんなって。あたし、生き続けるのは結構うまいんだから」

「私たちが一緒にいられるのは、あと六ヶ月——一年——わかるはずもない。最後にはまちがいなく引き離される。二人とも、どれほど徹底的に孤独になるかわかっているのか？　いったん捕まったら、どっちも相手のためにできることは何もなくなる。文字通り何も。私が自白したら、君が射殺され、自白を拒否したら、やっぱり君は射殺される。私のやることも言うことも、あるいは言わないことすら、何一つとして君の死を五分も先送りできないんだ。二人とも相手の生死すらわからない。どちらもまったく何の力も持てなくなる。唯一大事なのは、どちらもお互いを裏切らないということだが、それですら、いささかのちがいも生み出さない」

「裏切るって、自白のことなら、もちろん二人ともやるでしょうよ。みんな必ず自白はするんだから。どうしようもないでしょう。あいつら拷問すんのよ」

「自白じゃない。自白は裏切りじゃない。言うことやることはどうでもいい。大事なのは気持だけだ。あいつらに、君を愛するのを止めさせられたら――それが本当の裏切りだ」

彼女はそれを思案した。そして最後に言った。「あいつらにも、それはできない。どんなことでも、言わせることはできる――どんなことでも――でも、それを信じさせることはできないよ。こっちの内面には入ってこれない」

「そうだな」と彼は、少しばかり希望をこめて言った。「そうだな。確かにその通り。内面には入ってこられない。何も結果にちがいはなくても、人間のままでいるのが大切だと感じるなら、あいつらを打ち負かしたことになる」

決して眠らない耳を持つテレスクリーンのことを考えた。昼夜こちらをスパイはできるが、頭をしっかり使えば、それでもあいつらを出し抜ける。あいつらに小知恵がいくらあっても、他の人間が何を考えているかつきとめる秘訣は決して手に入れてはいない。本当にあいつらの手に落ちてしまえば、そうでもないのかもしれない。愛情省の中で何が起きるかはだれも知らないが、見当はつく。拷問、薬、神経反応を記録する繊細な機械、眠らせず一人きりにして、絶えず質問攻めにすることで次第にこちらを弱める。どのみち事実は隠しとおせない。調べれば追跡され、拷問で絞り出せる。だが生き延びることではなく、人間のままでいることが狙いなら、それが最終的にどうだというのか？　気持を変えさせることはできない。それを言うなら、自分でも、やりたくても自分の気持ちは変えられない。発言や行動や思考のすべてを極度に細かく暴くことはできる。だが心の奥底、その仕組みが自分にとってすら謎の心は、不可侵のままなのだ。

第8章

やった、ついにやったんだ！

二人が立つ部屋は、細長くて柔らかく照らされていた。テレスクリーンは低いつぶやきにまで音量がしぼってあった。濃い青のじゅうたんの豊かさはビロードの上を歩いているような印象を与えた。部屋の向こう端にオブライエンが、緑の覆いをつけたランプの下にすわり、両側に大量の書類を積み上げていた。召使いがジュリアとウィンストンに入るよう示したときも、顔を上げさえしなかった。

ウィンストンの胸はあまりに高鳴りすぎて、自分がまともに話せるかも自信がなかった。やったんだ、ついにやったんだ、としか考えられなかった。ここにくること自体が軽率だったし、二人いっしょにくるなど、愚行のきわみだった。とはいえ二人とも別々の道筋でやってきて、オブライエンの戸口にくるまで会わなかったのだが。だがこうした場所に足を踏み入れるだけでも、かなり神経をすり減らした。党内輪の住まいの中を見るなどめったにないことで、彼らの暮らす町の一角を通ることさえ珍しかった。このアパートの巨大な街区、あらゆるものの豊かさと広々とした様子、嗅いだこともないよい食べ物とよいタバコの香り、静かでおそろしいほど素早いエレベーターの上下動、あちこちへと急ぐ白いお仕着せの召使いたち――すべてが尻込みさせるものだった。ここにくるよい口実はあったが、いきなり角から黒制服の警備兵が登場し、書類を見せろと言い、出ていけと命じるのではないかという恐れに一歩ごとに襲われるのだった。だがオブライエンの召使いは、二人をためらわずに通した。白い上着の小柄で黒髪の男で、ダイヤ型の完全に無表情な顔、まるで中国人のような顔だった。案内された通路には柔らかいじゅうたんがしかれ、クリーム色の壁紙と白い腰板で、すべてがほこり一つ無いほど清潔だ。これにたじろいでしまった。ウィンストンは、人間の身体が接触して薄汚れていない壁を持つ通路など、見た記憶がまったくなかった。

オブライエンは、指で紙切れをつまんで、それを熱心に調べているようだった。その重たい顔は、うつむいていて鼻筋が見えたが、侮り難く知的に見えた。二十秒ほども、身じろぎ一つせずにすわっていただろうか。それから話筆機を引き寄せて、省庁のハイブリッド専門用語でメッセージを一気に口走った。

「第一テン五テン七は全面承認マル六の中の提案は愚劣二プラス思考犯罪寸前削除せよマル機械類総経費の総プラス見積出る未建設作業は非進行マル通信終わり」

彼はもったいをつけて椅子から立ち上がると、無音のじゅうたんを横切ってこちらにやってきた。ニュースピーク語が消えて、お役人じみた雰囲気も少し薄れたようだったが、その表情はいつもよりも陰気で、まるで邪魔されて不愉快だとでも言うようだった。ウィンストンがすでに感じていた恐怖を、ごく普通の恥ずかしさの一閃が貫いた。自分がばかげたまちがいをしでかしたことも十分あり得そうに思えたのだ。というのも、オブライエンが何やら政治的な陰謀家だなどという証拠など、現実に何があっただろうか？　目の輝きと、たった一言のそれらしき発言だけだ。それ以外は自分の秘密の想像で、それが夢の上に乗っているだけだ。辞典を借りに来たという口実に立ち戻ることもできなかった。というのもそれならばジュリアの存在が説明つかないからだ。テレスクリーンの前を通り過ぎるとき、オブライエンが何か思いついたようだった。彼は立ち止まり、横を向いて壁のスイッチを押した。パチッという鋭い音がした。声が止まった。

ジュリアが小声をたてた。一種の驚きの叫びだ。自分のパニックの最中だというのに、ウィンストンもあっけにとられて、つい口走ってしまった。

「消せるんですか！」

オブライエンは言った。「そう、消せるんだ。我々にはその特権がある」

いまや彼は二人と向き合っていた。そのがっしりした身体が二人を見下ろし、その表情はいまだに解読不能だった。こちらが口を開くのを、彼はいささかいかめしい様子で待っていたが、さて何と言ったものだろうか。この時点ですら、彼が単なる忙しい人物で、なんで邪魔されたのかと苛立っているだけという可能性はあった。だれも口を開かなかった。テレスクリーンが切られてから、部屋は死んだように静まりかえった気がした。刻々と過ぎる秒がずいぶん長く感じられた。苦労しつつもウィンストンは、オブライエンの目を見続けた。するといきなり、その陰気な顔が、何か微笑の発端のようにも見えるものへと崩れた。そのトレードマークのような身ぶりで、彼は鼻の上のメガネを直した。

「私が言おうか、それとも君が言うか？」

「私が言います」とウィンストンは即座に言った。「あれは本当に切られてるんですね？」

「ああ、すべては切られている。我々しかおらん」

「私たちがここにきたのは——」

ウィンストンは間をおいた。初めて、自分の動機がいかに漠然としたものかに気がついたのだ。オブライエンからどんな支援を期待しているのか、実は自分でもわかっていなかったので、なぜ自分がここにきたかを言うのも容易ではなかった。先を続けたが、言っていることが頼りない、思い上がったものだという のは自覚していた。

「何か陰謀団があると考えています。何か秘密組織で、党への反対活動をしていて、あなたがその関係者だと思っています。私たちも参加して働きたいのです。私たちは党の敵です。英社主義《イングソック》の原理を信じていません。思考犯罪者です。また不倫者です。これをお話しするのは、自分たちをあなたに委ねたいと思うからです。他の形で私たちを告発なさりたいなら、その覚悟はあります」

彼は話を止めて肩越しに振り返った。ドアが開いたような気がしたのだ。確かに、あの小柄な黄色い顔の召使いがノックもなしに入ってきたところだった。デキャンターとグラスをのせたお盆を持っているのが見えた。

オブライエンは平然と言った。「マーティンも一味なのだよ。飲み物をこっちに持ってきてくれ、マーティン。丸テーブルに置いて。椅子は足りているか？　ならみんなすわって、落ち着いて話をしよう。マーティン、自分の椅子も持ってきてくれ。これから十分間は召使いをやめていいぞ」

小男はすわり、すっかりくつろぎつつ、それでもまだ召使いめいた雰囲気を漂わせていた。従者が特権を楽しんでいるという雰囲気だ。ウィンストンは視界の端で彼を眺めた。この人物は全人生をかけてある役割を演じてきたのだという気がした。だから、その仮装の人格を一瞬たりとも捨てるのが危険だと感じてしまうのだ。オブライエンはデキャンターの首をつかんで、グラスを濃い赤の液体で満たした。それを見てウィンストンの中で、壁か掲示板で見た何かのおぼろな記憶が浮かび上がった——電球で構築された巨大なびんで、それが上がったり下がったりして、中身をグラスに注いでいるように見えるのだ。てっぺんから見るとその代物はほとんど黒く見えたが、デキャンターの中ではルビーのように輝いていた。甘酸っぱい匂いを放っていた。ジュリアが自分のグラスを取って、露骨な好奇心をこめてそれを嗅いでいるのが見えた。

オブライエンはかすかな微笑を浮かべた。「ワインと呼ばれている。本で読んだことはあるはずだろう。残念ながら党外周にはあまり出回らないようだがな」。そして再び真面目な顔になり、グラスを掲げた。「まずは健康に乾杯するところからはじめるのがふさわしいと思うがね。そして我々の指導者に乾杯。エマニュエル・ゴールドスタインに」

ウィンストンは何かせき立てられるようにそのグラスを手に取った。これは読んだこともあり、夢見てきたものだった。ガラスの文鎮やチャリントンさんの忘れかけた韻文のように、それは消えたロマンチックな過去に属したのだ。その時代のことを、秘密の考えの中では古《いにしえ》の時代と呼ぶのがお気に入りだった。どういうわけか、ワインはきわめて甘いもので、ブラックベリーのジャムのような味で、すぐに酔ってしまうものだとずっと思っていた。実際に飲み込んでみると、この代物にはひどくがっかりさせられた。実のところ、長年ジンを飲んできた後では、ほとんどワインの味など感じられなかった。彼は空のグラスを置いた。

「ではゴールドスタインは実在するんですね？」

「ああ、実在するし、健在だ。どこにいるかは知らん」

「そして陰謀は――組織は？　本当なんですか？　思考警察の単なるでっちあげではない？」

「いや、本当だ。友愛団と我々は呼んでいる。それが実在して、君もその一員だという以上のことは、友愛団についてはあまり知ることはないだろう。その話はすぐにするが」とオブライエンは腕時計を見た。「党内輪のメンバーですら、テレスクリーンを半時間以上切っておくのは賢明ではない。君たちはいっしょにくるべきではなかったし、帰りは別々に帰らなければいけない。同志、君が」――とジュリアに会釈し――「先に帰りなさい。二十分ほど余裕がある。わかると思うが、まずいくつか質問をさせてもらう。一般的に言って、何をする覚悟がある？」

「できることなら何でも」とウィンストン。

オブライエンは椅子にすわったまま身体を回転させてウィンストンと対面した。ジュリアのことはほとんど無視しており、ウィンストンが彼女を代弁するのが当然と思っているようだった。一瞬、まぶたがはためいた。そして低い、感情のない声で質問をはじめた。まるで決まり切った、一種の教義問答でもあるかのようで、その答のほとんどはすでにわかっているとでも言うようだった。

「命を捧げる覚悟は？」

「あります」

「人を殺す覚悟は？」

「あります」

「何百人もの無実の人々の死につながりかねない妨害工作を行う覚悟は？」

「あります」

「自国を裏切って外国に売り渡す覚悟は？」

「あります」

「インチキをして、偽造し、脅迫し、子供たちの精神を汚し、習慣性ある薬物を配布し、売春を奨励し、性病をばらまく覚悟はあるか――道徳の頽廃を引き起こして党の力を弱めそうなことはなんでもするか？」

「します」

「たとえば、子供の顔に硫酸をかけるのが我々の利益にかなうようなことがあれば――それもやる覚悟はあるか？」

「あります」

「己の正体を捨てて、残り一生を、給仕や港湾労働者として送る覚悟はあるな？」

「あります」

「我々が命令すれば自殺する覚悟もあるな？」

「あります」

「二人とも、離ればなれになって二度とお互いに会えなくなる覚悟はあるか？」

「いや！」とジュリアが割り込んだ。

自分が答えるまでに、長い時間がかかったような気がした。一瞬ウィンストンは、口をきく能力が奪われたような気さえした。舌は無言で動き、一つの単語の最初の音節を形成してから、もう一つのほうに移り、それが何度も何度も繰り返された。実際に言うまで、自分がどちらの単語を言うのかわからなかった。「いいえ」とついに彼は言った。

「正直に答えてくれてありがたい。我々としてはすべて知っておく必要があるのでね」とオブライエン。

そしてジュリアに向き直り、いささか気持のこもった声で付け加えた。

「この人が生き延びても、まったく別人になっているかもしれないのはわかるかね？　新しい身元を与えねばならなくなるかもしれん。顔、動き、手の形、髪の色――声すら変わってしまう。そして君自身もちがった人物になっているかもしれない。我々の世界は、人々をまったく見分けがつかないほど変えてしまえるのだ。ときにはそれが必要となる。ときには脚や腕を切断することさえある」

ウィンストンは、マーティンの蒙古風の顔をもう一度脇目で見ずにはいられなかった。目に見える傷はなかった。ジュリアは少し青ざめ、そばかすが見えていた。だが大胆にオブライエンと向き合った。何かをつぶやいたが、了承のようだった。

「よろしい。この話は片付いた」

テーブルの上には、紙巻きタバコの銀の箱があった。いささかうわの空で、オブライエンはそれを他のみんなのほうに押しやり、自分でも一本取って、立ち上がるとゆっくり行ったり来たりし始めて、まるで立っているほうがよく考えられるとでもいうようだった。それはとても上質の紙巻きタバコで、高密でしっかり中身も詰まっており、紙も馴染みがないほどすべすべしていた。オブライエンはまた腕時計を見た。

「マーティン、配膳室に戻ったほうがいい。十五分でスイッチを入れる。戻る前にこの同志たちの顔をよく見ておいてくれ。再び会うことになるだろう。私はわからん」

玄関でやったのとまったく同じように、小男の黒い目は一同の顔を見つつまたたいた。その態度には親しみのかけらもなかった。みんなの外見を記憶はするが、それに何の興味も抱かず、特に興味も感じないかのようだ。作りものの顔なので表情を変えられないのかもしれないと思い当たった。口もきかず、一切の会釈もなく、マーティンは部屋を出て、背後で静かにドアを閉めた。オブライエンは、黒いオーバーオールのポケットに片手を突っ込み、もう片方の手で紙巻きタバコを持ちつつ、部屋を行ったり来たりした。

「五里霧中で戦うことになるのはわかるな？　いつも何もわからない。命令を受けてそれに従うが、その理由はわからない。後で我々の住む社会の本当の性質と、我々がそれを破壊するための戦略を学べる本を送ろう。その本を読んだら、友愛団の正式メンバーになれる。だが我々の戦いが奉じる全般的な目標と、この時点での目先の作業以外、君は何も知ることがない。友愛団が存在するとは告げたが、そのメンバーが百人なのか、一千万なのかは教えられない。君の個人的な知識の範囲では、メンバーが一ダースもいるのかさえ断言はできない。接触相手は三人か四人で、それも消滅するにつれて時々更新される。これが君たちの最初の接触だったから、それは温存される。命令を受け取るときには私からくる。我々が君とやりとりを必要とするなら、それはマーティンを通じて行われる。最終的に君たちがつかまったら、自白する。それは避けられない。だが君たち自身の行動以外には、自白することはほとんどない。どうでもいい人間を一握り以上は裏切ることができないのだ。おそらくは私さえも裏切ることはないだろう。その頃には、私は死んでいるか、ちがった顔のちがった人物になっているだろう」

彼は柔らかいじゅうたん上で、行ったり来たりを続けた。その身体のボリューム感にもかかわらず、その動きには驚くほどの優雅さがあった。それは片手をポケットに突っ込んだり、紙巻きタバコを扱ったりする身ぶりにさえも表れた。彼が与える印象は、強さにも増して、自信と理解に皮肉がかすかに混じったものだった。どれほど一途であっても、狂信者が持つ、他のすべてを度外視するような態度はまったくなかった。殺人、自殺、性病、四肢の切断、顔の改変の話をするときには、かすかにからかうような調子があった。その声はこう言うようだった。「これは避けられないことなのだよ。これは我々が、目をそむけることなくやらねばならないことなのだが、人生が再び生きる価値のあるものとなったら、我々はこんなことをしたりはしない」。尊敬の波、ほとんど崇拝の波が、ウィンストンからオブライエンに向けて発せられた。その瞬間に、彼はゴールドスタインという影のような存在のことは忘れていた。オブライエンの強力な肩と、そのぶっきらぼうな顔つき、実に醜いのに実に文明的なその顔つきを見ると、彼を倒せるなどと信じるのは不可能だった。彼を出し抜けるような策略は存在せず、彼に予見できない危険も存在しないのだ。ジュリアですら感銘を受けたようだった。タバコの火が消えたのも忘れて、一心に聞き入っていたのだ。オブライエンは続けた。

「友愛団の存在について、噂は聞いただろう。自分なりにそのイメージを持っているはずだね。たぶんそれが、巨大な陰謀家の地下世界で、地下室でこっそり集まり、壁にメッセージを書き殴り、合い言葉や特別な手振りでお互いを見分けるといったものを想像しただろう。そのようなものは存在しない。友愛団のメンバーたちは、お互いを見分ける手段をもたず、どのメンバーも、他にほんの数人以上の正体を知ることはできない。ゴールドスタイン当人ですら、思考警察につかまったとしても、メンバー全員の一覧や、完全な一覧につながるようなどんな情報も提供できない。そんな一覧は存在しないのだよ。友愛団は一掃できない。というのもそれは通常の意味での組織ではないからなんだ。それをまとめているのは思想だけで、それは破壊できない。その思想以外には何も己を支えるものはない。仲間意識も励ましも得られることはない。ついにつかまったときにも、何の助けも得られない。メンバーたちを決して助けたりはしないのだ。せいぜい、たまに口封じがどうしても必要になったら、囚人の独房にカミソリの刃をこっそり差し入れるくらいしかできない。結果も無く希望もなしに生きるのに慣れねばならない。しばらく働き、やがてつかまり、自白し、死ぬ。君が見る結果はこれだけだ。自分の生涯に何か目に見える変化が起こる可能性はない。我々は死者なのだ。我々の真の命は未来にある。我々はそこに、一握りの塵《ちり》と骨のかけらとして参加する。だがその未来がどんなに遠いものかは、知りようがない。千年先かもしれない。現在では、正気の領域を少しずつ広げる以外には何もできることはない。我々は集団としては行動できない。個人から個人へと知識を外に広げられるだけで、それが世代毎に続くのだ。思考警察がいる以上、それ以外の方法はない」

彼は足を止め、三度目の腕時計確認をした。そしてジュリアに言った。

「同志、そろそろ帰ってもらう時間だ。待った。デキャンターがまだ半分残っている」

彼はグラスをそれぞれ満たし、その脚を持って自分のグラスを掲げた。

「こんどは何に乾杯しようか?」と彼は、相変わらずかすかな皮肉を匂わせつつ言った。「思考警察の混乱に? ビッグ・ブラザーの死に? 人類に? 未来に?」

「過去に」とウィンストン。

「過去のほうが重要だ」と重々しくオブライエンも同意した。グラスを空け、ジュリアは即座に立ち上がって帰ろうとした。オブライエンは戸棚のてっぺんから小さな箱を取り出し、そこから彼女に平らな白い錠剤を渡して、舌の上に載せておくように行った。ワインの匂いをさせたまま外へ出ないのが肝心だという。エレベーターの操作員たちはきわめて観察力が鋭いのだ。彼女の背後でドアが閉まった瞬間、オブライエンは彼女の存在など忘れたかのようだった。そしてまたちょっと行ったり来たりしてから、足を止めた。

「細かい話を詰めておこう。どこかに何かの隠れ家を持っているかと思うが？」

ウィンストンは、チャリントンさんの店の上にある部屋について話した。

「とりあえずはそれでいい。後で別のものを手配しよう。隠れ家はひんぱんに変えねばならない。それまでに、できるだけ早めに**あの本**を君に送ろう」――オブライエンですら、その一語が強調されているかのように発音したのにウィンストンは気がついた――「むろんゴールドスタインの本のことだ。一冊手に入れるまでにしばらくかかるだろう。あまり数がないものでね、ご想像のとおり。思考警察が、こっちの作るのに負けない速さでそれを追いかけて破壊するんだ。それで何が変わるわけでもないんだがね。あの本は破壊不可能なんだよ。最後の一冊が消えても、ほとんど一言一句を頭から再現できる。仕事にはブリーフケースを持っていくね？」

と彼は付け加えた。

「はい、いつも」

「どんなヤツだ？」

「黒、ものすごくおんぼろで、ベルトが二本あります」

「黒、ベルト二本、ものすごくおんぼろ――よろしい。遠からぬ将来のある日――正確な日付はわからん――午前中の仕事の一つに、何か印刷ミスの単語があるので、再送を要求することになる。その翌日、ブリーフケースを持たずに仕事に行け。その日のどこかで、街頭で男が君の腕に触れて『ブリーフケースを落とされましたよ』と言う。その男が渡すブリーフケースに、ゴールドスタインの本が入っている。十四日以内に返却すること」

二人ともしばし無言だった。

「君にも帰ってもらうまで、あと数分ある。再び会うだろう――そして会うときには――」

ウィンストンは顔を上げた。「暗闇のない場所で、ですか？」

オブライエンは驚いた様子もなくうなずいた。「暗闇のない場所で」と、まるでそのほのめかしを認識したとでも言うようだ。「さてそれでは、立ち去る前に何か言いたいことは？　何かメッセージでも？　何か質問でも？」

ウィンストンは思案した。それ以上尋ねたい質問は思いつかなかった。まして、何やら大仰な一般論をここで口走りたい気もしなかった。オブライエンや友愛団と直接関係したことを何か尋ねるかわりに、彼の頭に浮かんだのは、母が最期の日々を過ごした薄暗いベッドルームと、チャリントンさんの店の上にある小部屋とが言わば入り混じったものと、あのガラスの文鎮と、ローズウッドの額に入った鋼版画だった。ほとんど思いつきのように彼は口を開いた。

「オレンジにレモン、とセントクレメントの鐘、で始まる古い詩を聞いたことがあったりしますか？」

またもオブライエンはうなずいた。一種の深い慇懃《いんぎん》さで、彼はその一連を完成させた。

オレンジにレモン、とセントクレメントの鐘
お代は三ファージング、とセントマーチンズの鐘
お支払いはいつ、とオールドベイリーの鐘
お金持ちになったら、とショーディッチの鐘

「最後の行をご存じなんですね！」とウィンストン。

「そうだ。最後の行を知っている。さて残念だが君はもう行ってくれ。いや待て。あの錠剤を一つ提供させてくれ」

ウィンストンが立ち上がると、オブライエンは手を差し出した。その強力な握手はこちらの手のひらの骨を潰しそうだった。戸口で振り返ったが、オブライエンはすでに、こちらのことを眼中から締めだそうとしているようだった。テレスクリーンを制御するスイッチに手を置いて待っている。その向こうには、緑の笠を持つランプと、話筆機と、書類がいっぱいに詰まった針金のバスケット群が見えた。この一件はおしまいだ。三十秒もしないうちに、オブライエンは中断された重要な党の仕事に戻るのだ、とウィンストンは思い当たった。[4]

第9章

ウィンストンはくたくたで、身体がゼリー状になっていた。ゼリー状というのが適切な用語だ。それは唐突に頭に浮かんだ言葉だった。身体は、ゼリーの弱さだけでなく、その半透明性も持っているように思えた。手のひらを掲げたら、透かして光が見えるような気がした。血液もリンパ液も、すさまじい仕事の山で干上がってしまい、弱々しい神経や骨や皮膚の構造だけが残っていた。あらゆる感覚が増幅されるようだった。オーバーオールが肩に食い込み、歩道が足をくすぐり、手の開閉すら一苦労で関節がきしむ。

五日で九十時間以上も働いた。省の他のみんなも同様だった。いまやそれがすべて終わり、彼は文字通り手持ち無沙汰だった。どんな性質のものであれ、翌朝までは党の仕事は一切なかったのだ。六時間を隠れ家で過ごし、さらに九時間を自分のベッドで過ごすこともできた。ゆ

4　訳注：オーウェル自身の最後の草稿では、ここに次の一節があったとのこと：

二百メートルほども進んだだろうか、二つの街灯の中間にある暗がりにたどりついたところで、何か柔らかいものがぶつかってきたのでびっくりした。次の瞬間、ジュリアの腕がしっかりこちらの腕に巻きついていた。

「ほら、ご覧の通り、最初の命令を破っちゃった」と彼女は唇をこちらの耳に寄せて囁いた。「でも我慢できなくて。明日の予定を決めなかったじゃん。聞いて」と彼女はいつものやり方で、次の逢瀬について指示を与えた。「じゃあね。おやすみ、愛しい人。おやすみなさい！」

彼女はこちらの頬に、ほとんど荒っぽく何度もキスしてから、壁の陰にすべりこんで、すぐに姿を消した。その唇は冷たく、暗闇の中でその顔は蒼白だったように思えた。彼女が待っていたのは、次の逢瀬を手配するためだったとはいえ、彼女からの抱擁は、何かお別れとして意図されていたのだという奇妙な印象があった。

っくりと、穏やかな午後の日差しの中で、ウィンストンは貧相な通りをチャリントンさんの店のほうに歩きつつ、常にパトロールを警戒し続けたが、この午後にはだれもじゃまするやつはいないと、不合理にも確信していた。抱えている重いブリーフケースが一歩ごとにひざにぶつかり、脚の皮膚にピリピリするような感覚を走らせていた。その中にはあの本がある。すでに六日にわたり保有していたのだが、まだ開いてもおらず、見てもいなかった。

憎悪週間の六日目、行進や演説、叫び、歌、横断幕、ポスター、映画、ロウ人形、響く太鼓とキイキイとしたトランペット、行進する足の踏みならす音、戦車のキャタピラ音、大量に集まった飛行機の轟音、轟く銃声――それが六日も続き、巨大なオルガズムが身もだえしつつ絶頂へと近づき、ユーラシアの全般的な憎悪が極度に沸騰して譫妄《せんもう》状態となり、もし行事の最終日に公開絞首刑となる予定のユーラシア戦争犯罪者二千人をこの連中が捕まえたら、全員八つ裂きにされたのは疑問の余地がない――ちょうどこの瞬間に、オセアニアは実はユーラシアとはまったく戦争していないと発表された。オセアニアは、イースタシアと戦争をしている。ユーラシアは同盟相手なのだ。

もちろん、何か変化が生じたなどと認める発言は一切なかった。単にそれが発表され、それもあまりに突然で、あらゆるところで一気に、ユーラシアではなくイースタシアが敵だと報されたのだ。ウィンストンはそれが起きたとき、ロンドン中心部の広場でデモに参加していた。夜で、白い顔と深紅の横断幕がたっぷりと投光器で照らされていた。広場は何千人でいっぱいで、スパイ団制服を着た学童千人ほどの集団もいた。深紅の垂れ幕をかけた演台では、党内輪からの弁舌家、小柄でやせていて、異様に長い腕と巨大なはげ頭にバラバラの巻き毛がくっついた人物が、群集を煽っていた。このランプルスティルツキンのような小男が、憎悪で顔を歪め、片手でマイクの首を握りつつ、もう片方の手（骨張った腕の先端ですさまじい大きさだ）が頭上の空気を恐ろしげに握りしめた。その声は、アンプのせいで金属っぽく、残虐行為、虐殺、強制移住、収奪、強姦、囚人拷問、民間人爆撃、嘘まみれのプロパガンダ、不当な攻撃、条約違反などの果てしないカタログをがなり立てていた。それに耳を傾ければ、まず説得され、その後頭がおかしくならずにはいられない。数瞬ごとに、群集の怒りが沸騰して、話者の声は何千ものどから抑えようもなく発せられる、野生の獣じみた罵声にかき消されてしまう。最も凄絶な叫びはすべて学童たちからやってきた。その演説が、二十分も続いただろうか、そこへ伝令が急いで演壇に駆け上がり、話者の手に巻いた紙切れが押し込まれた。男は演説を中断することなく、その紙を開いて読んだ。声も態度もまったく変わらず、また発言の内容も一切変化しなかったが、いきなり名前が変わった。一言の指示もないのに、群集の間に理解の波が走った。オセアニアはイースタシアと戦争しているのだ！　次の瞬間、すさまじい動揺が起きた。広場を彩る横断幕やポスターはすべてまちがっているのだ！　そのほぼ半数には、まちがった顔が描かれている。妨害工作だ！　ゴールドスタインの手先が暗躍していたんだ！　暴動じみた幕間が生じ、ポスターが壁から破り取られ、横断幕がビリビリに破かれて踏みにじられた。スパイ団たちは屋根の上によじ登り、煙突からはためく吹き流しを切断するという暴挙に出た。だが二、三分もするとすべては終わった。演説家はまだマイクの首を握り、肩を前に丸めたまま、空いた手で空をつかみ、そのまま演説を続けた。さらに一分で、群集からは再び動物めいた怒号が噴出していた。憎悪は前とまったく同じように続き、ただその標的だけが変わっていた。

後になってウィンストンが感心したのは、話者がある主張から別の主張へと切り替えたのが文章の途中であり、しかも間を空けることもなく、構文さえも乱さなかったということだった。だがそのときのウィンストンには他に専念すべきことがあった。ポスターが引きちぎられている混乱の瞬間に、顔を見る余裕の無かった男が肩を叩いたのだ。「失礼、ブリーフケースを落とされましたよ」。ウィンストンはうわの空で、ブリーフケースを無言で受け取った。その中身を見る機会ができるまでに何日もかかるのはわかっていた。デモが終わった瞬間、すでに二三時になっていたのに、彼は真実省に直行した。真実省の全職員もそうしていた。すでにテレスクリーンから発せられる命令は、全員を職場に呼び戻すものだったが、指示されるまでもなかった。

オセアニアはイースタシアと戦争していた。オセアニアは昔からずっとイースタシアと戦争していたのだ。過去五年の政治文献の相当部分は、いまや完全に廃れた。各種の報告や記録、新聞、書籍、パンフレット、映画、録音、写真——すべて電光石火で修正が必要だった。何の指令も発行されていなかったが、ユーラシアとの戦争やイースタシアとの同盟について、一切の言及を一週間以内にどこにも残さないよう求めているのは周知のこととなった。圧倒的な作業量であり、しかも必要とされるプロセスは本当の名前では呼べないため、苦労はさらに増した。記録部の全員が二十四時間のうち十八時間働き、睡眠時間はギリギリ三時間とれるだけだった。物置からマットレスが運び込まれ、廊下中に並べられた。食事は、食堂の服務員たちが手押し車で運んで来る、サンドイッチと勝利コーヒーだ。仮眠のため中断するときには、毎回ウィンストンは机の上の作業をすべて片付けるようにしたが、眠たく痛む目をして仕事に這い戻る頃には、気送管の紙筒の洪水が、またもや吹雪のように机を覆っていて、話筆機を半ば覆い隠し、床にまでこぼれ落ちていた。だから最初の作業はいつも、それを多少なりともきちんとした山に積み上げて、作業場所を空けることなのだった。何よりもひどいのは、その作業がまったくもって純粋に機械的なものではないということだった。名前を入れ替えるだけで十分なことも多かったが、できごとの少しでも詳細な報告だと、配慮と想像力が求められた。戦争を世界のこちらからあちらへと移転させるために必要な地理的知識ですら、かなりのものなのだ。

三日目になると目が耐えがたいほど痛み、メガネを数分ごとに拭《ふ》かねばならなかった。背骨の折れそうな肉体的作業で苦闘しているようなものだ。それを拒否する権利はあるのだが、それでも神経症的なほどやりとげたくてたまらない作業なのだ。話筆機につぶやいたあらゆる言葉、インキ鉛筆のあらゆる執筆が、意図的なウソだったという事実はたまに記憶に上ったとしても、そんなことはまったく気にもならなかった。部の全員と同じく、その偽造が完璧となるように注意を払っていた。六日目の朝、気送管を流れてくる筒の流れが減速した。気送管から何も出てこない時間が半時間も続くことさえある。そして一つ筒がやってきて、その後は何もなし。どこでもほぼ同じ頃に、仕事が落ち着き始めていた。部の中を、深く秘密のため息が走った。決して口に出せぬ偉業が実現したのだ。いまやどんな人間だろうと、ユーラシアとの戦争があったのを文書記録で証明することはできないのだ。一二〇〇には、省の全職員は明日の朝まで自由だという予想外の発表があった。ウィンストンは、作業中にずっと足の間に置かれており、寝るときには身体の下にあったブリーフケースを相変わらず抱えたまま、家に帰り、ヒゲを剃《そ》り、水温がぬるま湯程度でしかなかったのに風呂の中で眠りこんでしまいそうになった。

何やら官能的に関節をきしませながら、彼はチャリントンさんの店の上にある階段を上った。疲れていたが、もう眠くはなかった。窓を開け、汚い小さな石油コンロに点火すると、コーヒー用に水を入れた鍋をかけた。間もなくジュリアもくるだろう。一方で、本があった。彼はその自堕落な安楽椅子にすわり、ブリーフケースのベルトを解いた。

素人じみた製本の、重たい黒い本で、表紙には題名も著者も書かれていない。印刷もいささか不揃いだ。ページのふちはボロボロで、すぐにちぎれてしまう。まるでその本が多くの人々の手を経てきたかのようだ。題扉にはこう書かれていた。

寡頭《かとう》制集産《しゅうさん》主義の理論と実践
エマニュエル・ゴールドスタイン著

ウィンストンは読み始めた。

第Ⅰ章　無知は力

有史以来、おそらくは新石器時代末以来、この世には三種類の人々がいた。上層、中層、下層である。これらはいろいろさらに細かく分けられ、無数の異なる名前で呼ばれ、その相対的な数は、それぞれのお互いに対する態度と同様に、時代によって変わってきた。だが社会の基本構造は決して変わらなかった。すさまじい社会変動や、一見すると回復不能の変化の後でも、同じパターンが常にまたも確立してきた。ちょうどジャイロスコープが、どれほど遠くあちらこちらに押しやられても常に均衡に戻るのと同じである。

こうした集団の狙いはまったく相容れないものであり……

ウィンストンは読むのを止めた。主に、自分が快適かつ安全に読んでいるという事実を改めて嚙みしめるためだ。一人きりだ。テレスクリーンもなく、鍵穴で聞き耳をたてる者もなく、肩越しにだれかいないかうかがったり、手でページを覆ったりする不安な衝動もない。甘い夏の空気が頰を撫《な》でた。どこか遠くから、子供の叫び声がかすかに漂ってきた。部屋そのものの中では、時計の虫の音のような音以外何も聞こえない。彼は安楽椅子にさらに深く腰を落ち着け、炉格子に足を投げ出した。至福であり、永遠だった。いきなり、いずれは一語残らず読み通し、再読するとわかっている本でときどきやるように、いい加減なページを開くと、第Ⅲ章にやってきた。彼はそのまま読み進めた。

第Ⅲ章　戦争は平和

世界を三つの大きな超国家に分割するというのは、実のところ20世紀半ば以前の時点で予想できたし、実際予想されていた。ヨーロッパがロシアに吸収され、大英帝国がアメリカ合衆国に吸収されることで、既存の三大列強のうち二つ、ユーラシアとオセアニアが、すでに実質的に誕生していた。第三のイースタシアが明確なまとまりとしてやっと登場したのは、さらに十年にわたる混乱した戦いの後でのことであった。超国家三つの間の国境は、場所によっては恣意《しい》的であり、また場所によっては戦況に応じて変動するが、全般的には地理的な境界に従う。ユーラシアはポルトガルからベーリング海峡に到る、ヨーロッパとアジアの陸塊のうち北部で構成される。オセアニアは南北アメリカ大陸、イギリス諸島を含む大西洋の島々、オーストラレーシア、アフリカ南部で構成される。イースタシアは他の二つよりは小さく、西側国境もあまりはっきりしないが、中国とその南の国々、日本列島、さらに大規模ながらはっきりしない、満州、モンゴル、チベットの一部で構成されている。

この三つの超国家は、組み合わせは様々ながら、継続的に戦争を続けており、過去二十五年にわたりそれが続いてきた。だが戦争は、もはや、20世紀初頭の必死の殲滅闘争ではなくなった。それは目的の限られた、お互いを破壊できない戦闘員たちの間の戦いであり、戦いの物質的な原因はなく、またまともなイデオロギー的相違により敵味方が分かれているわけでもない。だからといって、戦争という行いや、それに対する一般的な態度が、昔ほど流血を求めないとか、気高いものになったとかいうわけではない。それどころか、戦争ヒステリーがあらゆる国で、継続的かつ普遍的なものとなり、強姦、収奪、子供の虐殺、住民まるごとの奴隷化、釜ゆでや生き埋めにまで到る、捕虜に対する意趣返しといった行為は、通常のものとみなされ、それを行うのが自国側で敵ではない場合には、むしろ有益なこととされるのである。だが物理的な意味では、戦争はきわめて少数の人々しか関与せず、そのほとんどはきわめて高い訓練を受けた専門家であり、死傷者もそれほど多くはない。戦闘は、それが起こるときですら、どこかはっきりしない国境地帯で起こるのであり、一般の人はそれがどこにあるか憶測しかできない。あるいはシーレーンにおける戦略的な場所を守る浮遊要塞の周辺で起こるにとどまる。文明の中心においては、戦争とは絶え間ない消費財不足以上の意味は持たず、またたまにロケット爆弾が炸裂し、数十人ほどの死者が生じるだけなのである。戦争は実のところ、その性質を変えた。より厳密に言うなれば、戦争が遂行される理由の重要性の順序が変わったのである。20世紀初頭の世界大戦で、すでに多少は存在していた動機が、いまや支配的なものとなり、意識的に認知され、それに基づいて行動が行われるのである。

現在の戦争の性質を理解するためには――というのも数年ごとに敵味方の再編は行われても、いつも同じ戦争ではあるのだから――そもそも決定的な勝利などあり得ないことを認識する必要がある。三つの超国家のどれ一つとして、他の二つが手を組んだとしても、完全な征服は不可能である。あまりに勢力が均衡しており、自然の防御があまりにしっかりしすぎているためである。ユーラシアはその広大な陸で保護され、オセアニアは大西洋と太平洋に守られ、イースタシアはその住民の多産性と勤勉さにより保護されている。第二に、物質的な意味では、もはや戦うべき理由などない。自給自足の経済が確立し、生産と消費がお互いにあわせて調整されるようになると、それまでの戦争の主要な原因だった市場獲得争いは終わりを告げ、さらに原材料をめぐる競争はもはや死活問題ではなくなった。いずれにしても、三つの超国家すべてはあまりに広大であり、必要な原材料はほぼすべて自国内で調達できるのである。戦争に直接的な経済目的があるとすれば、それは労働力をめぐる戦争である。超国家の国境の間には、その三大勢力のどれもが継続的には保有していない、大ざっぱな四辺形が存在する。その頂点はタンジール、ブラザヴィル、ダーウィン、香港であり、その中に世界人口の五分の一ほどがいる。この人口高密地帯と北極の氷冠地帯の支配をめぐり、三大列強は絶えず戦っている。実際には、どの超国家もこの紛争地帯の全体を支配することはない。その様々な部分は絶えず所有者が変わり、突然の裏切りによりあちこちの断片を掌握する可能性が生まれることで、果てしない同盟関係の変化が生じるというわけなのである。

紛争領土のすべては価値の高い鉱物資源があり、その一部はゴムなどの重要な植物製品を生み出す。ゴムは寒冷気候では比較的高価な手法で合成しなければならないのである。だが何よりも、その地域は底知れぬほどの安い労働力の備蓄を有している。アフリカの赤道地域や中東諸国や南インド、インドネシア群島を支配する列強は、低賃金で頑張って働くクーリーども数十億人の肉体を手に入れられる。こうした地域の住民は、大なり小なり公然と奴隷の地位に貶《おとし》められ、征服者から征服者へとたらい回しにされ続け、ますます多くの武器を生み出す競争において、石炭や石油のように消費される。そしてそれによりますます多くの領土を占領し、ますます多くの労働力を手に入れ、武器をもっと作り、さらに領土を占領し、それがいつまでも続く。戦いは決して紛争地帯の縁からまともには動かないことは指摘しておこう。ユーラシアの国境は、コンゴ河床と北の地中海岸との間を行ったり来たりしている。インド洋と太平洋の島々は、絶えずオセアニアかイースタシアにより、取ったり取られたりしている。モンゴルでは、ユーラシアとイースタシアの分割線は決して安定していない。極地では、三大勢力はどれも莫大な領土を主張しているが、実際のところそこはほとんど人が住まず、探索もされていない。だがパワーバランスは常にほぼ均等であり、それぞれの超国家の中心地は常に不可侵のままである。さらに赤道周辺の収奪された人々の労働は、実は世界経済に必須ではない。世界の富には何も貢献しない。というのも彼らが生産するものはすべて戦争のために使われ、そして戦争を仕掛ける目的は常に、次の戦争を仕掛ける立場を改善することだからである。奴隷人口はその労働により、戦争のテンポの絶え間ない加速を可能にする。だがかれらがいなかったとしても、世界社会の構造と、それが己を維持するプロセスに、本質的な変化は生じない。

現代戦争の主要な狙いは（**二重思考**の原理に沿って、この狙いは党内輪の指導者の脳内では、同時に認識されつつ認識されていない）、この仕組みの産物を使い果たしつつ、全体的な生活水準を抑えておくことである。19世紀末以来、消費財の余剰分をどうするかという問題は、工業社会に潜伏していた。現在では、食べものが充分にある人間がほとんどいないので、この問題は明らかに喫緊《きっきん》のものではなく、人工的な破壊プロセスが作用していなくても、緊急性を持たないかもしれない。今日の世界は、１９１４年以前に存在した世界と比べて、むき出しで、飢えた、荒廃した場所となっており、その当時の人々が待望していた仮想の未来と比べれば、その度合いはなおさらひどい。20世紀初頭に、信じられないほど豊かで、娯楽が豊富で、秩序ある、効率的な未来社会のビジョン――ガラスと鋼鉄と雪のように白いコンクリートの、きらめく消毒された世界――は、ほとんどあらゆる教養人の意識の一部であった。科学と技術はとんでもない速度で進歩しており、それが今後も続くと考えるのが自然に思えた。だがこれは実現しなかった。一部は長期にわたる戦争や革命が引き起こした貧窮《ひんきゅう》のせいであり、一部は科学技術の進歩は思考の実証的な習慣に依存するため、厳格に型にはめられた社会では続かないせいでもある。世界は全体として、五十年前よりも原始的になっている。一部の後進地域は進歩したし、各種の装置も、戦争や警察監視と何らかの形で関連したものに限られるが、開発はされた。だが実験と発明はおおむね止まり、１９５０年代の核戦争の災《さい》禍《か》は完全に修復されることはなかった。それでも、この仕組みに内在する危険はまだ残っている。この仕組みが初めて登場したときから、ものを考えるあらゆる人には、人間の単純労働の必要性、ひいては人間の不平等の相当部分の必要性が消えたのは明らかであった。この仕組みが意図的にその目的のために使われたなら、飢餓、過重労働、不潔さ、文盲、病気は数世代で消し去れる。そして実のところ、そうした目的にまったく向けられなかったのに、一種の自動的なプロセスによって――分配しないわけにはいかない富を生産することで――この仕組みは平均的な人間の生活水準を、19世紀末から20世紀初めの五十年ほどの期間に、大幅に引き上げたのである。

だが、富の全面的な増大は、階級社会を破壊しかねないものだった――それどころかまさに富の全般的な増大こそがその破壊そのものだった。みんながあまり働かず、飽食し、洗面所と冷蔵庫のある家に住み、自動車や飛行機さえ持っている世界では、最も露骨で最も重要かもしれない不平等形態はすでに消えている。それが普通になれば、富はもはや差をもたらさない。もちろん、個人的な所有物や豪華品という意味での富が均等に分配されつつ、権力が少数の特権カーストの手にとどまるような社会は考えられる。だが実際には、そんな社会は長期にわたり安定ではいられない。というのも、もし娯楽と安全が万人に享受されるようになれば、通常は貧困で何も考えられない人間の大衆が、読み書きできるようになり、自分の頭で考えられるようになってしまうからだ。そしていったんそれを始めたら、かれらは遅かれ早かれ、特権を持つ少数派は何の役割も果たしていないことに気がつき、それを一掃してしまうだろう。長期的には、階級社会は貧困と無知の基盤の上でのみ可能だったのである。20世紀初頭の一部の思想家が夢見たような、農業的な過去に戻るのは、実行可能な解決策ではなかった。これはほとんど全世界で本能同然となった、機械化の傾向と衝突するものだし、それ以上に工業的に後進状態にとどまる国はすべて、軍事的な意味で無力であり、直接的にせよ間接的にせよ、もっと先進的な競合国により支配されることになってしまうからだ。

また財の産出を制約することで、大衆を貧困状態にとどめておくのも、満足のいく解決策ではなかった。これは資本主義の最終フェーズ、おおむね1920年から1940年にかけてかなりの水準まで行われた。多くの国の経済が停滞するに任され、土地が耕作放棄され、資本設備は追加されず、人口の相当部分が労働を阻止されて、国の慈善でぎりぎり生き延びさせられたのである。だがこれは同時に軍事的な弱さを引き起こし、さらにそれが課した窮乏は明らかに不必要なものだったので、どうしても反発が生じてしまった。問題は、産業の車輪をまわし続けながら、世界の実質的な富を増やさずにおくにはどうすべきかということだった。財は生産されねばならないが、それを流通させてはいけない。そして実際には、これを実現する唯一の方法は、絶え間ない戦争状態なのである。

戦争の本質的な活動は破壊だが、それは必ずしも人命の破壊ではなく、人間労働の産物の破壊である。大衆をあまりに快適にして、長期的にはあまりに知的にするのに使われかねないモノを、戦争は粉々に粉砕し、成層圏《せいそうけん》に吹き飛ばし、海底に沈めてしまう手法なのである。戦争の兵器が実際には破壊されないときですら、その製造は労働力を使用しつつも、消費できるものをまったくつくり出さない簡便な手法である。たとえば浮遊要塞は、貨物船を何百隻も作れる労働を囲い込んでしまった。最終的にはそれは古くなったと称してスクラップにされてしまい、だれにも何ら物質的な便益をもたらすことはなく、そしてさらに莫大な労働力をかけて、別の浮遊要塞が建造されるのである。原理的に、戦争活動は常に、人々のギリギリのニーズを満たした後で存在する、あらゆる余剰を食い尽くすように計画される。実際には、人々のニーズは常に過少に推計され、結果として生活必需品の半分は慢性《まんせい》的に不足する。だがこれは利点と見なされる。優遇されている集団ですら、多少は困窮間際の状態に保つのが意図的な政策なのである。全般的な希少性は、ちょっとした特権の重要性を高め、したがって、ある集団と別の集団との区別を拡大するのだから。20世紀初頭の基準からすると、党内輪のメンバーですら、倹約した苦労の多い生活を送っている。それでも、かれが享受する数少ない贅沢——大きくて設備の整ったアパート、よい生地の衣服、高品質な食事や飲料やタバコ、召使い二、三人、私用の自動車やヘリコプター——により、彼の世界は党外周のメンバーとは隔絶されたものとなる。そして党外周のメンバーは、我々が「プロレ」と呼ぶ埋もれた大衆たちに比べれば、同様の優位性を持っているのである。社会的な雰囲気は、包囲された都市のようであり、そこでは馬肉の塊を持っているかどうかが、豊かさと貧困の差をもたらすのである。そして同時に、戦争下にある、すなわち危険に曝されているという意識のために、あらゆる権力を少数カーストに渡すのも、生き残るための自然で避けがたい条件に思えるのである。

これから見るように、戦争は必要な破壊を実現し、しかもそれを心理的に受け入れられる形で行う。世界の余剰労働を無駄遣いするのに、神殿やピラミッドを建造したり、穴を掘ってそれを埋め直したり、果ては大量の財を生産してからそれに火を放ったりするのは、原理的には実に容易である。しかしこれは、階級社会の経済的基盤しか提供せず、情動的な基盤はもたらさない。ここで問題となっているのは、大衆の士気などではない。かれらの態度など、着実に働かせておける限りはどうでもよい。むしろ党そのものの士気が問題なのである。最も慎ましい党員ですら、有能で働き者で、狭い制約範囲内では知的であることさえ求められるが、一方ではだまされやすい無知な狂信者であってくれることも必要である。そうした人物の一般的な気分は、恐怖、憎悪、追従、熱狂的な勝利の気分でなければならない。言い換えれば、戦争状態に適切な精神を持っていることが必要なのである。その戦争が本当に起きているかはどうでもいいし、決定的な勝利が不可能である以上、その戦争の首尾不首尾もどうでもよい。必要なのは単に、戦争状態が存在することだけである。党が党員に求める知性の分裂は、戦争の雰囲気でのほうが容易に達成できるものであり、いまやそれがほぼ普遍的になっているが、党の階級を上がるほど、それはますます顕著になる。まさに党内輪においてこそ、戦争ヒステリーと敵への憎悪は最強となる。統治者としての役職においては、党内輪メンバーはしばしば、戦争ニュースのあれやこれやの項目が不正直であると知っておく必要があるし、また戦争全体が怪しげで、実際には起きていないか、あるいは宣言されているものとはまったくちがった目的のために遂行されているのを知っていることもある。だがそうした知識は二重思考の技法により、容易に中和化される。一方、党内輪メンバーの誰も、一瞬たりとも戦争が本物だという神秘的な信念が揺らぐことはなく、それが自分たちの勝利に終わり、オセアニアが全世界の文句なしの盟主となることもまったく疑わない。

　党内輪のあらゆるメンバーは、このきたるべき征服を信仰のように確信している。これは、次第にますます多くの領土を獲得し、それにより圧倒的な力の優位性を積み上げることで達成されるか、あるいは何か新しく無敵の兵器を発見することで実現される。新兵器探索はたゆみなく続き、発明的、思索的な精神の持ち主がいささかでもはけ口を見いだせる、残り少ない分野の一つとなっている。今日のオセアニアでは、古い意味での科学はほぼ消滅している。ニュースピークには「科学」を指す言葉はない。過去のあらゆる科学的な業績の基盤となる実証的な思考手法は、英社主義《イングソック》の最も根本的な原理に逆らうものである。そして技術進歩ですら、その産物が人間の自由を減らすような形で使われない限りは起こらないのである。有益な技芸の分野すべてで、世界は足踏みしているか後退している。畑は馬が引く鋤《すき》で耕されているのに、本は機械で書かれている。だがきわめて重要な事柄——つまり要するに戦争と警察の偵察——においては、実証的なアプローチがいまだに奨励されるか、少なくともお目こぼしされている。党の二つの目標は、地表面すべてを征服することと、独立思考の可能性を一気にまとめて消し去ることである。したがって、党が解決したいと思っている大きな問題は二つある。一つは、他の人間が考えていることを、当人の意志に逆らってでも発見する方法であり、もう一つは事前の警告を与えることなしに、数秒で数億人を殺す方法である。科学研究がまだ続く限りにおいては、その研究対象はこの二つとなる。今日の科学者は、心理学者と審問官の合いの子であり、異常なほど精密に表情や身ぶり、声色の意味を研究し、薬物やショック療法、催眠術、拷問が真実をどれだけ引き出せるかを試験している。そうでなければ、その科学者は化学者、物理学者、生物学者であり、その専門領域において、人命を奪うのと関係ある部分だけに取り組んでいる。平和省の莫大な研究所や、ブラジルの森林やオーストラリアの砂漠に隠された実験所や、南極のだれも知らない島などで、専門家チームが疲れ知らずに作業を続けているのである。一部は、ひたすら将来の戦争の物流兵站面だけを考えている。また一部は、ますます大きなロケット爆弾や、ますます強力な爆薬、ますます貫通不可能な装甲を考案している。また、新しく致死性の高いガスを探したり、大陸まるごとの植生を破壊できるほど大量に生産できる、水溶性の毒を開発したり、考えられるあらゆる抗生物質に耐性のある病原菌を見つけたりしている。また水中の潜水艦のように地中をもぐって進む乗物を生み出そうと頑張る者もあり、飛行船として基地と独立して動ける飛行機などを作る者もいる。また太陽光を、何千キロも離れた宇宙空間に固定したレンズで集中させたり、地球の中心にある熱を利用して人工地震や津波を生み出したりするといった、さらに実現性の低い可能性さえ探究する者もいる。

だがこうしたプロジェクトのどれ一つとして、決して実現に多少なりとも近づくことはないし、三つの超国家のうち、他に対して大幅なリードを獲得することはない。さらに驚くべきなのは、三列強がどれもすでに、原子爆弾という形で、現在の研究者たちが発見しそうなどんな兵器よりも強力なものを保有しているということである。党は、自らの習慣にしたがって、原爆を発明したのは自分だと主張するが、それが最初に登場したのはずっと昔の1940年代であり、大規模に使用されたのは、そのおよそ十年後である。当時は、何百もの原爆が工業中心地に落とされた。主にヨーロッパのロシア、西欧、北アメリカである。その影響として、万国の支配集団は、あと数個原爆が使われたら、組織化された社会の終焉《しゅうえん》、ひいては自分たちの権力の終焉を意味すると確信するに到った。その後は、公式の合意は決して交わされることも直されることもなかったが、それ以上の原爆は投下されなくなった。三列強はいずれも、単に原爆を生産し続け、遅かれ早かれやってくるとみんな信じている決定的な瞬間のためにそれを溜め込んでいるのである。そしてその間に、戦争の手法は三十年か四十年にわたりほとんど停滞したままとなっている。ヘリコプターは以前よりも多く使われるようになり、爆撃機はおおむね自力推進型の発射体に置きかえられ、脆弱な可動戦艦は、ほとんど不沈の浮遊要塞に取って代わられた。だがそれ以外の発展はまったくない。戦車、潜水艦、魚雷、機関銃、ライフルや手榴弾すらいまだに使われている。そしてマスコミやテレスクリーンで報道される果てしない虐殺にもかかわらず、数週間で数十万、果ては数百万の兵員が殺されることも多かった、以前の戦争の悲痛な戦闘は、二度と繰り返されていない。

三つの超国家のいずれも、深刻な敗北の危険をともなう作戦行動は決して試みない。大規模作戦が実施されるときには、通常は同盟国に対する予告なしの攻撃である。三列強すべてが従っている戦略、あるいは従っているのだと自らをごまかしている戦略は同じなのだ。戦闘、交渉、タイミングのよい裏切りの攻撃により、どちらかの競合国を完全に包囲する基地の輪を獲得し、そしてその競合国と友好条約を締結し、ある程度の年月の間は平和的に共存して、疑念が眠りに落ちるようそのかすというのが計画である。その間に、原爆を搭載したロケットが、あらゆる戦略地点で組み立てられる。最終的にそのすべてが同時に発射され、その影響はあまりに壮絶となるため、反撃は不可能となる。そうなれば、残った世界列強と友好条約を調印する頃合いだが、これまた次の攻撃の準備にすぎない。ほとんど言うまでもないことだが、この企みはただの白昼夢であり、実現不可能である。さらに、赤道と極地周辺の紛争地帯を除けば、戦闘などまったく起こりはしない。敵領土の侵略など決して実行されないのである。これにより、一部の地域では超国家同士の国境が恣意的だという事実が説明できる。たとえばユーラシアは、地理的にはヨーロッパの一部であるイギリス諸島を簡単に征服できるし、一方でオセアニアは、その国境をライン川や、果てはかつてのポーランドを流れるヴィスワ川まで押し広げることもできる。だがこれは、文化的統一性という、定式化されたことはないが全勢力が遵守《じゅんしゅ》している原則を侵犯することになる。オセアニアが、かつてフランスやドイツとして知られていた地域を占領したら、その住民を殲滅するか（これは物理的にきわめて困難である）、技術水準からするとオセアニアとほぼ同水準の、一億人ほどの住民を同化する必要がある。問題は、三超国家すべてで同じである。彼らの構造にとっては、外国人との接触は一切認められない。ただし限定的に、戦争捕虜や有色人種の奴隷との接触だけは容認される。その時点での公式同盟相手ですら、常にきわめて根深い疑念をもって見られている。戦争捕虜を除けば、オセアニアの平均的な市民は、ユーラシアやイースタシアの市民を決して見ることもないし、外国語の知識も禁止されている。外国人との接触が許されれば、相手も自分と似た生き物であり、それまでかれらについて告げられてきたことのほとんどがウソだと気がついてしまうからだ。彼が暮らす封印された世界が破られ、士気の根拠となっている恐怖、憎悪、自分が正しいという感覚が蒸散してしまいかねない。したがって、すべての勢力は、ペルシャやエジプトやジャワやセイロンが誰の手に渡ろうとも、主要な国境線は、爆弾以外の何物も越えてはならないのである。

この下には、決して明言はされないが暗黙に理解されて遵守される事実が存在する。つまり、三つの超国家における生活条件はほぼまったく同じだということである。オセアニアで主流の哲学は英社主義《イングソック》と呼ばれ、ユーラシアでは新ボリシェヴィズムと呼ばれ、イースタシアでは通常、死滅崇拝と訳される中国語の名前があるが、おそらく滅私奉公と解釈したほうがよいものとなっている。オセアニア市民は、他の二つの哲学の教義については一切知ってはならないとされているが、それでもそれらを、道徳性と常識に対する野蛮な蹂躙《じゅうりん》だと非難するよう教わっている。実のところ、この三つの哲学はほとんど区別がつかず、それらが支える社会制度はまったく見分けがつかない。あらゆる場所に同じピラミッド構造があり、同じ半分神のような指導者の崇拝があり、果てしない戦争のため、戦争により存在する同じ経済がある。ここから、この三つの超国家はお互いを征服することはできないばかりか、征服しても何ら利益を得られないということになる。それどころか、お互いに紛争を続けることで、各勢力の維持を助けているのである。トウモロコシを三本立てかけあうようなものだ。そしていつもながら、三勢力の支配グループは、自分たちのやっていることを、認識しつつ、同時に認識していない。かれらは世界征服に命がけだが、一方で戦争が果てしなく、勝利なしで続かねばならないのを知っている。一方で、征服される危険などまったくないという事実は、英社主義《イングソック》やその競合思想体系の顕著な特徴である、現実の否定を可能にしてくれる。ここで、以前に述べたことを繰り返さねばならない。継続的になることで、戦争の性質が根本的に変わった、ということである。

過去の時代には、戦争はほとんどその定義からして、遅かれ早かれ終わりを迎えるもので、通常は文句なしの勝利か敗北で終わった。また過去には、戦争は人間社会が物理的現実との接触を維持するための主要な装置の一つでもあった。あらゆる時代のあらゆる支配者は、追従者たちにまちがった世界観を押しつけようとしてきたが、軍事的な効果を毀損するような幻影を奨励することはできなかった。敗北は独立の喪失や、その他一般に望ましくないとされた結果を意味するので、敗北に対する予防措置は真剣なものでなければならなかった。物理的な事実は無視できなかった。哲学や宗教、倫理、政治では、二足す二は五になるかもしれないが、銃や飛行機を設計しているときには、それは絶対に四でなければならない。非効率な国は常に遅かれ早かれ征服されてしまうので、効率性を目指す闘争は妄想とは相容れないものであった。加えて、効率的になるには、過去から学べる必要があり、つまりは過去に何が起きたかについて、それなりに正確な考えを持っている必要があった。新聞や歴史書はもちろん、いつも色がついていて偏向していたが、今日実践されているような偽装は不可能だったであろう。戦争は正気の確実な安全弁であり、支配階級から見れば、それこそが安全弁として最も重要だったであろう。戦争が勝ったり負けたりするものである限り、どんな支配階級も完全に無責任にはなれなかった。

だが戦争が文字通り継続的になると、危険でもなくなる。戦争が継続するなら軍事的必要性などというものはない。技術進歩は止まって良いし、最もあからさまな事実でも否定し無視できる。すでに見た通り、科学的と呼べる研究はまだ戦争目的で実施されてはいるが、それは基本的には一種の白昼夢であり、結果が出せなくても別に重要ではない。効率性は、軍事的効率性でさえもはや必要とされない。オセアニアでは思考警察以外の何も効率的ではない。三つの超国家がいずれも征服不能なので、それぞれは別々の宇宙であり、その中ではどんな倒錯した思考でも安全に実践できる。現実は、日常生活のニーズ——衣食住のニーズ、毒をあおったり、最上階の窓から外に踏み出したりしないといったニーズ——を通じて圧力をかけてくるだけだ。生と死の間、肉体的な快楽と肉体的な苦痛との間には、相変わらず区別があるが、それだけだ。外部世界や、過去との接触と切り離されているオセアニア市民は、外宇宙にいる人間のようなもので、どっちが上でどっちが下か、知りようがない。そうした国家の支配者は、ファラオやカエサルたちには不可能なほど絶対的である。彼らは、被支配者たちが不都合なほど大量に餓死するのを防ぐ義務はあり、競合勢力と同じくらいの低い軍事技術水準にとどまる義務もある。だがその最低水準さえクリアすれば、現実を好き勝手な形に歪めてかまわないのである。

従ってこの戦争は、以前の戦争の基準に基づくなら、ただのままごとでしかない。一部の反芻《はんすう》動物同士の戦いのようなものだ。そうした動物の角はある一定の角度に固定されているため、お互いを傷つけられないのである。だが本物でなくても、意味が無いわけではない。消費財の余剰を食い尽くし、階級社会が必要とする特殊な精神的気運を温存するのに役立つ。

戦争は、これから見る通り、いまや純粋な国内問題なのである。過去には、あらゆる国の支配集団は、共通の利害を認識して戦争の破壊力を制限しようとしたこともあったとはいえ、本当にお互いに戦い、勝者は常に敗者を収奪した。我々の時代においては、かれらはお互いに戦っているのではまったくない。戦争は、それぞれの支配集団が、自国の被支配者たちに仕掛けているものである。そしてその戦争の目的は、領土の征服の遂行や阻止ではなく、社会の構造を安泰にしておくことである。従って「戦争」という言葉そのものが、誤解を招くものとなったわけだ。継続的なものとなることで、戦争は存在しなくなったと言うのがおそらく正確であろう。新石器時代から20世紀初頭まで戦争が人類に行使してきた特異な圧力は消滅し、何かまったくちがったもので置き換わったのである。三つの超国家が、戦うのをやめて永続的な平和の下で暮らそうと合意し、それぞれが独自の国境の中で不可侵な存在として生きることにしても、その影響はほとんど変わらない。というのもその場合にも相変わらず自己完結した宇宙があり、外部の危険という正気をもたらす影響からは永遠に解放されるからである。真に永続的な平和は、永続的な戦争と同じである。これが——とはいえ党員の大半はこれを皮相的な意味でしか理解していないが——党のスローガン、「戦争は平和」の奥の意味なのである。

ウィンストンはしばし読むのを止めた。はるか彼方でロケット爆弾の轟音がした。禁断の書を持って、テレスクリーンのない部屋で一人きりだという至福の感情は、まだ薄れてはいなかった。孤独と安全は物理的な感覚であり、それが何やら疲労感と椅子の柔らかさ、頬をなでる窓からのそよ風の感覚と混ざり合っていた。この本には魅了された、というより、もっと厳密には、裏付けられた気がした。ある意味で、何も目新しいことは語ってくれなかったが、それが魅力の一部ではあった。自分のとっちらかった考えをまとめられたなら、まさにこういうことを述べただろう。自分と似たような精神の産物ではあったが、その精神はすさまじく強力で、体系的で、恐れ知らずだった。最高の本は、すでに知っていることを教えてくれるものなのだ、と彼は感じた。ちょうど第I章に立ち戻ったところで、階段にジュリアの足音が聞こえたので、迎えに立ち上がった。彼女は茶色いツールバッグを床に放り出して、こちらの腕に飛び込んできた。最後に会ってから一週間以上もたっていた。

「あの本が手に入ったぞ」と二人が身を離すとウィンストンは言った。

「あっそう。よかったね」と彼女は大した興味も示さず、ほぼすぐに石油コンロの脇にしゃがんでコーヒーを淹れた。

半時間ほどベッドで過ごしてから、二人はこの話に戻った。そこそこ涼しい晩だったので、かけぶとんを引き上げた。下からはお馴染みの歌声と、敷石にひきずるブーツの音がした。ウィンストンが最初の訪問時にそこで見かけた、粗野な赤い腕の女性は、ほとんど裏庭の付属品のような存在だった。昼間は、彼女が洗濯おけと物干し綱の間を行進し、洗濯ばさみで自分の口を封じるのと、淫らな歌を歌い出すのを交互に繰り返さない時間などまったくないかのようだった。ジュリアは横向きになって、すでに眠りに落ちる寸前のようだった。ウィンストンは床に転がっていた本に手を伸ばし、ベッドの頭の部分にもたれて身を起こした。

「これを読まないと。君もだ。友愛団の全メンバーはこれを読むことになっている」

彼女は目を閉じた。「あんたが読んで。音読してよ。それがいちばんいいやり方。そうしたら途中でいろいろ説明もしてもらえるし」

時計の針は六を指しており、つまりは一八時ということだ。あと三、四時間ほど二人の時間がある。彼は本を膝にのせて、読み始めた。

第Ⅰ章　無知は力

有史以来、おそらくは新石器時代末以来、この世には三種類の人々がいた。上層、中層、下層である。これらはいろいろさらに細かく分けられ、無数の異なる名前で呼ばれ、その相対的な数は、それぞれのお互いに対する態度と同様に、時代によって変わってきた。だが社会の基本構造は決して変わらなかった。すさまじい社会変動や、一見すると回復不能の変化の後でも、同じパターンが常にまたも確立してきた。ちょうどジャイロスコープが、どれほど遠くあちらこちらに押しやられても常に均衡に戻るのと同じである。

「ジュリア、起きてるか?」とウィンストン。

「起きてる。ちゃんと聞いてるから。続けて。すばらしいじゃん」

彼は読み続けた。

こうした集団の狙いはまったく相容れないものである。上層集団の狙いは、その地位に留まることである。中層集団の狙いは、上層集団に取って代わることである。下層階級の狙いは、狙いがあるとすれば――というのも下層階級の変わらぬ特徴は、重労働にあまりに押し潰されているので、日常生活を超えることについてなど、ごくたまにしか意識にのぼらないということなのだから――あらゆる区別を廃止して、万人が平等となる社会をつくり出すことである。したがって、歴史を通じて、基本的な輪郭のまったく同じ闘争が、何度も何度も繰り返し生じる。上層集団は長期にわたり、安全に権力を握っているように見えるが、遅かれ早かれ、彼らが自信か、あるいはうまく統治する能力か、はたまたその両方を失う瞬間がやってくる。そして中層集団に打倒される。中層集団は、自分たちが自由と正義のために戦っているというふりをすることで、下層階級を味方につけるのである。だが自分たちの目的を達成した途端、中層集団は下層階級をもとの隷属状態へと追い戻し、自分たちが上層集団となる。すぐに他の集団のどれかか両方から、あたらしい中層集団が分離して、闘争が再開する。この三集団のうち、自分たちの狙いを一時的にでも達成するのに成功しない唯一の集団は、下層集団だけとなる。歴史を通じて物質的な進歩がなかったと言うと、言い過ぎになってしまう。今日の衰退期ですら、平均的な人間は数世紀前に比べ、物理的によい暮らしをしている。だが富が増えても、態度が和《やわ》らいでも、改革や革命が起きても、人間の平等が一ミリたりとも実現に近づいたことはない。下層集団の観点からすれば、あらゆる歴史的変化は、ご主人たちの名前が変わる以上の大した意味を持ってはいないのである。

19世紀末になると、このパターンの繰り返しは多くの観察者には明らかとなった。するとそこで、歴史を周期的なプロセスとして解釈する思想学派が登場し、不平等は人間生活の変えられない法則なのだと論証しようとした。このドクトリンはもちろん、常に支持者を擁してはいたが、それが提示されるやり方にはいまや重要な変化が生じていた。かつては、階層的な社会形態の必要性は、上層集団だけのドクトリンだった。王や貴族や神官たちがそれを訴え、彼らに寄生していた連中もそれを唱えた。そしてそれは、墓場の彼方にあるおとぎの国で見返りがあるのだ、という約束により和らげられていた。中層集団は、権力を求めて闘争しているときには、常に自由、正義、友愛といった用語を活用してきた。だがいまや、人類の友愛という概念は、まだ指揮を執《と》る立場におらず、間もなくそういう立場になると願っていた人々からも攻撃を受けるようになった。かつては、中層集団は平等という旗印を掲げて革命を行い、そして古い支配階級が打倒されたとたんに、新たな圧政を確立した。だが新しい中層集団は、実質的に自分たちの圧政を事前に宣言していた。19世紀初頭に登場した理論で、古代の奴隷反乱にまでさかのぼる一連の運動における最後の輪となった社会主義は、まだ過去のユートピア主義に深く感染していた。だが1900年以降に登場したそれぞれの社会主義の変種においては、自由と平等を確立するという目標は、ますます公然と放棄されるようになった。20世紀半ばに登場した新たな運動、オセアニアの英社主義《イングソック》、ユーラシアの新ボリシェヴィズム、イースタシアの通称死滅崇拝は、非自由と不平等を永続化させようという意識的な狙いを持っていたのである。こうした新しい運動は、もちろん、古いものから育ってきたため、その名前は温存され、そのイデオロギーにも口先だけの賞賛は向けられた。だがそれらすべての目標は、進歩を阻止して歴史をその瞬間で凍結させることである。お馴染みの振り子の逆転がまたもや起ころうとしたところで止まった。いつもながら、上層は中層に追い出され、中層が新たな上層になるはずだった。だが今回は意識的な戦略により、上層はその地位を永続的に維持できるようになった。

新しいドクトリンが台頭したのは、一部は歴史的知識の蓄積と、歴史感覚の成長のおかげである。そうしたものは19世紀以前はほとんど存在しなかった。歴史の循環的な動きがいまやわかるようになった、というかそう思えた。そしてそれがわかるのであれば、変えることもできる。だが主要な根底にある原因は、早ければ20世紀初頭には、人間の平等が技術的に可能になったということだった。相変わらず、人は生まれつきの才能の点では平等でなく、機能を専門特化させることで、ある個人が他の個人よりも優遇されるようにしなければならなかった。しかし、もはや階級区分も、富の大幅な差も必要がなくなってしまったのである。かつての時代には、階級区分は不可避なばかりか、望ましいものであった。不平等は文明の代償なのだ。だが機械生産の発展とともに、この主張は変わった。まだ人間はそれぞれちがう種類の仕事をする必要性はあったが、異なる社会経済水準で生きる必要はもはやなくなったのである。従って、権力奪取寸前の新集団の観点からすると、人間の平等はもはや求めるべき理想ではなく、回避すべき危険となった。もっと原始的な時代には、公正で平和な社会は現実問題として不可能だったので、それを信じるのはかなり容易だった。人類が友愛状態で、法律もつらい労働もなく共存するこの世の天国という思想は、何千年も人間の想像力に取り憑いてきた。そしてこのビジョンは、それぞれの歴史的変化から実際に利益を得たグループに対してすら、ある程度の影響力を持った。フランス革命、イギリス革命、アメリカ革命の後継者たちは、人権、言論の自由、法の下の平等といった自分のご託を部分的には信じており、ある程度までは自分の行動がそうしたものに影響されるのを許してきた。だが20世紀の1930年代になると、政治思想の主流はすべて専制主義的になっていた。地上の天国は、まさにそれが実現可能となった瞬間に否定された。あらゆる新しい政治理論は、どんな名前を名乗ろうとも、階級制と組織厳格化へと立ち戻った。そして1930年頃に確立した、全般的な先行きの困難の中で、とっくの昔に廃止され、場合によっては百年も消えていた手法——裁判なしの収監、戦争捕虜の奴隷利用、公開処刑、自白を引き出すための拷問、人質の利用、人口丸ごとの追放——は再び一般的になったばかりか、啓蒙的で先進的だと自認する人々ですら、黙認するどころか積極的に擁護するものとなったのである。

十年にわたる国同士の戦争、内戦、革命、反革命が世界のあらゆる場所で続いた後で、ようやく英社主義《イングソック》とそのライバルたちが、完全に詰められた政治理論として台頭してきた。だがそれらは、すでに各種の一般には全体主義と呼ばれる仕組みが先駆けとなっていた。そうしたものは、20世紀初頭にすでに登場し、蔓延する混沌から台頭する世界の主要な概略は、とっくの昔に明らかだったのである。この世界をどの手の人々が統制するかも、同じく明らかであった。新たな貴族階級はもっぱら官僚、科学者、技術者、労働組合首脳、広報宣伝の専門家、社会学者、教師、ジャーナリスト、専門政治家で構成されていた。こうした人々の起源は、中産階級サラリーマンと、労働者階級の上部層にあるが、独占工業と中央集権政府による荒廃した世界によって形成され、まとめられた。過去の時代で彼らに相当する存在と比べれば、こちらはあまり貪欲《どんよく》ではなく、贅沢な暮らしにもさほど動かされず、純粋権力にも飢えてはおらず、何よりも自分たちの行動に意識的で、敵を潰すのに熱心であった。この最後の相違点が決定的である。今日存在するものと比べると、過去の圧政はすべて、中途半端で非効率であった。支配集団は常に、ある程度はリベラル思想に感染しており、そこら中でやり残しの不始末を放置しても平気で、明示的な行動だけを扱い、その被支配者たちが何を考えているかには興味を持たなかった。中世のカトリック教会ですら、現代の基準からすれば寛容であった。この理由の一部は、過去にはどんな政府も、その市民を絶えず監視下においておく力を持っていなかったことである。だが印刷術の発明は、世論の操作をずっと簡単にしたし、映画とラジオはそのプロセスをさらに推し進めた。テレビの開発と、同じ道具で送受信を同時に行えるようにした技術進歩により、私生活は終わった。あらゆる市民、少なくとも監視する価値があるほど重要なあらゆる市民は、一日二十四時間にわたり、警察の監視下に置かれ、公式プロパガンダの音を浴びせられ、それ以外の通信チャンネルを閉ざしてしまえる。国家の意志への完全な服従のみならず、被統治者に完全な意見の均等性を強制する可能性が、いまや初めて存在するようになったのである。

50年代と60年代の革命期の後で、社会はいつもながら、上層、中層、下層へと自らを再編した。だが新しい上層集団は、その先人たちすべてとは異なり、直感に基づいて行動はせず、自分の地位を安全に保つために何が必要かを知っていた。寡頭政治の唯一の安全な基盤が集産主義だというのは昔から認識されていた。富と特権は、共同で所有するときわめて守りやすくなる。20世紀半ばに起こった「私有財産の廃止」は、つまるところ以前よりもはるかに少数の者の手に財産を集中させるという意味なのだ。だが次のようなちがいがある。その新所有者たちは、個人の寄せ集めではなく、集団になっているのである。個人としては、党員は誰ひとり、つまらない身の回りの私物を除けば何も所有していない。集合的には、党はオセアニアのすべてを所有している。なぜなら党はすべてを統制し、その産物を党が適切と思うかたちで処分するからである。革命に続く数年においては、この支配的な地位にほとんど何の反対もなく踏み込むことができた。というのもこのプロセス全体が、集産化の動きと表現されていたからである。昔から、資本家階級が排斥《はいせき》されれば、社会主義が必然的に続くと想定されてきた。そして資本家たちは文句なしに排除された。工場、鉱山、土地、家屋、輸送――すべて資本家から奪われた。そしてこうしたものはもはや民間所有物ではなかったので、それは公共財産であるはずだとされた。英社主義《イングソック》は、こうした初期の社会主義運動から発したもので、こうした用語法を受けつぎ、社会主義運動の主要項目をまさに実施したのである。その結果、事前に予想され意図された通り、経済不平等は永続的なものにされた。

だが階級社会を永続化させるにあたっての問題はこれより根深い。支配集団が権力の座から転落する道は四つしかない。外から征服されるか、統治があまりに非効率で大衆が反乱したくなるか、不満を抱く強力な中間層を生み出すか、あるいは自ら統治する自信と意欲を失うか。こうした原因は単独で作用するものではなく、一般的にはその四つともある程度は存在している。このすべてに対して自衛できる支配階層は、永続的に権力の座にとどまれる。究極の決定要因は、支配階層自身の精神的な態度なのである。

今世紀の半ば以降、最初の危険は現実的には消えた。いまや世界を分割している三列強のそれぞれは、現実には征服不能であり、緩慢な人口変化でのみ征服可能となるが、そうした変化は広範な力を持つ政府なら簡単に回避できる。二つ目の危険は、やはり理論的なものでしかない。大衆は決してひとりでに反逆したりはせず、しかも単に抑圧されているというだけで反逆したりはしない。実際、比較基準を持つことが許されない限り、自分たちが抑圧されていることにさえかれらは決して気がつかない。過去の繰り返される経済危機は、まったく無用のものであり、いまや起こさせないものとなっているが、他の同じくらい大きな混乱は可能だし実際に起こる。それでも政治的な影響はない。なぜなら、不満が顕在化される方法がないからである。過剰生産の問題はといえば、これは機械技術の開発以来、我々の社会に潜在していたものだが、継続的戦争という装置により解決された（第Ⅲ章参照）。この戦争はまた、公共の士気を必要な水準に高めておくのにも有用なのである。したがって我々の現在の支配者の観点からすると、残されたまともな危険はといえば、有能で雇用されていない、権力に飢えた人々の新集団が分離することと、支配集団内部におけるリベラリズムと懐疑主義の広がりである。つまり問題は教育的なものなのである。指導集団と、その直下にあるもっと大きな行政集団の意識を絶えず型にはめ続けるというのがその問題となる。大衆の意識は、否定的なやり方で影響を与えさえすればすむ。

この背景に基づけば、オセアニア社会の全般的な構造を、すでに知らなくても推測できるであろう。ピラミッドの頂点にはビッグ・ブラザーがいる。ビッグ・ブラザーは無謬《むびゅう》であり全能である。あらゆる成功、あらゆる成果、あらゆる勝利、あらゆる科学的発見、あらゆる知識、あらゆる叡智、あらゆる幸福、あらゆる美徳、は、そのリーダーシップとインスピレーションから直接生じたものとされる。誰もビッグ・ブラザーを見たことはない。それは掲示板の顔であり、テレスクリーンの声なのだ。かれが決して死ぬことはないと、かなり自信を持って確信できそうだし、いつ彼が生まれたかについても、すでにかなりの不確実性がある。ビッグ・ブラザーは、党が世界に自分を提示する仮装なのである。その機能は、愛、恐怖、畏敬といった感情の焦点として機能することである。こうした感情は、組織よりも個人に対するほうが感じやすいからだ。ビッグ・ブラザーの下には党内輪がくる。その人数は六百万人に限られる。つまりオセアニア人口の2パーセント未満である。党内輪の下には党外周がくる。党内輪を国家の頭脳と呼ぶなら、党外周は同様にその手になぞらえられる。その下には、我々が習慣的に「プロレ」と呼ぶ愚かな大衆がいて、人口の85パーセントくらいを占めるだろうか。以前の分類からすれば、プロレが下層である。というのも、赤道地域にいて、征服者から征服者へと常にその帰属が変わる奴隷人口は、この構造の一部として永続的でも必須でもないからである。

原理的には、こうした三つの集団への帰属は世襲ではない。党内輪の親を持つ子供たちであっても、理屈の上では自動的に党内輪に入れるわけではない。党のどの部門への参加承認も、十六歳で受ける試験に基づいている。また人種差別はまったくないし、ある地域が別の地域を明確に支配するようなこともない。ユダヤ人、黒人、純粋インディアンの血を引く南米人も、党の最高位にはいるし、各地域の統治官たちは、常にその地域の住民から選ばれている。オセアニアのどこへ行っても、住民たちは自分が遠い首都から支配される植民地住人だという印象は持っていない。オセアニアには首都はないし、その有名無実の首長は、誰も居場所を知らない人物である。英語が主要な共通語であり、ニュースピークがその公式言語であるということ以外、まったく中央集権化されてはいない。その支配者たちは血縁で結びついてはおらず、共通のドクトリンへの服従で結びついている。確かに我々の社会は階層化され、しかもその階層はきわめて硬直しており、一見するとそれが世襲に基づくものに見える。各種集団の間での往き来は、資本主義はおろか、工業化以前の時代に見られたものよりもはるかに少ないのである。党の二つの部門間では、ある程度の入れ替わりはあるが、それは弱い者が党内輪から排除され、党外周の野心的なメンバーが、出世を許されることで無害化されるようにする、最低限の入れ替わりでしかない。プロレタリアたちは、実際には卒業して党に入ることは許されていない。かれらの中で最も才能ある者たち、不満の核となりかねない者たちは、あっさり思考警察に目をつけられて排除されるだけである。だがこの状態は必ずしも永続的ではないし、原理原則としてそれが決まっているわけでもない。党は、古い意味での階級ではない。それは自分の文字通りの子供に権力を伝えようとはしない。そして最も有能な人間をトップに保つ方法が他になければ、プロレタリアートの階級からまったく新しい世代をリクルートしてくるのも、まったく辞さない。重要な年月においては、党が世襲機関ではないという事実が、反対勢力を黙らせるのに大きな役割を果たした。古くさい社会主義者は、「階級特権」とかいうものに対して戦うよう訓練されていたので、世襲でないものは永続的ではあり得ないと思い込んでいた。寡頭制は物理的に継続させる必要はないということがわからず、世襲貴族制は常に短命だったのに、カトリック教会といった養子制による組織は、ときに何百年、何千年も続いたという事実を考えなかったのである。寡頭制支配の本質は、父から息子への相続ではなく、ある種の世界観と生き様の持続であり、それを死者が生者に対して強制するということなのである。支配集団は、自分が後継者を指名できれば支配集団であり続けられる。党は、自分の血筋を永続化したいなどと思ってはいない。自分自身を永続化したいと思っているのである。誰が権力を握るかは重要ではない。階級構造さえ常に同じであればよいのである。

我々の時代を特徴づける、我々の信念、習慣、嗜好、感情、精神的な態度は、実は党の神秘性を維持し、今日の社会が持つ本当の性質がばれるのを阻止するために設計されているのである。物理的な反乱や、反乱に向けたあらゆる事前の動きは、現在では不可能である。プロレタリアからは何も恐れるものはない。放っておけば、かれらは世代から世代、世紀から世紀へと、働き、繁殖し、死に、反逆の衝動など一切持たないばかりか、世界が現状以外のものに成り得ると理解する力さえないまま続くだけなのである。かれらが危険に成り得るのは、工業技術の進歩により、彼らをもっと高度に教育する必要が出てきたときだけである。しかし軍事および商業的な競争がもはや重要ではなくなったため、一般教育の水準は、実は低下している。大衆が持つ、あるいは持たない意見は、どうでもいいことと見なされている。かれらには知的自由を与えてもかまわない。そもそも知性がないからである。これに対して、党員の間では、最も些末《さまつ》な主題についての、最も細かい意見の逸脱ですら容認できない。

党員は、誕生から死まで、思考警察の監視下で生きる。一人きりのときですら、自分が一人きりだとは確信できない。どこにいても、寝ても覚めても、仕事でも休みでも、風呂でもベッドでも、警告なしに査察され、しかも査察されていることさえわからない。かれのやることで、どうでもいいことは何もない。その交友関係、気晴らし、妻や子供に対する行動、一人きりのときの表情、寝言、身体の特徴的な動きですら、細かくチェックされるのである。

実際の犯罪行為だけでなく、どんなに小さくてもあらゆる変わった行動、あらゆる習慣変化、内面の苦闘の症状かもしれない、あらゆる神経的なクセなども逃さず検出される。どんな方面でもまったく選択の自由はない。その一方で、その行動は法や明確に定式化された行動規範に統制されているのでもない。オセアニアには法律はない。検出されればまちがいなく死を招く思考や行動も、正式に禁止されてはおらず、果てしない粛清、逮捕、拷問、収監、蒸散は、実際に犯された犯罪に対する処罰として科されるのではなく、単に将来のどこかで犯罪を犯すかもしれない人物を一掃するためのものでしかないのである。党員は、正しい意見を持つだけでなく、正しい直感を持つことも求められる。要求される多くの信念や態度は決して明確に述べられることはない。もし述べられたら、それは英社主義《イングソック》に内在する矛盾をあらわにしてしまう。かれが自然に正統な人物であるなら（ニュースピークで言う好考者なら）、あらゆる状況で考えるまでもなく、何が本当の信念で望ましい感情かを知っているのだ。だがいずれにしても、子供時代に行われるCRIMESTOP／罪阻止、BLACKWHITE／黒白、DOUBLETHINK／二重思考というニュースピーク語を中心とした入念な精神的訓練のおかげで、かれはどんな主題についても、あまり深く考えたいとは思わず、また考えることもできないのである。

党員は、私的な感情を持たず、熱意の休止もまったくないものと期待されている。外国の敵や国内の裏切り者に対する絶え間ない憎悪の熱狂、勝利についての歓喜、党の力と叡智に対する自己否定の中で生きるものとされる。味気ない満たされぬ生活が生み出す不満は外に向けられ、二分憎悪といった装置により発散されるし、懐疑的あるいは反逆的な態度を引き起こしかねない憶測は、以前に獲得した内面の規律により事前に潰される。この規律の最初にして最も単純な段階は、幼い子供でも習得できるもので、ニュースピークではCRIMESTOP／罪阻止と呼ばれる。罪阻止は、あらゆる危険な思考の寸前で、まるで本能的に踏みとどまる能力を指す。それはアナロジーを理解せず、論理的な誤謬《ごびゅう》を認識せず、英社主義《イングソック》に反するものであればきわめて単純な議論でも誤解する能力と、逸脱的な方向につながりかねない思考の方向性については、退屈したり反発したりする能力を含む。罪阻止は要するに、予防的な愚かさを意味するのである。だが愚かさだけでは不十分である。それどころか、全面的な意味での正統性は、曲芸師が自分の身体に対して持つのと同じくらい完全な、精神プロセスに対する統制を求めるのである。オセアニア社会は究極的には、ビッグ・ブラザーが全能であり党が無謬だという信念に基づいている。だが現実にはビッグ・ブラザーは全能ではなく、党は無謬ではないので、事実の扱いについて、たゆみない一瞬ごとの柔軟性が必要とされるのである。ここでのキーワードは「黒白」である。多くのニュースピーク語と同様に、この単語も二つの相互に矛盾する意味を持つ。敵に対して使われるときには、これは目の前の事実を平然と無視して、黒を白だと厚かましく主張する習慣を指す。党員に対して使われるときには、党の規律が求めるなら黒が白だと断言する忠実な意志を表す。だがこれはまた、黒が白だと信じ、それ以上に黒が白だと心から考え、自分が以前はそうでないと信じていたことを忘れ去ることを指す。これには絶え間ない過去の改変が求められる。それを可能にするのは、本当に他のすべてを内包する思考体系、ニュースピークで二重思考と呼ばれるものなのである。

過去の改変は二つの理由で必要となるが、その片方の理由は補助的であり、言わば予防的なものである。補助的な理由というのは、党員はプロレタリアと同じで、現在の状況に我慢している理由の一部はそれを比較する基準がないからだ、ということである。党員は過去から遮断されねばならない。外国から遮断されねばならないのと同じことである。党員は自分が先祖よりもよい暮らしをしており、物質的な快適性の平均的な水準が絶えず上がっていると信じてくれねばならないのだ。だが、過去の再調整のもっと圧倒的に重要な理由は、党の無謬性を安全に守るためである。演説、統計、各種記録が絶えず更新され、党の予想があらゆる場合に正しかったと示すだけの話ではない。ドクトリンは同盟関係の変化も一切認めるわけにはいかないということもある。というのも気が変わるのも、方針を変えることすら、弱さの告白だからである。たとえばユーラシアやイースタシア（どちらでもいい）が今日の敵であるなら、その国は常に敵であったはずなのである。そして事実がそうではないと言うのであれば、事実のほうを変えねばならない。だから歴史は絶え間なく書き換えられる。この日々行われる過去の偽造は、真実省によって実施されており、愛情省が実施する弾圧とスパイ活動と同じくらい、政権の安定性に不可欠なのである。

過去の改変可能性は、英社主義《イングソック》の中心教義である。過去の出来事には、客観的な実在性はなく、文書記録や人間の記憶だけに生き残っている。過去は、何であれその記録や記憶が一致して述べていることなのだ。そして党があらゆる記録を統制し、同じくその党員たちの精神も完全に統制しているなら、そこから過去というのは党が言う通りのものに何でもなれる、という話が導かれる。さらにまた、過去が改変可能ではあっても、ある具体的な瞬間に改変されたことはまったくない、という話も導かれる。というのも、その瞬間に必要とされる形に何であれ改変されたら、その新しいバージョンこそが**本物の**過去なのであり、それ以外のちがう過去などいまだかつて存在したはずがないからである。これは、しばしば現実に起こるように、同じ出来事が一年のうちに原形をとどめぬほど幾度となく改変された場合にすら成立する。あらゆる時点で党が絶対的な真実を握っており、絶対であるなら当然、現状と異なるはずはないのである。これから見るように、過去のコントロールは記憶の訓練に何よりも依存している。あらゆる文書記録をその瞬間の正統教義と確実に一致させるのは、単なる機械的な行動である。だが、できごとが望んだ形で起きたと、**記憶するのが**必要となる。そして文書記録を改変したり記憶を改めたりすることが必要となる一方で、その改変を忘れるのも必要になる。これをやるコツは、他の各種精神技法と同じように学習できる。党員の大半はそれを学習しており、正統でありながら知的である者は間違いなく全員が習得している。オールドスピークではこれは、きわめて率直に「現実統制」と呼ばれる。ニュースピークではそれは二重思考と呼ばれるが、二重思考はそれ以外のものもいろいろ含むのである。

二重思考は、二つの矛盾する信念を同時に脳内に抱き、それを両方とも受け入れる能力を指す。党の知識人は、自分の記憶をどの方向に改変しなくてはならないか知っている。したがって、自分が現実に詐術を働いているのも知っている。だが二重思考の行使により、現実が侵犯されていないと思って満足できる。このプロセスは意識的なものでなくてはならない。そうでないと、充分な精度をもって実行できない。だが同時に無意識でなくてはならない。そうでないと不正のような気分が生じ、つまり罪悪感が生じるからである。二重思考は、英社主義《イングソック》のまさに核心である。というのも党の本質的な行動は、意識的な詐術を使いつつも、完全な正直さに伴う確固たる目的意識を維持することなのだから。意図的なウソをつきつつ、心からそれを信じ込み、不都合になった事実をすべて忘れ、そしてそれが必要になったら、忘却の彼方から、必要なだけの期間にわたりそれを引き出し、客観的現実の存在を否定して、その一方でずっと自分が否定する現実を考慮する――これはすべて、不可欠であり必須なのである。二重思考という言葉を使うときにすら、二重思考の行使が必要となる。この言葉を使うことで、人は自分が現実をいじっているのを認めることになるからである。二重思考をうまく使うことで、人はその知識を消し去る。そしてそれが無限に続き、ウソが常に真実の一歩先を行くことになる。党がこれまで――そしてヘタをすると、今後数千年も続くかもしれない――歴史の道筋を阻止できたのは、最終的には二重思考という手段を通じてなのであった。

過去の寡頭政治が権力の座から転落したのは、どれも形骸《けいがい》化したか、軟弱になったからである。愚かで傲慢になり、状況の変化に対して適応し損ねたこともあるし、自由で臆病になり、武力を使うべきときに譲歩し、これまた打倒された。つまり、意識を通じてか、無意識を通じて倒れたのである。どちらの状況も同時に存在できる思考体系を作り出したのが、党の業績である。そして、党の支配が永続化できるような知的基盤は他には存在しないのである。支配し、支配し続けたいのであれば、現実という感覚を混乱させることができなくてはならないのである。というのも支配の秘訣《ひけつ》は、自分自身の無謬性と、過去の過ちから学ぶ力を組み合わせることなのだから。

ほとんど言うまでもないことだが、二重思考のもっとも精妙な実践者は、二重思考を発明し、それが精神的なインチキの巨大な仕組みだと知っている人々である。我々の社会では、何が起きているかを最もよく知っている人々は、同時に世界をありのままに見ることから最も遠ざかっている人々でもある。一般に、理解が深ければ、妄想もそれだけ深まる。知性が高まれば、正気はそれだけ薄れる。これをはっきり示すのは、戦争ヒステリーが社会階層を登るにつれて高まるという事実である。戦争に対する態度がもっとも理性的といえるのは、紛争地域の被支配民たちである。そうした人々にとって、戦争は単に絶え間ない災厄でしかなく、自分たちの身体を津波のようにあちらこちらへと押しやるものにすぎない。どちらが勝っているかは、彼らにとっては完全にどうでもいいことである。彼らは、その支配者の変化というのが単に、前と同じ作業を新しいご主人のためにやるというだけで、そのご主人たちも自分たちを前の主人と同じやり方で扱うのがわかっているのである。わずかばかり待遇のよい、我々が「プロレ」と呼ぶ労働者たちは、戦争などたまにしか意識しない。必要なときには、つつけば恐怖と憎悪の熱狂に陥るが、放っておけば、戦争が起きていることすらずっと忘れていられるのである。戦争に対する真の情熱が見られるのは、党内部、それもどこよりも党内輪である。世界征服を最も強く信じているのは、それが不可能だと知っている人々なのである。この正反対のもの——知識と無知、シニシズムと熱狂——の奇妙な連結は、オセアニア社会の主要な特徴の一つである。その公式イデオロギーは矛盾だらけであり、別に矛盾がそこにあるべき現実的な理由がないときですら矛盾がある。このように党は社会主義運動が元々掲げていたあらゆる原理を拒否し、邪悪なものとしている。そしてそれを、社会主義という名前のもとに行うのである。数世紀にわたり例がないほどの労働階級蔑視を説き、かつては肉体労働者特有のものであり、そのために採用された制服を党員たちに着せている。系統的に家族の連帯を潰し、指導者を、家族の忠誠感情に直接訴えるような名前で呼ぶ。我々を統治する四省庁の名前ですら、その意図的な事実の逆転により、一種の鉄面皮《てつめんぴ》ぶりを示している。平和省は戦争を遂行し、真実省はウソをつき、愛情省は拷問し、豊富省は飢餓をもたらす。こうした矛盾は偶然ではなく、ありがちな偽善の結果でもない。二重思考の意図的な実行なのである。というのも権力をいつまでも保持するには、矛盾を一致させるしかないからである。古代からの周期を破るにはこれ以外の方法はない。人間の平等を永遠に回避するには——我々の呼ぶ上層がその地位を永久に保つには——一般的な精神状態は、制御された狂気でなくてはならないのである。

だが、この瞬間まで我々がほとんど無視していた問題が一つある。なぜ人間の平等が回避されねばならないのか？　このプロセスの仕組みが正しく記述されてきたとすれば、歴史をある特定時点で凍結させようという、この巨大で正確に計画された活動の動機は何なのであろうか？

ここで我々は中心的な秘密にたどりつく。これまで見た通り、党の神秘性、特に党内輪の神秘性は二重思考に依存している。だがそれよりさらに深くあるのは、元々の動機、決して疑問視されない直感なのである。その直感が事後的に、まず権力の掌握につながり、二重思考、思考警察、継続的な戦争といった必要な周辺事項を存在させるようになった。この動機を構成するのは実は……

ウィンストンは静けさに気がついた。まるで何か新しい音に気がつくようなものだった。ジュリアがここしばらく、まったく身動きしないように思えた。脇を下にして横たわり、腰から上は裸で、頰は手の上に乗せられ、黒い巻き毛が一筋目にかかっている。その乳房が、ゆっくり定期的に上がっては下がった。

「ジュリア」

答はない。

「ジュリア、起きてるか？」

答はない。寝ている。彼は本を閉ざし、慎重に床に置くと横たわり、ベッドカバーを二人の上に引きあげた。

まだ究極の秘密を学んでいないな、と彼は考えた。**方法は**わかる。**理由が**わからない。第Ⅰ章は、第Ⅲ章と同じで、自分の知らないことは実は何も教えてくれなかった。単に手持ちの知識を体系化してくれただけだ。だがそれを読んで、自分が狂っているのではないということが、以前よりよくわかった。少数派だからといって、それがたった一人の少数派だろうと、狂っているということにはならないのだ。真実と非真実があり、全世界を敵にまわしても真実にしがみつくなら、それは狂ってはいない。沈みゆく太陽からの黄色い光線が、窓から斜めに入って枕に落ちかかった。彼は目を閉じた。顔にあたる太陽と、自分の身体に触れる彼女のなめらかな身体が、強く眠たい安心感をもたらした。自分は安全だ。すべて大丈夫。彼は「正気は統計的ではない」とつぶやき、この一言が深遠な叡智を含んでいるという感覚と共に眠りに落ちた。

目を覚ますと、ずいぶん長いこと眠っていたような感じがしたが、旧式の時計を見てみると、まだ二〇＝三〇でしかなかった。しばらくうつらうつらしつつ横たわっていると、いつもの朗々とした歌声が下の裏庭から立ち上ってきた。

しょせん夢とはアかっていたの、
行きずりに消える四月の日
でも一目、一言、夢がそそられ！
それが、
心をうアい去る！

そのダラダラとした歌の人気は衰えなかったらしい。いまだにそこら中で聞かれた。憎悪の歌よりも人気が続いている。その音でジュリアが目を覚まし、ゆったり身を伸ばして、ベッドから出た。

「お腹空いた。コーヒーをもう少し淹れようかな。畜生！　コンロが消えてるしお湯も冷めてる」と彼女はコンロを手に取って振った。「油もなくなってる」

「チャリントン爺《じい》さんから少しもらえるんじゃないかな」

「変だなあ、満杯にしたのを確かめておいたのに。服を着るね」そして彼女は付け加えた。「なんか寒くなってきた」

ウィンストンも立ち上がって服を着た。疲れ知らずの声が歌い続けた。

いずれ楽になると言うけれど
いつか忘れると言われるけれど
何年たってもあの微笑や涙
いまでも心を締め付けるの！

オーバーオールのベルトを締めながら、部屋を横切って窓に向かった。太陽は家屋の間にすでに沈んだらしい。もう裏庭を照らしてはいない。石畳は洗ったばかりのように濡れ、空も洗われたような印象があった。煙突パイプ群の間に見える空の青さが、実に新鮮で淡かったからだ。女性は疲れ知らずに行ったり来たりして、口に洗濯ばさみをくわえては、またそれを取り、歌ってはまた黙りこくり、さらにおむつを物干しに止め、それが次々に続く。洗濯は請負《うけおい》仕事なのか、それとも孫が二、三十人いるために奴隷作業を余儀なくされているのだろうか、と彼は思った。ジュリアが隣にやってきた。二人で、眼下のがっしりした姿を、一種魅了されたように見下ろした。そのいつもの態度の女性、物干し綱のほうに伸ばされた太い腕、突き出した力強いラバのような尻を見ながら、初めて彼女が美しいことに思い当たった。それまでは、五十歳の女性の身体、それも出産によりすさまじくふくれあがり、その後仕事により硬化して粗野になり、熟しすぎた蕪《かぶ》のように芯まで粗くなった身体が、美しくなれるなどとは思ったこともなかった。だが実際に美しかったし、考えてみれば、美しくないはずがあるだろうか？　が

っしりした凹凸《おうとつ》の無い、大理石のかたまりのような肉体と、そのざらざらの赤い肌は、少女の
身体に比べるなら、バラの実とバラの花との関係と同じだ。果実が花より劣る必要もないでは
ないか？
「美しい人だね」と彼はつぶやいた。
「ヒップの幅が、どう見ても一メートルはあるんだけど」とジュリア。
「それが彼女式の美しさなんだ」とウィンストン。
ジュリアの豊満なウェストを、楽々と腕に抱えた。ヒップからひざまで、その脇身がこちら
に押しつけられていた。二人の身体から子供が生まれることはない。それは二人が決してでき
ないことの一つだった。二人が秘密を伝えられるのは、口伝え、精神から精神へだけなのだ。
下にいる女性は精神などなく、強い腕と温かい心と多産な腹しかない。何人子供を産んだのだ
ろうか。優に十五人にはなるかもしれない。一瞬だけ野生のバラのような美しさを花開かせ、
それが一年も続くだろうか、そしていきなり肥料をやった果実のように太り、固く赤く粗野に
なり、その後の一生は洗濯、こすり掃除、繕い物、料理、掃き掃除、磨き掃除、修繕、こすり
掃除、洗濯だけとなり、まずは子供たちのため、次いで孫たちのためで、それが途切れること
なく三十年続くのだ。その果てに、彼女はまだ歌っている。彼女から感じた神秘的な啓示は、
なぜか淡い雲のない空の光景と混じり合っていた。その空は煙突パイプ群の彼方、はるか遠く
まで広がっていた。空があらゆる人にとって同じだと思うと不思議だった。ユーラシアでもイ
ースタシアでも、ここと同じなのだ。そしてその空の下の人々も、ほとんど同じなのだった——
どこでも、世界中で、ちょうどこれと同じような人々が何億人、何十億人も、お互いの存在な

ど知らない人々、憎悪とウソの壁に隔てられつつ、それなのにほとんどまったく同じ人々——彼らは考えることなど決して学んだことはないが、その心と臓腑《ぞうふ》と筋肉に、いつの日か世界を転覆する力を溜め込みつつある。希望があるとすれば、それはプロレにある！「あの本」の結末を読むまでもなく、彼はそれがゴールドスタインの最後のメッセージだと確信した。未来はプロレのものだ。そして彼らの時代がきたとき、プロレたちが構築する世界が、この党の世界と同じくらい自分、ウィンストン・スミスにとって異質なものにならないと確信できるだろうか？　できる。というのも最低でもそれは正気の世界になるだろうからだ。平等性のあるところ、正気がある。遅かれ早かれそれは起きる。強さが意識に変わる。プロレは不滅だ。あの裏庭の雄々しい姿を見ると、それは疑問の余地がない。いつの日か、彼らの目覚めが起きる。そしてそれが起きるまで、それが千年先のことでも、彼らはどんな逆境にも負けず生き延び、肉体から肉体へと、党が共有せず殺せない活力を伝えてゆくのだ。

「あの初めての日、森の端で、私たちに歌ってくれたツグミを覚えているか？」

「あたしたちになんか歌ってなかった。歌うのは自分の楽しみのためでしょう。それですらないな。ただ歌ってたの」

鳥は歌う、プロレも歌う。党は歌わない。世界中、ロンドンでもニューヨークでも、アフリカでもブラジルでも、国境地域彼方の謎めいた禁断の土地でも、パリとベルリンの街頭でも、果てしないロシア平原の村でも、中国と日本の市場でも——どこにでも、同じしっかりした征服不能の人々が立っている。労働と子育てで怪物のようになり、生まれてから死ぬまでつらい労働に従事しつつ、それでも歌っているのだ。こうした強力な下腹部から、意識を持つ存在の人種がいつの日か生まれるはずだ。こちらは死者だが、向こうのは未来。だが彼らが肉体を生かし続けるように、こちらが精神を生かし続け、二足す二は四だという秘密の教義を伝え続けるならば、こちらもその未来に参加できるのだ。

「私たちは死者」と彼。

「あたしたちは死者」ジュリアは諾々と繰り返した。

「おまえたちは死者」と鉄の声が背後で言った。

二人は即座に離れた。ウィンストンの内臓は氷になったようだった。ジュリアの瞳孔《どうこう》のまわりすべてが白くなっているのが見えた。その顔は濁った土気色だった。左右の頬骨にまだついている頬紅の跡が際立っており、まるでその下の皮膚とつながっていないかのようだった。

「おまえたちは死者」と鉄の声が繰り返した。

「絵の裏にあったのか」息の下でジュリアは言った。

「絵の裏にあったのだ」と声が言った。「その場にじっとしていろ。命令されるまで一切動かないこと」

始まった、ついに始まったんだ！　お互いの目を見つめて立ち尽くす以外、何もできなかった。命からがら逃げ出す、手遅れになる前に家から出る——そんな考えはまったく浮かばなかった。壁からの鉄の声に逆らうなど考えられなかった。留め金が外れたようなカチリという音がして、ガラスが割れるガシャンという音がした。絵が床に落ちてその裏のテレスクリーンがあらわになった。

「これでもう見られてしまう」とジュリア。

「これでもう見えてしまう」と声。「部屋の真ん中に立て。背中合わせに立て。手を組んで頭の背後に。お互いに触れるな」

触れていなかったが、ジュリアの身体が震えているのが感じられるようだった。あるいは単に自分が震えているだけか。歯がガチガチ言うのはなんとか抑えられたが、ひざがガクガクするのは抑えられなかった。階下で、家の中でも外でも、踏みならされるブーツの音がした。裏庭は人でいっぱいのようだった。何かが石の上をひきずられていた。女性の歌声は急に止まった。長い、転がるような金属音がして、まるで洗濯おけが裏庭の向こうに放り投げられたようだった。そして混乱した怒りの叫び声が、痛みの叫びで終わった。

「家は包囲されている」とウィンストン。

「家は包囲されている」と声。

ジュリアが歯を食いしばる音がした。「あたしたち、どうやらお別れを言った方がいいみたい」

「どうやらお別れを言ったほうがいい」と声。そしてそこにまったくちがう声が割り込んだ。細い洗練された声で、何か聞き覚えのある声だった。「ちなみに、その話のついでに言うと『これがロウソク、ベッドに導く灯り、これが鎌で頭を切り落とす』！」

ウィンストンの背後で何かがベッドの上にガシャンと転がった。窓からはしごの端が突っ込まれ、それが窓枠を内側に叩き込んだのだ。だれかが登ってきて窓から入ってくる。階段を上ってくる大量のブーツ音も聞こえる。部屋は黒制服の屈強な男たちでいっぱいになり、みんな足には鋲打ちのブーツと手には警棒を持っている。

ウィンストンはもはや震えてはいなかった。目すらほとんど動かなかった。意味があるのは一つだけ。じっとして、じっとして殴る口実を与えないこと！　なめらかな、懸賞ボクサーの滑らかなあごを持つ、ほとんど裂け目でしかない口の人物が、親指と人差し指の間で物思いにふけるように警棒をバランスさせながら、正面で立ち止まった。ウィンストンはその目を見た。両手を頭の後ろに組んで、顔と身体がすべてむきだしになっているという裸体感覚は、ほとんど耐えがたいものだった。男は白い舌先をつきだし、唇があるはずの場所をなめてから、そのまま通り過ぎた。またガシャンという音がした。だれかがテーブルからガラスの文鎮を手に取り、それを炉端の石に叩きつけて粉々に砕いたのだ。

サンゴのかけら、ケーキの砂糖製のバラの花のような、小さなピンクのかたまりが、マットの上を転がった。なんと小さい、ずっとこんなに小さかったのか！　背後では息を吐く音と叩く鈍い音がして、彼も足首に強烈な蹴りをくらい、ほとんどバランスを崩して倒れそうになった。男の一人がジュリアのみぞおちに拳を叩き込んだのだ。彼女はなんとか息をしようと苦闘し、床の上でもがいていた。一ミリたりとも頭をまわそうとは思わなかったが、ときどき鉛色にあえぐ彼女の顔が視界の隅に入ってきた。これほど怯えきっているのに、彼女の苦痛が我が身のことのように感じられた。その死ぬほどの苦痛は、それでも息を取り戻そうとする彼女の苦闘よりは緊急性が低かったのだが。それがどんなものかは知っていた。ひどい苦悶に満ちた痛みはずっとそこにあっても、そちらを苦しむわけにはいかないのだ。何よりも先にまず息ができなければならないからだ。そして男たちが二人、彼女のひざと肩を持って抱え上げ、袋のように部屋から運び出した。彼女の顔がちらりと見えた。逆さまで、土気色で歪み、目は閉じられ、相変わらずどちらの頬にも頬紅の染みがついたままだ。そして、彼女を見たのはそれっきりとなった。彼は死んだように硬直して立ち続けた。だれにもまだ殴られていない。勝手に頭に浮かぶ、まったくおもしろくもない考えが脳内を駆け巡り始めた。チャリントンさんも捕まっただろうか？　裏庭の女性はどんな目にあわされただろうか？　ひどく小便がしたいのに気がついて、ちょっと驚きをおぼえた。というのもほんの二、三時間前に用を足したばかりだったからだ。マントルピースの時計は九時をさしていて、つまり二一時ということだ。だが外が明るすぎるようだった。八月の晩なら二一時には暗くなっているはずでは？　結局のところ自分とジュリアは時間をまちがえたのかも、と思った——時計が一周するほど眠りこけ、二〇＝三〇だと思ったのが、じつは〇八＝三〇だったのだろうか。だがそんなことをそれ以上考えるのはやめた。おもしろくもないからだ。

通路にもっと軽い別の足音がした。チャリントンさんが部屋に入ってきた。黒制服の男たちの態度がいきなりかしこまったものになった。チャリントンさんの外観も何か変わっていた。その目がガラス文鎮の破片をとらえた。「このかけらを拾いたまえ」彼は鋭く言った。

男がそれに従おうと身をかがめた。コックニー訛りは消えた。ウィンストンはいきなり、テレスクリーンで数瞬前に聞いた声がだれのものだったか気がついた。チャリントンさんはまだ古いビロードの上着を着ていたが、かつてはほとんど真っ白だったその髪が、黒くなっていた。メガネもかけていなかった。彼はウィンストンに鋭い一瞥をくれて、だれだか確認したようだったが、その後はまったくこちらに注意を払わなかった。面影こそあれ、もうかつてと同じ人物ではなかった。背筋はのび、大きくなったかのように思えた。顔は細かい変化をしただけだが、それでもまったくの別人となっていた。黒い眉毛はかつてほどボサボサではなく、しわは消え、顔の輪郭そのものが変わったようだった。鼻さえも短くなったようだった。三十五歳ほどの男の冷徹な顔だ。人生で初めて、思考警察の一員を、それとわかって見ているのだ、とウィンストンは思い当たった。

George Orwell
Nineteen Eighty-Four

第III部

第1章

どこにいるかわからなかった。たぶん愛情省にいるのだろうが、確認しようがなかった。天井の高い窓のない監房にいて、壁は白い輝く陶製だった。隠された電灯が独房を冷たい光で満たし、低い安定したハム音が聞こえたが、たぶん空調と関係しているのだろうと思った。壁に沿ってぐるりと、ちょうど座れるだけの幅を持ったベンチか棚がついており、ドアのところだけそれが途切れている。そしてドアの反対側の端には、木製便座のない便器があった。それぞれの壁に一つずつ、四つのテレスクリーンがある。

腹に鈍い痛みが感じられた。閉ざされたバンに閉じ込められて連れ去られて以来、ずっと感じていた痛みだ。だが腹も減っていた。蝕《むしば》むような不健全な空腹だった。最後に食べてから二十四時間たったかもしれず、三十六時間かもしれない。逮捕されたときに朝だったのか晩だったのか、いまだにわからないし、たぶん知ることもないのだろう。逮捕されてから食事はなかった。

狭いベンチになるべくじっとすわり、手を膝の上で組んだ。すでにじっとすわるよう学んだ。予想外の動きをすると、テレスクリーンから怒鳴られる。だが食べ物への渇望に襲われてきた。何よりも渇望したのはパンだ。オーバーオールのポケットにパン屑が少しあるのではと思いついた。かなりの大きさのパンの耳がある可能性さえある――そう思ったのは、ときどき何かが脚をくすぐるようだったからだ。最終的に、それを確かめようという誘惑が恐怖に打ち勝った。

彼はポケットに手をつっこんだ。

テレスクリーンからの声が怒鳴った。「スミス！　6079　スミス・W！　独房ではポケットに手を入れるな！」

またじっと座り、手を膝の上で組んだ。ここに連れてこられる前に、別の場所に運ばれた。そこは通常の監獄か、パトロールが使う一時的な拘置所《こうちしょ》だったのだろう。そこにどのくらいいたか、わからなかった。何にせよ数時間だ。時計も日光もなく、時間の見当をつけるのがむずかしい。騒々しい、ひどい匂いの場所だった。いまいるのと似たような監房に入れられたが、すさまじい汚さで、常に十人から十五人でごった返していた。その大半は普通の犯罪者だったが、中には少数の政治犯もいた。静かに壁際にすわり、汚い身体に小突かれ続けたが、恐怖と腹の痛みばかり気になって、あまりまわりに注意を向けられなかった。それでも党の囚人とそれ以外の囚人の間には驚くほど物腰の差があることには気がついた。党の囚人は常に黙って怯えていたが、一般犯罪者は他のだれに対してもまったく無遠慮だった。大声で看守を侮辱《ぶじょく》し、所持品が押収されたら激しく暴れ、床に卑猥な言葉を書き、服の謎めいた隠し場所から取り出した、秘かに持ち込んだ食べ物を食べ、テレスクリーンが秩序回復を試みると怒鳴り返しさえするのだった。一方で、中には看守と仲良しらしい者もいて、あだ名で呼び、ドアののぞき穴から紙巻きタバコをねだろうとする。看守のほうも、一般犯罪者はかなり荒っぽい扱いをするときですら、ある種の寛容さをもって扱っていた。ほとんどの囚人は、強制労働キャンプに送られるものと覚悟しており、そこについていろいろ話があった。キャンプでは、いいコネがありツボさえ心得ていれば「大丈夫」らしかった。袖の下やえこひいき、各種の強請があり、同性愛と売春もあり、ジャガイモから蒸留した密造アルコールさえあった。そうした信頼の地位が与えられるのは、一般犯罪者だけ、中でも特にギャングや殺人者で、この連中は一種の貴族を形成していた。汚れ仕事はすべて政治犯どもがやらされた。

あらゆる種類の囚人が絶え間なく行ったり来たりしていた。麻薬密売人、泥棒、盗賊、闇商人、飲んだくれ、売春婦。一部の飲んだくれはあまりに暴れるので、他の囚人たちが力を合わせて押さえつけねばならなかった。巨大でひどい様子の女性、六十歳くらいで、すさまじい転がるような乳房と、暴れるうちに転がり落ちてきた、分厚く巻かれた白髪を持つ女性が、看守四人に四肢をそれぞれ抱えられつつ、蹴飛ばして怒鳴りながら運び込まれてきた。四人は、蹴飛ばそうとし続けていた脚からブーツをむしり取り、女をウィンストンの膝に投げ出したので、大腿骨が折れそうになった。女は身を起こし、看守たちの背後から「クソったれのろくでなしども！」と怒鳴った。それから、何かでこぼこしたところにすわっているのに気がついて、ウィンストンのひざからベンチにすべり降りた。

「ごめんなさいねえ、旦那。あんたの上にすわる気なんかなかったんだけど、あのクソどもがそこに置いたもんでね。レディの扱いってもんがわかってないんだよ、ねえ？」と彼女は間をおき、胸を叩いてゲップをした。「失礼、ちょっとあたしも本調子じゃなくって」

彼女は身を乗り出して、床に大量のゲロを吐いた。

「だーいぶマシんなったよ」と彼女は目を閉じて後ろにもたれた。「我慢しちゃだめなんよ、いつも言うんだけどさ。腹んなかで新鮮なうちに出しちまう、みたいな」

我に返ると、再びウィンストンを見て、すぐに何やら気に入ったらしい。肩にその巨大な腕をまわして引き寄せ、顔にビールとゲロの吐息を吐きかけた。

「名前、なんてぇんだい？」

「スミス」とウィンストン。

「スミス、だってえ？　奇遇だねえ。あたしもスミスってぇんだよ。ひょっとして、あんたのおふくろかもよ！」

そうかもな。お母さんかもしれない。年齢も体つきもそのくらいだし、強制労働キャンプで二十年過ごせば、人は多少は変わるものだろう。

他にだれも話しかけてこなかった。一般犯罪者は驚くほど党の囚人たちを無視した。興味もないというような蔑視をこめて「せーじや」と呼ぶのだ。党の囚人たちは、怯えきってだれにも話しかけられず、何よりもお互いに話をしなかった。たった一度だけ、党員二人、どちらも女性がベンチで身を寄せ合っていたとき、喧噪の中でわずかに急いでささやかれた言葉が聞こえた。特に何か「いちまるいちごうしつ」なるものへの言及がきかれたが、何のことやらわからなかった。

ここに連れてこられたのは、二、三時間前だろうか。腹の鈍い痛みは決して消えず、一進一退を繰り返し、それに伴い考えも拡大収縮を繰り返した。痛みが悪化すれば痛みそのものと、食べ物への欲求のことしか考えなかった。マシになると、パニックに襲われた。自分に起こることが予見され、それがあまりにリアルだったので、動悸がして息が止まったほどだ。肘に叩きつけられる棍棒と、スネを蹴飛ばす鋲打ちブーツを感じた。自分が床で悶絶し、折れた歯を通してお慈悲を求めて叫んでいる様子を見た。ジュリアのことはほとんど考えなかった。彼女のことに意識を集中できなかった。愛していたし裏切りはしない。だがそれは事実でしかなく、算数の規則を知っているのと同じように知っているだけだ。彼女に愛情は感じず、彼女に何が起きているかさえほとんど思案しなかった。オブライエンについて考えるほうが多かったし、そこにはかすかな希望があった。オブライエンなら自分が逮捕されたのがわかるかもしれない。友愛団は、決して団員を救ったりしないと言っていたっけ。だがカミソリがある。可能ならカミソリの刃を送ってくれる。警備員が監房に駆け込むまでに、五秒あるだろうか。カミソリの刃は、燃えるような冷たさで肉に食い込み、それを持つ指ですら骨まで切られるだろう。すべては自分の病んだ肉体に戻ってきたが、それはごくわずかな痛みでも、震え上がり縮こまるのだった。チャンスがあっても、自分はカミソリを使えるのか、自信はなかった。流れにまかせて存在を続け、十分間ずつの追加の命を受け入れるほうが自然だった。その果てに拷問が確実に待っているとしても。

ときには、監房の壁にある瀬戸物のレンガの数を計算しようとした。簡単なはずなのに、必ずどこかで数がわからなくなるのだった。それ以上に、自分がどこにいて、いま何時なのかと思案した。あるときは、外が真昼だと確信し、次の瞬間は同じくらい外は漆黒だと確信した。この場にいると、決して消灯されないのは直感的にわかった。ここが暗闇のない場所なのだ。いまやなぜオブライエンが、このほのめかしを理解したようだったのかわかった。愛情省に窓はない。監房は建物の中心にあるのかもしれず、外壁沿いにあるのかもしれない。地下十階かもしれず、地上三十階かもしれない。頭の中であちこち自分を移動させ、身体の感覚で、自分が空高くにいるのか地下深くに埋められているかを突き止めようとした。

行進するブーツの音が外でした。鋼鉄のドアがガチャンと開いた。若い将校が、精悍《せいかん》な黒制服で、輝く磨いたレザーをあちこち見せつけつつ、ロウ製の仮面のような蒼白い実直な顔立ちで、戸口からさっそうと入ってきた。そして外の看守たちに、連行してきた囚人を入れるよう身ぶりで示した。詩人アンプルフォースがヨロヨロと監房に入ってきた。ドアはまたガチャンと閉じられた。

アンプルフォースは、脇から脇へと自信なげな動きをして、まるで別のドアから出て行けるとでも思っているかのようであり、それから房内をうろうろ往き来しはじめた。まだウィンストンの存在に気づいていない。目がおかしくなっていて、ウィンストンの頭から一メートルほど上の壁を見つめているのだ。靴ははいていない。靴下の穴から、巨大な汚い親指が突き出している。数日ヒゲを剃っていないようだ。ぼさぼさのヒゲが、頬骨まで顔を覆っており、悪党めいた雰囲気になっていたが、それが巨大でひ弱な顔つきと心配そうな動きとまったくそぐわなかった。

ウィンストンは無気力状態から立ち直るよう自分に言い聞かせた。テレスクリーンに怒鳴られても、アンプルフォースに話をしなければ。アンプルフォースがカミソリの刃を持ってきた可能性さえある。

「アンプルフォース」

テレスクリーンからの怒鳴り声はなかった。アンプルフォースはちょっとびっくりして止まった。目はゆっくりとウィンストンに焦点を合わせた。

「スミス！　君もか！」

「何でつかまった？」

「正直いって――」彼はぎくしゃくと、ウィンストンの向かいのベンチに腰掛けた。「罪状は一つしかない。そうだろう？」

「そして君はやったのか？」

「そうらしい」

彼は手を額に当てて、こめかみを一瞬押し、まるで何かを思い出そうとするようだった。

「ありがちなことなんだよ」と彼は漠然と始めた。「一つあったのを思い出す――可能性があることだ。まちがいなく軽率だった。キプリングの詩の決定版を作っていたんだ。ある行の最後に『神《ゴッド》』という単語が残るのを見逃した。仕方なかったんだ！」と彼は、ほとんど決然と付け加え、顔を上げてウィンストンを見た。「その行を変えるのは不可能だった。『棒《ロッド》』と韻を踏まなきゃならなかったんだ。わかるか、『棒《ロッド》』と韻を踏む単語は英語には十二個しかないんだよ。何日も悩んだが、本当に他に韻を踏むものはないんだ」

彼の表情が変わった。苛立ちが消え去り、一瞬ほとんど喜ばしげに見えた。一種の知的な温かみ、何か役立たずな事実を見つけた知ったかぶりのよろこびが、汚れとボサボサ髪の間からあふれ出た。

「イギリスの詩の歴史はすべて、英語には韻がないという事実に支配されていたのを知っていたかい？」

いいや、そんな考えはウィンストンの頭に浮かんだこともなかった。またこの状況では、それがさほど重要でもおもしろいとも思えなかった。

「いま何時かわかるか？」

アンプルフォースは再び驚いたようだった。「そんなこと、ほとんど考えもしなかった。逮捕されたんだ——二日前か——三日前かも」。彼の目は壁をキョロキョロみまわし、どこかに窓があるのを半ば期待しているかのようだった。「ここでは夜と昼に何のちがいもない。何時か計算しようがないと思う」

数分にわたりとりとめのない話をしていると、明確な理由もなしに、テレスクリーンからの怒鳴り声が黙るように命じた。ウィンストンは静かに手を組んですわった。アンプルフォースは、せまいベンチにしっかりすわるには大きすぎたので、脇から脇へともじもじして、ひょろ長い両手でまずは片膝を握り、それからもう片膝を覆った。テレスクリーンは、身動きするなと彼を怒鳴りつけた。時間が過ぎた。二十分か、一時間か——なかなかわからなかった。またもや外にブーツの音がした。ウィンストンの臓腑が縮みあがった。間もなく、きわめて間もなく、ヘタをするとあと五分、ひょっとして今すぐ、ブーツの足音は自分自身の順番がやってきたということとなのだ。

ドアが開いた。あの冷たい顔の若い将校が、房室に入ってきた。片手をサッと動かしてアンプルフォースを示した。

「101号室」

アンプルフォースは、看守たちにはさまれて、ヨタヨタとそこを出た。その顔は漠然と狼狽していたが、わけがわからないようだった。

長い時間に思えるものが過ぎた。ウィンストンの腹部の痛みが復活した。精神は同じネタの堂々巡りを繰り返すばかりだった。まるで同じ一連のスロットにはまりこむボールのようなものだ。考えられることは六つしかなかった。腹痛、パン切れ、血と絶叫、オブライエン、ジュリア、カミソリの刃。また臓腑が激しく縮み上がった。重いブーツが近づいてくるのだ。ドアが開くと、それが生み出した空気の流れが強烈な冷や汗のにおいを運んできた。パーソンズが房室に入ってきた。カーキ色の半ズボンとスポーツシャツを着ている。

今度ばかりはウィンストンも驚いて我を忘れた。

「**あんたか！**」

パーソンズはウィンストンを一瞥したが、興味も驚きも示さず、惨めさがあるだけだった。そわそわと部屋の中をうろつき、明らかにじっとしていられないようだ。毎回、そのぽちゃぽちゃした膝が伸びるたびに、それが震えているのは明らかだった。目は大きく見開かれて見つめるようで、まるで何か中景にあるものを見つめずにはいられないとでもいうようだった。

「何でぶちこまれた？」とウィンストン。

「思考犯罪だよ！」とパーソンズは、ほとんど泣きそうな声で言った。その声の調子は、自分の罪を完全に認める一方で、そんな言葉が自分に適用されるとは信じられないという一種の恐怖を示していた。ウィンストンの前で足を止めると、熱心に訴え始めた。「射殺はされないよな、どう思うね、旦那？　本当に何かしなければ射殺はないよな――考えだけなら、自分ではどうしようもないもんな？　こっちの言い分は公平に聞いてくれるはず。その点はお上を信頼してるんだよ。オレの記録は知ってるはずだしな、え？　あんたなら、オレがどんな野郎だったか知ってるよな。オレなりに、悪い奴じゃなかった。もちろん頭は悪かったが、気は利いた。

党のために精一杯尽くそうとしたよな？　懲役五年で放免だろ？　十年くらうかな？　オレみたいな野郎は、労働キャンプでかなり役に立つだろうし。一度道を踏み外したくらいで、射殺はねえよな？」

「有罪なのか？」とウィンストン。

「有罪に決まってんだろ！」と叫びつつ、パーソンズはテレスクリーンに追従するような視線を向けた。「党が罪もない人間を逮捕するわけねえだろ？」そのカエルじみた顔は平静になり、かすかに殊勝な顔つきさえ見せた。そしてもったいぶってこう言った。「思考犯罪ってのはおっかねえもんだぜ、旦那。油断も隙もねえ。こっちの知らないうちに入り込んできやがる。オレにどうやって入り込んだかわかるか？　寝ているときだよ！　そう、その通り。頑張って働いて、自分なりに奉仕してたってのに——心に悪いものが入り込んでるなんて、まるで知らなかった。そしたら寝言を言い始めたんだと。寝言で何を言ってるのを聞かれたと思う？」

彼は声を落とした。まるで医学的な理由で卑猥語を言わざるを得ない人物のようだった。

「『打倒ビッグ・ブラザー！』うん、オレがそう言ったんだ。どうやら何度も何度も言ったらしいぜ。ここだけの話だがな、旦那、それ以上進む前に捕まえてもらって、ありがたいと思ってんだ。裁判に立たされたらオレが何と言うかわかるか？『ありがとうございます、手遅れになる前に救っていただいてありがとうございます』って言うんだ」

「だれに告発されたんだ？」とウィンストン。

「うちの娘なんだ」と言うパーソンズは、悲しげな誇りを示していた。「鍵穴ごしに聞き耳をたてていたんだ。オレが言ってることを聞いて、すぐ翌日にパトロールにタレこんだ。七歳のタレこみ屋にしちゃあ、かなり賢いよな、え？　娘にそれで恨みはないんだぜ。むしろ誇らしいくらいだよ。とにかく正しい精神に育てたことはわかるもんな」

彼はさらに何度か、ヨタヨタと行ったり来たりしつつ、便器に渇望するような目を向けた。そしていきなり半ズボンを脱ぎ捨てた。

「悪いな、旦那。我慢できないんだ。待たされすぎた」

彼はその巨大な尻を便器に突っ込んだ。ウィンストンは両手で顔を覆った。

テレスクリーンからの声が怒鳴った。「スミス！　6079　スミス・W　顔を見せろ。独房では顔を覆うな！」

ウィンストンは顔を手から離した。パーソンズは便所を、大音量でたっぷり使った。そして実は、その栓がこわれていたので、房室はその後何時間ものすごい臭さだった。

パーソンズは連れ去られた。不可解ながら囚人が次々に来ては去った。その一人、女性が「101号室」行きを指示され、その言葉を聞いた瞬間に縮こまって顔色が一変したようにウィンストンは思った。あるとき、ここに自分が連れてこられたのが朝ならば午後、連行が午後だったら深夜のはずの時がやってきた。監房には囚人が、男女入り混じって六人いた。みんなまったく身動きしなかった。ウィンストンの向かいの男は、アゴがなく、出っ歯で、まるで巨大で無害なネズミのようだった。その太ったまだらの頬は、下のほうがあまりに袋状に垂れていたから、どう見てもそこにちょっと食べ物を隠し持っていそうだった。その薄い緑の目は臆病そうに囚人たちの顔を次々と見ては、目があうとすばやく逸らすのだった。

ドアが開き、別の囚人が連行されたが、その外見を見てウィンストンは一瞬ゾッとした。どこにでもいそうな、不機嫌そうな男で、何かエンジニアか技士のような感じだ。だが驚かされたのは、顔の衰弱ぶりだった。骸骨同然だった。あまりに痩せているので、口と目が異様に大きく見え、その目はだれか、あるいは何かに対する、殺人的な、おさまらない憎悪で満たされているようだった。

男は、ウィンストンから少し離れたベンチにすわった。ウィンストンは二度とその男を見ようとしなかったが、その苦しめられた骸骨のような顔は、目の真ん前に置かれたかのように、鮮明に心に残った。いきなり、何がおかしいかわかった。その男は飢え死にしかけているのだ。同じ考えが監房のほとんど全員に同時に浮かんだ。ベンチ全体に、きわめてかすかな動揺が走った。アゴなし男の目は絶えず、骸骨顔の男のほうをチラチラと見ては、後ろめたそうに逸らされ続け、それでもどうしようもなく惹きつけられるとでも言うように、また骸骨顔の男に向かうのだった。やがて彼は、すわったままもじもじし始めた。ついに立ち上がると、監房をヨタヨタと横切り、オーバーオールのポケットに手を突っ込んで、きまり悪そうに薄汚れたパン切れを骸骨顔の男に差し出した。

テレスクリーンから、すさまじい耳をつんざくような轟音が聞こえた。アゴなし男はその場で飛び上がった。骸骨顔の男はすぐに両手を背後につっこみ、世界すべてに対して自分がその贈り物を拒否したことを示そうとするかのようだった。テレスクリーンは怒鳴った。「バーンステッド！　２７１３　バーンステッド・Ｊ！　そのパン切れを落とせ！」

アゴなし男はパン切れを床に落とした。

「そこを動くな。ドアのほうを向け。一切動くな」

アゴなし男は従った。その巨大な垂れた頬が抑えようもなく震えている。ガシャンとドアが開いた。若い将校が入ってきて脇にどくと、その背後から背の低い無骨な看守があらわれた。すさまじい腕と肩をしている。アゴなし男の正面に立ち、将校からの合図で、体重を完全にのせたすさまじい一撃を、アゴなし男の口元に全開で放った。その威力で、男はほとんど床から放り出された。身体は房室を飛んで横切り、便座の根本に転がって止まった。一瞬、卒倒したかのように横たわり、暗い血が口と鼻から流れていた。きわめてかすかなうめき声、キイキイ声が、どうやら無意識らしく、男から放たれた。それから転がると、よろよろと両手と膝で身体を起こした。血と唾に混じって、その口から入れ歯が二つに割れて落ちた。

囚人たちは身じろぎもせず、膝の上で手を組んでいた。アゴなし男はもとの場所によじ登った。顔の片側の肉が黒くなっている。口は不定形のピンク色のかたまりへと腫れ上がり、その真ん中に黒い穴が空いている。

ときどき、そのオーバーオールの胸にちょっと血が滴った。彼の灰色の目はまだ他の人々の顔から顔へとキョロキョロして、ますます後ろめたそうで、他のみんなが自分の屈辱を見てどれほど軽蔑しているかつき止めようとしているかのようだった。

ドアが開いた。わずかな身ぶりで、将校は骸骨顔の男を示した。

「101号室」

ウィンストンの横であえぎ声と動揺が起きた。男は本当に床に飛び降りてひざまずき、両手を拝むように合わせた。

「同志！　将校殿！　あそこに連れて行くには及びません！　もうすべてお話ししたでしょう！

他に何をお知りになりたいというのですか！　何でも白状します、何でも！　おっしゃってくれれば即座に白状します。書いたらすぐ署名します――何でも！　101号室だけはやめて！」

「101号室」と将校。

男の顔は、すでに蒼白だったのが、あり得るとさえ思わなかった色に変わった。絶対にまちがえようもなく、緑がかった色合いだった。

男は叫んだ。「好きなようにしてくれ！　もう何週間も飢えさせてきただろう。ケリをつけて殺してくれ。射殺でも。絞首刑でも。二十五年の懲役でも。だれか告発してほしいヤツはいるか？　言ってくれれば、何でもお望みの通り話すから。だれだろうと、そいつらに何をしようと構わん。妻と子供三人がいる。長男はまだ六つにもならない。そいつら全員逮捕して、目の前で喉を掻ききってくれてもいい。黙って見てるから。でも101号室だけは勘弁してくれ！」

「101号室」と将校。

男は必死で他の囚人を見回し、他の被害者を身代わりにしようと思いついたらしい。その目は、アゴなし男の潰れた顔に止まった。そして細い腕をサッと伸ばした。

「連行すべきはあいつだ、おれじゃない」と男は叫んだ。「顔を潰されたときにあいつの言ったこと、聞いてなかっただろう。チャンスをくれ、一言残らず教えるから。あいつこそ党に逆らってるんだ。オレじゃない」。看守たちは進み出た。男の声は金切り声になって繰り返した。「あんたら、こいつのせりふが聞こえなかっただろう！　テレスクリーンの調子が悪かったんだ。あんたらが欲しいのはこいつだ。こいつを捕まえろよ、おれじゃない！」

頑強な看守二人が立ちはだかり、男の腕を取ろうとした。だがまさにその瞬間、男は監房の床ごしに身を翻して、ベンチを支える鉄の脚の一つをつかんだ。言葉にならない動物のような叫びを発した。看守たちはそれを摑んで引き離そうとしたが、男は驚くほどの強さでしがみついた。男は二十秒も引っ張られていただろうか。囚人たちは静かにすわり、手はひざの上で組まれ、まっすぐ正面を見続けていた。叫び声はとまった。男はもはや息を切らし、しがみつくだけで精一杯だった。そのとき別種の叫びが生じた。看守の一人に蹴飛ばされて、男の片手の指が折れたのだ。看守たちは男を引きずり立たせた。

「101号室」と将校。

男は連れ去られた。ヨロヨロと歩きつつ、頭《こうべ》を垂れ、潰された手をかばいつつ、戦う意志などすべて消えていた。

長い時間が過ぎた。あの骸骨顔の男が連れ去られたのが深夜だったなら、もう朝だろう。あれが朝なら、いまは午後だ。ウィンストンはたった一人で、それも何時間も一人きりだった。狭いベンチにすわり続ける痛みがあまりに激しく、しばしば立ち上がってうろつきまわったが、テレスクリーンは何も言わなかった。パン切れは、あのアゴなし男の落としたままのところにあった。当初は、それを見ないようにするのにかなりの努力が必要だったが、やがて飢えよりものどの渇きのほうが強まった。口が粘つき、ひどい味がした。ハム音とまったく変わらない白い光が、何か気が遠くなるような効果をもたらし、頭の中が空っぽになるような気がした。骨の痛みがもはや耐えられなくなるから立ち上がり、めまいがして立っていられるかわからないので、ほぼ即座にすわるのだった。肉体的な感覚が少し抑えられると、恐怖が戻ってきた。ときには、薄れゆく希望とともに、オブライエンとカミソリの刃のことを考えた。カミソリの刃が食事に隠されてやってくる可能性はあったが、食事がくるのかもわからなかった。もっと漠然とジュリアのことを考えた。どこかで彼女は、ひょっとすると自分よりはるかにひどい苦しみを味わっているのかもしれない。まさにこの瞬間、苦痛で絶叫しているかもしれない。「自分の苦痛を倍にしてジュリアが救えるなら、そうするだろうか？　ああ、やるとも」とウィンストンは思った。だがそれはただの知的な決断でしかなく、そうすべきだとわかっているからそう決断しただけの話だった。実感はしていなかった。この場所では、苦痛と苦痛の事前の知識以外は何も実感できない。さらに、実際に苦痛に苦しんでいるときには、どんな理由であれ自分の苦痛を増やせと願うなどあり得るだろうか？　だがその質問はまだ答えられるものではなかった。

ブーツがまた近づいてきた。ドアが開いた。オブライエンが入ってきた。

ウィンストンは思わず立ち上がった。その光景のショックで、あらゆる警戒を忘れてしまった。ここ何年もの間で、初めてテレスクリーンの存在を忘れた。

「あなたも捕まったんですか！」

「とっくの昔に捕まっていたのだよ」とオブライエンは、穏やかでほとんど後悔するようなアイロニーをこめて言った。そして脇にどいた。背後からは胸の広い看守があらわれ、長い黒い棍棒を手にしている。

「ウィンストン、わかっているだろう。自分をごまかすな。まちがいなくわかっていた――ずっと前からわかっていたはずだ」

そう、いまやわかった。ずっと前から知っていた。だがそんなことを考える暇はなかった。

目は看守の手の棍棒に吸い寄せられていた。それがどこを殴るのだろうか。頭のてっぺん、耳の端、上腕、ひじ――

ひじだ！　彼はほとんど全身が麻痺して膝をつき、動かないひじをもう片方の手で握りしめた。すべてが黄色い光へと爆発した。一撃だけでこんなに痛いとは、あり得ない、あり得ない！

光が消えると、他の二人が見下ろしていた。看守はこちらの身もだえに笑っていた。いずれにせよ、一つ疑問が解消した。この世にどんな理由があろうとも、苦痛を増すなど願えない。苦痛について、願えるのは一つだけ。止まれということだ。肉体的な痛みほどこの世でひどいものはない。苦痛に直面したら、英雄などない、英雄などない、と床の上で身もだえして何度も考えつつ、ウィンストンは動かない左腕を空しくつかみ続けた。

第2章

キャンプベッドのような感じのものに横たわっていたが、地面からもっと高くて、さらに身動きできないように何か固定されていた。いつもより強く感じられる光が顔を照らしていた。オブライエンが脇に立ち、じっと見下ろしていた。その反対側には白衣の男が、注射器を持って立っていた。

目を開けたあとでも、周辺を一気には認識しないようにした。何かまったくちがう世界から、この部屋に浮上してきたような印象があった。何かそのはるか下にある水中世界のようなものから上がってきたのだ。その水中世界にどれだけいたかはわからなかった。逮捕された瞬間から、闇も日の光も見たことがなかった。さらに記憶も断続的にしかない。意識が、眠っているときにすら持っている意識ですら、完全に途切れて、空白のすきまの後で再開していた。だがそのすきまが数日か、数週間か、たった数秒なのかは、知りようがなかった。

あのひじへの最初の一撃から悪夢が始まった。後に彼は、その後に起きたことなどただの予告編、ほぼあらゆる囚人が受ける型どおりの尋問でしかないのに気づかされた。実に幅広い犯罪――諜報、妨害工作といったもの――は、みんなが当たり前のように自白しなければならなかった。自白はただの形式だが、拷問は本物だった。何度殴られたか、どれほど殴打が続いたかは思い出せなかった。いつも黒い制服の男が五、六人、同時に対面していた。ときには拳で、ときには棍棒で、ときには鉄棒で、ときにはブーツでだった。蹴りを避けようという、果てしなく絶望的な試みであれやこれやと身もだえし、動物のように恥を忘れて床をころげまわり、結果としてますます多くの蹴りを、あばらに、腹に、ひじに、スネに、下腹部に、睾丸も。尾てい骨にくらったこともあった。ときにはそれがいつまでも続いたので、残虐で邪悪で許しがたいのは、自分を殴り続ける看守たちではなく、自分自身に失神を無理強いできないことだと思えてきたときもあった。ときには正気が完全に失われ、殴打が始まる前から許しを請うて叫び始めたこともあった。拳が振り上げられただけで、本物の犯罪も空想上の犯罪も自白をいくらでも吐露してしまうこともあった。また何も自白しないぞと決意して始め、あらゆる発言は苦痛のあえぎの中で無理矢理絞り出さねばならないこともあった。またときには弱々しく妥協を試み、自分にこう言い聞かせたこともあった。「自白はするがすぐにはしない。痛みが耐えがたくなるまで我慢しよう。あと蹴りが三回、蹴りが二回、そうしたら求めることを話そう」。ときには、立ってもいられないほど殴られ、それから監房の石の床にジャガイモ袋のように投げ出され、数時間回復のため放置され、それからまた連れ出されて殴られた。また回復期間がもっと長いこともあった。漠然としか覚えていない。そうした期間は眠るか昏睡《こんすい》状態がほとんどだったからだ。覚えている監房は板寝台と、壁から棚のようなものが突き出しているのと、ブリキの洗面台、熱いスープとパンの食事、ときどきコーヒーだった。仏頂ヅラの床屋がきてアゴを剃って髪を切ったのと、素っ気ない淡々とした白衣の男たちがやってきて、脈を調べ、叩いて反射を調べ、まぶたを開け、固い指を走らせて骨折を探し、腕に針を刺して眠らせたりしたのは覚えていた。

殴打は次第に頻度が下がり、単なる脅しになった。不満な答えをした瞬間、いつでも送り返されかねない恐怖になったのだ。尋問者はいまや黒制服のゴロツキではなく、党の知識人となった。動きがすばやくメガネを光らせた、丸々太った小男たちで、一度に十時間から十二時間ほど——と彼は思ったが確信はできない——の時間にわたりリレー式に尋問を行った。この新たな尋問官たちは、彼が常に少し苦痛にさらされるように手配したが、主に頼ったのは苦痛ではなかった。顔を平手打ちし、耳を引っ張り、髪を引っ張り、片足で立たせ、小便にいかせず、目からボロボロ涙が出るまでまばゆい光で顔を照らした。だがこの狙いは単に、侮辱して議論と理性の力を破壊することだった。本当の武器は、延々と何時間も続く容赦ない尋問で、ひっかけようとし、あちこち罠をしかけ、言ったことをすべてねじ曲げ、一歩毎のウソや自己矛盾を責め立てて、やがて神経の疲れと同じく恥ずかしさのあまり、彼は泣き出してしまうのだった。ときには尋問一回ごとに半ダースも泣いたりした。ほとんどの場合、罵倒を投げつけて、彼がためらうたびに、また看守たちの手に渡すぞと脅すのだった。だがときには急に声色を変え、彼を同志と呼び、英社主義《イングソック》とビッグ・ブラザーの名において訴えかけ、自分のやった邪悪を取り消したいと願うくらいの、党への忠誠が今もまだ多少は残っていないのかと悲しげに尋ねるのだった。長時間の尋問で神経がズタズタになっているときには、こんな訴えですらポロポロ涙が出てしまうのだ。最終的には、責め立てる声のほうが、看守たちのブーツや拳よりも完全に彼を潰した。彼はただの、求められたどんなことでも口走る口、署名する手になっていた。唯一の関心は、何を自白してほしいかつきとめて、新たないじめが始まる前にそれをさっさと自白することだった。有力な党員の暗殺を自白し、扇情的なパンフレットを配布し、公金を着服し、軍事機密を売りわたし、ありとあらゆる妨害工作をしたと自白した。はるか昔の1

968年からイースタシア政府に飼われたスパイだったと自白した。宗教的な信仰を持ち、資本主義を崇拝し、性的倒錯者だと自白した。妻を殺したと自白したが、妻がまだ生きていることは自分でもわかっていたし、尋問官たちも知っていたはずだ。長年にわたりゴールドスタインと個人的に接触しており、ほとんどあらゆる知り合いを含む地下組織の一員だったと自白した。すべてを自白しみんなを売り渡すほうが簡単だった。それに、ある意味でそれはみんな本当なのだ。自分が党の敵だったのは事実で、党の目からすれば、考えと行為との間には何の区別もない。

他の種類の記憶もあった。断続的に精神内に屹立《きつりつ》しており、まるでまわりを黒で囲まれた写真のようだった。

監房にいたが、そこが暗いか明るいかはわからなかった。なぜなら見えるのは一対の目だけだったからだ。手近な場所で何か計器が、ゆっくり一定速度でカチカチ言っていた。その目はますます大きく明るくなった。いきなり彼は自分の席から漂い上がり、その目に飛び込んで飲み込まれた。

まぶしい照明の下で、ダイヤルに囲まれた椅子に縛られていた。白衣の男がダイヤルを読んでいる。外で重いブーツの足音がした。ドアがガシャンと開いた。ロウのような顔の将校が行進して入ってきて、後ろに看守二人が従っている。

「101号室」と将校。

白衣の男は振り返らなかった。ウィンストンのほうも見なかった。ダイヤルしか見ていなかった。

彼は巨大な廊下を闊歩《かっぽ》していた。幅一キロ、華やかな黄金の照明だらけで、彼は馬鹿笑いしつつ、自白を絶叫していた。何もかも自白し、拷問の下では隠しおおせていたことまで白状した。自分の全人生の物語を、すでにそんなことは承知している聴衆に語っていた。看守たち、他の尋問官たち、白衣の男たち、オブライエン、ジュリア、チャリントンさんもいて、みんなその廊下をいっしょに闊歩しつつ、笑いながら叫んでいた。未来に埋め込まれて待ち構えていた、何か恐ろしいものが、なぜか飛ばされて、起こらなくなった。万事が快調で、もう苦痛もなく、自分の人生の最後の細部までむきだしになり、理解され、許されたのだ。

オブライエンの声を聞いたと半ば確信して、板寝台から身を起こそうとした。尋問の間ずっと、一度も姿は見なかったが、オブライエンがひじのところ、視界のすぐ外にいるという気がした。すべてを指示しているのはオブライエンなのだ。看守たちをウィンストンにけしかけつつ、殺さないようにさせたのはオブライエンだ。ウィンストンがいつ苦痛に絶叫し、いつ休み、いつ食事を与えられ、いつ寝て、いつ薬を腕に注射すべきかを決めたのもオブライエンだ。質問を行い、答を示唆したのはオブライエンだ。彼は苛《さいな》む者であり、保護する者であり、審問官であり、友人なのだ。そしてあるとき——ウィンストンはそれが薬による眠りの中でのことか、通常の睡眠中か、あるいは目覚めているときだったのかも思い出せなかった——ある声が耳元でつぶやいたのだった。「ウィンストン、心配するな。君は私の保護下にあるんだから。七年にわたり、君を見張ってきたのだよ。いまや転回点がやってきたのだ。君を救ってあげよう。君を完璧にしてあげよう」。それがオブライエンの声か確信はもてなかった。だが七年前のあの別の夢で「暗闇のない場所で会おう」と語りかけたのと同じ声ではあった。

尋問の終わりはまったく覚えていなかった。暗黒の時期があり、それからいまいる監房、あるいは部屋が、次第にまわりで物質化し始めた。ほとんど仰向《あおむ》けで、動けなかった。身体はあらゆる要所で押さえつけられていた。後頭部ですら何らかの形で固定されていた。オブライエンが深刻な様子で、いささか悲しげに見下ろしていた。その顔は、下から見ると、粗野で疲れており、目の下には袋ができて、鼻からあごに疲れたしわが走っていた。ウィンストンが思っていたよりも高齢だ。四十八歳か、あるいは五十歳だろうか。その手の下には、てっぺんにレバーのついたダイヤルがあり、その盤面にはぐるりと数字が表示されている。

「次に会うならここだと言ったね」とオブライエン。

「はい」とウィンストン。

オブライエンの手のかすかな動きだけで、苦痛の波が身体を覆った。恐ろしい痛みだった。何が起きているか見えず、何か自分に死ぬほどの傷害が加えられているような気がしたからだ。それが実際に起きているのか、それとも電気的にその効果が生み出されているのかはわからなかった。だが身体は形をとどめないほど歪められ、関節がゆっくり引き裂かれていた。苦痛は額に汗をもたらしたが、最悪だったのは背骨が折れるのではという恐怖だった。歯を食いしばり、鼻を通して激しく息をして、できる限り何も言わないようにした。

オブライエンはウィンストンの顔を見ながらいった。「恐れているね。あと一瞬で何かが折れると思っているんだろう。君が特に恐れているのは、その折れるのが背骨ではということだな。脊椎がへし折れて、髄液がそこからしたたり落ちるという、赤裸々な想像をしているな。いま考えているのがそれだろう、ちがうかね、ウィンストン?」

ウィンストンは答えなかった。オブライエンはダイヤルのレバーを戻した。苦痛の波は、到来と同じくらいすぐに収まった。

「いまのが40だ。このダイヤルの数字が100まであるのが見えるね。私たちの会話を通じて、いつどの瞬間でも、どんな度合いでも、君に苦痛を与える力を持っているのを是非ともお忘れなく。何かウソをついたり、どんな形でもごまかそうとしたり、いつもの知性水準より低下しただけでも、君は即座に苦痛で絶叫することになる。わかったかね？」

「はい」とウィンストン。

オブライエンの態度が少し和らいだ。思慮深げにメガネをなおすと、一、二回行ったり来たりした。口を開いたとき、その声は優しく辛抱強かった。医者、教師、牧師の雰囲気さえもっていて、処罰するよりは説明して説得したいと思っているようだった。

「ウィンストン、君に手間を掛けているのは、それだけの価値があるからだ。自分のどこがいけないのか、君自身も十分に承知している。もうとっくの昔に知っていたのに、その知識に抗おうとしてきた。精神的に錯乱しているね。記憶の欠陥に苦しんでいる。現実のできごとを記憶できずに、起こりもしなかった他のできごとを記憶しているのだと自分を納得させている。幸運なことに、これは治療可能だ。自分でそれを治療しなかったのは、治療しない道を自ら選んだからだ。ほんのわずかな意志の努力を、君はやりたがらなかった。いまだに君が、自分の病気にしがみついて、それが何やら美徳だと思い込んでいるのはお見通しなんだよ。ここで例を挙げようか。いまこの瞬間、オセアニアはどの列強と戦争しているのかな？」

「逮捕されたとき、オセアニアはイースタシアと戦争をしていました」

「イースタシアとな。よろしい。そしてオセアニアは常にイースタシアと戦争していた、そうだな?」

ウィンストンは息を吸い込んだ。そしてしゃべろうと口を開いたが、しゃべらなかった。目をダイヤルから離せなかった。

「真実を頼むぞ、ウィンストン。君の真実だ。自分が覚えていると思うものを教えてくれ」

「逮捕されるたった一週間前までは、イースタシアなんかとは全然戦争していなかったのを覚えています。同盟関係にありました。戦争はユーラシアに対してのものでした。それが四年続いていました。その前は——」

オブライエンは手でそれを制した。

「別の例を。数年前に、君はかなり深刻な妄想を抱いていたね。三人の男、かつて党員だったジョーンズ、アーロンソン、ラザフォードという三人——あり得る限り最も全面的な自白をして、裏切りと妨害工作で処刑された連中——が実はその咎《とが》められた罪状では無罪だったと信じていた。彼らの自白がウソだと証明する、紛う方なき文書証拠を見たと信じていただろう。何やら写真について幻覚を抱いていた。それを実際に手に持ったと信じていたな。何かこんな写真だったはずだ」

オブライエンの指の間に細長い新聞の切り抜きが登場した。五秒ほどだったか、それはウィンストンの視界の中にあった。写真で、それが何の写真かは疑問の余地がなかった。あの写真だ。ジョーンズ、アーロンソン、ラザフォードがニューヨークの党会議にいる写真で、十一年前にたまたま手にしてすぐに破壊したものだった。一瞬だけとはいえ目の前にあり、それから

った。

視界から再び消えた。だが自分はそれを見た、疑問の余地なく見た！　彼は上半身を振りほどこうと、絶望的で苦悶に満ちた努力をした。どの方向にも一センチたりとも動けなかった。一瞬彼はダイヤルのことさえ忘れた。ただその写真を再び指に持つか、少なくとも見たいだけだった。

「存在するんだ！」と彼は叫んだ。

「しない」とオブライエン。

彼は部屋を横切った。反対側の壁には記憶穴があった。オブライエンは格子を上げた。見えないところで、その弱々しい紙切れは、温かい空気の流れにのって漂い去っていった。炎一閃で消えうせようとしていた。オブライエンは壁から向き直った。

「灰。それとわかる灰ですらない。存在などしていない。存在したこともない」

「でも存在している！　本当に存在する！　記憶の中にある。私は覚えている。あなたも覚えている」

「私は覚えていないな」とオブライエン。

ウィンストンの心は沈んだ。あれは二重思考だ。死ぬほどの無力感をおぼえた。オブライエンがウソをついているのを確信できるなら、どうでも良かっただろう。だがオブライエンが本当に写真を忘れたことも十分にあり得た。そしてもしそうなら、それを覚えていたことを否定したのもすでに忘れているはずで、忘れた行為も忘れただろう。それが単なる詐術だとどうやって確信できようか？　キチガイじみた内心の断絶は本当に起こるのかもしれない。その考えにウィンストンは打ち負かされた。

オブライエンは思案するようにこちらを見下ろしていた。いつになく、頑固ながらも有望な子供に苦労する教師の雰囲気をたたえていた。

「過去の支配について述べていた党のスローガンがあったな。繰り返していただけませんかね」

「過去を支配する者は未来を支配する。現在を支配する者は過去を支配する」とウィンストンは従順に暗唱した。

「現在を支配する者は過去を支配する」とオブライエンは、ゆっくりと承認するようにうなずいた。「君の意見では、過去は本当の実在性を持つものかね？」

またもや、無力感がウィンストンを襲った。目はチラチラとダイヤルを見た。苦痛から救ってくれる答が、「イエス」か「ノー」かわからなかった。自分がどっちの答を本当だと思っているかすらわからなかった。

オブライエンはかすかに微笑した。「ウィンストン、君は形而上学者《けいじじょうがく》ではない。この瞬間まで、存在とはどういう意味か考えたこともなかっただろう。もっと厳密に言おうか。過去は具体的に空間の中に存在するのかな？　過去がまだ起きている、どこか別の場所、具体的な物体の世界があるのかね？」

「いいえ」

「では過去などあるなら、どこにあるんだね？」

「記録に。書かれています」

「記録か。それと――？」

「精神に。人間の記憶に」

「記憶と。なるほどね。我々党は、あらゆる記録を支配し、あらゆる記憶を支配する。では我々は過去を支配していることになる。ちがうかな？」

ウィンストンはまたもや、一瞬ダイヤルのことを忘れて叫んだ。「でも、人がものを記憶するのは止めようがないでしょう！　非自発的に起こることです。自分の外です。記憶をどう支配できるんですか？　私の記憶は支配できてないでしょう！」

オブライエンの態度が再び厳しくなった。そしてダイヤルに手をかけた。

「話は逆で、それを支配できていないのは**君なのだ**。だからこそ君はここに来ることになった。君がここにいるのは、慎みと自己規律に失敗したからなのだよ。正気の代償である服従行為を行わなかった。狂人として、たった一人の少数派であるほうがいいと思った。現実を見ることができるのは、規律ある精神だけなのだよ、ウィンストン。君は現実が客観的で、外部にあり、それ自体として存在するものだと思っているね。また現実の性質は自明だと信じているな。自分をごまかして、何かを見ていると思い込んだら、他のみんなも自分と同じものを見ると想定している。だがウィンストン、教えてやるが、現実は外部にあるものではない。現実は人間の精神にあり、他のどこにもない。個人の精神ではないよ、個人はまちがいをするし、どのみちすぐに消え去るからな。党の精神だけにあるのだ。それは集合的で不滅だからだ。党が真実だとするものは、何であれ真実なのだ。現実を見るには、党の目を通して見る以外は不可能なのだ。君が改めて学ばねばならない事実はそれなのだよ、ウィンストン。それには自己破壊行為、意志の努力が必要となる。正気になりたいなら、謙虚にならねば」

彼はしばし間をおき、自分の発言がこちらの腹に落ちるのを待っているようだった。そして続けた。

「日記に、『自由とは、二足す二が四になると言う自由である』と書いたのを覚えているかな？」

「はい」とウィンストン。

オブライエンは左手を挙げ、手の甲をウィンストンに向けて、親指をかくし、残り四本の指を伸ばした。

「指を何本挙げているかな、ウィンストン？」

「四本」

「そして党が、四本ではなく五本だと言ったら——そうしたら何本だね？」

「四本」

その一言は苦痛のあえぎで終わった。ダイヤルの針が55に跳ね上がっていた。ウィンストンの全身から汗が噴き出た。空気が肺に爆発的に入り込み、深いうめき声となってまた吐かれ、歯を食いしばってもそれを止められなかった。オブライエンはそれを見ながら、四本の指をまだ伸ばし続けた。そしてレバーを戻した。今回は、苦痛はほんの少し軽減しただけだった。

「指は何本だね、ウィンストン？」

「四本」

針は60に上がった。

「指は何本だね、ウィンストン？」

「四！　四！　他にどう言えと？　四本！」

針はまた上がったはずだが、目に入らなかった。重厚で謹厳な顔と四本の指が視界を満たした。指は柱のように目の前に屹立し、巨大でぼやけ、震えるようだったが、まちがいなく四本だった。

「指は何本だね、ウィンストン？」

「四！　やめて、やめて！　ひどすぎる！　四本！」

「指は何本だね、ウィンストン？」

「五本！　五本！　五本！」

「いや、ウィンストン。それではダメだ。ウソをついているね。まだ四本だと思っているだろう。さて、指は何本でしょうか？」

「四！　五！　四！　なんでも好きなとおりに。とにかくやめて、痛いのやめて！」

いきなりウィンストンは、身を起こしていて、オブライエンの腕が肩にまわされていた。数秒ほど意識を失ったのだろうか。身体をおさえつけていた拘束が緩められた。とても寒く、抑えようもなく震え、歯はカチカチ鳴り、涙が頰をつたい落ちていた。一瞬、オブライエンに赤ん坊のようにしがみついてしまった。肩にまわされた重い腕に不思議と慰められたのだ。オブライエンが自分の保護者であり、苦痛は何か外部から、別の源からきたもので、オブライエンは自分をそこから救ってくれたのだという気がした。

「飲み込みの悪い奴だなあ」とオブライエンが優しく言った。

ウィンストンは泣き出した。「どうしようもないでしょう。目の前にあるものを見ずにはいられないんですから。二足す二は四だ」

「そういうこともあるな、ウィンストン。だが五のときもある。三のときもある。ときには同時にそのすべてだ。もっと頑張れ。正気になるのは簡単ではないのだよ」

彼はウィンストンをベッドに横たえた。手足の拘束がまた強まったが、苦痛はひいて、身体の震えもとまり、単に無力で寒いだけとなった。オブライエンは白衣の男に頭で合図した。その男はこれまでのやりとりの間ずっと、微動だにせず立っていたのだった。白衣の男はかがんでウィンストンの目を細かく見て、脈を取り、胸に耳を当て、あちこちを叩いてからオブライエンにうなずいた。

「やり直し」とオブライエン。

苦痛がウィンストンの身体に流れ込んだ。針は70、75だろうか。今度は目を閉じていた。指がまだそこにあり、まだ四本だと知っていた。唯一大切なのは、けいれんが終わるまでなんとか生き延びることだ。自分が絶叫しているかどうかもわからなくなった。苦痛が再びひいた。目をあけた。オブライエンはレバーを戻して言った。

「指は何本だね、ウィンストン?」

「四本。四本あると思います。できれば五本見たい。五本見ようとしてるんです」

「五本見ていると私を説得したいのかね、それとも本当に五本見たいのか、どっちだい?」

「本当に見たいんです」

「やり直し」とオブライエン。

針は80だったか——90かも。ウィンストンはときどき、なぜこの苦痛が起きているかわからなくなった。イカレたまぶたの背後では、指の森が何やら踊りを展開し、折り重なって出たり入ったりして、お互いの後ろに隠れては再び現れた。それを数えようとしたが、理由は思い出せなかった。それを数えるのが不可能であり、それがなぜか、不思議なことに五と四が同じせいなのだ、ということだけわかっていた。苦痛はまたおさまった。目を再び開けると、また同じものが見えていた。無数の指が、動く木のように、いまだに四方八方へと流れており、交差してはまた重なり合う。ウィンストンは再び目を閉じた。

「指を何本挙げているかな、ウィンストン？」

「わかりません、わかりません。あれをまたやられたら死んでしまいます。四、五、六——ホント正直、わかんないんです」

「まあまあかな」とオブライエン。

針がウィンストンの腕に差し込まれた。ほとんどその瞬間に、至福のような、癒しのぬくもりが全身に広がった。苦痛はすでに忘れられかけた。目をあけて、感謝をこめてオブライエンを見た。重厚でしわだらけの顔、実に醜く実に知的なその顔を見て、心が躍るようだった。動けるものなら、手を差し伸べてオブライエンの腕に置いただろう。この瞬間ほど彼を深く愛したことはなかったし、それも単に苦痛を止めてくれたからだけではない。かつての気持、根底のところではオブライエンが敵か味方かはどうでもいいという気持が戻ってきた。オブライエンは話が通じる相手なのだ。人は、愛されるよりもむしろ理解されたいのかもしれない。オブライエンは発狂寸前まで自分を拷問し、間もなくほぼ確実に、自分を殺すように命じる。それでも何も変わらない。友情よりもはるかに深いある意味で、二人は受刑者仲間なのだ。どこかしら、実際の言葉は決して交わされることがなくても、二人が会って話せる場所がある。オブライエンは、内心同じ思いかもしれないと示唆するような表情で見下ろしていた。そして口を開いたときにも、気安い会話調だった。

「ウィンストン、自分がどこにいるかわかるかい？」

「わかりません。見当はつきます。愛情省です」

「どのくらいここにいたかわかるかい？」

「わかりません。数日、数週間、数ヶ月——数ヶ月だと思います」

「そして、なぜ我々がみんなをここに連れてくると思慮するね？」

「自白させるためです」

「いいや、そんな理由じゃないよ。やり直し」

「処罰するため」

「ちがう！」とオブライエンは叫んだ。その声がすさまじく変わり、顔はいきなり謹厳でありながら活き活きとした。「ちがうぞ！　単に自白を引き出すためなどではない、処罰するためでもない。なぜ君をここに連れてきたか教えてあげようか？　君を治療するためだよ！　正気にしてやるためだ！　わかるかウィンストン、この場所に連れてきた人間は、だれ一人として治療されずに我々の手を逃れることなどない。君の犯したバカげた犯罪などに興味はない。党は明示的な行動などに興味はないのだよ。我々が気にするのは唯一、思考だ。我々は単に敵を破壊するだけではない。敵を変えるのだ。私の言っている意味が理解できるか？」

彼はウィンストンの上にかがみ込んでいた。その顔は間近なので巨大で、下から見上げると忌まわしいほど醜かった。それ以上に、その顔は一種の高揚感、狂気の力強さに満ちていた。またもやウィンストンの精神は縮み上がった。できることなら、寝台にさらに深く潜り込んだだろう。オブライエンがただの悪意でダイヤルをひねるのだと確信した。だがこの瞬間、オブライエンは顔をそむけた。何度かうろうろ歩きまわった。そして、熾烈さを少し弱めて続けた。

「まっ先に理解すべきなのは、ここには殉教者《じゅんきょう》などいないということだ。過去の宗教迫害のことは読んだだろう。中世には異端審問があった。失敗だった。邪説を根絶やしにしようとしたが、かえってそれを永続させてしまった。火あぶりにした異端者一人ごとに、何千人もの異端者が湧き起こった。なぜだろうか？　異端審問は敵を公開の場で殺し、まだ改悛《かいしゅん》しないうちに殺してしまったからだ。それどころか、改悛しないからこそ殺したんだ。人が死ぬのは、本当に信じているものを捨てないからだった。当然ながら、あらゆる栄光は被害者のものとなり、火あぶりにかけた側の異端審問官はすべての恥を受けた。後の20世紀には全体主義者と呼ばれる連中がいた。ドイツのナチスやロシアの共産主義者だ。ロシア人たちは、異端者を異端審問よりも残虐に訴追した。そして、過去のまちがいから学んだつもりでいた。少なくとも、殉教者を作ってはいけないのは理解していた。被害者を公開裁判でさらしものにする前に、意図的にその尊厳を破壊しようとした。拷問と孤立により疲弊させ、やがて忌まわしい目を背けたくなるほどの惨めな存在にして、言われたとおりのことを何でも自白するようにしむけ、自分たちを権力まみれにさせ、責任をなすりつけあって内ゲバを演じさせ、慈悲を求めて哀願させた。それでもほんの数年たつと、同じ事がまた繰り返された。死人たちは殉教者となり、その失墜は忘れ去られた。またもや、なぜそうなったのだろうか？　そもそも、彼らの行った自白は脅されてのことで真実ではないのが明らかだったからだ。我々はその手のまちがいはしない。ここで行われるあらゆる自白は本物なのだ。我々がそれを本物にする。そして何よりも、死者たちが我々に対して蜂起するなど許さない。後世が君の正しさを証明するなどと想像するのは止めることだな、ウィンストン。後世は君のことなど決して知ることはない。君は歴史の流れからきれいさっぱり取りのぞかれる。気体にして成層圏に注ぎ込んでやる。何一つとして残らない。何か登録簿の名前としても、生きた脳みその記憶としてもね。過去においても未来においてと同様に殲滅される。君は存在しなかったことになるのだ」

だったらなぜわざわざ拷問なんかするんだろう、とウィンストンは一瞬恨みがましく思った。オブライエンは、まるでウィンストンがその考えを口に出したかのように、歩き回るのを止めた。その巨大な醜い顔が接近し、目が少し細められた。

「こう思ってるんだろう。自分を完全に破壊し、言うこともやることも、これっぽっちのちがいすら生み出さないようにするつもりなら——なんだって我々は、まず君を尋問するような手間をかけるんだろうか、と。そう思っていただろう。ちがうか?」

「そうです」とウィンストン。

オブライエンはかすかに微笑した。「君はパターンの中の欠陥なのだよ、ウィンストン。拭い去らねばならない染みだ。たった今、我々がかつての糾弾者たちとはちがうのだと話さなかったかな? 我々は、嫌々ながらの服従だの、極度に卑屈な従属ですら満足できないのだ。君がついに我々に降伏するときには、自由意志でそうしてもらわねばならない。異端者を破壊するのは、抵抗するからではない。抵抗する限り、決して破壊はしない。転向させ、奥底の精神を捉え、叩き直すのだ。あらゆる邪悪と幻想を焼き払ってやる。我々の側に転向させる。それも形ばかりではなく、本当に、身も精神も本気で転向してもらうのだ。我々の一員にしてから殺すのだよ。この世のどこであれ、まちがった思考が存在することが、我々には耐えられないのだ。それがいかに秘密で無力であろうともね。死の瞬間でさえ、我々は一切逸脱は許容できない。かつての時代には、異端者ははりつけになるときですら、まだ異端者のままであり、その異端を宣言して勝ち誇ることができた。ロシア粛清の被害者たちですら、銃殺を待ちながら通路を歩きつつ、頭の中に反乱を秘蔵しておけた。だが我々は、頭をぶちぬく前にそれを完璧にするのだ。古くさい専制主義の命令は『汝、これをしてはならぬ』だった。全体主義者の命令は『汝、これをすべし』だ。我々の命令は『汝、こうであれ』なのだよ。ここに連れてくる者は、決して我々にその後逆らうことはない、みんなきれいに洗われる。かつて無罪だと君が信じていた、哀れな裏切り者三人――ジョーンズ、アーロンソン、ラザフォード――最終的にはあいつらも打ち負かしてやった。あいつらの尋問にはこの私自身も参加したのだよ。彼らが次第に疲れ果て、泣き言をいい、這いずり、泣き――そして最後にはそれも苦痛や恐怖ではなく、罪を悔いて泣くようになっていた。やりきったときには、すでに抜け殻でしかなかった。自分たちのやったことに対する悲しみと、ビッグ・ブラザーへの愛以外は何も残っていなかった。その愛を見ると感動したものだよ。急いで射殺してくれ、精神がまだきれいなうちに死にたいから、と懇願《こんがん》したよ」

その声はほとんど夢見るようなものになった。高揚感、狂気の力強さがまだその顔には残っていた。これはお芝居ではない。彼は偽善者じゃない。自分の台詞を一言残らず信じてるんだ、とウィンストンは思った。最も苛まれるのは、自分自身の知的な劣等性だった。その重たいのに優雅な姿が行ったり来たり歩き回るのをながめ、視界を出たり入ったりするのを見た。オブライエンはあらゆる面で自分より大きな存在だった。自分の抱いた考え、抱ける考えで、オブライエンがしばらく前に知り、検討し、却下していないものなどないのだ。オブライエンの精神は、ウィンストンの精神を**包含している**のだ。だがもしそうなら、オブライエンが狂っているはずがあるだろうか？　狂っているのは自分、ウィンストンでなければならない。オブライエンは立ち止まり、こちらを見下ろした。声がまた厳しくなっている。

「ウィンストン、どれほど完全に我々に降伏しても、助かるなどとは思うなよ。道を誤ったものはだれ一人として見逃されない。そして、自然な生涯を終えさせる道を選んだとしても、我々からは決して逃れられないぞ。ここで君に起こることは永遠なのだ。それはあらかじめ理解しておくことだ。君を徹底的に押し潰し、二度と戻ってこられないようにしてやる。千年生きたとしても回復できないようなことがこれから起こる。君は二度と普通の人間感情を持てない。君の内面はすべて死ぬ。二度と愛や友情、歓び、生活、笑い、好奇心、勇気、誠実さなどは持てない。虚ろになる。君を空っぽに絞り出し、そこに我々自身を満たすのだ」

彼は口を止めて白衣の男に合図した。ウィンストンは、何か頭の後ろに重たい装置が押しやられてくるのに気がついた。オブライエンはベッドの横にすわり、顔がウィンストンとほとんど並ぶようにした。

「三千」と彼はウィンストンの頭越しに、白衣の男に告げた。

柔らかいパッドが二つ、少し湿っている感じで、それがウィンストンのこめかみをはさんだ。彼はひるんだ。苦痛がやってくる。ちがう種類の苦痛だ。オブライエンはなだめるように、ほとんど優しく、こちらに手を重ねた。

「今回は痛くない。私の目から目をそらすなよ」

この瞬間、すさまじい爆発が起きた、というか爆発のように思えるものが生じたが、何か音がしたかどうかははっきりしなかった。まちがいなく、目もくらむ閃光はあった。苦痛は感じず、打ちのめされただけだった。それが起きたときにはすでに横たわっていたのに、自分が殴り倒されてその姿勢になったという奇妙な感覚があった。すさまじい無痛の一撃がウィンストンをのしてしまったのだ。また頭の中でも何かが起きた。目の焦点があってくると、自分がだれで、ここがどこかは思い出し、のぞき込んでいる顔の人物も見分けがついた。だがどこかしら、何か大きな空白があり、まるで脳の一部が取りのぞかれたような気分だった。

「すぐにおさまる。私の目を見ろ。オセアニアはどの国と戦争をしているのかな？」

ウィンストンは考えた。オセアニアの意味はわかり、自分がオセアニア市民なのも知っていた。またユーラシアとイースタシアというのも記憶にあった。だが、だれがだれと戦争しているのかは、知らなかった。それどころか、何か戦争が起きていることさえ知らなかった。

「わかりません」

「オセアニアはイースタシアと戦争している。思い出したか？」

「はい」

「オセアニアはずっとイースタシアと戦争をしていた。君が生まれたときから、党の始まりから、歴史の始まり以来、戦争は絶え間なく続き、常に同じ戦争だった。思い出したか？」

「はい」

「十一年前に、裏切りで死罪となった三人の男についてお話を作り上げたね。彼らの無罪を証明する紙切れを見たというふりをした。そんな紙切れは存在しなかった。君がそれをでっちあげ、後にそれを信じ込んでしまった。思い出したかな？」

「はい」

「ついさっき、手の指を掲げてみせたな。指が五本見えたな。覚えているか？」

「はい」

オブライエンは左手の指をあげ、親指だけ隠した。

「ほら、五本の指がある。指が五本見えるか？」

「はい」

そして確かに、ほんの一瞬、精神風景が変わる前にそれが見えた。指が五本見えたし、そこに何の歪みもなかった。そしてすべてが平常に戻り、かつての恐怖、憎悪、困惑が再び押し寄せて戻ってきた。だがほんの一瞬——それがどのくらい続いたのか、せいぜい三十秒だろうか——まばゆいほどはっきりと、オブライエンが何かを示唆するたびに、それが空白の一角を埋めて、絶対的な真実となり、二足す二が必要とあらば五でも三にでもなれたのだった。その瞬間はオブライエンが手を下ろす前に薄れた。だが再びとらえることはできなくても、思い出すことはできた。人生のどこかの時点で、自分が実質的にちがう人間だったという鮮明な体験を思い出せるように。

「とにかくそれが可能だということは、いまやわかったね」とオブライエン。

「はい」とウィンストン。

オブライエンは満足げな様子で立ち上がった。左手で、白衣の男がアンプルを折り、注射器のプランジャーを引き上げるのが見えた。オブライエンはにっこりしてウィンストンに向き直った。ほとんど昔と同じやり方で、彼は鼻の上のメガネを調整した。

「覚えているかな、君は日記にこう書いただろう。私が味方でも敵でも関係ない、少なくとも私は君を理解する人間であり、話が通じる、とね。その通りだ。君と話すのは楽しい。君の精神には惹かれる。私の精神に似ているよ。ただし君のほうは狂っているのだが。このセッションを終える前に、そうしたければいくつか質問をしてくれてもいいぞ」

「どんな質問でも？」

「何でも」そう言いつつ彼は、ウィンストンの目がダイヤルを見ているのに気がついた。「切ってある。最初の質問は？」

「ジュリアには何をしたんです？」

オブライエンはまたニッコリした。「君を裏切ったよ、ウィンストン。即座に――何のためらいもなく。あれほどすぐに寝返る人間にはめったにお目にかかれない。いま彼女を見ても、ほとんど彼女だとはわからないはずだ。あの反逆精神、欺瞞、愚行、淫らさ――すべてが焼き尽くされた。教科書的な完全な改修だった」

「拷問したんですか？」

オブライエンは答えなかった。「次の質問」

「ビッグ・ブラザーは存在するんですか？」

「もちろん存在する。党は存在する。ビッグ・ブラザーは党を体現しているのだ」

「私が存在するのと同じように存在するんですか？」

「君は存在していない」とオブライエン。

再び無力感に襲われた。自分の非存在を証明する議論はわかっていたか、少なくとも想像できた。だがそれはナンセンスであり言葉遊びでしかない。「君は存在していない」という命題は論理的な馬鹿らしさを含んではいないだろうか？　だがそれを言ってどうなる？　自分を粉砕するのにオブライエンが使う、答えようのないイカレた議論を考えると心が縮んだ。

ウィンストンは恐る恐る言った。「自分は存在していると思います。自分のアイデンティティが意識できる。生まれて、いずれ死ぬ。腕や脚がある。空間のある特定の点を占めている。他の固体は、同じ点を同時に占めることはできない。その意味でビッグ・ブラザーは存在するんですか？」

「どうでもいい話だ。存在する」

「ビッグ・ブラザーが死ぬことはありますか？」

「まさか。死ぬわけがないだろう？　次の質問」

「友愛団は実在しますか？」

「ウィンストンくん、それは君には決してわからん。君の処置が終わって解放してやって、君がその後九十歳になっても、その質問の答がイエスかノーかは決してわからない。死ぬまでそれは君の頭の中で、未解決の謎になるのだよ」

ウィンストンは静かに横たわっていた。胸が少し速めに上がり下がりした。まっ先に頭に浮かんだ質問をまだ尋ねていなかった。絶対尋ねなくてはならないのに、舌はそれを発してくれないかのようだった。オブライエンの顔にかすかにおもしろがる様子が浮かんだ。そのメガネさえ皮肉な輝きを放つようだった。こいつは知ってるんだ、とウィンストンはいきなり思った。おれが何をきくか知ってるんだ！　そう思った瞬間、言葉が飛びだした。

「１０１号室には何があるんですか？」

オブライエンの表情は変わらなかった。彼は淡々と答えた。

「１０１号室に何があるか、君は知っているのだよ、ウィンストン。みんな１０１号室に何があるかは知っているんだ」

彼は白衣の男に指をあげた。どうやらこのセッションは終わりだった。ウィンストンの腕に針が突き刺さった。彼はほぼ即座に深い眠りに落ちた。

「君の再統合には三段階ある。学習、理解、受容だ。二段階目に入るときがきた」とオブライエン。

いつもながら、ウィンストンは仰向けに寝かされていた。だが最近では拘束が弱まっていた。まだ拘束はされていたが、ひざは少し動かせるし、頭も左右に動かせて、腕も肘から先は動かせた。ダイヤルも、以前ほど恐ろしくはなくなった。すばやく機転をきかせれば、その痛みは避けられた。オブライエンがレバーを引くのは、主に愚かさを示したときだった。ときにはセッション丸ごと、ダイヤルなしで切り抜けることもあった。セッションがこれまで何回あったか思い出せなかった。このプロセス全体が、長く果てしない時間にわたり――おそらく何週間――展開するようで、セッションの間の時間は数日かもしれず、ときにはたった一、二時間だった。

オブライエンは言った。「そこに横になりつつ、君はしばしば不思議に思ったね――実際に私に尋ねたこともある――なぜ愛情省は自分にこれほどの手間暇をかけるのか、と。そして自由だったときにも、基本的には同じ疑問で首を傾げたな。自分の生きる社会の仕組みはわかるが、その根底にある動機がわからない、と。日記に書いたのを覚えているかね。『方法はわかる。理由がわからない』。君が己の正気を疑ったのは、その理由を考えたときのことだった。**あの本**、ゴールドスタインの本を読んだね、少なくともその一部は。すでに君が知らなかったことを一つでも教えてくれたか？」

「読んだんですか？」とウィンストン。

「私が書いたのだよ。というか、書くのを手伝った。どんな本も個人が生み出すものではない、ご存じの通り」

「あれは本当なんですか、あの中身は？」

「記述としては、本当だ。そこで述べられた計画はナンセンスだ。知識の秘密の蓄積——啓蒙のゆっくりとした拡大——最終的にはプロレタリア革命——党の打倒。そういう話が書かれているのは、君自身が予想したはずだな。すべてナンセンスだ。プロレタリアたちは決して反逆などしない。千年たとうが百万年たとうが。反逆できないのだ。理由は教えるまでもないだろう。すでに知っているはずだ。暴力的な蜂起の夢を少しでも抱いたことがあるなら、捨てて欲しい。党が打倒される方法はあり得ない。党の支配は永遠なのだ。それを思考の出発点にしなさい」

彼はベッドに近づいて繰り返した。「永遠だぞ！　さてそれでは、『方法』と『理由』の問題に戻ろうか。党が己の権力を維持する『方法』は君も十分に承知しているな。では我々が権力にしがみつく『理由』を言ってみなさい。我々の動機はなんだ？　なぜ権力などほしがる？　さあ、言ってごらん」と、黙っているウィンストンを見て彼は付け加えた。

それでもウィンストンは、まだしばらくは口を開かなかった。やるせなさに圧倒されたのだ。オブライエンの顔に、イカレたかすかな熱意の輝きが戻っていた。すでにオブライエンが何を言うかわかっていた。党は自分のために権力を追求するのではなく、多数派のためによかれと思っているだけなのだ、と。権力を求めるのは、大衆が弱く、臆病な生き物たちで、自由に耐えられず真実にも直面できないからだ。だからもっと強い者たちにより、支配されて系統的に騙されねばならないのだ。人類の選択は自由か幸福かということであり、人類の大半にとっては、幸福のほうがいいのだ。党は弱者の永遠の保護者であり、よいことが起こるように邪悪なことを行う献身的なセクトであり、己の幸福を他人たちのために犠牲にしているのだ。オブライエンはそう言うだろう。ひどいことだが、とウィンストンは思った。ひどいことだが、オブライエンがそう言ったら、自分はそれを信じるだろう。顔を見ればわかった。オブライエンはすべてを知っている。ウィンストンの千倍も世界の本当の姿を知っているし、人間の大半がどれほどひどい暮らしをしていて、どんなウソと蛮行により党が彼らをそこに押し込めているかも知っていた。彼はそのすべてを理解し、すべてをてんびんにかけ、それでも何のちがいもない。すべては最終目的により正当化される。自分より賢く、自分の議論をしっかり聞いてくれたうえで、あっさりと己の狂気にこだわる狂人相手に、何ができるというんだ?

彼は弱々しく言った。「あなた方は、私たち自身のためを思って支配してくれているんです。あなたたちは、人間が自分を統治するだけの能力がないと思い、よって――」

彼はハッとしてほとんど泣き叫んだ。苦痛の衝撃が全身を貫いた。オブライエンがダイヤルのレバーを35まで押し上げたのだ。

「いまのは愚かだったぞ、ウィンストン。愚かきわまる! あんなことを言うとは呆れたものだ」

彼はレバーを戻して続けた。

「では自分の質問に対する答を教えてあげよう。次の通りだ。党は権力を完全にそれ自体のために追い求める。我々は他人のよしあしなどに興味はない。権力だけに関心があるのだ。富でもぜいたくでも長命でも幸福でもない。権力だけ、純粋な権力。純粋な権力がどういう意味かはすぐわかる。我々は過去の寡頭支配者たちすべてとはちがうのだよ、自分が何をしているかわかっているという点でね。他の連中、我々と似たところもあった連中ですら、臆病な偽善者どもだった。ドイツのナチスやロシアの共産主義者どもは、手法面では我々にかなり近いところまできたが、自分の動機を認識するだけの勇気はついぞ持ち得なかった。自分たちが権力を握ったのは、嫌々ながらであり、限られた期間だけのことであって、すぐそこには人類が自由で平等となる天国が待っているのだ、というふりをした。いや自分でも本気でそう信じていたかもしれない。我々はそんなのとはちがう。権力を握る者で、それを手放すつもりがあるやつなどいないのは知っている。権力は手段ではない。目的なのだよ。独裁制を確立するのは、革命を安全に守るためではない。独裁制を確立するために革命を起こすのだ。訴追の目的は訴追だ。拷問の目的は拷問だ。権力の目的は権力だ。そろそろわかってきたか?」

ウィンストンは、以前と同じく、オブライエンの顔がくたびれているのにハッとした。力強く肉付きがよく荒々しく、知性と一種の統制された情熱を持ち、その前でウィンストンは無力に感じてしまう。だがくたびれていた。目の下はたるんでおり、頰骨からの皮膚が垂れ下がっている。オブライエンはこちらの上に身を乗り出し、わざとくたびれた顔を近くに寄せた。

「私の顔が、老いてくたびれていると思っているんだろう。権力の話をするくせに、自分自身の肉体の衰えを防ぐことさえできないではないか、と思っているな。わからんのか、ウィンストン。個人はただの細胞でしかないのだよ。細胞の衰えは組織の活力なのだ。君は爪を切ったら死ぬのか？」

彼はベッドに背を向けて、片手をポケットに突っ込んで、再び行ったり来たりを始めた。

「我々は権力の司祭なのだよ。神は権力である。だが現在では、権力というのは君から見ればただの言葉だ。そろそろ君も、権力とは何か少し考えをまとめたまえ。まっ先に認識すべきなのは、権力は集合的だということだ。個人が権力を持つのは、個人でなくなる限りにおいてだけだ。党のスローガン『自由は隷属』を知っているな？　これがひっくり返せると気がついたことはあるか？　隷属は自由なのだ。孤独——自由——なら人間は常に敗北する。これは必然なのだよ。というのもあらゆる人間は死ぬ運命にあり、死こそは最大の失敗だからだ。だが完全かつ全面的な従属ができたら、己のアイデンティティから逃れられたら、己を党に融合させ、自分が党そのものになれれば、その者は全能で不死になる。二番目に認識すべきなのは、権力というのは人間に対する権力だということだ。肉体に対して——だが、何よりも精神に対して行使されるのだ。物質——君なら外的現実とでも呼ぶかな——に対する力など、重要ではない。すでに我々の物質に対する支配は絶対的なのだから」

一瞬ウィンストンはダイヤルを無視した。激しく上半身を起こしてすわろうとしたが、痛々しく身体をよじるのに成功しただけだった。

「でも物質なんか支配できないでしょう！　気候も重力の法則も支配できないのに。それに病気、苦痛、死も——」

オブライエンは手の一振りでこちらを黙らせた。「我々は精神を支配しているから、物質を支配している。現実は頭蓋骨の中にある。君もだんだんわかるだろう、ウィンストン。我々にできないことはない。透明、空中浮遊——なんでも。やりたければ、この床からシャボン玉のように浮かび上がれる。やりたいと思わないのは、党がそれを望まないからだ。自然法則についてのその19世紀的発想は捨てたまえ。自然法則を作るのは我々なのだ」

「何を言ってるんですか！　この惑星の支配者ですらないのに。ユーラシアとイースタシアはどうなんですか？　まだ征服していないでしょうに」

「どうでもいいことだ。気が向けば征服する。征服しなくても、それがどうした？　彼らを存在から閉め出せる。オセアニアが世界なのだ」

「でも世界そのものだって、チリのひとかけらでしかないでしょう。そして人間は小さい——寄る辺ない！　存在してからどれだけ経つというんですか。何百万年にもわたり、地球に人はいなかったでしょう」

「ばかばかしい。地球は我々と同じ古さで、それ以上ではない。それより古いはずがないだろう。人間意識を通じなければ何も存在できないのだ」

「でも岩は絶滅した動物の骨だらけじゃないですか——マンモスやマストドンや巨大な爬虫類、人間など影も形もなかったはるか以前にここに暮らしていた動物が」

「ウィンストン、君はその骨を見たことがあるのか？　あるわけがない。19世紀の生物学者どもの捏造だ。人間以前には何もなかった。人間以後、といっても、もし人間が終わるとすればだが、何もなくなる。人間以外には何もない」

「でも宇宙まるごと私たちの外にあるでしょう。星をご覧なさい！　何百万光年も離れたものさえある。決して私たちの手には届かない」

オブライエンは興味を示さなかった。「星って何だね？　数キロ先で燃えている火のかけらだ。その気になればたどりつける。あるいは消し去れる。宇宙の中心は地球だ。太陽や星はそのまわりを周る」

ウィンストンはまたもけいれん状の動きをした。今回は何も言わなかった。オブライエンは、まるで口に出した反論があったかのように続けた。

「もちろん目的次第では、それは正しくない。航海のとき、あるいは日蝕や月蝕を予測するときには、地球が太陽のまわりを周り、星々は何百万キロも離れていると想定するほうが便利な場合もある。だがそれがどうした？　天文学の二重の体系を生み出すくらい、我々の手に負えないとでも思うのかね？　星は我々の必要に応じて、近くも遠くもなる。うちの数学者たちにそれができないとでも？　二重思考を忘れたか？」

ウィンストンはしゅんとなって、ベッドの上に戻った。何を言っても、すばやい答に棍棒のように潰される。だがそれでも、彼は知っていた。確信していた。自分のほうが正しいのだ。自分の精神の外には何も存在しないという信念——それがウソだと実証する方法が何かあるはずでは？　それを指す名前さえあったが、思い出せなかった。見下ろすオブライエンの口の端を、かすかな微笑が歪めた。

「言ったはずだがな、ウィンストン。君は形而上学向きではない。君が思い出そうとしている言葉は唯我論《ゆいがろん》だ。だがまちがっているぞ。これは唯我論ではない。お望みなら、集合的唯我論でもいい。だがそれとは別物だ。というか正反対だな。だがこんなのはすべて余談だ」と彼は、まったく別の口調で付け加えた。「真の力、それを得るため日夜戦わねばならない力は、物に対する力ではなく、人間に対する力なのだ」。彼は口を止め、そして一瞬、有望な生徒に問題を出す学校教師の雰囲気を再び示した。「人間が別の人間に力を行使する方法は、ウィンストン？」

ウィンストンは考えた。「苦しめることです」

「その通り。苦しめるのだ。服従だけでは不十分。苦しんでいなければ、そいつがこちらの意志に服従しているのであって、自分の意志に従っているのではないと確信できない。力とは、苦痛と恥辱を押しつけるということだ。力とは人の精神を粉々にして、こちらの選ぶ新しい形にまとめなおすことだ。我々が創り出そうとしている世界がどんなものか、だんだんわかってきたか？　古い改革者たちが想像した、バカげた快楽主義的なユートピアの正反対なのだ。恐怖と詐術と苦しみの世界、踏みにじり、踏みにじられる世界、洗練されるにつれて冷酷さが減るどころか**増す**世界。我々の世界における進歩は、より多くの苦痛に向けた進歩である。古い文明は、愛や正義に基づいていると主張した。我々の文明は憎悪に基づく。我々の世界では、恐怖、怒り、勝ち誇り、自己卑下以外の感情はない。その他すべてを我々は破壊する——すべてを。すでに我々は、革命前から生き残ってきた思考習慣を破壊しつつある。子供と親の絆を断ち切り、人間同士や、男と女の絆も断ち切った。もはやだれも決して、妻も子供も友人も信用しない。だが将来には、妻も友人もなくなる。子供は生まれた瞬間に母親から取り上げられる。卵がニワトリから取り上げられるようなものだ。性本能は駆除される。再生産は配給カードの更新のような、年次の形式手順となる。オルガズムを廃止する。すでに神経学者がその作業を進めている。党への忠誠心以外の忠誠はなくなる。ビッグ・ブラザーへの愛以外に愛はなくなる。負かした敵に対する勝利の笑い以外の笑いもなくなる。芸術、文学、科学もなくなる。我々が全能になれば科学の必要はもはやなくなる。美醜の差はなくなる。好奇心、人生のプロセスの楽しみもなくなる。競合する歓びはすべて破壊される。だが常に――忘れるなよ、ウィンストン――常に権力の陶酔があり、絶えずそれが増え、絶えずそれが巧妙になる。常に、あらゆる瞬間に、勝利のスリルがあり、無力な敵を踏みにじる快感があるのだ。未来の様子が見たければ、人間の顔を踏みにじるブーツを想像してごらん――しかも永遠に踏みにじり続けるのだ」

まるでウィンストンが何か言うのを期待したかのように、オブライエンはそこで口を止めた。ウィンストンは寝台の上にまた元通り縮こまろうとしていた。何も言えなかった。心は凍り付いたようだった。オブライエンは続けた。

「そして忘れるな、それは永遠に続く。いつだって踏みにじられる顔は存在し続ける。邪説者、社会の敵は常に存在し続ける。何度でも打倒され、屈辱を味わわせられるためだ。我々の手中に落ちてから君が被ってきたものすべて――そのすべては続く。しかももっとひどい形で。スパイ、裏切り、逮捕、拷問、処刑、消失は決して終わらない。それは勝利の世界であるのと同じくらい恐怖の世界となるのだ。党は強力になるほど、寛容ではなくなる。反対が弱まるほど、圧政は強まる。ゴールドスタインとその邪説信奉者は永遠に生きる。毎日、あらゆる瞬間に、彼らは打ち倒され、否定され、バカにされ、唾棄され、それでも常に生き延びる。私がこの七年をかけて君に仕掛けてきたドラマは、何度も何度も、世代ごとに展開されるが、ますますその形は巧妙となる。常に我々はここに邪説者を連れてきて手も足も出ない状態にさせ、苦痛で絶叫させ、打ちのめされ、浅ましい存在に変えさせる——そしてそいつは最後には完全に改悛し、自分自身から救われ、自分の意志で我々の足下に這いつくばる。これが我々の整えている世界なのだよ、ウィンストン。戦勝に次ぐ戦勝の世界、勝利に次ぐ勝利に次ぐ勝利。権力を果てしなく神経に強い、強い、強い続ける。その世界がどんなものになるか、君が気がつきはじめているのがわかるぞ。だが最後には、理解するだけでは終わらない。それを受け入れ、歓迎し、その一部となるんだ」

ウィンストンは、しゃべれる程度には回復していた。「無理だ!」と彼は弱々しく言った。

「いまの台詞はどういう意味だ、ウィンストン?」

「いま表現されたような世界は作れない。そんなのは夢だ。不可能だ」

「なぜ?」

「恐怖と憎悪と残虐に基づいた文明なんか不可能だ。決して長続きしない」

「なぜ?」

「活力が持てない。解体してしまう。社会が自殺する」

「ばかばかしい。憎悪のほうが愛よりも疲れると思っているな。なぜだ? そしてそうだとしても、それで何が変わる? 早めに衰弱する道を選んだとしよう。人生のテンポを速めて、三十歳で老衰するようにしたとしよう。だがそれでも、何が変わるというのだね? 個人の死は死ではないのがわからんのか? 党は不死なのだよ」

いつもながら、その声に打ちのめされ、ウィンストンは無力になった。さらに、この異論にこだわり続ければ、オブライエンはまたあのダイヤルをひねると思いゾッとした。だがそれでも、黙っていられなかった。弱々しく、理屈もなく、オブライエンが言ったことに対する、曰く言いがたい恐怖以外に何も裏付けを持たず、彼は攻撃に戻った。

「わからない――どうでもいい。とにかくあんたたちは失敗する。何かがあんたたちを倒す。生命があんたらを倒す」

「ウィンストン、あらゆる水準で生命を支配するのは我々だ。君は、我々のやることに怒って刃向かう、人間性なるものがあると空想しているな。だが人間性は我々が創り出す。人間は果てしなく変化させられるのだよ。それとも、プロレタリアや奴隷が蜂起して我々を倒すという昔の考えに逆戻りしたのかな。そんな考えは追い払うことだ。あの連中はどうしようもなく、動物同然だ。人間性とは党なのだよ。それ以外は外部だ――無関係なのだ」

「知るもんか。最後には彼らがあんたらを打ち負かす。遅かれ早かれ、あんたらの正体を見抜き、粉々に引き裂くんだ」

「それが起きているという証拠が少しでもあるのか？　あるいは起こるべき理由でも？」

「ない。そう信じてるんだ。あんたらが倒れるとわかるんだ。宇宙にある何か――なんだろう、精霊とか原理とか――あんたが絶対に克服できないものがある」

「神は信じるかね、ウィンストン」

「いいや」

「では何なんだ、その我々を倒すとかいう原理は」

「知らない。人間の精神」

「で、君は人間のつもりか？」

「そうだ」

「君が人間なら、最後の人間だよ、ウィンストン。おまえのような連中は絶滅した。我々がその後継者だ。自分がたった一人なのをわかっているのか？　おまえは歴史の外にいる。存在しないんだ」

その態度が変わって言い方も厳しくなった。

「そしておまえは、我々より道徳的に優れているつもりなんだな、我々のウソや残虐性よりも」

「ああ、自分のほうが優れているつもりだ」

オブライエンは何も言わなかった。別の声二つがしゃべっていた。しばらくしてウィンストンは、片方が自分だと気がついた。友愛団に志願した夜にオブライエンと行った会話の録音だった。自分がウソをつき、盗み、偽造し、殺し、ドラッグと売春を奨励し、性病を広め、子供の顔に酸を投げつけると約束しているのが聞こえた。オブライエンはかすかに苛立つような身ぶりをした。おまえの正義漢気取りなど笑止とでも言うようだった。彼がスイッチを回すと声はとまった。

「寝床から立て」

拘束が弱められていた。ウィンストンは床に足を下ろして、ヨロヨロと立ち上がった。

「おまえは最後の人間だ。おまえは人間精神の守護者だ。おまえはありのままの自分を見ることになる。服を脱げ」

ウィンストンは、オーバーオールを止めているひもの切れ端をほどいた。ジッパーはとっくの昔にむしり取られていたのだ。逮捕されてから、服をすべてまとめて脱いだことが一度でもあったか思い出せなかった。オーバーオールの下、身体には汚い黄ばんだぼろきれの輪がぶら下がり、それが下着の残骸だとようやくわかった。それを床にすべり落とすと、部屋の奥に三面鏡があるのが見えた。それに近づき、途中で足を止めた。思わず叫び声が漏れた。

「止まるな。左右の鏡の間に立つんだ。横姿も見られる」とオブライエン。

立ち止まったのは、恐かったからだ。背の曲がった、灰色の、骸骨のようなものがこっちに向かってきたのだ。その外見そのものが恐ろしく、単にそれが自分自身だとわかるからというだけではなかった。彼は鏡に近づいた。その生き物の顔は、背中が曲がっているために突き出して見えた。惨めな囚人の顔で、でかいおでこがハゲた頭皮へと続き、鼻はまがり、頬骨はボロボロで、その上の目は恐ろしげでキョロキョロしている。頬はしわだらけで、口は引っ込んだ感じだ。確かに自分の顔だが、内面の変化よりも変わり方がひどいように思えた。それが示す感情は、内面で感じているものとはちがう。ハゲかけていた。最初、自分が白髪まじりにもなったのかと思ったが、灰色なのは頭皮だけだった。手と顔の円周以外、全身が灰色で古いこびりついた汚物だらけだ。あちこち汚物の下には赤い傷痕があり、足首近くでは静脈瘤の潰瘍が炎症のかたまりとなり、肌のかけらがポロポロ剝がれている。だが本当に恐かったのは、身体の憔悴《しょうすい》ぶりだった。あばら骨の周囲は骸骨のように狭かった。脚は縮んで膝が腿よりも太い。オブライエンが、横からの姿を見ろと言った意味もわかった。背骨の曲がり具合は驚くほどだった。細い肩は前かがみになって、胸がへこみ、ガリガリの首は頭蓋骨の重みで曲がりそうだった。尋ねられたら、これは六十歳の男の身体で、しかも悪性の病気にかかっていると言っただろう。

「ときどき、私の顔――党内輪の一員の顔――が老いてくたびれていると思ったな。自分の顔をどう思う?」

彼はウィンストンの肩を摑んで回転させ、自分と対面させた。

「自分の状態を見るがいい! この身体中の汚い垢を見ろ。足指の間の汚物を見ろ。脚のジクジクしたゾッとする傷を見ろ。知ってるか、ヤギ並に臭いぞ。たぶんそんなことを気にもしなくなってるんだろう。自分のやつれっぷりを見ろ。わかるか? この親指と人差し指でおまえの上腕のまわりに輪っかを作れるだろう。おまえの首なんかニンジンのように折れる。我々の手に渡ってから体重が二十五キロも減ったんだぞ。髪の毛だってごっそりぬけるぞ。ほら見ろ!」とウィンストンの頭を摑むと、髪の束がその手に残った。

「口を開けろ、歯は九、十、十一本しか残っていない。ここにきたときには何本あった? それに残った数少ない歯も抜け落ちつつあるぞ。見ろ!」

彼はウィンストンの残った前歯を、強力な親指と人差し指でつまんだ。ウィンストンのあごに激痛が走った。オブライエンがぐらぐらの歯を根っこからむしり取ったのだった。それを監房の向こうに投げた。

「腐りかけているじゃないか。バラバラになりつつある。おまえは何だ? 汚物のかたまりだ。さあ振り向いて、また鏡を見てみろ。向かいのそれが目に入るか? それが最後の人間だ。おまえが人間なら、それが人間性だ。さあ服を着ろ」

ウィンストンは、のろく硬直した動きで服を着始めた。いままで自分がいかに痩せて弱っているか気がつかなかったらしい。頭の中で蠢《うごめ》く考えは一つだけ。思ったよりここには長くいたらしい、ということだった。そしていきなり、惨めなぼろきれを身にまといつつ、ボロボロにされた身体が可哀想《かわいそう》でたまらなくなった。我知らず、彼はヘナヘナとベッド脇にあった小さなスツールにすわりこみ、泣き出した。自分の醜さ、みっともなさを思い知った。汚い下着に包まれた骨のかたまりが、きつい白光の中ですわって泣いている。だが抑えられなかった。オブライエンが、ほとんど優しく肩に手を置いた。

「いつまでもは続かんよ。自分の好きなときに逃れられる。すべては君自身次第だ」

ウィンストンはすすり泣いた。「あんたがやったんだ！ あんたがこんな状態に貶めたんだ」

「いやウィンストン。君自身が自分を貶めたんだ。己を党に刃向かわせたときに、君はこれを受け入れた。その最初の行動にすべて含まれていた。君が予見しなかったことは何も起きていない」

彼は口を切り、そして続けた。

「我々は君を負かしたんだ、ウィンストン。君を破壊してやった。自分の身体がどんな具合か見ただろう。精神も同じ状態だ。大したプライドが残る余地があるとは思えないがな。蹴られ、殴られ、侮辱され、苦痛に叫び、自分の血とゲロの中で床を転げ回った。慈悲を求めて哀れっぽく懇願した。あらゆる人、あらゆる者を裏切った。自分に起きていない堕落が一つでもあるかね？」

ウィンストンはすすり泣くのをやめたが、涙はまだ目から流れ続けていた。彼はオブライエンを見上げた。

「ジュリアは裏切っていない」

オブライエンは思慮深げに見下ろした。「そうだな。確かに。それはまったくそのとおり。君はジュリアを裏切っていない」

オブライエンに対する特異な畏敬、何物も破壊できないらしいあの感情が、再びウィンストンの頭を満たした。なんと知的、なんと知的なんだろう！　オブライエンは一度たりとも、こちらの言ったことを理解できなかったことはない。この世の他のだれでも、おまえはジュリアを実は裏切っているぞと即座に答えたことだろう。というのも、やつらが拷問下で言わせていないことなど、何もないではないか？　彼女について知っていることすべて、そのクセ、人格、過去の生活をすでにしゃべっていた。逢瀬で起きた極度につまらない細部まで自白し、自分が彼女に言ったこと、彼女が自分に言ったこと、闇物資の食事、不倫、党に対する漠然とした陰謀も自白した——何もかも。だがそれでも、自分の意図したその言葉の意味においては、ウィンストンはジュリアを裏切っていなかった。愛するのをやめていなかった。彼女に対する気持は変わらなかった。オブライエンは説明するまでもなく、言いたいことを理解してくれた。

「教えてください。いつになったら射殺されるんですか？」

オブライエンは言った。「いつになるやら。君の症例は手強い。だが希望を捨てるな。みんな遅かれ早かれ治る。最終的には射殺してあげよう」

ずっとよくなった。毎日太り、力も戻ってきた。日という語を用いるのが適切かどうかはわからなかったが。

白光とハム音は相変わらずだったが、監房はこれまで入れられたものより、少し快適になった。板寝床には枕とマットレスがあり、すわれるスツールもあった。風呂にも入れてくれて、ブリキの流し台でかなりしょっちゅう身体を洗うことも許された。洗うためのお湯さえくれた。新しい下着と、新しいオーバーオールもくれた。静脈瘤になにかスーッとする軟膏が塗られた。残った歯を抜いて、新しい入れ歯一式をくれた。

何週間、何ヶ月もたったはずだ。いまや定期的に食事が与えられているようなので、多少なりともそうしたければ、時間の経過を数えることもできただろう。どうやら二十四時間で三回食事が与えられているらしい。ときにはぼんやりと、食事が出るのは夜間か日中かと考えた。驚くほど良質の食事で、三度に一度は肉が出る。あるときなど、タバコが一箱もらえた。マッチはなかったが、食事を持ってくる何も言わない看守が火をつけてくれる。最初に喫煙しようとしたら気分が悪くなったが、我慢して、その一箱をずいぶん長持ちさせた。食事ごとに、タバコ一本の半分を吸うのだ。

白い石板までくれた。角に鉛筆が縛ってある。最初は使いもしなかった。起きているときでも完全に不活発だったのだ。しばしば、食事から次の食事まで身動きさえせずに横たわり、ときにはずっと寝て、ときには起きていてもいろいろ空想にふけり、目を開けるのも面倒だった。強い光が当たっている中で寝るのには、とっくに慣れていた。何のちがいもないようだが、夢にもっと一貫性が出た。この期間にはやたらに夢を見て、それが常に幸福な夢だった。黄金の国にいたり、お母さん、ジュリア、オブライエンと、巨大で壮大で日に照らされた廃墟の中にすわっていたりする——何もせず、単に日差しの中にすわり、平和なことを話していた。起きているときの考えは、ほとんど自分の夢についてだった。苦痛の刺激がなくなったいま、知的な努力の力を失ったようだった。退屈はせず、会話や気晴らしの欲求もなかった。ただ一人きりで、殴られも尋問もされず、十分食べられ、清潔でいられるだけで、完全に満足だった。

だんだん、眠る時間は減ったが、まだベッドから起き上がろうという気は起きなかった。ただ静かに横になり、身体に強さが戻ってくるのを感じたかった。自分の身体をあちこち触れ、筋肉がだんだんついてきて、肌の張りが戻ってきたのが幻覚ではないのを確認しようとした。ついに自分が太ってきたのは疑問の余地がなくなった。腿が明らかにひざよりも太くなっていた。その後、最初はいやいやながら、定期的に運動を始めた。しばらくすると、三キロ歩けるようになった。監房の中を行ったり来たりすることで距離を測ったのだ。そして曲がった肩もだんだんまっすぐになってきた。もっと入念な運動を試してみたが、自分にできないことばかりで驚き、恥ずかしくなった。歩くのが精一杯で、腕を伸ばしたままスツールを持てず、片足で立とうとしても倒れてしまう。しゃがんでみて、腿とすねの悶絶するほどの痛みを我慢すれば、何とか立ち上がれるのがわかった。腹ばいになり、両腕で身体を持ち上げようとした。絶望的で、一センチも上がらない。だが数日たつと——食事を何回か経ると——その偉業すら達成できた。それを連続で六回もできるようになった。本気で自分の身体を誇りに思うようになり、自分の顔も元に戻りつつあるにちがいないという、ときどき起こる信念も本気にするようになった。あの鏡からこちらを見返していた、しわだらけの荒れ果てた顔を思い出すのは、ときどきハゲた頭皮に手を置いたときだけだった。

精神も活発になった。板寝床にすわって壁にもたれ、石板を膝にのせ、意図的に己を再教育する作業に乗り出した。

彼は降伏した。それは合意された。現実にはいまやわかる通り。その決断を下すはるか以前から降伏する用意ができていたのだ。愛情省に入った瞬間から——そして実は、テレスクリーンからの鉄の声が何をしろと命じる中、ジュリアといっしょにどうしようもなく立ち尽くしていたその数分間にすら——党の力に対して立ち向かおうという自分の試みの軽率さ、浅はかさは把握していた。いまや七年間にわたり、思考警察が自分を、虫眼鏡の下のカナブンのように観察していたのを知った。知られていない物理的行動、発言など一つもなく、彼らが推測できない思考の筋などもまったくない。日記の表紙にかけた白っぽいほこりすら、慎重に元に戻されていた。録音を聞かされたし、写真も見せられた。中にはジュリアといっしょのものもあった。そう、アレの最中のものも……もはや党に刃向かうことはできなかった。それに、党のほうが正しいのだ。そうでないわけがない。不滅の集合的な頭脳がまちがえるはずがあるか？　どんな外部基準に照らして党の判断をチェックするのか？　正気は統計的だ。連中の考え方を学習するだけの話でしかない。ただし——！

指の間で鉛筆は太くぎこちなく感じられた。頭に浮かんだ思考を書き下しはじめた。まず大きく下手クソな大文字でこう書いた。

自由は隷属

そしてほぼ間髪を容《い》れずにその真下にこう書いた。

二足す二は五

だがそこで何やらチェックが入った。精神は、まるで何かから尻込みするように、集中できないようだった。次に何がくるか自分が知っているのはわかっていたが、この瞬間には思い出せなかった。思い出せたのは、意識的にそれが何であるはずかを理由づけたおかげでしかなかった。独りでには浮かんでこなかった。彼はこう書いた。

神は力

彼はすべてを受け入れた。過去は改変できる。過去は決して改変されていない。オセアニアはイースタシアと戦争中だ。オセアニアは常にイースタシアと戦争してきた。ジョーンズ、アーロンソン、ラザフォードは判決通りの犯罪を犯した。その罪状を否定するような写真は見たことがない。そんなものは存在しなかった。自分がでっちあげた。自分が反対のことを覚えていたのを覚えていたが、それは偽の記憶、自己欺瞞の産物だ。なんと簡単なことか！　降伏するだけで、その他すべてがついてくる。潮流に逆らって泳ごうとして、どんなに頑張っても押し戻されていたのが、いきなり向きを変えて流れに逆らうより流れに沿って泳ぐようなものだ。変わったのは自分の態度だけ。どのみち、あらかじめ運命づけられていたものは起こるのだ。なぜ自分が反逆したのかも、ほとんどわからなかった。すべてが簡単だ、ただし――！

何でも真実になれる。自然法則と称するものはデタラメだ。重力の法則はデタラメだ。「やりたければ、この床からシャボン玉のように浮かび上がれる」とオブライエンは言った。ウィンストンはそれを解明した。「もしオブライエンが、床から浮かび上がれると**思えば**、そしておれが同時にそうするオブライエンを見たと**思えば**、それは起きたことになるんだ」。いきなり、沈んだ瓦礫が水面を破るように、次の考えが頭になだれ込んだ。「本当には起きていない。私たちが想像するだけだ。幻覚だ」。その考えを即座に押し殺した。誤謬は明らかだ。それはどこだか知らないが、自分の外に「現実」の世界があり「現実」のことが起こるというのを前提にしている。だがそんな世界があるはずがない。何かについて、自分自身の精神を通じて以外に、どんな知識があるというのか？　あらゆるできごとは精神内で起こる。万人の精神内で起こることはなんであれ、本当に起こるのだ。

彼は楽々と誤謬を棄却したし、それに陥る危険性はまったくなかった。それでも、そもそもそんな考えが浮かぶべきではなかったと気がついた。危険な思考があらわれたときには、精神は盲点を発達させるべきなのだ。そのプロセスは自動で本能的であるべきだ。ニュースピークでＣＲＩＭＥＳＴＯＰ／罪阻止と呼ばれる。

彼は罪阻止の練習を始めた。まず各種の命題を挙げてみた――「党は地球が平らだと言う」「党は氷が水より重いと言う」――そしてそれと矛盾する議論から目を背けるか理解しないよう自分を訓練した。容易なことではなかった。壮絶な屁理屈と即興が必要だった。たとえば「二足す二は五」といった命題が提起する算数上の問題は、彼の知的な理解を超えるものだった。また精神のある種のアクロバットも必要だ。一瞬は論理を最も繊細に使って見せ、次の瞬間には極度に粗雑な論理的誤りにも目を閉ざせる能力だ。知性と同じくらい愚かさが必要であり、そして愚かさを身につけるのも知性と同じくらいむずかしかった。

その間ずっと、頭のどこかで、いつになったら射殺してもらえるのかと思っていた。オブライエンは「すべては君自身次第だ」と言った。だがどんな意識的な行動をとっても、その瞬間が近づくことはないのもわかっていた。十分後かもしれず、十年後かもしれない。何年も独房に閉じ込めるかもしれず、労働キャンプに送るかもしれず、ときどきやるように、しばらく釈放するかもしれない。射殺される前に、逮捕と尋問のドラマがすべて再演される可能性も十分にあった。一つだけ確実なのは、死は決して予期した瞬間にはこないということだ。伝統――不文律だ。決して口に出されたのを聞いたことがないのに、なぜか知っている――は、後ろから撃たれるというものだ。監房から監房へと廊下を歩いているときに、必ず後頭部を予告なしに撃たれる。

いつの日だったか――だが「いつの日」は正しい表現ではない。真夜中だったかもしれない。いつだったか――奇妙な至福に満ちた空想に陥った。廊下を歩きながら銃弾を待ち受けていた。それが今にもくるのはわかっていた。すべては片付き、解決し、修復された。恐れはない。身体は健康で強かった。楽々と歩き、動く歓びと日差しの中を歩く感覚があった。もはや愛情省の狭く白い廊下にはおらず、巨大な太陽に照らされた通路にいて、その幅一キロメートルで、その中をドラッグが引き起こす譫妄状態で歩いているのだ。黄金の国にいて、ウサギが食べ尽くした草原の中の獣道をたどっていた。足の下に短いはずむような芝生が感じられ、顔には優しい日差しが当たっている。草原の端にはあの楡の木立があり、かすかに風にそよぎ、その向こうのどこかには小川があって、デースが柳の下にある緑の淀みの中で寝ている。

いきなり彼は、恐ろしいショックとともに身を起こした。背骨に冷や汗が吹き出した。自分が大声でこう叫ぶのを聞いたのだ。

「ジュリア！　ジュリア！　ジュリア、愛しいジュリア！」

一瞬、彼女の存在の圧倒的な幻覚を見たのだった。まるで彼女が自分といっしょにいるだけでなく、自分の中にいるように感じた。まるで自分の肌合いにまで彼女が入り込んだようだった。その瞬間、二人がいっしょで自由だったときのいつにも増して、彼女をはるかに愛していた。そしてまた、どこかで彼女が生きていて助けを求めているのも悟った。

彼はベッドに横たわり、なんとか取り繕おうとした。何てことをしてしまったんだ！　あの一瞬の弱さで、隷属が何年延びたことだろうか？

あと一瞬もすれば、外にブーツの足音が聞こえるだろう。あんな噴出は、処罰せずにはすませられないはずだ。すでに知っていたかもしれないが、自分があいつらと交わした約束を破っているのはこれでバレてしまう。党に服従していたが、まだ党を憎んでいたのだ。かつては、邪説精神を上辺の従属の下に隠していた。いまやさらに一歩後退していた。精神的に降伏したが、心の奥は不可侵に保とうとしたのだ。自分がまちがっているのは知っていたが、まちがっているほうを望んだ。それがわかってしまう——オブライエンならわかってしまう。あのたった一度の愚かな叫びで白状してしまったのだ。

またもや最初からやりなおさねば。何年かかるかわからない。新しい相貌に慣れようと、彼は顔に手を走らせた。頬には深い溝が刻まれ、頬骨はとがって感じられ、鼻は潰れていた。それに、最後に自分を鏡で見てから、まったく新しい総入れ歯ももらった。自分がどんな顔かわからないのに、とぼけて見せるのは容易ではない。いずれにしても、表情をコントロールするだけでは不十分だ。秘密を維持したいなら、それを自分自身からも隠さねばならないのだ、と彼は初めて理解した。ずっとそれがそこにあることは承知しつつ、必要となるまではどんな形であれ、それとわかる形で意識に上がるのを許してはならない。今後は正しく考えるだけではだめだ。正しく感じ、正しく夢見なければならない。そしてその間ずっと、この憎悪を内部に封じ込めておかねばならない。自分の一部でありながら、他の部分とはつながっていない球体、ある種の繭《まゆ》のようなものとして。

いつの日か、あいつらは自分を射殺すると決める。いつ起こるかはわからないが、それが起こる数秒前には見当がつくはずだ。いつも廊下を歩いているときに背後からくる。十秒あれば充分。その間に、自分の中の世界がひっくり返る。そしていきなり、一言もなく、足取りが乱れることもなく、表情も微塵も変わらずに——いきなりカモフラージュが消え、自分の憎悪の砲列がバーン！　と鳴り響く。憎悪がすさまじい燃えさかる炎のように自分を満たす。そしてほぼそれと同時に、バーン！　と銃弾が鳴るが、遅すぎるか早すぎる。あいつらやりなおせる前に、自分の脳は粉々に吹き飛ばされる。邪説思想は処罰されず、改悛もせず、永遠にやつらの手の届かないところに行ってしまう。あいつらは自ら自分たちの完璧さに穴を開けてしまうことになる。連中を憎悪しながら死ぬこと、それが自由だ。

ウィンストンは目を閉じた。何か一つの知的な考え方を受け入れるよりむずかしかった。己を貶め、切り刻む話となる。汚物の中でも最も汚らわしいものに飛び込まねばならない。とりわけ最もひどく、忌まわしいものは何だろうか？　彼はビッグ・ブラザーを思った。あの巨大な顔（絶えずポスターで見ていたので、いつもその顔が幅一メートルだという気がしていた）、その重たい黒い口ひげと、どこへいってもついてくる視線が、勝手に頭の中に漂ってくるようだった。ビッグ・ブラザーに対する本当の気持は何だろうか？

通路にブーツの重たい足音がした。鋼鉄のドアがガシャンと開いた。オブライエンが監房に入ってきた。その背後にはあのロウ製の仮面のような将校と、黒制服の看守たちがいた。

「立て。こっちにこい」とオブライエン。

ウィンストンは彼と向き合って立った。オブライエンはウィンストンの両肩を強い手でつかみ、こちらをじっと見つめた。

「私を騙そうと考えたな。愚かだぞ。もっとまっすぐ立て。私の顔を見ろ」

彼は間をおいてから、もっと優しい口調で続けた。

「改善はしているんだがな。知的には、ダメなところはほとんどない。進歩を見せていないのは感情面だけだ。ウィンストン、教えてくれ——そして忘れるな、ウソはなしだぞ。ウソは必ず私にはわかるのは知ってるな——教えてくれ。ビッグ・ブラザーについて本当はどう思っているね？」

「憎んでいる」

「憎んでいるか。よろしい。では最後の一歩に踏み出すときがきた。君はビッグ・ブラザーを愛さねばならない。服従するだけではダメだ。愛さなければ」

彼は看守たちのほうにウィンストンを軽く押しやった。

「１０１号室だ」

収監の各段階で、窓なしの建物の中でどのあたりにいるのかはわかった、というかわかる気がした。気圧にちょっとした差があったのかもしれない。看守に殴られた監房はみな地下にあった。オブライエンに尋問された部屋は屋上近い高層階だ。今回の場所は何メートルも地下で、これ以上はないくらい深かった。

これまで入れられたほとんどの監房より大きかった。だがまわりのことなどほとんど目に入らなかった。目に入るのは真ん前の小さなテーブル二つだけだ。そのそれぞれが緑のフェルトで覆われている。片方はほんの一、二メートル先で、もう一つはもっと遠くドアに近い。ウィンストンは椅子にまっすぐ身を起こして縛られており、あまりにきついので何も、頭さえも動かせなかった。何やらパッドが頭を背後から押さえており、まっすぐ前しか見られないようにしている。

しばらく一人きりだったが、ドアが開いてオブライエンが入ってきた。

「以前、101号室に何があるのか尋ねたな。その答はすでに知っているはずだと答えたね。だれでも知っている、と。101号室にあるのは世界最悪のものなのだ」

またドアが開いた。看守が入ってきて、針金でできた何かと、何やらかごを持ってきた。それを遠い方のテーブルに置いた。オブライエンの立ち位置のおかげで、それがなんだか見えなかった。

「世界最悪のものというのは、人それぞれちがっている。生き埋めにされることだったり、火あぶりだったり、溺死だったり、窒息死だったり、その他五十種類もの死に方がある。また場合によってはかなりつまらないもので、致命的ですらないものだったりもする」

彼が少し脇に動いたので、ウィンストンはテーブル上のものが前より見えるようになった。細長い針金のかごで、そのてっぺんに運ぶための取っ手がついている。その正面に固定されているのはフェンシングのマスクのようなもので、くぼんだ面が外側に向いている。三、四メートル離れてはいたが、そのかごが長手方向に二分割されていて、それぞれに何やら生き物が入っているのは見えた。ネズミだ。

「君の場合、世界最悪のものというのは、ネズミだ」

かごを一瞥したとたん、一種の前兆のような身震い、何ともわからない恐怖がウィンストンの全身を貫いていた。だがこの瞬間に、その正面にあるマスク状のアタッチメントの意味がいきなり腹に落ちた。内臓が水になったようだった。

「やめてくれ、よせ、よせ、絶対無理です!」彼は甲高い割れた声で叫んだ。

オブライエンは言った。「かつて夢の中で起こったパニックの瞬間があっただろう。目の前に黒い壁があり、耳には轟音が聞こえていたな。壁の向こうには何か恐ろしいものがあった。それが何か自分でわかっているのは承知していたのに、それを決して白日のもとに曝そうとはしなかったな。壁の向こう側にいたのはこのネズミたちだったのだよ」

ウィンストンは、何とか声を抑えようとした。「オブライエン! こんなのが不要なのはご存じでしょう。私に何をしてほしいんですか?」

オブライエンは直接は答えなかった。口を開いたときの口調は、ときどきやってみせる、あの学校の先生じみたものだった。思慮深げに遠くをみつめて、まるでウィンストンの背中の向こうにいる聴衆に語りかけるようだった。

「苦痛は、それだけでは必ずしも十分ではない。人間が苦痛に立ち向かうときもあり、死をも辞さないことさえある。だがだれしも、何か耐えられないものがあるものだ――絶対に考えたくもないものだ。勇気も臆病さも関係ない。高いところから落ちるとき、綱をつかむのは臆病ではない。深い水から上がってきたら、肺を空気で満たすのは臆病ではない。単なる破壊できない本能にすぎない。ネズミも同じことなのだよ。君にとっては耐えがたいものだ。君がどれほど願っても耐えられない圧力形態ということだ。君は要求通りのことをする」

「しかし、それは何なのですか？　何なのですか？　それが何か知らなければ、やりようがないでしょう」

オブライエンはかごを手に取り、それを近いほうのテーブルに持ってきた。そして慎重にフェルトの上に置いた。ウィンストンは耳の中で沸き立つ血の音が聞こえた。完全にひとりぼっちですわっている感覚だった。いるのは巨大で空っぽの平野、日光あふれる平らな砂漠で、それを横切って各種の音がはるか遠くからやってくる。だがネズミのかごは、二メートルに満たない距離にある。巨大なネズミだった。ネズミの鼻面が鈍く恐ろしくなり、毛が灰色から茶色に変わる年齢だった。

オブライエンは、相変わらず、目に見えない聴衆に向かって続けた。「ネズミは、齧歯類《げっしるい》ながら肉食なのだ。それはご存じだろう。この町の貧困地区で何が起こるか聞いているはずだ。そういう通りでは、お母さんは赤ん坊を五分と放っておけないそうだよ。まちがいなくネズミに襲われる。ごく短時間で骨だけにしてしまう。また病人や瀕死の人も襲うそうだ。人間が無力なのを見分けるだけの、驚くほどの知性を示すのだよ」

かごからは、爆発するようなキイキイ声が聞こえた。はるか彼方からウィンストンのところに聞こえてくるようだった。ネズミたちは争っていた。区切り越しにお互いに飛びかかろうとしていたのだ。また深い絶望のうめき声も聞こえた。こちらも自分の外からきているようだった。

オブライエンはかごを手に取り、途中で中の何かを押した。カチリと鋭い音がした。ウィンストンは、椅子から逃れようと狂ったように暴れた。絶望的だった。身体のあらゆる部分、頭ですら、動かないよう拘束されていた。オブライエンはかごを近づけた。ウィンストンの顔から一メートルもない。

「最初のレバーを押したぞ。このかごの作りはわかるな。マスクが君の頭にかぶせられ、出口はない。このもう一つのレバーを押すと、かごの戸が上がる。この飢えた獣たちは、弾丸のように飛びだしてくる。ネズミが宙を跳ぶのを見たことがあるかね？　君の顔にとびついて、まっすぐ食い尽くすぞ。ときには目をまっ先に狙うこともある。ときには頬を食い破って舌をむさぼるんだ」

かごが近づく。迫ってくる。甲高い鳴き声が続けて起こるのを聞いた。頭上の空中から聞こえてくるようだ。だが必死で自分のパニックに抗った。考えろ、考えろ、あと一瞬しか残っていなくても――考えることだけが希望だ。いきなり、獣どものいやなすえたにおいが鼻孔を打った。体内にすさまじい吐き気の発作が生じ、彼はほとんど気絶しそうになった。すべてが暗くなった。一瞬正気を失い、絶叫する動物となった。だがその闇の中から彼は、あるアイデアを握りしめて戻ってきた。自分を救うための方法が一つ、たった一つだけある。自分とネズミとの間に、別の人間、別の人間の身体を挿入《そうにゅう》するのだ。

いまやマスクの輪が広がって、他のあらゆるものが見えなくなっていた。金網のドアは、手のひら二つ分くらいの距離だ。いまやネズミたちも、何がくるかわかった。一匹はぴょんぴょん跳ね、もう片方は、老いぼれた汚らしい下水道の爺さんネズミだが、後ろ足で立ってピンクの手を金網にかけ、激しく空中を嗅いでいる。ヒゲと黄色い歯が見えた。またもや暗黒のパニックに襲われた。何も見えず、寄る辺なく、何も考えられなかった。

「帝政中国では一般的な刑罰とされていたのだ」とオブライエンはいつになく学者ぶって言った。

マスクが顔に迫っていた。ワイヤーが頬に触れた。だがそのとき——いや救いではなく、希望、それもわずかな希望のかけら。手遅れ、もう手遅れかもしれない。だがいきなりこの世のすべてで、この刑罰をなすりつけられる人物が**たった一人**いるのをウィンストンは理解した——自分とネズミとの間に挿入できる身体が**たった一つ**。そして彼は狂ったように、何度も何度も叫んだ。

「ジュリアにやってくれ！　ジュリアにやってくれ！　おれじゃない！　ジュリアだ！　彼女に何してもかまわない。顔を引き裂いても、骨までむしっても。おれじゃなくて、ジュリアに！　おれじゃない！」

彼は後ろ向きに、すさまじい深みに倒れ込んでネズミから逃れた。まだ椅子に縛られていたが、床を通り抜けて落ち、建物の壁をぬけ、大地をぬけ、海をぬけ、大気をぬけ、外宇宙の中へ、星々の間の谷間へとぬけた——常に遠く、遠く、ネズミから離れて。何光年も離れたのに、オブライエンが相変わらず脇に立っていた。頬にはまだワイヤーの冷たい感触があった。だが自分を包む暗闇を通して、別のカチリという金属音が聞こえた。かごの扉がカチリと閉まったのであり、開いたのではないとわかった。

第6章

栗の木酒場はほとんど無人だった。窓から入ってくる西日が、ほこりっぽいテーブル上に落ちかかった。人気のない、一五時という時間だ。テレスクリーンからは、キンキンした音楽が流れている。

ウィンストンはいつもの隅っこにすわり、空のグラスをのぞきこんでいた。ときどき目を上げて、向かいの壁からこちらを見る巨大な顔を見上げた。「ビッグ・ブラザーは見ている」とポスター下の標語に書かれている。呼ばれもしないのに給仕がきて、グラスを勝利ジンで満たし、そこに別のびんから、コルクに刺した管で数滴振り落とした。丁子で味付けしたサッカリンで、この酒場の名物なのだ。ウィンストンはテレスクリーンを聞いていた。いまは音楽しかかかっていないが、いつ何時、平和省からの速報がないとも限らない。アフリカ戦線からのニュースは、極度に心乱れるものだった。一日中、断続的にそれが心配でたまらなかった。ユーラシア軍（オセアニアはユーラシアと戦争していた。オセアニアは昔からずっとユーラシアと戦争していたのだ）は恐ろしい速度で南進していた。昼の速報は、はっきりした地域には何も言及していなかったが、すでにコンゴの入り口が戦場になっている可能性もあった。ブラザヴィルとレオポルドヴィルが危険にさらされている。地図を見るまでもなく、それが何を意味するかはわかった。中央アフリカを失うだけの話ではない。この戦争全体で初めて、オセアニアそのものの領土が脅かされているのだ。爆発的な感情、必ずしも恐怖ではないが、何か入り混じったような興奮が身中に燃え上がり、そしてまた薄れていった。

戦争のことを考えるのはやめた。最近では、何か一つのことには数瞬くらいしか集中できないのだ。グラスを手に取り、一息に飲み干した。いつもながら、そのジンを飲むと身震いして、かすかに吐き気さえする。ひどい代物だった。丁子とサッカリンは、それ自体がそのいまわしいやり方で耐えがたいものであり、ジンの平板でオイルめいたにおいを隠しきれなかった。そして最悪なのは、昼夜問わず彼につきまとうジンのにおいが、どうしようもなく頭の中であのにおいと混じり合い――

何の匂いかは決して言わず、思い浮かべることすらなく、できるかぎりその姿を考えもしなかった。何か半ば気がついていることで、顔の近くを漂っている。鼻孔にしみついているにおいなのだ。ジンが上がってくると、紫の唇ごしにゲップをした。釈放されてから太り、昔の顔色も取り戻した――いや取り戻す以上だった。顔の肉付きが増し、鼻と頬骨の皮膚が粗野な赤となり、ハゲた頭皮ですらあまりに深いピンクだった。給仕が、また呼ばれもしないのに、チェス盤と『タイムズ』最新号を持ってきた。チェス問題のページが開けてある。そして、ウィンストンのグラスが空なのを見て、ジンのボトルを持ってきて満杯にした。注文するまでもなかった。彼の習慣を知っているのだ。チェス盤はいつも彼を待っており、この隅のテーブルはいつも予約済だった。満員でも、このテーブルは独占できた。だれもあまり近くにすわろうとはしないのだ。自分が何杯飲んだか数えようとさえしなかった。不定期に何か汚い紙切れが示されて、勘定書きだと言われたが、いつも金額が少なすぎるような気がした。高すぎても別にかまわなかったのだが。最近ではいつもお金はたくさんあった。仕事さえあり、閑職で、以前の仕事よりも高給だった。

テレスクリーンの音楽が止まり、声が流れた。ウィンストンは顔をあげて耳を傾けた。だが前線からの速報ではなかった。単なる豊富省からの短い発表だ。どうやら先の四半期では、第十次三カ年計画におけるブーツひもの生産が、割り当て量を98パーセントも超過したという。

チェス問題を眺めて駒を並べた。ひねった終盤戦で、ナイト二つが関与していた。「白が先手で、二手で詰めること」という問題だ。ウィンストンはビッグ・ブラザーの肖像を見上げた。白が常に詰める、と彼はぼんやり神秘めかして考えた。いつも、例外なく、そのように手配されている。世界の始まり以来、どんなチェス問題でも黒が勝ったことはない。これは永遠の、不変の、邪悪に対する善の勝利を象徴しているのではなかろうか？　巨大な顔は落ち着いた力に満ちて、彼を見つめ返した。白が常に詰める。

テレスクリーンからの声が止まり、別のずっと深刻そうな口調が追加された。「一五＝三〇の重要な発表に備えて待つよう警告いたします。一五＝三〇！　極度に重要なニュースです。決して聞き逃さないようご留意ください。一五＝三〇！」チャラチャラした音楽がまたかかった。

ウィンストンの心が乱れた。それが前線からの速報だ。直感的に、悪いニュースがくると思った。一日中、興奮のかすかな噴出と共に、アフリカでの大敗北という考えが頭を出たり入ったりしていた。本当にユーラシア陸軍が、決して破られたことのない前線を横切って群れをなし、アフリカの突端にアリの列のようになだれこむ様子が目に浮かぶようだった。なぜどうにかしてやつらの裏をかけなかったのか？　西アフリカ沿岸の外形線が頭に鮮明に浮かんだ。彼は白ナイトを手に取り、盤上を動かした。これこそが適切な場所だ。黒の大軍が南に突進するのを眺めつつ、別の軍勢が、謎のように集結して、いきなりその背後に現れ、彼らの陸と海の通信を切断するのが目に浮かんだ。それを願うことで、その別の軍勢を本当に生じさせることができると感じたのだった。だがすばやく動かねば。あいつらがアフリカ全土を制圧したら、ケープタウンに飛行場や潜水艦基地を獲得したら、オセアニアは二つに分断されてしまう。そうしたら何でもあり得る。敗北、崩壊、世界の再分割、党の破壊！　彼は深く息をのんだ。驚異的な気持のメドレー――だが厳密にはメドレーではなかった。むしろ次々にあらわれる気持の層で、どの層がいちばん底にあるのかはわからない――それが彼の内面で争っていた。

けいれんは過ぎた。彼は白のナイトをもとの場所に戻したが、その時点ではチェス問題に本気で取り組めなかった。思いは再びさまよった。ほとんど無意識に、テーブルのほこりの中に指で次のようになぞった。

2+2=5

「内面には入れないよ」と彼女は言った。だが、やつらは内面に入れた。「ここで君に起こることは永遠なのだ」とオブライエンは言った。それは真言だった。決して立ち直れないもの、自分自身の行動がある。胸の中で何かが殺される。燃え尽き、焼き切られるのだ。

彼女には会った。話しさえした。何も危険はなかった。まるで直感的に、あいつらがいまや自分の行動にほとんど何の興味も示さないと知っていた。どちらかが希望すれば、もう一度彼女に会うよう手配もできた。実は、二人が会ったのは偶然だった。公園で、三月の肌を刺すように寒くひどい天気の日で、地面は鉄のように固く草はすべて枯れ、花などどこにもなく、ただクロッカスが何本か地面を突き破って出てきていたが、それも風により引きちぎられる運命にあるようだった。凍える手と涙の出る目を抱えて急いでいたところで、ほんの十メートル先にいる彼女が目に入った。即座に、彼女が何か曰く言い難い形で変わったのが感じ取れた。二人はほとんど何事もなくすれちがうところだったが、そこで彼は向きを変えて後を追った。とはいえそれほど熱心ではなかった。何も危険はなく、だれも興味を示さないのはわかっていた。彼女は口をきかなかった。草地を斜めに横切って、まるでこちらを追い払おうとしているようだったが、やがて諦めて並んで歩くのを許したようだった。間もなく二人は、荒れた葉のない茂みの中にいた。身を隠すにも風を遮るにも役立たずだ。二人は立ち止まった。恐ろしいほど寒かった。風が小枝の間を吹き抜け、点在する汚いクロッカスを揺らした。ウィンストンは彼女の腰に腕を回した。

テレスクリーンはなかったが、隠しマイクはあるはずだ。それに、まわりからも見える。でも構わなかった。すべてどうでもよかった。やりたければ地面に横たわり、アレをやってもよかった。それを考えるだけで、身体が恐怖に凍り付いた。腕を回されても彼女は一切反応しなかった。身をもぎ離そうとさえしなかった。いまや彼女のどこが変わったかわかった。顔は前より黄ばみ、髪で部分的に隠れてはいるが、長い傷が額とこめかみにできていた。だが変化はそれではなかった。彼女は太り、そして意外な形で固くなっていたのだ。かつてロケット爆弾の爆発後に、瓦礫から死体を運び出す手伝いをしたことがあった。そしてその死体のすさまじい重さだけでなく、その硬直ぶりと扱いにくさに驚いたものだった。まるで肉ではなく石のようだった。彼女の身体もそんな感じだった。たぶん肌のきめも、以前とはまったくちがっているはずだと思い当たった。

彼女にキスしようとはしなかったし、どちらも口をきかなかった。二人が草を横切って戻るとき、初めて彼女がまっすぐにこちらを見た。一瞬の視線で、軽蔑と嫌悪に満ちていた。過去のことだけから生じた嫌悪なのか、それとも自分のふくれあがった顔と、風のせいで目からやたらに絞り出される水のせいもあるのだろうか。二人は鉄の椅子に並んですわったが、あまり近づきすぎないようにした。彼女が口を開こうとしているのがわかった。彼女はその不格好な靴を数センチほど動かし、意図的に小枝を踏み潰した。足の幅が広がったようだ、とウィンストンは気がついた。

「あなたを裏切った」と彼女はあからさまに言った。

「私も君を裏切った」

彼女は再び嫌悪をこめた一瞥をくれた。

「ときには、決して立ち向かえないもので脅すのよ、考えることさえできないもので。するとこう言うの。『あたしにはやらないで、他のだれかにやって、だれそれにやって』。そして後になって、それはただのお芝居で、連中を止めさせるためにそう言っただけで、本気じゃなかったというふりをするかもしれない。でもそうじゃないの。それが起きたときには、本気で言ってるのよね。そうやって自分が助かる気満々なの。**本当に**相手にそれが起きて欲しいと思ってる。向こうがどう苦しもうがどうでもいい。自分のことしか考えられない」

「自分のことしか考えられない」と彼は繰り返した。

「そしてその後では、もう相手に同じ気持ちを抱けなくなっているの」

「そうだ。同じ気持ちは抱けない」

それ以上言えることはないようだった。風が二人の身体に薄いオーバーオールを押しつけた。ほぼ即座に、だまってこうしてすわっているのが恥ずかしくなった。それに、じっとしているには寒すぎた。彼女は地下鉄に乗らないととか何とか言って、立ち去ろうとした。

「また会わないと」とウィンストン。

「そうね。また会わないと」

彼は腹を決めかねて、少し離れて、半歩ほど後に続いた。彼女は本当にウィンストンをまこうとはしなかったが、ぎりぎり追いついてこられないくらいの速度を維持した。彼は、地下鉄の駅まではついていくぞと決意していたが、いきなり寒い中を追いかけるプロセスが、無意味で耐えがたく思えた。ジュリアから離れたいというよりむしろ、栗の木酒場に戻りたいという欲望に圧倒されたのだった。いまほどあの酒場が魅力的に思えたことはなかった。隅っこの自分のテーブル、新聞とチェス盤と果てしなく流れるジンについてノスタルジックな幻影を見た。次の瞬間、決して偶然だけではなく、彼は自分が彼女と小集団により隔てられるのを許した。追いつこうというふりだけはしたが、足をとめて向きを変え、反対方向に歩き始めた。五十メートル進んだところで振り返った。道は混雑していなかったが、すでに彼女の見分けがつかなくなっていた。足早に歩く一ダースほどのどれが彼女かもしれなかった。身体に肉がついて固くなり、後ろ姿もわからなくなっていたのかもしれない。

「それが起きたときには、本気で言ってるのよね」と彼女。ウィンストンは本気だった。単に口先だけで言ったのではない。本気で願ったのだ。あれに差し出されるのが自分ではなく、彼女であってほしいと本気で願い――

テレスクリーンから流れる音楽が少し変わった。割れた耳障りな音、甲高い音が混じった。そして――本当には起きていないのかもしれない。記憶が音のふりをしているだけなのかもしれない――声がこう歌っていた。

大きな栗の木の下で
あなたとわたし
おたがい売り渡す――

涙が目にたまった。通りすがりの給仕が、グラスが空だと気がついて、ジンのボトルを持って戻ってきた。

グラスを持ち上げて嗅いだ。口にいっぱい含むたびに、ひどい味が薄まるどころかますますひどくなった。だがこれは彼が溺れる物質と化していた。それが彼の人生、死、復活なのだ。毎晩昏睡に沈めてくれるのはジンであり、毎朝の気付けもジンだった。目をさますのは一一〇〇前のことはめったになく、まぶたはべっとりくっつき、口は燃えるようで、背中は折れたかのようだったから、夜中ずっとベッド脇に置かれたボトルとティーカップがなければ、水平状態から起き上がることさえ不可能だっただろう。日中はずっと、どんよりした顔でボトルを前にずっとすわり、テレスクリーンを聞いていた。十五時から閉店時間までは栗の木酒場の常連だった。もはやだれも、彼のやることを気にせず、起こす笛の音もなく、叱責するテレスクリーンもない。ときどき、週に二回ほどだろうか、真実省のほこりっぽい、忘れられたようなオフィスにでかけて、ちょっと仕事をした、というか仕事と称するものをやった。小委員会の小委員に任命され、それは『ニュースピーク辞典』第十一版の編纂で生じた細かい困難を扱う、無数の委員会から派生したものだった。その小委員会は、中間報告と称するものを作る作業をしていたが、何についての報告なのか、ついぞはっきりつきとめたことはなかった。コンマはカッコの中に入れるべきか、外に出すべきかという問題と関係した話らしい。委員会には他に四人いて、みんな自分と似たり寄ったりだ。集まってもすぐに散会して、お互いに何もすることがないと正直に認める日もあった。だが全員が、ほとんど熱意を持って自分の仕事に取り組む日もあった。議事録を書いたり長いメモの草案を作ったりしたが、それが決して仕上がることはない——自分たちが議論しているはずのことについての議論が驚くほど入り組んだ難解なものになり、定義をめぐる細かいかけひき、すさまじい余談、口論——上のほうに裁可を求めるぞという脅しすら行われるのだ。だがそこで突然、みんな勢いを失い、テーブルを囲んですわり明かりの消えた目でお互いを見回すのだ。ニワトリの鳴き声とともにかき消える幽霊たちのように。

テレスクリーンはしばし沈黙した。ウィンストンはまた顔を上げた。速報か！　だがちがった。単に音楽の切れ目でしかない。まぶたの裏にアフリカの地図があった。軍の動きは図になっていた。黒い矢印が垂直に南へと引き裂き、白い矢印が東へ向かって黒矢印の尻尾を横切る。まるでその裏付けを求めるかのように、彼は肖像の沈着な顔を見上げた。二番目の矢印が存在すらしていない可能性があるのでは？

また興味が薄れた。またジンを口いっぱいに含み、白のナイトを手にして、仮の動きをしてみた。チェック。だが明らかに正しい動きではなかったようだ。というのも——

呼ばれもしないのに、思い出が頭に浮かび上がった。ロウソクで照らされた部屋に、大きな白いかけぶとんがかかったベッドがあって、九歳か十歳の少年である自分が床にすわり、サイコロの箱を振り、はしゃいで笑っている。お母さんが向かいにすわって、やはり笑っている。

お母さんが消える一ヶ月ほど前だったはずだ。一瞬の和解で、責め立てる空腹感が忘れられ、かつてのお母さんへの愛情が一時的に復活したときだった。その日のことはよく覚えている。大雨のびしょ濡れの一日で、水が窓を流れ落ちて、屋内の光は暗すぎて何か読むこともできなかった。暗く狭苦しい部屋にいる子供二人の退屈は耐えがたくなった。ウィンストンは泣き言と不平をたれ、無駄に食べ物を要求し、部屋について文句を言っては、あらゆるものを引っ張ってむちゃくちゃにして、腰板を蹴飛ばし続けたのでご近所が壁を叩き始め、一方で幼い妹は断続的にわめきたてた。ついに母親はこう言った。「さあさあ、いい子にしてね。おもちゃを買ってあげるから。すてきなおもちゃよ——きっと気に入るわよ」。そして雨の中を、まだときどき開いている近所の雑貨屋にでかけて、すごろく遊び「ヘビとハシゴ」のセットが入った段ボールの箱を持って戻った。その湿った段ボールの匂いはいまも忘れられなかった。みすぼらしいセットだった。ゲーム盤は割れていて、小さい木製のサイコロはあまりに雑な作りなので、数字の面がなかなか上にならないほどだった。ウィンストンはそれをむっつりして眺め、興味を示さなかった。だがそこで母親がロウソクを灯し、みんな床にすわって遊び始めた。やがてウィンストンは大はしゃぎとなり、駒が期待しつつハシゴを登ったのに、駒がヘビをすべり下りて、ほとんどふりだしまで逆戻りするにつれて、笑いながら叫んだ。八試合やって、お母さんとウィンストンが四勝ずつだった。小さな妹も、この遊びがどんなものか理解するには幼すぎたが、長枕を背に起き上がって、他のみんなが笑っているので、自分も笑っていた。その午後ずっと、三人一緒に幸せだった。昔の子供時代のように。

その光景を頭から押しやった。偽の記憶だ。ときどき偽の記憶に悩まされる。偽物だとわかっていれば、別にかまわなかった。起きたこともあれば、起こらなかったこともある。彼はチェス盤に向き直り、白ナイトを再び手にした。そしてほとんど同時に、それをカタンと盤上に落とした。針を刺されたかのように飛び上がった。

甲高いトランペットのファンファーレが空気を貫いたのだ。速報だ！　勝利だ！　ニュースの前にトランペットが響いたら、必ず勝利ということなのだ。一種の電気ドリルが酒場を走り抜けた。給仕たちですらそわそわして、耳をそばだてた。

トランペットのファンファーレは、すさまじい大騒音を引き起こした。すでに興奮した声がテレスクリーンからわめきたてていたが、それがほとんど始まりかけたばかりなのに、屋外からの歓声の轟音にほとんどかき消されてしまった。ニュースは街頭を魔法のように駆け巡っていた。テレスクリーンから発せられる声はぎりぎり、すべてが自分の予想通りに進んだとわかるだけのことを聞き取れた。莫大な海洋艦隊が、敵の背後にこっそり集結して奇襲をかけたのだ。白い矢印が黒い矢印の尻尾を切り裂いている。その轟音の合間に、勝ち誇った台詞の断片が伝わってくるのだった。「壮絶な戦略的動き——完璧な協調——全面敗走——捕虜五十万人

——完全な士気崩壊——アフリカ全土の支配——もはや終戦に手が届くほど——勝利——人類史上最大の勝利——勝利、勝利、勝利！」

テーブルの下でウィンストンの足はけいれんするような動きをしていた。その席から身動きすらしていなかったが、頭の中では走っていた。しかも素早く。外の群集とともにあり、耳が潰れそうなほどの声で喝采していた。再びビッグ・ブラザーの肖像を見上げた。世界を牛耳《ぎゅうじ》る巨人！　アジアの群集どもの無駄な突進を圧し潰す岩！　十分前に——そう、たった十分前——前線からのニュースが勝利か敗北かと思案した自分の精神の中には、まだ迷いがあった。ああ、滅びたのはユーラシアの一軍以上のものだった！　愛情省の最初の日から、彼の中で実に多くのものが変化した。だが最後の、不可欠な、癒しとなる変化は、この瞬間までついぞ起こらなかったのだ。

テレスクリーンからの声は、いまだに捕虜たちや戦利品や虐殺の話を垂れ流していたが、外の叫び声は少しおさまった。給仕たちは仕事に戻りつつあった。その一人がジンのボトルを持って近寄った。ウィンストンは至福の夢の中にすわっていたので、グラスが満たされてもまったく気に留めなかった。もう走ったり歓声をあげたりしていなかった。愛情省に戻っていて、すべては許され、魂は雪のように真っ白だった。公開裁判の被告席にいて、すべてを自白し、あらゆる人を共犯に仕立てていた。白いタイルの廊下を歩きつつ、日差しの中を歩く気分で、背後には武装した看守がいる。長く待ちわびた銃弾が脳に入るのだ。

その巨大な顔を見上げた。その黒い口ひげの下にどんな微笑が隠されているかを学ぶのに、四十年かかった。ああ残酷で無用の誤解！　ああ、愛する胸からの、頑固で自ら求めた追放！

鼻の両脇を、ジン臭い涙が流れ落ちた。だがもう大丈夫、すべては大丈夫。苦闘は終わった。自分に対する勝利を勝ち取ったのだ。彼はビッグ・ブラザーを愛していた。

終

補遺　ニュースピークの原理

ニュースピークはオセアニアの公式言語であった。これは英社主義《イングソック》、またはイギリス社会主義のイデオロギー上のニーズを満たすために考案された。1984年には、ニュースピークを唯一の通信手段として使う人物は、発話でも文書でも、まだだれもいなかった。『タイムズ』の記事はニュースピークで書かれていたが、これは専門家にしか実行できないような力業なのだった。ニュースピークは、最終的にオールドスピーク（あるいは私たちなら普通の英語と呼ぶもの）を2050年頃に置きかえるものと期待されていた。一方で、それは着実に浸透した。あらゆる党員はニュースピーク用語やその文法的構築を、ますます日常会話で使うようになっていったからだ。1984年に使われていたバージョンで、『ニュースピーク辞典』第九版と十版に体現されていたものは暫定的なものであり、多くの無駄な単語や不自然な形態が含まれ、これらは後日抑圧されることとなる。私たちがここで扱うのは、辞典の第十一版に体現された、最終的な完成版である。

ニュースピークの目的は、英社主義《イングソック》の献身者にとって適切な、世界観や精神的な習慣の表現媒体を提供することだけではなかった。むしろ、それ以外のあらゆる思考様式を不可能にするのが目的であった。ニュースピークが全面的に採用され、オールドスピークが忘れられたら、邪説的な思考——つまり英社主義《イングソック》の原理から逸脱するような思考——は文字通り考えられなくなる、少なくともその思考が言葉に依存している限りは不可能になることが意図されていた。

その語彙は、党員が表現したいと適切に願うあらゆる意味に、厳密かつしばしばきわめて微妙な表現を与え、それ以外の意味をすべて排除し、さらに間接的なやり方でそうした意味に到達する可能性も排除するように構築されていた。これは部分的には新しい言葉の発明により行われたが、主な手法は望ましくない言葉を削除し、残った言葉からは非正統的な意味をはぎ取り、できる限りあらゆる二次的な意味をすべて排除するというものであった。一つ例を挙げよう。ニュースピークには「自由」という言葉はまだ存在していたが、「このイヌはシラミから自由だ」あるいは「この平原は雑草から自由だ」といった発言でしか使えない。「政治的に自由」「知的に自由」といった古い意味での使用はできない。というのも、政治的、知的な自由は概念としてすらもはや存在せず、したがって必然的に名前がないからだった。まちがいなく逸脱的な言葉を弾圧するのとはまったく別に、語彙の削減はそれ自体が目的と見なされており、排除できる言葉はすべて残存が許されなかった。ニュースピークは、思考の幅を広げるのではなく、**削減する**よう設計されており、この目的は言葉の選択を最低限に切り詰めることで間接的に支援されていた。

ニュースピークは現在の我々が知っているような形での英語に基づいていたが、多くのニュースピーク文は、新たに創られた言葉を含まない場合ですら、いま現在の英語の話者にはほとんど理解不可能であろう。ニュースピーク単語は三つの明確な区分に分類されていた。これはA語彙、B語彙（複合語とも呼ばれた）、C語彙で構成される。各分類を個別に論じるほうが容易ではあるが、この言語の文法的な特異性は、A語彙に当てられる部分で論じることができる。というのも同じルールがこの三つの区分すべてに当てはまったからである。

A語彙

A語彙は、日常生活のやりとりに必要とされる単語で構成されていた——たとえば食べる、飲む、働く、着る、階段を上り下りする、車に乗る、造園する、料理する、といったものである。それはほとんどが、私たちがすでに持っている単語で構成されていた。打つ、走る、イヌ、木、砂糖、家、野原などである。だが今日の英語の語彙と比べると、その数はきわめて限られ、その意味ははるかに厳格に定義された。あらゆる曖昧さや意味合いの濃淡は、粛清されて排除された。この区分のニュースピーク語は、実現可能な限り、明確に理解される概念を一つだけあらわす、単なるスタッカートの音だったのである。A語彙を文学目的や政治、哲学の議論に使うのは、まったく不可能であったはずである。A語彙は単純で、目的性を持つ思考の表現だけを意図したものであり、通常は具体的な物体や身体行動に関わるものだけを扱うものであった。

ニュースピークの文法は二つの突出した特異性を持っていた。

その最初のものは、ちがう品詞がほとんど完全に入れ替え可能だったということである。言語のあらゆる単語(原理的にはＩＦやＷＨＥＮなどのきわめて抽象的な単語にすら適用できる)は、動詞、名詞、形容詞、副詞のどれとしても使える。動詞とその名詞形は、同じ語根を持つなら、まったくちがいがない形となった。このルールだけでも、多くの古い形式の破壊をもたらした。たとえば「ＴＨＯＵＧＨＴ/思考」という言葉はニュースピークには存在しなかった。代わりに使われたのは「THINK／考」である。これは名詞と動詞の両方の役目を果たした。ここでは語源的な原則は一切準拠されなかった。場合によっては、残されたのは元の名詞であり、場合によっては動詞であった。似たような意味を持つ名詞と動詞があって、それらが語源的にはつながっていない場合でも、そのどちらかがしばしば抑圧された。したがって「CUT／切る」という単語はなかった。その意味は、名詞＝動詞である「KNIFE／刀」で十分にカバーされたからである。形容詞は名詞＝動詞に「－FUL／的」という接尾辞をつけて、副詞は「－WISE／様」をつけることで構築された。よってたとえば「SPEEDFUL／速的」は「速い」という意味であり「SPEEDWISE／速様」は「速く」という意味になる。今日の形容詞、よい、強い、大きい、黒い、柔らかいなどは維持されたが、その総数はきわめて少なかった。そうしたものの必要性はきわめて小さかった。というのもほとんどあらゆる形容詞的な意味は、名詞＝動詞に「－FUL／的」をつければ導けるからである。今日存在する副詞は、いますでにWISEで終わっているごく少数を除けばまったく維持されなかった。WISE語尾は変える余地がなかった。たとえば「WELL／良好」という言葉は「GOODWISE／好様」で置きかえられる。

加えて、あらゆる単語――これもまた原理的には言語のあらゆる単語に適用される――は接頭辞「UN／不」をつければ否定化できるし、強調するには接頭辞「PLUS／超」またはさらなる強調には「DOUBLEPLUS／超々」をつける。だから、たとえば「UNCOLD／不寒」は「温かい」の意味であり、「PLUSCOLD／超寒」と「DOUBLEPLUSCOLD／超々寒」はそれぞれ、「とても寒い」「ものすごく寒い」という意味になる。また今日の英語と同じく、ANTE、POST、UP、DOWNなどの前置的な接頭辞により、ほぼあらゆる単語の意味を変えることができる。こうした手法により、語彙のすさまじい削減が可能であることがわかった。たとえば「GOOD／好」という単語があれば、「BAD／悪」という単語は要らない。必要な意味は「UNGOOD／不好」により同じくらい――いやもっとうまく――表現できるからである。二つの単語が自然な反対語を形成するあらゆる場合に必要なのは、どちらを抑圧するかを決めることだけであった。たとえば好み次第で、「DARK／暗」を「UNLIGHT／不明」で置きかえてもいいし、「LIGHT／明」を「UNDARK／不暗」で置きかえてもいい。

ニュースピーク文法の二番目の突出した特徴は、その規則性である。以下で述べる少数の例外を除けば、あらゆる語形変化は同じ規則に従う。したがって、あらゆる動詞の過去形と過去分詞は同じであり、EDが最後につく。「STEAL／盗」の過去形は（現在の英語の「STOLE」ではなく）、「STEALED」となる。「THINK」の過去形は「THOUGHT」ではなく「THINKED」という具合に、言語すべてにこの規則が貫徹され、「SWAM」「GAVE」「BROUGHT」「SPOKE」「TAKEN」といったものは廃止された。あらゆる複数形は最後にSまたはESをつけることで作られる。MAN、OX、LIFEの複数形はMANS、OXES、LIFESとなった。形容詞の比較級や最上級は一貫して－ER、－ESTをつけるものとなる（GOOD、GOODER、GOODEST）。不規則形やMORE、MOSTをつけることによる比較級、最上級の表現は抑圧された。

相変わらず不規則な語形変化が許された単語の区分は、代名詞、関係詞、指示形容詞、助動詞だけである。これらすべては古代の用法に従ったが、whomは不要として廃止され、shall、shouldの形は捨てられた。それらの利用はwill、wouldでカバーされたからである。また、すばやく簡便な発話のために登場する単語形成にも、ある種の不規則性があった。発音しにくい単語や、聞きまちがいされやすい言葉は、まさにそのために悪い単語とされた。したがってときどき、語呂《ごろ》の良さのために追加の文字が単語に挿入されたり、古代の語形が維持されたりした。だがこの必要性は主に、B語彙とのつながりで登場した。なぜ発音の容易さがそれほど重視されたかという理由については本論で後述する。

B語彙

B語彙は、意図的に政治目的のために構築された用語から成る。つまりは、あらゆる場合に政治的な意味があるだけでなく、それを使う人物に望ましい精神的態度を課すように意図されていたのであった。英社主義《イングソック》の原理を総合的に理解していないと、これらの単語を正しく使うのは困難である。場合によってはそれをオールドスピークに翻訳することは可能だったし、またA語彙からの言葉に代えることですら可能ではあったものの、これは通常は長い言い換えを必要としたし、常にある種の含みを喪失することになってしまった。B用語はある種の言語的な簡略表現であり、しばしば広範な概念を数音節に押し込め、同時に一般言語よりも正確で力強いものとなったのである。

B用語はあらゆるものが複合語である（「SPEAKWRITE／話筆機」といった複合語はもち

ろんA語彙にもあったが、これは単なる簡便な短縮形であり、特にイデオロギー的な色合いはない）。複数の単語または単語の部分で構成され、それを発音しやすい形にくっつけたものであった。結果として生じる寄せ集めは常に名詞＝動詞となり、すべて通常の規則変化に従う。一つ例を挙げよう。「GOODTHINK／好考」というのは、かなり大ざっぱにいえば「正統性」という意味であり、また動詞として捉えるのであれば、「正統的な形で考える」という意味であった。その変形は以下の通り：名詞＝動詞としては「GOODTHINK／好考」、過去形および過去分詞「GOODTHINKED」、現在分詞「GOODTHINKING」、形容詞「GOODTHINKFUL／好考的」、副詞「GOODTHINKWISE／好考様」、動詞的名詞「GOODTHINKER／好考者」。

B用語は何か語源的な原則に基づいて構築されたものではなかった。それを作り上げたあらゆる単語は、どんな品詞でもかまわず、どんな順番でそれを並べ、どんな形で切り刻んでもいいので、発音しやすく、同時にそれがどこから派生したのかが示せればよかった。たとえば「CRIMETHINK／罪考」（思考犯罪）では、「THINK／考」は二番目にくるが、「THINKPOL／考察」（思考警察）ではそれが最初に来ており、さらに二つ目の用語「POLICE／警察」は二音節目を失っている。語呂の良さを確保するのがきわめてむずかしいため、不規則変化はA語彙よりB語彙のほうがよく見られた。たとえば「MINITRUE／真省」「MINIPAX／平省」「MINILUV／愛省」の形容詞形は、それぞれ「MINITRUTHFUL／真省的」「MINIPEACEFUL／平省的」「MINILOVELY／愛省的」となった。これは単に「－TRUEFUL」「－PAXFUL」「－LOVEFUL」がちょっと発音しにくいからというだけの理由であった。だが原則としてすべてのB用語は変形するし、その変形はすべて完全に同じ規則に従っていた。

B用語の一部はきわめて微妙な意味を持っており、言語を全体として習得していない人物にはほとんど理解不能となっていた。たとえば『タイムズ』巻頭記事の「OLDTHINKERSUNBELLYFEELINGSOC／旧考者、英社が腹落ちず」という文を考えよう。この一文をオールドスピークでできる限り手短に書き直すなら「革命前に思想が形成された者たちはイギリス社会主義国の原理について完全な情動的理解はできない」となる。だがこれは正確な翻訳ではない。そもそも、いま引用したニュースピーク文の完全な意味を把握するには、「INGSOC／英社」が何を意味するかについて明確な考えがなくてはならない。さらに英社主義《イングソック》に完全に根差した人物でなければ、「BELLYFEEL／腹落ち」なる単語の全容を理解できない。この用語は、今日では想像しづらい、盲目的で熱烈な受け入れを意味したのである。あるいは「OLDTHINK／旧考」という単語は、邪悪さと頽廃の概念と分かちがたく結びついていたが、その意味の全容も把握できない。だが一部のニュースピーク用語（OLDTHINK／旧考もその一つ）の特別な機能は、意味を表現するよりはむしろ、それを破壊することなのだった。こうした単語は、必然的に数は少ないが、その意味が極度に拡張され、やがてその中に山ほどの単語の意味が含められるようになる。それらが単一の包括的な用語で十分にカバーできるようになったら、元の言葉は捨て去って忘れてかまわないのだ。『ニュースピーク辞典』編纂者が直面する最大の困難は、新語を発明することではなく、発明した言葉が、確実にその意図した通りの意味を持つようにすることなのだった。つまり、その言葉の存在により、どの範囲の単語がキャンセルできたかを明確にするということだった。

すでに「ＦＲＥＥ／自由」の例で見たように、かつては逸脱的な意味を持っていた単語も、ときには利便性のために温存されたが、そのときにも望ましからぬ意味は排出されねばならなかった。栄誉、正義、道徳、国際主義、民主主義、科学、宗教といった言葉はあっさり存在しなくなった。少数の包括的な言葉がそれらをカバーし、カバーすることでそうした言葉を排してしまった。たとえば、自由や平等の概念を中心にまとめられる単語はすべて、「ＣＲＩＭＥＴＨＩＮＫ／罪考」という単一の単語に含まれ、客観性や合理主義の概念を中心とした用語群は、「ＯＬＤＴＨＩＮＫ／旧考」という一語に包含された。それ以上の厳密さは危険だっただろう。党員に必要とされたのは、古代へブライ人と同じような考え方だったのである。古代へブライ人は、自分以外のあらゆる民族が「偽の神」を崇拝しているのだと知っており、それ以外のことはほぼ何も知らなかった。そうした神々が、バール、オシリス、モロク、アスタロトなどと呼ばれていたことは知る必要がなかった。おそらく、そうしたものをなるべく知らないほうが、当人の正統性にとってはむしろ好都合だっただろう。エホバとエホバの十戒は知っていた。したがって、他の名前や他の属性を持つ神々はすべて偽神だというのを知っていた。同様に、党員は何が正しい行動であるかを知っており、極度にあいまいな漠然とした用語で、そこからどのような逸脱があり得るかも知っていた。たとえば党員の性生活は、ニュースピーク語二つ、ＳＥＸＣＲＩＭＥ／性罪（性的不道徳）とＧＯＯＤＳＥＸ／好性（貞節）で完全に統制されていた。性罪は、なんであれあらゆる性的によからぬ行為をすべてカバーしている。姦淫、不倫、同性愛などの倒錯すべてがここに含まれ、さらには通常の性交でも性交自体のために行われるものはここに含まれた。それらを個別に羅列する必要はなかった。というのもすべて等しく有罪であり、原則としてすべて死罪だったからである。科学技術用語を構成するC語彙では、特定の性的逸脱に専門的な名前を与える必要があったかもしれないが、一般市民はそんなものに用はなかった。市民は好性の意味を知っていた——これは男と妻の間の、子供を作るためだけに行われる通常の性交であり、女性側に肉体的快楽はない。その他すべては性罪である。ニュースピークにおいては、それがまさに逸脱だという認識以上にその逸脱的な考えを進めることはほとんどできなかった。そこから先で必要な言葉は存在しなかった。

B語彙の用語は一つとしてイデオロギー的に中立ではなかった。その多くは婉曲《えんきょく》表現だった。たとえば「JOYCAMP／歓容所」（強制労働キャンプ）、「MINIPAX／平省」（平和省つまりは戦争省）は、字面とはほぼ正反対の意味を持っていた。その一方で一部の用語は、オセアニア社会の実情について、率直かつ侮蔑的な理解を示していた。その一例が「PROLEFEED／プロ餌」である。これは党が大衆に施してやる、ゴミクズじみた娯楽とインチキなニュースを意味する。また一部の単語はどっちつかずであり、党に適用されたら「よい」という意味合いを持ち、敵に使われたら「悪い」という意味合いを持つ。だがそれに加えて、一見するとただの短縮形にしか見えない単語で、そのイデオロギー的な色彩は、その意味からではなく構造からもたらされるものが大量にあった。

どんなものであれ、政治的な意味を持つ、あるいは持ちかねないものはすべて、ねじこめる限りB語彙に押し込まれた。あらゆる組織名や団体名、ドクトリン、国、機関、公共建築は、例外なくお馴染みの形に切り詰められた。つまり、最小限の音節で発音しやすく、派生元の単語を保った一語に変えられたのだった。たとえば真実省では、ウィンストン・スミスが働いていた記録部は「RECDEP／録部」、創作部は「FICDEP／創部」、テレビ番組部は「TELEDEP／テレ部」といった具合だった。これは単に時間節約のために行われたのではなかった。20世紀の最初の数十年ですら、畳まれた用語やフレーズは、政治言語の特徴の一つではあった。そしてこの種の短縮形を使う傾向は、全体主義諸国や全体主義組織で最も顕著であることが指摘されていた。そうした例としては、ナチス、ゲシュタポ、コミンテルン、インプレコール、アジトプロプなどがある。当初このやり方は言わば直感的に採用されていたが、ニュースピークではこれは意識的な目的を持って使われていた。このように名前を短縮することで、そうしない場合にそれにつきまとう連想のほとんどが切り捨てられて、その意味がせばめられ、微妙に改変されるものと考えられた。たとえば共産主義インターナショナルという用語は、普遍的な人類の友愛、赤い旗、バリケード、カール・マルクス、パリ・コミューンといった複合的なイメージを想起させる。これに対して、その短縮形コミンテルンという言葉は、単に緊密にまとまった組織と、明確に定義されたドクトリン体系を示唆するだけとなる。椅子やテーブルと同じくらいすぐに認識できて、目的も限られたものを指す用語となる。コミンテルンは、何も考えずに口走れる用語だが、共産主義インターナショナルという用語は、一瞬なりとも考えをめぐらさずにはいられないものなのである。同様に、「MINITRUE／真省」といった言葉が想起させる連想は、「MINISTRY of TRUTH／真実省」による想起よりも少ないし、統制しやすい。可能な限りすべてを短縮するという習慣だけでなく、あらゆる言葉を発音しやすくするために、極端とすら言えるほどの注意が払われたのは、これが理由なのであった。

ニュースピークでは語呂の良さが意味の厳密性以外のあらゆる配慮を上回るものとなっていた。必要とあらば文法の厳密性は常に語呂の良さの犠牲となった。そしてそれはきわめて正当なことだった。というのも、何より政治的な狙いに照らして必要とされたのは、誤解の余地のない意味を持つ、簡潔に切断された用語であり、すばやく発言できて、話者の心に最低限の反響しか残さないものだったからである。B語彙の用語は、そのほとんどがきわめて似通っているという事実により、なおさら力を増した。——「GOODTHINK／好考」、「MINIPAX／平省」、「PROLEFEED／プロ餌」、「SEXCRIME／性罪」、「JOYCAMP／歓容所」、「INGSOC／英社」、「BELLYFEEL／腹落ち」、「THINKPOL／考察」といった無数の用語——は二、三音節の単語であり、アクセントは最初の音節と最後の音節で同じとなっていた。これを使うことで、ギャアギャアした発話が奨励されることになり、スタッカートでありながら単調に聞こえる。そしてまさにそれが狙いなのだった。意図は発話、特にイデオロギー的に中立でない主題についての発話を、できる限り意識とは独立にすることなのであった。日常生活のためには、確かにときどきは発言する前に考えることが必要となったのはまちがいないが、政治的、倫理的な判断を求められた党員は、機関銃が銃弾をぶちまけるように、正しい意見を自動的にぶちまけられねばならなかった。そうするように訓練で仕向けられ、そして言語はほぼ失敗しようがない道具を提供し、英社主義《イングソック》の精神に従って激しい音とある種の意図的な醜さを持つ語呂の支援により、そのプロセスがさらに推し進められたのであった。

また、使える単語がきわめて少ないという事実もそれを支援した。私たちの英語に比べれば、ニュースピークの語彙はきわめてわずかであり、それを減らす新しい手法が絶えず考案されていた。実際、ニュースピークは語彙が毎年拡大するどころか縮小するという点で、他のほぼあらゆる言語とちがっていた。言葉が減るたびに一歩前進となった。というのも選択の余地が狭まれば、それだけ考えようという誘惑も小さくなるからだ。最終的には、脳の高次中枢がまったく関与することなしに、声帯からきちんとした発話が行えるようにしたいというのが望みだった。この狙いはニュースピーク語「DUCKSPEAK／アヒル話」（アヒルのようにガアガア鳴くこと）で率直に認知されていた。B語彙の他の各種用語と同様に、「DUCKSPEAK／アヒル話」の意味はどっちつかずであった。そこでガアガアと発せられる意見が正統なものであれば、これは文句なしの賞賛であり、『タイムズ』が党の演説家のだれかを「DOUBLEPLUSGOOD DUCKSPEAKER／超々好アヒル話者」と呼ぶときには、これは温かく重要な賛辞を述べていたのである。

C語彙

C語彙は他の二つに対する補助的なものであり、科学技術用語だけで構成されていた。これらは今日使われている科学用語に似ており、同じ語源から構築されていたが、それを硬直した形で定義し、望ましからぬ意味をはぎ取るための通常の配慮は行われていた。他の二種類の語彙で見られたのと同じ文法規則に従っていた。C用語のうち、日常会話や政治発言で流通するものはほとんどなかった。どんな科学労働者でも技術者でも、必要な用語はすべて、自分の専門分野のために作られた用語表から見つけられたが、他の用語表に登場する用語など、ごくわずか以上に知っていることはほとんどなかった。すべての用語表に共通する言葉はきわめて少なく、どの分野であれ、科学の機能を心の習慣や思考様式として表現する語彙はなかった。そもそも「科学」をあらわす用語はなかった。それが表現しそうな意味はすべて、「ＩＮＧＳＯＣ／英社」という言葉で十分にカバーされていたからである。

これまでの記述から、ニュースピークでは逸脱意見の表明は、きわめて低次のものを超えるとほぼ不可能に近いことがわかるだろう。もちろんきわめて粗野な邪説を口走ることはできた。一種の罵倒のようなものは可能だった。たとえば「ビッグ・ブラザーは不好だ」と言うことはできた。だがこの発言は、正統化された耳には単に自明の不条理としか聞こえないし、理性的な議論で裏付けられるものではなかった。なぜなら、それに必要な言葉がなかったからである。英社主義《イングソック》に敵対的な思想は、漠然とした言葉のない形で抱けるだけであり、それを表現するにはきわめて漠然とした用語しか使えない。そうした用語は逸脱思想の集合を大量にまとめて糾弾するものであり、しかもそれに際してそうした逸脱思想を定義はしなかったのである。それどころか、ニュースピークを非正統的な目的で使うためには、単語の一部を非正統的にオールドスピークに訳し戻すしかなかった。たとえば「あらゆる人は平等である」というのはニュースピークで可能な文ではあるが、それは単に「あらゆる人は赤毛である」というのがオールドスピークで、文としては可能だというのと同じ意味においてでしかない。文法的なまちがいはないが、露骨な不真実を含んでいる――つまりあらゆる人は同じ身長、体重、強さだ、と言っていることになるのだった。政治的平等性の概念はもはや存在せず、それに伴いこの二次的な意味は、「平等」という言葉から排出されてしまっていた。まだオールドスピークが通常のコミュニケーション手段であった1984年には、ニュースピーク用語を使うと元の意味を思い出しかねないという危険が理論的には存在した。実際には、二重思考をしっかり身につけた人物であれば、そんなことは容易に回避できたが、一、二世代もすればそうした逆戻りなど、可能性さえも消え去っていたはずだ。ニュースピークを唯一の言語として育った人物は、平等というのが「政治的な平等性」という二次的な意味を持っていたことも、自由というのがかつては「知的自由」を意味したなどということも知らなかっただろう。それはチェスについて聞いたことがない人物が「クイーン」だの「ルーク」だのに伴う二次的な意味について知りようがないのと同じである。その人物が犯しようもない犯罪や誤りが大量に存在することになる。そもそもそうした犯罪などに名前が無く、したがってその人物にはそれが思いもよらないから、ということである。そして時間がたつにつれて、ニュースピークを特徴づける性質がますます強調されることが予想されていた——その単語がますます減り、その意味はますます硬直し、それを不適切な用途で使う可能性は常に減り続けるというわけなのだった。

ひとたびオールドスピークが全面的に克服されたら、過去との最後のつながりが断ち切られることになっただろう。歴史はすでに書き直されていたが、検閲《けんえつ》が不完全なため、過去の文献の断片があちこちに生き残っており、オールドスピークの知識を保持していれば、それを読むことも可能だった。将来的にはそうした断片は、たまたま生き残ったとしても、理解不能で翻訳不能となる。何か技術プロセスやきわめて単純な日常行為や、もともと正統的な傾向を持つもの（ニュースピーク的に言えばＧＯＯＤＴＨＩＮＫＦＵＬ／好考的）でもない限り、オールドスピークのどんな一節でもニュースピークに翻訳するのは不可能となる。現実的には、これはつまり１９６０年頃以前に書かれた本はすべて、全訳が不可能だったということである。革命前の文献は、イデオロギー的翻訳しかできない――つまり言語だけでなく意味も変えねばならない。たとえばアメリカ独立宣言の、次の有名な一節を例にとろう。

われわれは、以下の事実を自明のことと信じる。すなわち、すべての人間は生まれながらにして平等であり、その創造主によって、生命、自由、および幸福の追求を含む不可侵の権利を与えられているということ。こうした権利を確保するために、人々の間に政府が樹立され、政府は統治される者の合意に基づいて正当な権力を得る。そして、いかなる形態の政府であれ、政府がこれらの目的に反するようになったときには、人民には政府を改造または廃止し、新たな政府を樹立し、人民の安全と幸福をもたらす可能性が最も高いと思われる原理をその基盤とし、人民の安全と幸福をもたらす可能性が最も高いと思われる形の権力を組織する権利を有するということ、である。

原文の意味を維持しつつこれをニュースピーク化するのはまったく不可能であっただろう。それに最も近いこととしてできるのは、このくだりすべてを「ＣＲＩＭＥＴＨＩＮＫ／罪考」の一語に飲み込んでしまうことだ。この全訳はイデオロギー的翻訳しかあり得ず、そうなればジェファソンの言葉は絶対政府の賞賛に変えられてしまう。

過去の文学の相当部分は、実際にすでにこのような形で変換されつつあった。名声を考慮して、一部の歴史的人物の記憶を温存するのは望ましいこととされたが、同時にその業績は英社主義《イングソック》哲学と整合するものにする必要があった。シェイクスピア、ミルトン、スウィフト、バイロン、ディケンズといった人々は、このため翻訳が進んでいた。この作業が完了すれば、その原著作は、過去の文学で生き残った他のすべてと同様に破壊される。こうした翻訳は緩慢《かんまん》で困難な仕事であり、21世紀の最初の十年また二十年までは終わらないだろうと予想されていた。また同じ形で処理されるべき、単純で機能的な文献も大量にあった――不可欠な技術マニュアルなどだ。ニュースピークの最終的な採用が２０５０年という実に遅い時期に設定されたのは、こうした翻訳という準備作業の時間をとるためなのだった。

付録　バーナム再考：現状追認知識人の権力崇拝とその弊害

初出『ポレミック』１９４６年5月号、および１９４６年のパンフレット
「*James Burnham and the Managerial Revolution*」

訳者要約

ジョージ・オーウェルが、第二次世界大戦中および大戦後に人気を博した通俗評論家バーナム『管理職革命』『マキャベリ主義者たち』を徹底的に批判した書評的エッセイ。バーナムは、マキャベリを引き合いに出して、政治は常にエリートのだましあいの権力奪取で大衆は奴隷、イデオロギーなんて大衆動員の口実、パワーこそ正義、と冷徹なリアリストを気取ってみせた。だがそれに基づく見通しを目先の戦局でコロコロ変え、醜態をさらした。これは「知識人」にきわめてありがちな態度で、「リアリズム」と称しつつ、根底にある社会のありかた、歴史の流れ、人間の欲望についてまったく見えておらず、短期トレンドを先に延ばしただけ。そんなバーナムなどが必然視する超管理社会――つまり『一九八四』の社会――はあり得ないのだ、とオーウェルは断言する。

ジェームズ・バーナム著『管理職革命』(*The Managerial Revolution*)[5]は、アメリカでもイギリスでも出版時[6]にかなりの波紋を引き起こしたし、その主な主張はすでに議論し尽くされているため、ここで詳述するまでもないだろう。できるだけ手短にまとめると、その主張とは次のようなものだ。

資本主義は消滅しつつあるが、社会主義がそれに取って代わろうとはしていない。いま台頭しているのは、新種の中央集権的な計画社会であり、資本主義でもなければ、一般に認められた意味での民主的な社会でもない。この新社会の支配者たちは、いまや実質的に生産手段を牛耳る人々である：つまり企業の重役、技術者、官僚や兵士たちで、バーナムはこれらをまとめて「管理職/マネージャー」と呼んでいる。こうした人々は、古い資本家階級を排除し、労働者階級を押し潰し、あらゆる権力と経済特権が自分たちだけの手に残るように社会を構築するのだ。私有財産権は廃止されるが、公有制が確立されることはない。新しい「管理職」的な社会は、小さな独立国家のつぎはぎで構成されるのではなく、ヨーロッパ、アジア、米国という主要な工業センターを中心としてグループ化された超大国で構成されることになる。こうした超国家は、世界でまだ捕捉されていない、残った部分の所有をめぐって争うが、おそらくはお互いを完全に制圧することはできないだろう。国内では、それぞれの社会は階層的なものとな

5　訳注：邦訳は何度か出ており多くは『経営者革命』(1965年他)という邦題になっているが、内容的に「経営者」とはちょっとちがうためあわせていない。
6　訳注：1942年。

り、才能を持つ貴族がてっぺんに位置し、大量の半奴隷が底辺に位置することになる。

バーナムはその次著『マキャベリ主義者たち』(*The Machiavellians*)で、最初の主張を展開するとともに変更している。この本の大部分は、マキャベリとその現代の使徒たるモスカ、ミヒェルス、パレートの理論解説に費やされている。そして怪しげな理由をつけて、バーナムはここにサンディカリスト論者ジョルジュ・ソレルも加えている。バーナムがここで主に示したいと考えているのは、民主社会などこれまで存在したことはないし、我々に見える限り、今後も決して存在しないということなのだ。社会はその本質からして寡頭支配的なものであり、寡頭制の権力は常に武力と詐欺に基づくものとなる。バーナムは私生活では「よい」動機が作用することもあるのは否定しない。だが彼は、政治というのが、ひたすら権力を求めての闘争でしかないのだと固執する。あらゆる歴史的な変化は、最終的にはある支配階層が別の支配階層に置き換わる話に行き着く。民主主義、自由、平等、博愛、あらゆる革命運動、あらゆるユートピアのビジョン、「階級なき社会」の夢、「この世の天国」の夢は、権力の座へとゴリ押しで入り込もうとしている新階級の野心を覆い隠す、おためごかし(必ずしもおためごかしと意識されているわけではないが)でしかない。イギリス清教徒、ジャコバン派、ボリシェヴィキはどれも、それぞれただの権力を求める連中でしかなく、自分が特権的な地位を勝ち取るために、大衆の希望を利用しただけなのだ。権力はときには暴力なしで勝ち取られたり維持されたりはできる。だが詐欺なしには維持できない。なぜなら、大衆を利用しなければならないからで、大衆は自分たちが少数派の目的に利用されているだけだと知ったら、協力してくれないからだ。あらゆる偉大な革命闘争においては、大衆は人間の同朋精神という漠然とした夢に先導され、そして新たな支配階級がしっかり権力を掌握したら、奴隷状態へと投げ戻される。バーナム的には、これこそ政治史のすべてと言ってよいことになる。

この二冊目が前著から進んでいるのは、この事実にもっと率直に直面すれば、全プロセスがいささか道徳的に進められると主張しているところだ。『マキャベリ主義者たち』には『自由の擁護者』という副題がついている。マキャベリとその追随者たちは、政治においては品位などというものはまったく存在しないと教え、それにより政治的な事柄をもっと知的かつあまり抑圧的でない形で実施できるようになった、とバーナムは主張する。自分たちの真の狙いが権力の座にとどまることだと認識した支配階級は、社会全体の善に奉仕したほうが成功しやすいことも認識して、世襲貴族制へと硬直化するのを避けることも考えられる。バーナムは、「エリート循環」というパレート理論を大いに強調する。支配階級は、権力の座にとどまるためには、絶えず適切な新人を下層からリクルートするようにして、最も有能な人間が常にトップにとどまり、権力に飢えた新たな不満階級が生まれないようにしなければならない。これが最も起こりやすいのは、民主的な習慣を維持した社会だ、とバーナムは考える。つまり、反対論が許容され、マスコミや労働組合といった一部の組織が自律性を保てる社会ということだ。ここでバーナムは、まちがいなく自分の以前の意見とは逆のことを述べている。1940年に書かれた『管理職革命』では、「管理職」的なドイツがあらゆる面で、フランスやイギリスのような資本主義的民主主義社会よりも効率的なのは当然のこととされている。だが1942年に書かれた次著では、バーナムはドイツが言論の自由を許容していれば、深刻な戦略ミスのいくつかを避けられたかもしれないと認めている。だが主要な主張は放棄されていない。資本主義は滅びる運命にあり、社会主義は夢でしかないというものだ。何が問題になっているかを把握すれば、管理職革命の方向性をある程度は導けるかもしれないが、その革命自体は、好き嫌いにかかわらず起きているのだ。いずれの本でもそうだが、中でも最初の本では、論じられているプロセスの残酷さと邪悪さについて、まごうかたなき大喜びぶりがうかがえる。自分が事実を述べているだけで、自分自身の選好を述べているのではないと繰り返してはいるが、バーナムが権力のスペクタクルに魅了されているのは明らかで、ドイツが戦争に勝っているように見えている間は、ドイツに共感しているのも明らかだ。もっと最近の1945年初頭になって『パルチザン・レビュー』に発表された「レーニンの後継者」という論説では、彼の共感はソヴィエト連邦に鞍替《くらが》えしたように見受けられる。「レーニンの後継者」はアメリカ左翼メディアで激論を引き起こしたが、イギリスではまだ発表されておらず、また後で論じねばならない。

バーナムの理論は、厳密にいえば目新しいものでないことは明らかだ。これまで多くの著者たちが、資本主義でも社会主義でもない、おそらくは奴隷制に基づく新しい種類の社会の台頭を予見してきた。とはいえ、そのほとんどは、この展開が不可避とは想定しなかった点でバーナムと袂《たもと》を分かつ。その好例がヒレア・ベロック『奴隷の国家』(1911年)だ。『奴隷の国家』は退屈な文体で書かれており、提案されている対処法(小規模自作農土地所有への回帰)は多くの理由から不可能ではある。それでも、1930年以降のできごとについて、驚くほどの洞察をもって予見している。チェスタートンは、これほど系統的ではないが、民主主義と私有財産の消滅を予言し、資本主義的とも共産主義的ともいえる奴隷社会の台頭を予想している。

ジャック・ロンドンは『鉄の踵《かかと》』（1909年）で、ファシズムの重要な特徴をいくつか予見したし、ウェルズ『睡眠者が目覚めるとき』（1900年）、ザミャーチン『われら』（1923年）、オルダス・ハクスリー『すばらしい新世界』（1930年）はどれも、資本主義の特別な問題が解決されても、自由、平等、真の幸福が一向に近づかないような空想世界を描いている。もっと最近では、ピーター・ドラッカーやF・A・ヴォイトのような著作家が、ファシズムと共産主義は本質的に同じものだと論じている。そして確かに、中央集権の計画社会は、寡頭政治や独裁制に発展しかねないのは昔から明らかではあった。正統保守派たちはこれが目に入らなかった。というのも彼らとしては社会主義など「うまく行かない」し資本主義の消滅は混乱と無政府状態を招くと想定するほうが心地よかったからだ。正統社会主義者たちもこれが目に入らなかった。というのも彼らは、自分たちが間もなく権力を握ると考えたかったし、したがって資本主義が消滅したら、社会主義が取って代わると想定したからだ。結果として彼らはファシズムの台頭を予見できず、またそれが登場してからも正しい予想ができなかった。さらに後になると、ロシア独裁制を正当化し、共産主義とナチズムとの明らかな類似性について言い逃れる必要が生じたため、この問題がさらにあやふやにされた。だが工業化が独占に終わるしかなく、独占は必然的に圧政を意味するはずだ、という考え方は、別に驚くようなものではない。

他の思想家のほとんどとバーナムが一線を画すのは、「管理職革命」の道筋を世界規模で描き出そうとするところであり、全体主義への移行が抵抗しがたいものだから、それと戦ってはいけないが、それを導くことはできるかもしれない、と想定したところだ。1940年のバーナムによると、「管理主義」はソヴィエト連邦においてその最大の発展段階に到達したが、ドイツでもそれにかなり近いところにまで発達しており、アメリカでも登場してきたという。彼はニューディール政策を「原始的な管理主義」だとして描く。だがトレンドはどこでも、あるいはほとんどどこでも同じだ。常に自由放任資本主義は、計画と国家介入に道を譲り、単なる所有者は、技術者や官僚に比べて力を失うが、それでも社会主義——というか、かつて社会主義と呼ばれていたもの——はまったく登場する様子がない。

一部の弁明者は、マルクス主義が「機会を与えられなかった」といって言い逃れようとする。これはまったくもって事実ではない。マルクス主義もマルクス主義政党も、何十回も機会は与えられた。ロシアではマルクス主義政党が権力を握った。そして一瞬にして社会主義を放棄した。言葉の上では放棄しなくても、その行動は社会主義とはほど遠いものだ。ほとんどのヨーロッパ諸国では、第一次世界大戦の最後の数ヶ月と、その直後数年に社会危機が生じて、マルクス主義にまたとない機会が開かれた。そして例外なしに、権力を握ることも維持することもできなかった。多くの国——ドイツ、デンマーク、ノルウェー、スウェーデン、オーストリア、イギリス、オーストラリア、ニュージーランド、スペイン、フランス——では、改革主義マルクス主義政党が政権を握ったのに、一つとして社会主義を導入できなかったし、社会主義に向けたまともな歩みも何一つ採れなかった。(中略)こうした政党は、実際にはあらゆる歴史的な試験において——しかもそれは実に何度も行われた——社会主義に失敗したかそれを放棄した。これは、社会主義の最も手厳しい敵だろうと、最も熱狂的な友人だろうと消し去ることのできない事実である。この事実は、一部の人の考えとはちがい、社会主義理念が持つ道徳的な性質について何一つ証明するものではない。しかし、その道徳的な性質がどうあろうと社会主義などやってきたりはしないという、目を背けがたい証拠にはなっているのだ。

バーナムはもちろん、新しい「管理職」レジームが、ロシアやナチスドイツの政権のように、社会主義とよばれていることを否定はしない。彼は単に、それがマルクスやレーニン、ケア・ハーディー、ウィリアム・モリス、いや1930年頃以前の社会主義のどんな代表者でも受け入れないような意味でしか社会主義ではないのだ、と述べているにすぎない。社会主義はごく最近まで、政治的には民主主義、社会平等、国際主義を意味することになっていた。こうしたもののどれ一つとして、どこであれ確立されつつあるという様子はかけらも見あたらない。そして、プロレタリア革命と呼べるようなものが起きた唯一の大国、つまりソヴィエト連邦は、普遍的な人間の同朋精神を目指す自由で平等な社会という古い概念から、着実に離れつつある。革命初期からほとんどたゆみないほど着実に、自由は削り取られ、人々を代表する制度機関は潰され、格差は開き、ナショナリズムと軍事主義は強まってきた。だが同時に、資本主義に戻ろうという傾向もない、とバーナムは固執する。起きているのは単に「管理主義」なるものの成長であり、これはバーナムによると到るところで進んでいるそうだ。ただしそれが導入されるやり方は国ごとにちがう。

さて、現在起きていることの解釈としては、バーナム理論はどう控えめに言っても、きわめて妥当性がある。少なくとも過去十五年のソ連での動きは、他のどんな理論よりもバーナムの理論のほうがはるかに容易に説明できる。明らかにソ連は社会主義ではなく、それを社会主義と呼ぶには、他の文脈とはまったくちがう意味を社会主義という言葉に与えるしかない。その一方で、ロシア政権が資本主義に逆戻りするという予言は常に外れ続け、いまや実現の見通しはこれまでないほど低いようだ。そのプロセスがナチスドイツでもほとんど同じくらいの進捗《しんちょく》を見せているとの主張は誇張《こちょう》だろうが、旧式の資本主義から離れて、計画経済に向かっていて、それを寡頭支配者が乗っ取って牛耳るという動きが見られたのはまちがいない。ロシアでは、まず資本家たちが破壊されて、次に労働者たちが潰された。ドイツでは、まず労働者たちが潰されたが、資本家たちの排除も結局は始まり、ナチズムが「ただの資本主義」だという想定に基づく予測は、常に実際のできごとにより否定されてきた。バーナムが最も勇み足をしているように見えるのは、「管理主義」がアメリカでも行われつつあると主張している部分だ。アメリカは自由資本主義がいまだに活気を持つ、唯一の大国なのだから。だが世界の動き全体を見るなら、彼の結論は抵抗しがたい。そしてアメリカですら、自由放任に対する全面的な信念は、大経済危機がもう一度起きれば生き延びられないかもしれない。バーナムへの反対論として、彼が狭い意味での「管理職」――工場長、計画者や技術者など――をあまりにも重要視しすぎているというものがある。バーナムはソ連においてすら、共産党の親玉たちよりもこうした人々のほうが、本当の権力保持者なのだと主張するのだから。だがこれは二次的なまちがいであり、『マキャベリ主義者たち』では個別に修正されている。本当の疑問は、今後五十年でこちらを足蹴にする連中を管理職と呼ぶべきか、官僚と呼ぶべきか、政治家なのか、ということではない。問題は、いまや明らかに滅びる運命に見える資本主義が、寡頭制と真の民主主義のどちらに道を譲るか、ということなのである。

だが不思議なことに、バーナムがその一般理論の根拠とした予想を検討してみると、検証可能なものについてはほぼすべてまちがっていたことがわかる。これは多くの人がすでに指摘している。だが、バーナムの予言を詳しく追跡してみる価値はある。なぜならそれは、ある種のパターンを示しており、それが現代のできごとと関係していて、今日の政治思想におけるきわめて重要な弱点を明らかにしていると思うからだ。

手始めに、1940年のバーナムは、ドイツの勝利がおおむね確実だとしている。イギリスは「溶解」しつつあり「過去の歴史的推移における頽廃文化を特徴づけるあらゆる特性」を示しているが、1940年にドイツが達成したヨーロッパの征服と統合は「不可逆」とされる。バーナムによると「イギリスはどんな非ヨーロッパ同盟国と手を組もうとも、ヨーロッパ大陸を征服するなどとは到底望み得ない」。ドイツは、なにやら戦争に負けることがあったとしても、解体されたり、ワイマール共和国の地位に貶められたりすることはなく、統一ヨーロッパの核として残るのはまちがいない。将来の世界地図は、三つの巨大な超国家を持つようになり、どのみちその概略はすでに決まっている。そして「その三つの超国家の核となるのは、その将来の名前がどうなるにせよ、以前から存在していた日本、ドイツ、米国の三国となるのだ」

バーナムはまた、ドイツはイギリスを倒すまではソ連を攻撃しないと断言してみせる。『パルチザン・レビュー』1941年5－6月号に発表された、次著の要約記事（おそらくは本より後に書かれたもの）で、彼はこう述べる。

ロシアの場合と同様に、ドイツでも、管理問題の三つ目の部分――管理職社会の他の部門との支配をめぐる紛争――が将来的には残る。まずは、資本主義的世界秩序転覆を確実にする、死の一撃が起こらねばならなかった。これは何よりも、大英帝国（資本主義世界秩序の要石）の基盤を、ヨーロッパの政治構造破壊を通じて直接的に破壊するということである。ヨーロッパの政治構造は、大英帝国にとって必要となる大道具だったのだ。これがナチス＝ソ連不可侵条約の基本的な説明である。この協定は、他の根拠に基づけば理解不能でしかない。ドイツとロシアの将来の紛争は、本当の意味での管理的紛争となる。大いなる世界管理戦闘に先立ち、資本主義秩序の終焉が確実に起こらねばならない。ナチズムが「頽廃資本主義」だという信念は（中略）ナチス＝ソ連不可侵条約をまともに説明できなくしてしまう。こんな信念があるからこそ、いつも予想として独ソ戦争が持ち出されてくるのであり、ドイツと大英帝国との間に起こる実戦の死闘は出てこないのだ。だがドイツとロシアの間に起こる戦争は、未来の管理戦争であり、過去と現在の反資本主義戦争ではないのだ。

それでも、いずれはロシアへの攻撃が起こり、ロシアはおおむねまちがいなく破られるのだという。「あらゆる理由から見て（中略）ロシアは分裂し、西半分はヨーロッパの拠点へと引き寄せられ、東側はアジア地方へと惹きつけられる」。この引用は『管理職革命』からのものだ。上で引用した論説は、おそらくその六ヶ月ほど後に書かれたものだが、もっと強い形で述べられている。「ロシアの弱さから見て、おそらくは持ちこたえられず、結果としてロシアは割れてしまい、西と東へと転落する」。そしてイギリス版（ペリカン版）に追加された補遺（１９４１年末に書かれたらしい）で、バーナムはまるで「割れてしまう」プロセスがすでに起こり始めたかのような口ぶりだ。彼によれば、戦争は「ロシアの西半分がヨーロッパ超国家に統合される手段の一部なのである」

こうした各種の主張を整理すると、以下のような予言が得られる。

・ドイツは戦争に勝つだろう。
・ドイツと日本はまちがいなく生き残って大国となり、それぞれの地域におけるパワーの核となる。
・ドイツはイギリスが敗北するまでソ連を攻撃しない。
・ソ連はまちがいなく敗北する。

だがバーナムは、これら以外にも予言をしている。『パルチザン・レビュー』１９４４年夏号に発表された短い論説で、彼はソヴィエト連邦が日本と結託することで日本の完全敗北は阻止され、一方でアメリカの共産党員たちが極東地域における戦争の終結について妨害工作を行うという意見を述べている。そして最後に、同誌の１９４４－45年冬号で彼は、ほんのわずか前には「割れてしまう」運命だとされていたロシアが、ユーラシア全体を征服する目前だと主張する。この論説は、アメリカ知識人の間で激しい論争の種となったが、イギリスでは発表されていない。ここではそれについて少し考えないわけにはいかない。というのも、そのアプローチ方法と情緒的な書きぶりは異様なものであり、それを検討することで、バーナム理論の真のルーツに近づけるからだ。

　この論説は「レーニンの後継者」と題され、スターリンこそはロシア革命の真の正統守護者なのであると示そうとする。スターリンはロシア革命をいかなる意味でも「裏切」ってなどおらず、単に最初から暗黙のうちに示されていた路線を推進したにすぎないのだという。これ自体としては、スターリンなど革命を自分の目的のために歪めた単なる小悪党にすぎず、レーニンが長生きしたりトロツキーが権力の座に留まったりしていれば、何やら事態はちがっていたはずだという、お決まりのトロツキー主義者の主張よりはもっともらしい意見ではある。実際のところ、主要な展開の道筋が大きく変わったはずだと考えるべき強い理由などまったくない。１９２３年のはるか以前から、全体主義社会の種子はかなり露骨に存在していた。実際、レーニンは夭逝《ようせい》したことで、不当なほどの評判を勝ち得ている政治家たちの一人なのだ。[7]死んでいなければ、おそらくトロツキーのように追放されたか、あるいはスターリンに負けず劣らずの野蛮な手法によって権力の座に留まり続けただろう。したがってバーナムの論説は一理ありそうで、彼がそれを事実に訴えることで裏付けてくれるのだろうと期待したくもなる。

　ところがこの論説は、そこで述べられているはずの対象にはほとんど触れないのだ。レーニンとスターリンとの間に政策の連続性があることを本気で示したいなら、まずはレーニンの政策の概説から始めて、それからスターリンの政策がどの様な点でそれに似ているかを説明するだろう。バーナムはこれをやらない。一、二文で軽く触れる以外は、レーニンの政策について何も述べず、レーニンの名前は12ページの論説で五回しか登場しない。最初の７ページでは、題名を除けば一度も登場しない。この論説の真の狙いは、スターリンをそびえたつ超人的な人物として描き出し、まさに一種の半神的な存在にしたて、ボリシェヴィズムを世界すべてにあふれ出して覆いつくす、抵抗しがたい力として描き、それがユーラシアの最果ての境界に到達するまで止められはしないのだと示すことなのだ。自分の主張を多少なりとも証明しようとするとき、バーナムはスターリンが「大人物」だとひたすら繰り返すだけだ――これはたぶん本当ではあるだろうが、ほぼ完全に関係ない話だ。さらに、スターリンの天才ぶりを信じることについて、いくつかしっかりした議論を提示はするものの、彼の頭の中で「偉大さ」という概念は、残虐性と不正直さという概念と分かちがたく混ざり合っているのも明らかだ。スターリンは、果てしない苦しみを引き起こしたからこそ崇拝されるべきなのだと示唆しているように見える、奇妙なくだりがある。

スターリンは壮大な様式での「大人物」であることを証明して見せた。ソ連来賓《らいひん》たちのために モスクワで催される晩餐会《ばんさんかい》の話が、その象徴的な調子を示している。チョウザメ、焼き肉、ニワトリ、デザートの壮大なメニュー、果てしない酒、その末尾を飾る大量の乾杯、それぞれの来賓の背後にいる、物言わずじっと動かぬ秘密警察。そのすべての背景となってい

7 八十歳まで生きながらえても、相変わらず成功者と見なされている政治家はなかなか思いつかない。「偉大な」政治家と人々が呼ぶものは通常、その政策が効果を発揮する暇がある前に死んだ人物なのだ。クロムウェルがあと数年長生きしていたら、おそらくは権力の座から失墜し、そうなれば現在は失敗者と見なされていただろう。ペタン（訳注：軍人でフランスのヴィシー政権首相となり対独協力者として戦後は裏切り者扱いされる）が1930年に死んでいれば、フランスは彼を英雄で愛国者として崇拝していただろう。ナポレオンはかつて、モスクワへの行軍中に大砲の弾に当たって死んでさえいれば、史上最も偉大な人物として歴史に名を残しただろうと語っている。

るのは、包囲された冬のレニングラードでの飢えた無慮大衆、前線で死につつある何百万人、すし詰めの強制収容所、生存ギリギリの乏しい配給で生きながらえる都市の群集だ。退屈な凡庸さやセコい商人根性などはかけらもない。むしろツァーリや、メディア王国やペルシャ帝国の大王たち、金帳汗国のカーンたちなどの伝統を我々はそこに見る。それはあまりに大規模な尊大さ、無関心、残虐性のため、人間的な水準を超えた存在に彼らを引き上げてしまい、英雄時代の神々の晩餐を思わせてしまうようなものなのだ。(中略) スターリンの政治技法は、因習的な制約からの自由を示しており、凡庸さとは相容れないものとなっている。凡庸な人間は因習に縛られている。しばしばこの両者をわけるのは、彼らの活動のスケールなのである。たとえば実務生活で活躍する人間であれば、たまに陰謀に手を染めるのは普通のことである。だがその陰謀を何万人も、社会の階層丸ごとの相当部分に対して、自分の同志たちを含む形で仕掛けるのは、あまりに常軌を逸しているので、長期的な大衆の結論は、その陰謀が事実にちがいない——あるいは「少なくとも幾ばくかの真実を含む」——か、あるいはこれほど強大な権力には従うしかない——インテリなら「歴史的必然なのである」ということだろう——というものになってしまうのだ。(中略) 国家的な理由のために数人を餓死させるのは、まるで意外なことではない。だが意図的な決断により数百万人を餓死させるのは、通常は神々だけのものとされる種類の行動なのである。

これなどの類似のくだりには、ちょっとしたアイロニーの響きが見られるとはいえ、ある種の魅了と崇拝を感じずにはいられないのも人情だろう。論説の終わりでバーナムは、スターリンをモーゼやアショカ王のような半分神話的な英雄と比肩する存在だとしている。こうした人々は丸々一時代を体現する存在であり、当人が実際にはやらなかった偉業も、当然のように彼らのものとされるのだ。ソ連の外交政策とその目的と称するものについて書くとき、バーナムはさらに神秘的な論調となる。

ユーラシアの中軸地帯の磁力を持つ核から出発したソヴィエト権力は、**新プラトン主義**における「**一者**」が次々にあふれて流出の階層を順次下るように、外側へと広がる。西はヨーロッパへ、南は近東へ、東は中国へ、そしてすでに大西洋、黄海とシナ海、地中海、ペルシャ湾の岸辺をなめつつあるのだ。分化されていない「**一者**」がその流出において、**精神**、**魂**、**物質**の段階を次第に下り、そしてその宿命的な**回帰**で己へと戻るのと同様に、ソヴィエト権力も、統合的に全体主義の中心から発し、**併合**（バルト諸国、ベッサラビア[8]、ブコビナ[9]、東ポーランド）、**征服**（フィンランド、バルカン諸国、モンゴル、中国北部、そして明日にはドイツ）、**影響力行使**（イタリア、フランス、トルコ、イラン、中国中央および南部……）を通じて外へと広がり、ユーラシアの境界を越えた**MH ON**（非存在）、つまり外縁の物質圏へと消散し、一時的な**宥和**と**潜入**へと向かう（イギリス、アメリカ）。

8　訳注：欧州南東のモルドバあたり。
9　訳注：ルーマニアとウクライナにまたがるあたり。

この一節を埋め尽くす無意味な強調文字が[10]、読者に対して催眠術的な効果を持つよう意図されているのだといっても、うがち過ぎではないだろう。バーナムは、恐ろしく抵抗しがたいパワーという図式を作り上げようとしており、潜入というごくふつうの政治的な動きを**潜入**と書いてみせることで、全体の大仰な調子が強まっている。この論説は全文を読むべきだ。平均的な親露派が容認可能だと思うような種類のトリビュートではないし、バーナム自身もおそらく、自分は厳密に客観性を保っていると主張するだろうが、彼は実質的にオマージュ行為をしているのであり、果てはケツなめまでしてみせているのだ。一方、この論説は一覧に加えるべき新たな予言もしている。ソヴィエト連邦がユーラシアすべてを征服し、おそらくはそれよりさらに広い地域を支配する、というのだ。そしてバーナムの基本理論は、独立に検証すべき予言を含んでいるのだということはお忘れなく――つまり他に何が起こるにせよ、「管理職」的な社会形態が必ずや主流となる、というものだ。

　バーナムの以前の予言、つまりドイツの戦勝とドイツを核にしたヨーロッパ統合という予言は、その主要な方向性でもまちがっていたことが示されたし、さらにはいくつか重要な細部でもまちがっていたことがわかった。バーナムは最初から最後まで、「管理主義」が資本主義民主主義やマルクス主義社会主義よりも効率的だし、さらには大衆に受け入れやすいものなのだと固執している。民主主義や民族自決というスローガンは、もはや大衆的な訴求力をまったく持っていない、と彼は言う。それに対して「管理主義」は熱気を引き起こし、わかりやすい戦争目的を生み出し、そこらじゅうに第五列（スパイ部隊）をつくり出し、兵士たちに熱狂的な士気をもたらせるという。ドイツ人の「熱狂性」とイギリスやフランス等の「しらけぶり」「無関心」との対比は大いに強調され、ナチズムはヨーロッパを席巻する革命勢力であり、その哲学を「感染」により伝えているのだと述べられる。ナチの第五列は「一掃することはできない」し、民主主義国は、ドイツ人やその他ヨーロッパの大衆がこの新秩序よりも好むような仕組みを提示することはまったく不可能なのだそうだ。いずれにしても、民主主義国がドイツを倒すには「ドイツのはるか先までこの管理職の道を進む」しかないのだ。

こうした主張には一抹の真実が含まれている。ヨーロッパの小規模国家は、戦前の混乱と停滞でやる気を失ってしまい、必要以上に急速に崩壊してしまい、ドイツ人たちが当初の約束を守っていれば、ナチスの新秩序を受け入れたことも十分考えられるからだ。だがドイツ支配の実際の体験は、ほぼ即座に世界が見たこともないほどの極度の憎悪と糾弾の怒りを引き起こした。1941年初頭あたりから先、積極的な戦争の目的などほとんど示すまでもなかった。ドイツ人たちを追い払うというだけで十分な目標になったからだ。士気の問題と、その国民連帯との関係はとらえどころのないもので、証拠をいじればほとんどどんなことでも証明できてしまう。だが各種の死傷者に占める捕虜の割合や売国行為の量を見ると、全体主義国家は民主主義社会よりもひどい成績を示している。戦争中に何十万ものロシア人がドイツにわたったし、同じくらいのドイツ人やイタリア人たちは、開戦前に連合国に逃げ出している。これに対応するアメリカ人やイギリス人のドイツやロシアへの逃亡者は数十人規模にとどまる。「資本主義イデオロギー」が支援を集められない実例として、バーナムは「イングランド（さらには大英帝国

10　訳注：原文では大文字。原文では強調部分以外も固有名詞はすべて大文字で始まるのでもっと極端。

全体）やアメリカにおける志願兵募集の完全な失敗」を挙げる。これを見ると、全体主義国家の軍は志願兵だけで構成されているのだろうと思いたくもなる。だが実は、全体主義国ではどんな目的だろうと志願兵など検討されたことすらなく、歴史上どの時点でも志願制により大軍を動員したこともない。[11] バーナムが提示している似たり寄ったりの各種議論を羅列するまでもない。要するに彼は、ドイツは軍事戦争だけでなくプロパガンダ戦争にも勝つはずだと想定していた。そして、その想定は、少なくともヨーロッパでは事実により裏付けられることはなかったのである。

バーナムの予言は、検証できる場合には単にまちがっていたというだけにとどまらない。ときには、それはとんでもない形で相互に矛盾し合っているのだ。この最後の事実は重要だ。政治的予想がまちがえるのは、通常はないものねだりの願望充足思考に基づいているからだが、それには症例としての価値はある。特にそれが急激に変わった場合にはなおさらだ。しばしば、馬脚を露わにする要因は、それらの予言が行われた日付となる。バーナムの各種著作の執筆時点を内部証拠に基づきなるべく正確に見極め、それと同時期にどんな事件が起きていたかを見ると、以下のような関係が見いだせる。

・この本のイギリス版補遺で、バーナムはソ連がすでに敗北しており、分離プロセスが始まりつつあると想定しているようだ。これは1942年春に刊行されたので、書かれたのはおそらく1941年末、つまりドイツがモスクワ近郊に迫っていたときだ。

・ロシアが日本と手を組んでアメリカを攻めるという予想が書かれたのは1944年、新しい日ソ条約締結の直後である。

・ロシアによる世界征服の予言が書かれたのは1944年冬、ロシア軍が東欧で急速に進軍し、西側の連合国はまだイタリアとフランス北部で足止めをくらっていた頃だ。

いずれの場合も、それぞれの時点でバーナムは、そのときに起きていることを先に延ばしただけの予測をしていることがわかる。さて、これをやりたがる傾向は、不正確さや誇張のような、単に悪いだけの習慣ではない。不正確さや誇張は、よく考えれば修正できるからだ。現状を先に延ばすだけというのは、大きな精神の病気であり、その根っこの一部は臆病さ、一部は権力崇拝（これは臆病さと完全に分離はできない）にある。

仮に1940年にイギリスで、ギャラップ世論調査を行って「ドイツはこの戦争に勝つか？」と尋ねたとしよう。奇妙なことだが、「負ける」と答えた集団よりも、「勝つ」と答えた人のほうが、知識人――IQ120以上とでもしようか――の割合がはるかに高いことがわかったはずだ。同じことが1942年半ばでも言えただろう。この場合には数字はそれほど極端にちがわなかっただろうが、「ドイツはアレクサンドリアを制圧するか？」「日本は占領地域を維持し続けられるか？」という質問だったら、ここでも知能の高い人々が「はい」の集団に集中する

11　イギリスは1914―18年戦争の初期に、志願兵百万人を調達した。これは世界記録だろうが、そのためにかけられた圧力はあまりに大きく、この兵の調達が志願制と言えるのかどうかは疑わしい。最も「イデオロギー的」な戦争ですら、おおむね強制動員された兵によって戦われている。イギリス内戦、ナポレオン戦争、アメリカ南北戦争、スペイン内戦などでも、どちら側も徴兵や強制徴兵に頼っている。

傾向が見られたはずだ。このすべての場合に、あまり知能のない人々のほうが正解する可能性が高かった。

こうした事例だけを元にするなら、高い知能とダメな軍事判断が常に手を携えているとも思いたくなる。だがそれほど単純ではない。イギリス知識人は全体として、人民大衆より敗北主義的だった――そしてその一部は、戦争にはっきり勝ったときにすら、敗北主義を押し通した――今後待ち受ける、戦争の陰惨な年月を思い描く能力が高かったせいもある。彼らの士気が低かったのは、想像力が豊かだったからだ。戦争を終える最もすばやい方法は敗北することであり、長期戦の見通しが耐えがたいと思うなら、勝利の可能性を信じたがらないのも無理はない。だが話はそれだけにとどまらない。大勢の知識人の間には不満があり、このため彼らはイギリスに敵対的な国すべてに、つい肩入れしたくなってしまったのだった。そして何より根深いのはナチス政権のパワー、エネルギー、残虐さに対する崇拝があったことだ――とはいえそれが意識的な崇拝だった例はごくわずかしかないのだが。左派メディアをすべて調べて、1935-45年におけるナチズム批判の言及をすべてかぞえあげると、面倒ながら有益な活動になるだろう。それが絶頂に達したのは1937-38年と1944-45年だったのがわかるはずだと私は確信している。そして1939-42年には激減しているはずだ――つまりドイツが勝っているように見えた時期ということだ。また、1940年に妥協して講和を結べと言っていた人々が、1945年にはドイツ解体を主張していたのもわかるはずだ。そして、イギリス知識人のソ連に対する反応を研究したら、そこでも本当に進歩的な衝動が、権力と残酷さへの崇拝と混ざり合っているのがわかる。権力崇拝が、親露的感情の唯一の動機だといったらひどく不公平になってしまうが、動機の一つにはちがいないし、知識人の間ではおそらくそれが最強の動機だっただろう。

権力崇拝は政治判断をぼやかしてしまう。というのもそれは、ほぼ不可避的に、現在のトレンドが続くという信念につながってしまうからだ。その瞬間に勝っている側は常に無敵に思えてしまう。日本が南アジアを征服したら、南アジアを永遠に持ち続けるだろう。ドイツがトブルク[12]を占領したら、まちがいなくカイロも制圧するだろう。ロシアがベルリンに入ったら、ロンドンにも間もなく進軍するはずだ、等々。こうした頭の習慣はまた、ものごとが実際よりもはるかにすばやく、完全に、凄絶に起こるという信念にもつながってしまう。帝国の興亡や、文化・宗教の消失が、地震のように一瞬で起こると思われてしまい、ほとんど始まったばかりのプロセスが、すでに終わりを迎えたかのように論じられる。バーナムの著作は、終末論的なビジョンだらけだ。国民、政府、階級、社会システムが、絶えず拡大、縮小、衰退、解体、転覆、衝突、崩壊、結晶化しているとか言われ、全般に不安定でメロドラマ的な動きを見せているることにされる。歴史的変化ののろさ、どんな時代でも、その前の時代の相当部分を含んでいるという事実が十分に考慮されることは決してない。こうした思考形態は、まちがいなく誤った予言につながってしまう。というのも、それができごとの方向性を正しく見極めたとしても、そのテンポを誤算してしまうからだ。わずか五年の間に、バーナムはドイツがロシアを制圧すると予言し、次にロシアがドイツを制圧すると述べた。いずれの場合にも、彼は同じ直感に従

12 訳注：リビアの一部。

っていたのだ。その時点の征服者に平伏して、既存トレンドを不可逆なものとして受け入れるという直感である。これを念頭におくと、彼の理論をもっと広い形で批判できるようになる。

私が指摘した誤りは、バーナムの理論を反証するものではないが、彼がそんな理論を抱くようになった理由とおぼしきものに光を当ててくれる。この関連では、バーナムがアメリカ人だという事実は無視できない。あらゆる政治理論は、ある種の地域的な風味を備えているものだし、あらゆる国民、あらゆる文化は独自の特徴的な偏見や無知な部分を持っているものだ。一部の問題は、自分が見ている地理的な状況にともなう観点とちがう視点から見る必要が絶対にあるのだ。さてバーナムが採用している態度は、共産主義とファシズムをほぼ同じものに分類し、同時にその両方を受け入れる――少なくとも、そのどちらも激しく反対闘争を行うべきものだとは想定しない――というものである。これは基本的にはアメリカ的態度であり、イギリス人やその他の西欧人にとってはほとんどあり得ないものである。共産主義とファシズムが同じものだと考えるイギリス人作家は、まちがいなくそのどちらも化け物じみた邪悪であり、死んでも戦うべき相手だと確信している。これに対して、共産主義とファシズムが正反対のものだと考えるイギリス人はすべて、そのどちらかに肩入れすべきだと感じるだろう。[13] この見通しのちがいの理由はごく単純で、いつもながら、ないものねだりに搦《から》め捕られている。全体主義が勝利して、地政学屋の夢が実現すれば、世界の列強としてのイギリスは消滅し、西洋全体がある一つの大国家に飲み込まれる。これはイギリス人が他人事として考察しやすいような展望ではない。イギリス人は、イギリスに消えて欲しいとは思わない――その場合には、彼は自分の求めるものを証明する理論を構築する方向に向かうだろう――あるいは少数派の知識人のように、自分の国はもうおしまいで、何か外国勢力に忠誠心を鞍替えしようとするだろう。何が起ころうともアメリカは超大国として生き残るし、アメリカの観点からすれば、ヨーロッパがロシアに支配されようとドイツに支配されようと、大したちがいはない。ほとんどのアメリカ人は、そもそもこんな問題を考えるにしても、世界が二つか三つの怪物国家に分割された状態のほうを望むだろう。それぞれの国は自然な境界にまで拡大してしまい、イデオロギー的な差に囚われることなく、お互いに経済問題について交渉できればいいというわけだ。こうした世界像は、大きさをそれ自体として崇拝したがり、成功は正当化してくれると感じるアメリカの傾向には適合しているし、全体に広がる反英感情にも合っている。実際には、イギリスとアメリカは二度にわたり、ドイツに対抗して連合を強いられ、おそらく近いうちに、ロシアに対して連合を強いられるだろう。だが主観的には、アメリカ人の大半はイギリスよりはロシアかドイツのほうを好むだろうし、そしてロシアかドイツかと言われたら、どちらでもその時点で強い側を好むはずだ。[14] したがって、バーナムの世界観というのが、一方ではアメリカ帝国主義者と露骨に近いものとなり、そうでないときには孤立主義者の見方に近くなるのも、驚くべきこ

13　唯一思いつく例外はバーナード・ショーだけである。彼は、少なくともしばらくの間は、共産主義とファシズムがほぼ同じものだと宣言し、そしてどちらも支持していたのだった。だがショーは結局のところイギリス人ではないし、おそらく自分がイギリスと運命を共にしているとも感じなかったことだろう。

14　１９４５年秋の時点ですら、ドイツ駐留アメリカ兵に対して行われたギャラップ世論調査では、51パーセントが「ヒトラーは１９３９年以前はかなりいいことをやった」と考えていたことが示されている。五年にわたる反ヒトラープロパガンダの後でもこんな具合だ。引用した評決は、ドイツにあまり強く肩入れしたものとは言えないが、同じくらいイギリスに好意的な評決が、米軍の51パーセントなどという数字の足下にすら及ぶとは信じがたい。

とではない。アメリカ的な願望充足思考にあてはまる、「タフ」で「リアリスト的」な世界観なのだ。前著でバーナムが示す、ナチス手法へのほとんど公然とした崇拝ぶりは、ほぼあらゆるイギリス人読者にはショッキングに思えるだろうが、最終的には大西洋が英仏海峡よりも広いという事実に依存しているのだ。

すでに述べたように、バーナムはおそらく現在と直近の過去についてては、まちがっているよりも正しい部分が多いだろう。ここ五十年ほどの間の、全般的な方向性はほぼまちがいなく寡頭政治に向けてのものだった。ますます工業と金融権力が集中している。個人資本家や株主の重要性が低下している。科学者、技術者、官僚という新しい「管理職」階級が成長している。中央集権化した国家に対してプロレタリアは弱い立場になっている。小国は大国にますます抵抗できなくなっている。人々を代表する制度機関が衰退し、警察によるテロやインチキな国民投票などに基づく一党独裁政権が登場している。こうしたものはすべて同じ方向性を示しているように見える。バーナムはこのトレンドを見て、それが抵抗しがたいものだと思い込んでいる。まるで大蛇ににらまれたウサギが、大蛇こそ世界最強の存在だと思い込むようなものだ。だがちょっと深く見てみれば、彼のアイデアすべてが、たった二つの公理に基づいているのがわかる。この公理は前著では当然のものとされていたし、次著では部分的に明示されていた。その公理とは‥

(1)政治は基本的にあらゆる時代で同じ。

(2)政治行動は他の行動とはちがう。

二番目の点から見よう。『マキャベリ主義者たち』でバーナムは、政治とはひたすら権力闘争にすぎないと固執する。あらゆる大きな社会運動、あらゆる戦争、あらゆる革命、あらゆる政治綱領は、いかに啓発的でユートピア主義的ではあっても、実は権力を奪取しようと企む派閥の野心をその背後に隠しているのだ。権力は、倫理的、宗教的な規範で抑えることは決してできず、他の権力で抑えるしかない。愛他的行動に最も近いアプローチとしては、支配集団がまっとうなふるまいをしたほうが権力の座に長居できるという認識くらいしかない。だが不思議なことに、こうした一般化は政治行動だけに適用され、その他の行動には向けられない。日常生活では、バーナム自身が目撃して認めているように、あらゆる人間行動を「だれが得をするか？」と問うことで説明することはできない。人間は明らかに、利己的ではない衝動を持っている。したがって人間は、個人として行動するときには道徳的にふるまえるのに集合的に行動するときには不道徳になる動物、ということになってしまう。だがこの一般化ですら、高い階層の人々にしか当てはまらない。大衆はどうやら、自由と人間の同朋精神を漠然と求めてはいるらしいが、これは権力に飢えた個人や少数派たちにやすやすと利用されてしまう。だから歴史は一連の詐欺で構成されるのであり、そこでは大衆が、まずはユートピアの約束で反乱へとおびき出され、そして仕事を終えたら新たなご主人様たちに再び奴隷にされるというわけだ。

したがって、政治活動は特別な種類の行動ということになる。その特徴は完全な恥知らずぶりであり、人口のごく一部でのみ生じるもので、特に既存の社会形態で才能を自由に活かせない、不満を抱いた集団の中でそれが発生しやすい。人民の大半を占める大衆——そしてこれが

⑵と⑴の接点となる――は常に非政治的であり続ける。だから実質的に、人類は二つの階級に分かれている。利己的で偽善的な少数派と、頭のない大群衆だ。その群集どもの運命とは、そのときのニーズ次第で、ブタが小屋に戻るようにケツを蹴飛ばしたりバケツをガチャガチャ鳴らしたりするのと同様に、導かれたり追いやられたりすることとなる。そしてこの美しいパターンは永遠に続くことになっている。個人は、ある区分から別の区分へと移行することもあるし、またある階級が丸ごと他の階級を殲滅させて支配的な地位に上ることもある。だが人間が支配者と被支配者に分かれるのは決して変わらない。人間は、能力面でも、欲望やニーズの面と同様に、平等ではない。「寡頭政治の鉄則」が存在するのであり、これは機械のおかげで民主主義が不可能ではなくなっても、作用し続けるのである、ということになる。

実に不思議なことだが、権力闘争についてやたらに話すのに、バーナムはそもそもなぜ人々が権力を求めるのかについて、立ち止まって考えようとしない。権力に対する飢えは、比較的少数の人の間でしか支配的なものではないが、食べ物への欲望と同じ自然の本能であり、説明するまでもないと想定しているらしい。また社会の階級区分は、あらゆる時代に同じ目的を果たすものだという想定もある。これは実質的に、何百年もの歴史を無視するに等しい。バーナムの先生たるマキャベリが執筆していた頃には、階級区分は不可避だったばかりか、望ましいものでもあった。生産手段が原始的である限り、人々の相当部分は必然的に、退屈で消耗する肉体労働に縛り付けられることになる。そして少数の人がその労働から解放されねばならない。そうでないと文明が維持できないし、進歩など望みようもない。だが機械の到来によりこのパターンがすべて変わった。階級区分を正当化する理由は、そんなものがあるとするなら、もはや同じではいられない。平均的な人間がこき使われ続けねばならない機械的な理由などないからだ。確かに厳しい肉体労働は続いている。階級区分は、新しい形で再確立されつつあり、個人の自由は虐げられつつある。だがこうした発展がいまや技術的には避けられるのだから、そこには何か心理的な原因があるにちがいない。バーナムはそれをまったく見つけようとしない。彼が尋ねるべきなのに、一度たりとも尋ねない疑問とは次の通り：なぜむきだしの権力に対する欲望が、人間に対する人間の支配など不必要になりつつあるまさにこの瞬間に、大きな人間的動機となっているのか？「人間の本性」だのあれやこれやの「不可侵な法則」が社会主義を不可能にするという主張は、単に過去を未来に投影しただけだ。要するにバーナムは、自由で平等な人間社会などこれまで存在したことがないから、今後も決して存在できないと言っているだけだ。この議論を使えば、1900年には飛行機など不可能だと証明できるし、1850年には自動車など不可能だと証明できてしまう。

機械が人間関係を変え、結果としてマキャベリはすでに時代遅れになったという概念は、きわめて自明なものだ。バーナムがそれに対処できないなら、それは彼自身の権力願望が、武力と詐術と圧政のマキャベリ的世界が終わるかもしれないという示唆をすべて一蹴するように仕向けているからとしか思えない。私がさっき述べたことを是非とも念頭においてほしい。バーナムの理論は知識人の間でいまやえらく広まっている、権力崇拝の一変種でしかないということだ——それもアメリカ的な変種であり、それが興味深いのはえらく大風呂敷を広げているからだ。そのもっと一般的な変種は、少なくともイギリスでは、共産主義と呼ばれる。ロシアの現政権がどんなものかについて多少なりとも理解しつつ、強い親露派となっている人々を検討してみると、全体として彼らがバーナムのいう「管理」階級に所属していることがわかる。つまり狭い意味での管理職ではなく、科学者、技術者、教師、ジャーナリスト、放送業者、官僚、専門政治家なのである。一般に、まだ部分的に貴族主義的であるシステムに制約されていると感じている中流の人々で、さらなる権力と名声に飢えている人々なのだ。こうした人々はソ連を見て、上流階級を排除し、労働者階級に分をわきまえさせて、自分とよく似た人々に無限の力を委ねている社会をそこに見て取る、あるいは見て取ったつもりになる。イギリスの知識人たちが、大挙してソヴィエト政権に関心を示すようになったのは、ソ連が露骨なまでに全体主義的になってからだったのだ。イギリスの親露派知識人たちはバーナムを糾弾するだろうが、彼は実はその親露派たちの秘密の願望を代弁してあげているのだ。古い平等主義的な社会主義を破壊し、知識人がついに鞭を握れるような、階級社会を実現したいという願望だ。バーナムは少なくとも、社会主義など到来しないと言うだけの正直さは持っていた。他の連中は単に、社会主義がやってくると口にしつつ、実は「社会主義」という言葉に新しい意味を持たせて、古い意味を否定しようとするだけだ。だがバーナムの理論は、客観性の見かけを採ろうとはするが、単に願望を合理化してみせたにすぎない。彼の議論が未来について何かを教えてくれると考えるべき大した理由はない。ほんの目先のことがわかるくらいだろう。彼の議論は単に、「管理」階級自身、少なくともその階級で意識的かつ野心的な人々が、住みたいと思っている世界がどんなものかを教えてくれるにすぎないのだ。

　ありがたいことに「管理職」はバーナムが信じているほど無敵ではない。『管理職革命』で、バーナムは不思議なほど一貫して、民主主義国が享受している軍事的および社会的な利点を無視している。あらゆる箇所で、ヒトラーのキチガイ政権の強さ、活力、耐久性を示すために証拠が押し込まれている。ドイツは急速に拡大しており、「急速な領土拡大は常に、頽廃ではなく（中略）刷新の証拠であった」。ドイツは成功裏に戦争を遂行し、「戦争遂行能力は頽廃のしるしであったことはなく、その反対なのだ」。ドイツはまた「何百万もの人々に熱狂的な忠誠心を引き起こす。これもまた、頽廃には決してともなうことがないものである」。ナチス政権の残虐性や不正直ぶりさえも、同政権のよい側面だとして挙げられる。というのも「若く、台頭しつつある新社会秩序は、旧秩序に対抗するにあたり、ウソ、テロ、糾弾に大規模に頼る見込みが高い」からなのだという。だがたった五年以内に、この若く、台頭しつつある新社会秩序は己自身を粉砕してしまい、バーナム自身の表現を使うなら、頽廃してしまった。そしてこれが起きたのは相当部分が、バーナムの崇拝する「管理職的」（つまり非民主的）な構造のせいなのだ。ドイツ敗北の直接的な原因は、イギリスがまだ破られておらず、アメリカが明らかに戦闘準備をしているときに、ソ連を攻撃するという前代未聞の愚行だった。こんな規模のまちがいができるのは（少なくとも最もしがちなのは）、世論にまったく力のない諸国に限られる。一般人の声が聞かれる限り、すべての敵と同時に戦うようなことはしないというくらい基本的な原則は侵犯されづらい。

だがいずれにしても、ナチズムのような運動はろくな結果も安定した結果も生み出せるわけがないということは、最初から見て取れるべきだったのだ。だが実はバーナムは、ナチスが勝っている間は彼らの手法にいけないところは何もないと思っていたらしい。そうした手法が邪悪に見えるのは、それが目新しいからにすぎないのだ、と彼は言う。

礼儀正しさだの「正義」だのが支配するという歴史的な法則などない。歴史では常に、だれの礼儀でだれの正義かという問題が生じる。台頭する社会階級と、新しい社会秩序は、古い道徳的な規範を打ち破らねばならない。これは彼らが古い経済的、社会的制度を打ち破らねばならないのと同じである。当然ながら、守旧派の目から見れば、そうした連中は怪物である。そして彼らが勝てば、いずれは彼らが礼儀だの道徳だのを左右することになる。

これだと、そのときの支配階級が願うなら、文字通りどんなものでも正しい／まちがっているることにしてしまえるということになる。だがこれは、人間社会が多少なりともまとまりを持つために、ある種の行動規範が遵守されねばならないという事実を無視している。したがってバーナムは、ナチス政権の犯罪や愚行が、いずれ何らかの道筋により、大惨事につながるということを見通せなかった。彼が新たにスターリンに対して見出している崇拝ぶりも、いずれ同じことになるはずだ。ロシア政権がどのような形で自滅するか、いまは正確に予想するには時期尚早ではある。どうしても予言しろというなら、過去十五年のロシア政策の継続――そしてもちろん、国内政策と対外政策は、同じもののちがった側面でしかない――は、ヒトラーの侵略ですらままごとに思えるほどの核戦争につながるしかないと言いたい。だがいずれにしても、ロシア政権は民主化するか、あるいは消滅するしかないのだ。バーナムが夢見ているらしき、巨大で無敵の永続的な奴隷帝国は、確立されることはないし、確立されても長続きはしない。なぜなら奴隷制はもはや、人間社会の安定した基盤ではないからだ。

「こうなるだろう」という予言は必ずしも可能とは限らないが、ときに「こうはならない」という予言ができそうなときはある。だれもヴェルサイユ条約の正確な結果を予測することなどできなかったが、何百万もの思索家たちは、その結果がよくないものになるというのは予想できたし、実際に予想している。今回はそれほど多くはないにせよ、ヨーロッパに押しつけられている協定の結果もまた、よくないものになると見通せている人々もたくさんいる。そしてヒトラーやスターリンを崇拝しないようにすること――これまた、そんなにすさまじい知的な努力を必要とするものではないはずだ。だがその一部は、道義的な努力でもあるのだ。バーナムほどの才能を持つ人物が、一時的にせよナチズムがなにか立派なものだと思ってしまい、機能する持続性ある社会秩序を構築できるはずだと思ってしまうというのは、いまや「リアリズム」と呼ばれるものをもてはやすことで、現実感覚にどれほどの被害が生じてしまったかを如実に示しているのである。

訳者あとがき

1　はじめに

本書はGeorge Orwell, *Nineteen Eighty-Four*（１９４８）の全訳である。訳者がこの翻訳に最初に手をつけたのは30年も前であり（ため息）、その後断続的に翻訳を進める中で、各種の書籍版をそのときに応じて使っている。とはいえこの本には、版ごとに顕著な異同があるわけではなく（初期の一部の版では大きなミスがあったが最近では直っている）、強いて言えばイギリス版とアメリカ版とで、英語と米語の差に基づく細かい差がある程度らしい（オーウェル自身は、その差がえらくカンに障《さわ》ったらしいが）。

題名について、原題が数字の『１９８４』ではなくNineteen Eighty-Fourだったことを重視して、絶対にアラビア数字表記ではダメで本書の『一九八四』が正しいという説もある。その一方で、英語でもどちらの表記も見られる（邦訳も両方ある）。どちらでなくてはならないということもなさそうだ。本書が『一九八四』なのはもっぱらデザイン上の配慮による。

2　著者と本書の位置づけ

本書の意義については、今さら言うべきにも非《あら》ず。全体主義監視社会の暗黒未来を描いた、傑作ディストピア小説だ。一応、著者のなんたるかと本書の書かれる経緯については、2003年版にトマス・ピンチョンが書いた本作品への序文の冒頭部分をそのまま丸写ししておこう。

ジョージ・オーウェルは、1903年6月25日にエリック・アーサー・ブレアとして、ネパール国境近くのベンガル、きわめて生産的なアヘン地帯の真ん中の小さな町モティハリで生まれた。父親はそこで、イギリス阿片局の官吏として働いていた。といってもその生産者を逮捕するのではなく、その製品の品質管理を監督していたのだ。イギリスは阿片を長きにわたり独占してきたからだ。一年後に若きエリックは、母親と妹と共にイギリスに戻り、1922年まで生地には戻らなかった。そして戻ったときにはインド帝国警察の下士官としてビルマに赴いたのだった。この仕事は高報酬だったが、1927年に休暇で故国に戻るとその仕事をなげうって、父親を大いにがっかりさせた。というのも彼が人生でやりたいのは作家になることだったからだ。そして、彼はそれを実現させた。1933年に処女作『パリ・ロンドン放浪記』で、彼はジョージ・オーウェルという筆名を採用し、その後はこの名前で知られるようになる。オーウェルは、イギリスを放浪するときに彼が使った名前の一つで、サフォークにある同名の川からとったのかもしれない。

『一九八四』はオーウェルの絶筆だった——それが刊行された1949年までに、彼はすでに12冊の著書を持ち、そこにはきわめて評価が高く人気のあった『動物農場』も含まれていた。1946年の夏に書かれた「なぜ私は書くのか」というエッセイで彼はこう回想している。『動物農場』は私が、完全に自分のやっていることを自覚しつつ、政治的な狙いと芸術的な狙いを一つの全体にまとめようとした最初の本だった。7年にわたり私は長編小説を書いていないが、かなり近いうちに書くつもりだ。これは失敗作になるはずだ。あらゆる本は失敗作なのだが、自分が書きたいのがどんな本か、私はかなり明瞭にわかっているのだ」。その後間もなく、彼は『一九八四』に取りかかっていた。

オーウェルはもちろん、作家デビュー頃からずっと、社会下層の苦しみに注目してきた人物であり、社会主義に深く傾倒していた。そしてスペイン内戦にも参加したのだが、そこでスターリン配下の「正統」社会主義者たちが、トロツキー系の社会主義者たちを弾圧する様子をまのあたりにし、それを名著『カタロニア讃歌』で激しく糾弾している。さらにその後もスターリン社会主義の蛮行が次々にあらわになっても見て見ぬふりをするどころか、あれこれ擁護論の詭弁まで弄しつつ、一方で自国政府に対しては勇ましくふるまってみせる、西側の「社会主義者」(特にイギリス労働党)に対して激しい批判を続けている。有名な『動物農場』も、そして本書も、そうした反ソ・反スターリン的な意図を十分に持つ。同時に、このいずれの本も、もっと普遍的に、社会主義そのもの、ひいては当時/現代の全世界のあり方と将来に対する強い批判と懸念の書でもあるとされる。

通常、こうした小説を訳すときの解説では、ここらへんで本書のあらすじを入れるのが通例だ。でも、本書に限ってそれは不要だろう。本書はすでにあまりに有名すぎる。主人公ウィンストンは、ビッグ・ブラザーと党が支配する、どこが相手かもはっきりしない戦時下の超管理社会オセアニアの真実省で、公式の歴史改変を担当している。だが重苦しい日常への反発もあり監視を避けて日記を書き始め、そして若いジュリアとの禁断の逢瀬にふける中で、次第に自分の暮らす社会に対する疑問と反発を強める。だが反政府組織に参加したと思った瞬間に、彼は国家に捕らえられ……

実際に読んだことのない人でも、本書の題名と「ビッグ・ブラザー」は知っているし、そのイメージは有名なアップル社のコマーシャルをはじめ、各種の映画、テレビ、小説、無数のネタとなっており、いまや「オーウェル的」といえばこの『一九八四』のような高圧的な管理社会を指す形容詞だ。現在のハイテク監視社会、情報操作とフェイクニュースによる大衆支配、戦争やテロを口実にした社会的自由の制約、密告と労働改造所や矯正収容所の思考操作、社会階級の固定化と格差社会、その他現代管理社会のありとあらゆる側面が恐ろしいほどの密度で詰め込まれた、文句なしの傑作だ。本書を読んで、いまの社会についてどこかの側面を連想しない人はいないだろう。

3 オーウェルの（長期的な）意図とは？

そうした具合なので、本書は恐るべき20世紀——さらには21世紀——の管理社会についての予言の書、と言われることも多い。それはまったく正当なことなんだが……

そもそも、オーウェル本人は、いったい何を考えて本書を書いたんだろうか？ まず極端なところから行こう。オーウェルは、これが人間社会の末路だと思っていたんだろうか。この小説では、管理社会に対するウィンストンのあらゆる抵抗の試みは、残酷に潰される。オーウェルはそこまで人間の未来に絶望していたんだろうか？

冒頭で引用したトマス・ピンチョンの序文には、一つだけおもしろい指摘がある。本書は、完全に壊れたウィンストン・スミスとジュリアで終わる、このうえなく暗い話ではあるが、その後に「補遺：ニュースピークの原理」という論説がついている。なんだか不思議な、蛇足めいた印象さえある部分だ（出回っているフリーテキストなどでは、これがあることにさえ気がつかずに章をわけずそのまま続けてしまったり、ひどい場合にはこのところを削除したものさえある）。だがピンチョンは、この最後の論説が完全に過去形で書かれていることを指摘し、この後のどこかでオセアニアとビッグ・ブラザーの監視社会が滅び、ニュースピークは過去のものとなり、それについて自由に語れる社会が実現する、という希望／確信がここにあるのでは、と述べる。

これはなかなかおもしろい指摘ではある。だがそんな細部にこだわる必要もない。だってオーウェルは、こんな社会が可能だとは思っていなかったのだもの。少なくとも長続きするとは考えていなかった。ゴールドスタイン『寡頭制集産主義の理論と実践』も、オーウェルにとっては賢《さか》しらなナンセンスにすぎなかった。

なぜそんなことがわかるのか？　オーウェル自身が、それを明記しているからだ。それが書かれているのは、本書に収録した「バーナム再考：現状追認知識人の権力崇拝とその弊害」（1946）という書評論説（原題は「バーナムと『管理職革命』」）だ。

そこで採り上げられているバーナムは、いつの時代にもいる通俗社会評論家だ。かつてのアルヴィン・トフラーや、いまなら『サピエンス全史』のハラリのような存在だ。かれらは、他のだれも気がつかなかった歴史の大きな流れを自分が読み取り、それにより人間社会の本質や将来像を描きだしたと述べる。このバーナムも第二次世界大戦前後にまさにそうした本を量産し、かなりの人気を博した。この書評論説で採り上げられている『管理職革命』(1940)は日本語にも何度か訳されている(Managerial Revolution なので『経営者革命』となっている邦訳もあるが、内容的には管理職の意味でのマネージャー)。

ではそのバーナムの描いた社会像とはどんなものだったのか?

彼は、ありがちなリアリズムを気取った「権力こそ正義」論者だった。かれはその『管理職革命』で、世界が専制主義に向かうのは避けられない、と主張した。実際の生産を支配するのは、資本家でも技術者でもなく、管理職だ(これは官僚なども含む)。かれらこそが世界を支配し、自分の権力を温存するための仕組みを作り、それが硬直して専制主義になる、というのだ。そしてそれに続く『マキャベリ主義者たち』(1943)では、マキャベリを引き合いに出して、政治は常にエリートのだましあいの権力奪取で大衆は奴隷、イデオロギーなんて大衆動員の口実、力を持つ者が歴史を書きかえ正義を捏造するだけ、とうそぶいた。そうした「管理職」のエリート集団の権力温存を通じ、世界は資本主義でも社会主義でもない、超管理全体主義へと移行し、アメリカ、ヨーロッパ+ロシア、日本を頂点とした東アジアという三つの超大国がつきあうだけとなる、と論じた。

本書を読んだ方なら、いまの説明に既視感があるはずだ。これは『一九八四』の世界そのものだからだ。ゴールドスタイン『寡頭制集産主義の理論と実践』は、このバーナムの著書の抜粋とすら言えるものだし、オセアニア、ユーラシア、イースタシアの三極構造もこのバーナムからそっくりいただいている。ときどきトロツキー『裏切られた革命』がモデルとされ、ゴールドスタインの姿は確かにトロツキーっぽいが、内容的には圧倒的にこちらに近い（ちなみにバーナムは、オブライエンっぽい）。

で、オーウェルはその書評論説で、こうしたバーナム的な世界観が正しく、それが実現してしまう可能性を懸念してみせているだろうか？

いやぜんぜん。むしろこんなバーナム的な見方が笑止であり、人間の本質も見えておらず、マキャベリ以後の社会技術変化もわきまえないナンセンスだ、と論じているのだ。

それを何よりも雄弁に示していたのは、バーナム自体の変節ぶりだった。バーナムは、ナチスが台頭して一気にフランスを制圧した頃には「もう歴史はナチスのものだ、その勢いは止められない、鈍くさいスターリンのソ連ロシアなど一撃でやられ、ドイツを盟主とするユーラシア国家が誕生するのは確実」と主張していた。ところが、かれがその説を出版した頃には戦局が一気に逆転、するとバーナムは、やっぱスターリン様がすごいっすよ、ユーラシアを制圧するのはソ連様ですよ、というみっともない手のひら返しを演じてみせた。歴史の必然だの、「パワー」だのというのは一体何だったのか？　結局かれは何も見えていなかったのだ。

オーウェルはバーナムが著書の中で、ヒトラーやスターリンについて、何やら崇拝するような調子で語っている様子を指摘する。リアリズムと言うと何やらご立派だ。変な理想にとらわれない、冷徹な計算なのだとクールぶってみせるが、それは単に、長いものには巻かれろ、というのを言い換えているにすぎない。ただの権力盲従だ。しかもその計算ですら、このバーナムの節操のない変節ぶりが示すように、しばしば目先のトレンド線を先に延ばしただけの底の浅いものでしかない。

ーウェルはその中で、そもそも機械化で人間を無理に奴隷化して働かせる必然性がなくなっている以上、マキャベリ的な権力をふりかざす理由もないのだ、と述べる。根本的な人間の欲望や本性に反した仕組みがそもそも長続きするはずはない。当時勢力をのばし、世界を席巻すると思われたソ連収容所国家ですら、一時的なものでしかないのだ、とオーウェルは断言する。

ロシア政権は民主化するか、あるいは消滅するしかないのだ。バーナムが夢見ているらしき、巨大で無敵の永続的な奴隷帝国は、確立されることはないし、確立されても長続きはしない。なぜなら奴隷制はもはや、人間社会の安定した基盤ではないからだ。

ここから考えて、たぶんオーウェルは本書を本当の意味での「予言」のつもりでは書いていないだろう。かれは『一九八四』のような社会が(長期的に)実現するなどとはまったく思っていなかった。

4　オーウェルの(短期的な)意図とは?

だが、なんだ単なるまぬけな評論家への風刺なのか、本気で心配していたわけじゃないんだね、といって片づけられるほど本書は甘い作品ではない。オーウェルが将来に希望を抱いていたとしても、小説自体にはその希望の確信はほぼ(補遺の時制以外は)登場しない。それどころか、その希望をわざわざオブライエンが一笑に付すという手の込んだしかけまである。そして本書の世界の迫力は、バーナム的なおめでたい評論家の戯画化をはるかにこえたものとなっている。

本書のような通称反ユートピア小説は他にも多い。『一九八四』の執筆時点ではすでに、ハクスリー『すばらしい新世界』やザミャーチン『われら』など、管理社会批判や反スターリン主義の小説はかなり出ていた。だがその多くは、オーウェル自身の『動物農場』も含め寓話的な作りとなっており、その世界描写にはしばしば、戯画につきものの多少の滑稽さが伴う。そして物語も、その世界の大枠が描かれ、登場人物が（ときに悲喜劇的に）絶望したらそこでおしまいだ。

だが本書の生々しさはそれではすまない。全編に漂う食べ物への諦めまじりの執着は、第二次世界大戦中の戦時配給時代の記憶が直接反映されているのだろうが、本書の世界に肉体的なリアリズムを与えている。そして第三部の拷問洗脳プロセスの、あまりに具体的なしつこい描写はちょっと尋常ではないし、さらにその中でウィンストンの最後の反抗すらふみにじる残酷さは読み進むのもつらいほど。

そして『一九八四』の社会は、オーウェル自身が考案するまでもなかった。そうした独裁と圧政の様子は、本書が書かれた１９４０年代にはすでに十分に知られていた。ナチスやソ連の人民弾圧は大いに報道されていたし、ソ連の歴史記録改変や、党内部の粛清と見せしめ裁判の様子はスターリンが自ら宣伝していた。オーウェルは、その恐怖政治の一端を、スペイン内戦時に身をもって知っていた。

こう書くと、本書をソ連のスターリン体制批判とだけ捉えようとする偏った見方になってしまいそうだ。が、それだけではない。かれは東西を問わず、バーナムのようなリアリズムを気取った識者や、イデオロギー的な偏向と忖度で『動物農場』の出版を妨害した左派知識人のような連中が、狭い了見で己の権力崇拝をふりまわすことを大いに警戒していたし、それが世界中のどこでも、本書に描かれたものにも似た独裁と圧政を、一時的にせよもたらしかねないと恐れていた。いや、実際にそれが起こりつつあることをかれは危惧していた。『一九八四』の執筆直前に書かれたエッセイ「スペイン戦争を振り返る」（１９４２）では、戦時体制と称して強制的な動員、収容所など、彼が奴隷制もどきと呼ぶものが世界中で実施されていることを指摘する。そしてそれを隠蔽するため、ソ連のみならず西側でも各種の偏向プロパガンダが幅をきかせ、真実の報道や客観的な事実という考え方自体に対するシニカルな否定論が横行しはじめていることをかれは嘆いている。執筆直後に登場したアメリカのマッカーシズムも、その懸念をさらに強化するものでしかなかっただろう。オーウェルにとっては、『一九八四』の世界は、未来であるとともに、洋の（そして政治的）東西問わず今、ここにあるものでもあった。

5　現代的な意義

さらにもちろん、本は著者の意図通りに読まなければいけないものではない。偉大な作品は作者を超えるのだし、本書の先見性は時代を追うにつれてさらに高まっているとさえいえる。ネットを中心に政府の規制や検閲に反対する電子フロンティア財団（ＥＦＦ）のＴシャツには

「一九八四はマニュアルではありません」というものがあるが、まさに現実のほうが『一九八四』を参考にしているようにすら思えてしまうほどだ。『一九八四』の専制管理社会と現代との共通性といった議論は、すでに腐るほどある。インターネットとスマホの普及に伴う監視社会の蔓延、アメリカNSAやファイブアイズなどによるあらゆる通信の傍受、そしてその上で展開される検閲と、フェイクニュースやキャンセル暴徒によるリンチ活動を通じた世論操作。本当の1984年にはあり得ない誇張と思われ、『マックス・ヘッドルーム』やパソコン新機種のコマーシャルごときに楽しく消費できた本書『一九八四』の世界が、その後あっという間に目の前にある現実と化した驚きは、ここで繰り返すまでもない。

そしてぼくたちはいまや、オーウェルの長期的な確信すら正しかったのかを疑うこともできそうな時代に生きている。

オーウェルはバーナム批判論説で、権力が自己目的化して温存されるという見方を疑問視している。それは何のための権力なのか、と疑問を投げかける。というか、バーナムがそれを問わないのは愚かだ、と指摘する。オーウェル自身はその問いへの答えを明記していないが、機械化／自動化により、権力維持による人民奴隷化の動機はほぼなくなる、と考えているようだ。

だが実際の様子を見ると、組織の権力温存、エリートの自己保存本能は、経済合理性を無視して、本当に権力をそれ自体として求めているような気配すらある。権力行使はそれ自体が効用を与えてくれる。トールキンも『指輪物語』で、人間は何よりも権力を求める、と述べている。特に何やら道徳的高みに立ったつもりで、安全な多数派の立場から、道徳的に（＝人間的に、生物的に）劣った他人の社会的生命を抹殺《まっさつ》すると、ゾクゾクするほどの快楽が得られる。豊富にあるものでも、環境だの人権だの社会正義だのを口実に出し惜しみし、規制をかけて、生殺与奪の権を恣意的に行使して、人々が這いつくばるのを見るのは、それはそれは楽しいことなのだ。だから多くの人は、自分が損をしてでもその快楽を追求したがる。それをやるために、ありもしない理由を捏造しさえする。権力の根本は物質的な豊かさを獲得するための手段、というオーウェルの見方自体が不十分だったのかもしれない。そしてある程度の経済生活水準が達成されたら、そうした権力のための権力追求の歓びが持つ相対的な効用は、かえって高まる可能性さえある。

さらに、特にここ数十年の日本で、機械化による奴隷化ニーズの低下、という発想すら必ずしもあてはまらないことがわかってきた。特にデフレ環境では、資本投資で自動化するよりも、人間を低賃金でこき使ったほうが安上がりなことさえある。オーウェルの基本的な前提すら、ひょっとすると妥当性が薄れているかもしれない。

そもそも圧政管理社会は、確かに長続きはしないのかもしれない。長期的には倒れるのかもしれない。だが「長期」もいろいろだし、ケインズも言ったように「長期的には、我々みんな死んでいる」。スターリン体制とその後のソ連体制は、なんだかんだでオーウェルがこの作品を発表してから半世紀もしぶとく残ったし、プーチンの独裁化に伴って復活をとげたようだ。中国の監視検閲社会も、今日明日に倒れる気配はない。西側もキャンセルカルチャーが横行し、フェイクニュースの強弁と押しつけがまかり通り、どんどん悪い方に向かっているように見える。オーウェルの長期的な希望とは裏腹に、『一九八四』の世界は広がる一方ではないか？

6　短期と長期の間で：ビッグ・ブラザーを倒すには？

すると、この『一九八四』はいささか不思議な作品となる。今ある非常に暗い短期の現実認識と、かなり楽観的とすらいえる長期の見通しがここでは共存しているわけだ。この両者の間で、オーウェルは一体何を考えていたのだろうか。これが共存するためには、どこかで現実の状況が何らかの形で打倒される、という見通しが必要だと思うのだけれど……いったいかれは、その移行がどんな具合に起こると考えていたのだろうか？

これはとてもむずかしい。というのも、一般の人が思いつくような逃げ道は、本書ではすでに、ほぼすべて断たれているのだから。

だれもが思いつくのはもちろん反体制活動だ。本書でウィンストンは、反ビッグ・ブラザーの地下運動への参加を通じた体制打倒を願う。つまりはテロ活動だ。ビッグ・ブラザー打倒のためなら、爆弾もしかける、人も殺す、子供に硫酸もかける、大勢の人を犠牲にするサボタージュも辞さない、と彼は勇ましく宣言してみせる。

だがオーウェルは、テロを肯定はしていなかっただろう。ウィンストンは拷問洗脳の中で、かつてのそうした英雄気取りのテロ行為容認発言をつきつけられ、党を糾弾する道徳的優位性すら否定されることになる。おまえだって、同じ穴のムジナにすぎないではないか、と。目的は手段を正当化しないのだ。

なんらかの体制内サボタージュによる転覆の可能性もなさそうだ。もちろん、民主主義がない以上、合法的な政権交代もあり得ない。また戦局変化などの外圧を通じた変更も、その戦争自体が単なるお芝居にすぎないのだから考えられない。

だが他には？　ウィンストンはプロレたちに希望を託す。だがオーウェルはプロレたちが蜂起する可能性を本当に信じていたのだろうか？　どんな形で？　それはまったく描かれない。あるいはこれまた、ウィンストンの甘い希望的観測に過ぎないのだろうか？　もともと彼はプロレたちと大した接点があったわけではないのだ。

すると何が残されるだろうか。本書にははっきりしたものはない。小説はさておき、バーナム批判論説でのオーウェルは、専制に陥った「管理職」の愚かさを指摘し、民主主義と集合知に希望を抱いているが、その管理階級だって、いまやその程度のものは打ち返すくらいの知恵はつけている（ちなみにこの訳者も、社会的には圧政管理階級のトップクラスには入る経歴の持ち主ではあるので、ぼくの言うことを鵜呑みにするのも考え物ですぞ）。実はオーウェル自身も、その具体的な道筋までは思いつかなかったのではないだろうか。

7　残された希望とは

ただ……具体的な方法はわからなくても、それが何に基づくかについては、オーウェルは確信があるようだ。本書でウィンストンは別に、正義感で政府に反発していたわけではない。彼の抱いた反発の拠《よ》り所は、すべて基本的な人間としての感覚と欲望だ。ふと耳にした子供の詩や歌。基本的な味覚、食欲、その他あらゆる五感、性欲。そしてすべてを失い、人格を破壊され、記憶も判断力も失った後ですら、昔の家族とのほのかな思い出だけは、亡霊のようによみがえる。本書の第Ⅰ部と第Ⅱ部で、ウィンストンとジュリアが政府の目を盗み、そうした感覚を解き放ちつつ、ささやかな幸せを育《はぐく》む様子こそが、多くの人にとって本書の山場であり（実際の山場は凄惨な第Ⅲ部なのだが、そこを熟読できるほどの精神力を持つ人はなかなかいない）それこそがビッグ・ブラザーの世界に対する最後の砦《とりで》なのだ。

こう書くと、みんなのハートこそが悪を倒すのよ♥とかいう、プリキュアまがいの話にも聞こえる。だが案外、本当にそれが世界を変えるのかもしれない。１９８９年のベルリンの壁崩壊の衝撃を記憶しているのは、もはやこの訳者のような年寄りだけだ。が、あのときに衝撃的だったのは、あれほどの大事件がほとんど何の理由もなく起きたことだった。ちょっとした偶然と噂で人々が国境に押し寄せ、現場では当局の一部ですらそれに共鳴し、何の弾圧も行わずに見すごした結果、あの鉄のカーテンがあっさり崩れた。人々の漠然とためこんだ不満と渇望、基本的な人間としての欲望・願望が、ときにはスッと世界を変えてしまうかもしれない——そんな希望は、まだ決して消えてはいないのだ。

もう少しマクロに見ても、世界はあるとき急に変わる。オーウェルが本書を書いた１９４０年代は、戦時中だったこともあり、もはや民主主義や自由に希望があるとは思えなかったかもしれない。が、戦後にやってきた好況でその見通しは大きく改善された。その後、１９７０年代にも多くの国は社会主義化し、また南米やインドを含め多くの国は次々に専制主義政権に転じて、もはや民主主義は危ういとされた。当時の西ドイツのブラント首相は、西欧の民主主義はあと二十－三十年の寿命しかないと予言したそうだ。でも、それが急に変わった。１９８０

年代にいきなり、社会主義国は停滞を悪化させ、専制主義国も次々に倒れ、ついにはさっき述べたようにベルリンの壁が消え、ソ連が崩壊した。いまは、その風向きがまた変わって、民主主義や自由の旗色が悪くなっているのは事実。管理社会は強化され、専制主義とポピュリズムが横行しているように見える。でもそれに伴う不安も高まり、特にそれが人間の基本的な生活や感覚にまで影響するようになれば、それにより風向きが急に戻ることもある……だろうか？

もちろん、それが本当に起こるのかはわからない。ましていつどんな形で起こるかはわからない。はるか昔の小説に、現代の管理社会から逃れる具体的な手法が書いてあると思うほうが愚かだ。でも根本的なところで人間は変わらない。その人間の本性についての見立てにこそ、本書の古典としての洞察があるのだ、と訳者は思っている。

そう読まねばならない、というわけではない。訳者の見方が正しいかどうかもわからないし、それに従う義理などだれにもないのだから。本書をダシに使う多くの議論は、あの大統領がこんなことをやった、オーウェル的だ、あの首相がこんなことをしたからこれぞ『一九八四』の世界だという具合に、何か皮相的な類似を見出して、憂慮のポーズを取るためのレッテルとして本書を使っているだけだ。むろんそういう読み方もあるだろう。

だが、こんな新訳を、この21世紀になって手にとっていただいたのであれば、そうした使い古されたレッテル利用よりは一段踏み込んだ読み方をしていただいても、バチはあたらないのではないだろうか。本書にはまだまだ、いろいろな細部が残されているのだから。

たとえば最近になって、ジュリアの立場から『一九八四』を語り直すというフェミニズム小説が発表されたりしている。まあ、そういう見方も、人によってはおもしろいのかもしれない。

あるいは、ビッグ・ブラザーの党政府側についてさえ、もっと複雑な見方ができるかもしれない。オブライエンは、ソ連のベリヤや中国の康生《こうせい》やカンボジアのドッチなどといった実在の拷問粛清担当官たちと比べものにならない深みを持っている。またウィンストンたちのガサ入れを行う思考警察の高官は、筋肉バカの部下が破壊したガラス製の文鎮に、わずかなりとも敬意を抱いているようだ。かれもまた、ウィンストンの気持をわずかながら共有しているらしい。かれもまた、オーウェルが希望を託している、五感や基本的な人間性と無縁なわけではないのかもしれない。

そうした細部から見えてくる、新しい絶望や、新しい希望もあるはずだ。多くの読者が、そうした新しい見方を見出してくれれば幸いだ。

8 翻訳について

この翻訳はもともと、この訳者が手すさびでやっているフリー翻訳の一環として、前世紀から始めたものだった。

もちろん、それ以前から本書には既訳があった。もっとも広く普及していたのは、早川書房から出ていた新庄哲夫訳（１９６８年）だろう。ぼくが最初に読んだのもこれだった。優れた訳だが、多少古びた感じはある。その後、２００９年に早川書房から高橋和久による新訳版が出た。個人的には、漢字が多くクセの強い翻訳だという印象があるが、これは好みの問題もあるだろう。また、ＫＡＤＯＫＡＷＡから田内志文の翻訳が２０２１年に出ている。比較的フラットな翻訳ではある。

頼まれもしないのにこんな訳に乗り出したのは、そうした（当時は新庄訳しかなかったけれど）既訳にちょっと不満があったからだ。一時は中断していたのを再開したのも、新訳でもその不満が解消されなかったという理由が強い。

いずれの翻訳でも、まず個人的に違和感があったのは、ジュリアの話し方が、完全な女性役割語全開の、ものすごく上品でていねいなものになっている点だ。ウィンストンと会ったとき「ごきげんよう」とあいさつしないのが不思議なくらいになっている。かなり下品で粗野な話し方をする、と文中で書いてあるのに。本書では、なるべく訳者の身の周りにいる、知り合いの口の悪い女性の口の利き方を参考にしてみた。これだと役割語が弱まり、だれの発言か少しわかりにくくなる部分もあるうえ、たぶんなじめない人もいるんだろう。が、慣れの問題もあると思うので、ご容赦を。

が、それ以上に、個人的に特にこれまでの訳で気になったのは、悲しいところ、優しいところのちょっとしたヒントの処理なのだ。その代表が、何度か繰り返される以下の詩だ。

オレンジにレモン、とセントクレメントの鐘
お代は三ファージング、とセントマーチンズの鐘
お支払いはいつ、とオールドベイリーの鐘
お金持ちになったら、とショーディッチの鐘

この二行目、「お代は三ファージング」の部分は、「You owe me three farthings」というのが原文で、これまでの翻訳はどれも「おまえに三ファージングの貸しがある」というような訳になっている。この元になった詩の翻訳を見ても、すべてそんな感じだ。

だがそれは何か変だ。なんだか急に借金取りが追いかけてきたようで、あまりにおっかない。さらになんでオレンジやレモンがいきなり借金取りの話に？　詩としても脈絡がない。

この詩自体は、マザーグース的なもので、必ずしもその意味がはっきりしているわけではない。その続きで頭を切り落とす話から、ずいぶん残酷な事件を描いたものという説もある。が、この小説の中での役割で見る限り（いや元の詩も）、ここの部分のやりとりは、もう少し優しいものと考えたほうがいいと思う。

実は「you owe me xxxx」というのは、買い物の常套句なのだ。そこらの個人商店にいけば「xxxx になります」という代わりに「you owe me xxxx」と言われる。子供の頃にお使いで行くと、アメリカですら店のおじさんによく言われたものだ。「三ファージングちょうだいねー」くらいの感じだろうか。ちなみに、「ファージング」というのは一ペニーの1／4で、はした金という意味すらある。だから三ファージングは、どう考えても借金取りが目の色変えて追いかけてくるような金額ではない。前の行のオレンジやレモンの代金と考えるべきだろう。

すると最初の一行は、オレンジとレモンくださいな、といった雰囲気になる可能性が高い。庶民《しょみん》が普通にオレンジやレモンを買おうとして、代金を支払おうとしたけれど手元不如意《てもとふにょい》で、ああ、お金持ちになったら払えるのに、でもいつになることやら、という空想につながり、それがロンドン中の鐘の音として響いているという、街中に共鳴する庶民の日常と生活のちょっとした苦しさと淡い希望の詩、と解釈できるのだ。そしてそれが、ウィンストンの満たされぬ思いと淡い希望と絡み合う。だからこそ、それはウィンストンの心に響くのだ。

その心は多少は汲んであげたいとは思う。少なくとも、そういう郷愁《きょうしゅう》につながる優しい読みの余地が残るような翻訳にしておいてあげるべきだとは思う。そうでないと、なぜウィンストンがこの詩に惹かれるのかも感じ取りにくくなってしまう。オーウェルは華麗なレトリックを駆使する作家ではなく、ルポ出身の淡々とした書きぶりなので、それを意識しないとかなり平板な訳文になりがちなのだ。他のところも、こうしたちょっとした郷愁や言葉の端々にのぞく体制への嘆きは、できるだけ活かすようにした。そのほうが、ウィンストンらの置かれた社会の陰惨さも際立つ。そして何より(さんざん自分が政治的な含意の解説をしてきたあとでこう言うのも何だが)、イデオロギー面ばかり取り沙汰されがちな本書の、小説としての味わいも深まると思うのだ。

こうした部分以外にも、理論的な解説となるゴールドスタインの本『寡頭制集産主義の理論と実践』や、補遺のニュースピークの原理の部分もわかりやすくしたつもりではある。ニュースピークも、そのままやると「当記事、極度非真的発言、真実化の必要性很大、超至急対応」という具合にインチキ中国語まがいになってしまうので、意味がわかって違和感を残しつつもまぬけにならないよう塩梅《あんばい》したがどんな具合だろうか。ちなみに、実際の中国語訳を見るとやはり苦労している模様。ご愁傷さまです。

9　その他

この本は、書いた年（風刺の対象とした年）が１９４８年だったので最後の数字をひっくり返して『一九八四』にしたのだ、という説をずっと昔にきかされて、特に疑うこともなくそれを信じていたが、どうもこれは俗説らしい。ペンギン版についたピーター・デイヴィソンの説明によると、実際の草稿を検証すると、もともと『一九八〇』の予定で、病気のせいもありそれが長引いて『一九八二』になって、仕上げたときに『一九八四』にしたそうな。

へえ、そうなんだと思う一方で、なぜ執筆に時間がかかると題名の年を先送りしなければいけないのかはよくわからない。刊行からＸＸ年先に題名を設定したい、というふうに考えたということか？　まともな執筆開始は１９４６年だったとのこと。これで１９８０年だと34年先。キリが悪いなあ。１９８０年に意味はあったのかな？　ご存じの方がいれば教えてほしい。

既訳とも比べており、翻訳に大きな誤りは残っていないとは思うが（それにフリー版でかなりの指摘をいただき、もう出尽くしたつもりでいたら、今回熾烈な校閲でミスがボロボロ出てきたのは汗顔の至り）、誤字脱字を含めもし何かお気づきの点があればご指摘いただければ幸いだ。見つかったものは随時サポートページhttps://cruel.org/books/1984/で公表する。

フリー翻訳で公開したこの翻訳を拾って出してくれた、星海社の片倉直弥氏には感謝する。ありがとうございます。フリーテキストだった時代に誤変換などを指摘くださり普及にも貢献してくれた杉本達應氏とスゴ本サイトのDain氏をはじめとする皆様にも感謝します。また、イメージが画一的になってしまいがちなこの小説に、少しちがう味わいの挿画をつけてくださったつくみず氏、そして重要すぎるが故に論じにくい（そしてうっとうしそうな訳者の）本書に現代的な解説をつけてくださった木澤佐登志氏も、ありがとうございます。

そして本書を改めて読む方も、いま初めてこれを手に取ろうという方も、読者のみなさんに感謝を。みなさまが世界を考える一助となれば、そしてそれ以上に、純粋に小説として本書を楽しんでいただければ、訳者としてこれに勝る歓びはない。

２０２４年４〜６月　デン・ハーグ／ダカールにて

山形浩生（hiyori13@alum.mit.edu）

解説

木澤佐登志

　おそらく多くの読者は、本書『一九八四』を読み終えたあと、本を閉じながらこんなふうに呟くはずだ。「ああ、よかった。私たちの住む世界がこんなひどいディストピアじゃなくて」。だけれども、本当にそれでいいのだろうか？

　ジョージ・オーウェルの『一九八四』は、二〇世紀が生み出したディストピア文学の代表作とされる。現に、今に至るまで『一九八四』は、私たちが思い描くディストピアのイメージを規定し続けている。念のため付け加えておくと、ディストピアとは、理想郷を意味する「ユートピア（Utopia）」の反対の概念を表す。つまり、ユートピアの対義語として扱われる概念がディストピアに他ならない。

　オーウェルの描き出した暗鬱とした世界のヴィジョン、たとえば全体主義体制を敷く監視社会や、情報操作とプロパガンダといったファクターは、ディストピアの典型化されたモデル、ある種のテンプレートとして様々な場所で持ち出される。とりわけ、作中に登場する独裁者ビッグ・ブラザーは、ディストピアを象徴する便利な聖像《イコン》として重宝されてきた。その代表的な使用例を一つ紹介しておこう。それも、その後の歴史に少なからぬ影響を与えたはずの。

　ときは一九八四年に遡る。そう、『一九八四』の舞台に設定された一九八四年だ。その年、シリコンバレーの新興テクノロジー企業として頭角を現していたアップルは、発売される新製品のためのテレビCMを放映した。そのCMを監督したのは、当時『ブレードランナー』や『エイリアン』ですでにブレイクしていた映画監督、リドリー・スコット。映像の世界観は、『一九八四』の憂鬱な管理主義体制のイメージを基にしている。無表情で行進し続ける人々と、巨大なスクリーンに映し出されるビッグ・ブラザーと思しき独裁者。そこにハンマーを持ったアスリート風の女性が颯爽《さっそう》と現れ、ビッグ・ブラザーに向けてハンマーを投げつける。そしてスクリーンの爆発とともに、次のようなメッセージが流れる。「一月二四日、アップル・コンピューターはマッキントッシュを世に出す。なぜ一九八四年が『一九八四』にならないのか。その理由があなたにわかるだろう」。画面が暗転し、アップルのロゴであるレインボーカラーのリンゴが現れ、CMが締めくくられる。

この、のちにMac（マック）と呼ばれることになるパーソナルコンピュータ、すなわちMacintosh（マッキントッシュ）の初代CMについて、イギリスの批評家マーク・フィッシャーは次のように指摘している。つまり、このCMが比喩的に示しているのは、現在ではスタンダードとなった価値対立、すなわちトップダウンで管理される官僚システムとボトムアップで形成される個人間のネットワークという対立である。この価値対立には、いわゆる「冷戦」が深く関わっている。当時の世界は、資本主義国アメリカを中心とする「西側陣営」と共産主義国ソビエト連邦を中心とする「東側陣営」とに真っ二つに分かれていた。CMに映し出された世界観である、人々を服従させる全体主義的な官僚システムは、ここではソ連に重ね合わせられる。アップルは、そうしたディストピア的世界の対立項として、アメリカ的自由のもとで生きる個人の力というイメージをパーソナルコンピュータに仮託させているわけだ。[1]

同時にこのCMは、ソ連のような抑圧的な官僚体制と、当時コンピュータの世界を支配していたIBMに象徴される巨大産業のイメージを暗に重ね合わせているという点でも巧みであった。六〇年代におけるアメリカの反体制の若者たちは、巨大企業や研究機関に格納されたメインフレーム・コンピュータを中央集権的な権力の象徴として弾劾《だんがい》した。アップルのスティーブ・ジョブズも、そうした空気の中で青春を過ごした。アップルはこのCMを通して、管理主義体制に奉仕する巨大コンピュータを、ソ連を想起させる抑圧の道具として表象する一方で、マッキントッシュに象徴される、安価で小型のパーソナルコンピュータと、それらが織りなして形成する脱中心的なネットワークを、全体主義的管理からの解放を促すオルタナティブなメディアとして打ち出したのであった。この、トップダウンの管理に拠らない、「自由」で「開放的」なネットワークという理念は、インターネットの理念とも共鳴し合いながら、九〇年代以降のデジタルネットワーク社会を形成する原動力となっていく。

現在の私たちは常時接続の情報ネットワーク社会を生きている。コンピュータ端末が一家もしくは一部屋に一台ある時代は、アップルがiPhoneを発売した二〇〇七年以降、片手に一台の時代になった。

私たちは、その大本に、オーウェル的なディストピア社会に対抗する、自由で開かれたネットワーク社会というヴィジョンがあったことを、アップルが一九八四年に製作したCMを通して確認してきた。だが、いつからだろう、その「自由」を見えない糸で操る、不可視化された装置《システム》がインターネットを覆い始めたのは。

世界はオーウェルが予測したようなディストピアにはならない。かといってユートピアが訪れるわけでもない。訪れるのは、オーウェル的なディストピアと異なる、別種のディストピアであるかもしれない。そんな予測をした、オーウェルと同時代人の作家がいた。彼は一九四九年、つまり『一九八四』が刊行された年に、オーウェルへ手紙を送った。内容は、読了した『一九八四』の感想が主だが、わけても興味深いのは以下のような箇所だ。

『一九八四年』の支配的少数者の根本原理はサディズムで、これは性的なものの超越と否定から論理的帰結として導かれています。しかし実際のところ、この「人間の顔を踏みにじるブーツ」というやり方が永続的であるかどうかは疑問に思えます。支配的少数独裁者たちは統治と権力欲を満たす方法としてもっと困難と無駄の少ないやり方を見つけ出す、そしてそのやり方は私が『すばらしい新世界』で描いたものに似たものになる、というのが私自身の信じるところです。[2]

この手紙の著者、すなわち『すばらしい新世界』の著者でもあるオルダス・ハクスリーは、

1 マーク・フィッシャー『ポスト資本主義の欲望』大橋完太郎訳、左右社、二〇二二、一四 - 一五頁
2 オルダス・ハクスリー「オルダス・ハクスリーからジョージ・オーウェルへの手紙」https://open-shelf.appspot.com/LettersFromHuxleyToOrwell/chapter1.html

この世界に到来する可能性の高いディストピアは、『一九八四』の世界を維持させるサディズム的な根本原理とはまったく異なる根本原理を持っているであろう、と指摘する。さらにハクスリーは、次のように書きつける。

次の世代のうちに世界の支配者たちは、未熟状態と麻酔催眠の方が警棒と牢獄よりもずっと統治の手段として効果的であること、人々が隷属を愛するよう仕向けることは鞭や蹴りで服従させるのと同じくらい権力欲を満たすことに気がつくだろうと私は信じています。言い換えれば『一九八四年』の悪夢は別の世界の悪夢へと変化する定めにあり、その世界は私が『すばらしい新世界』で想像したものの方により似ているだろうと感じるのです。[3]

『一九八四』の世界の支配者たちは、絶えざる監視と暴力と監禁によって人々を隷属させる。そのもっとも苛烈《かれつ》な形は、第三部で執拗《しつよう》なまでに描かれるサディズム的な拷問洗脳シーンにおいて現れる。そこでは、個人の心と肉体の完全な破壊が目指されているわけだ。

それに対してハクスリーは、警棒と牢獄よりも未熟状態と麻酔睡眠の方が統治の手段として効果的であると指摘する。暴力や監禁といった恐怖によって人々を服従させるのではなく、むしろ人々がみずから隷属を愛するよう仕向けること。一言でいえば、ムチではなくアメによる支配、これこそがハクスリーの予言したディストピアであった。

たとえば、手紙でも言及されている『すばらしい新世界』は、『一九八四』と並んでディストピア文学の代表作とされるが、そこでは消費主義と快楽追求が奨励され、テクノロジーが人々の欲求を即座に満たすように設計された社会が描かれる。人々は一見とても幸福に見える。しかし、快楽を追求することが奨励される一方で、感情や個人の自由は巧妙に管理されている。生殖も人工的に管理され、胎児は培養され、社会階級に応じた特定の役割に適合するように育てられる。世界は少数の統治者によって支配されているが、大多数の人々は社会の規範に疑問を抱かないように仕向けられている（より詳しく知りたい人は、ぜひ実際に読んでみてほしい。翻訳がいくつか出ている）。

一九八四年。アップルがオーウェル的なディストピアを映像化したCMを製作した年、『一九八四』はすでに時代遅れになっている、と喝破《かっぱ》した思想家がいた。当時二七歳であった浅田彰は、前年に出版した『構造と力』によって、ニューアカデミズム・ブームの立役者として一躍時代の寵児となっていた。そんな浅田は一九八四年、ペヨトル工房から発行された『１Ｑ８４』（村上春樹が同名の小説を書くのは二五年後のことである）の中で、「オーウェルの【一九八四】は管理社会批判であると言ってしまうと、そのおもしろさは大半吹き飛ぶと思う。なにしろオーウェルの管理社会像はもうかなり時代遅れだからね」という挑発的な指摘を行っている[4]。

浅田によれば、『一九八四』に描かれる管理社会のイメージは、集権的・父権的な支配を特徴としていた。可視的で父権的な中心（＝ビッグ・ブラザー）がすべてを集中的に掌握していて、

3　同右
4　浅田彰・ドクトル梅津バンド『1Q84 Yaso Imagisonic #3』ペヨトル工房、一九八四、八頁

権力はそこから放射状に発せられる。これこそが『一九八四』における管理社会であった。しかし、現実の管理社会はそうなってはいない。

現実の管理社会はそれよりもずっと高度化したわけで、いわば、分散的・母性的な包摂という形態が支配的になってきている。つまり、可視的な中心をもたない分散的なメディアのネットワークが全体として母性的なフィールドとなって人々を包み込む。[5]

右の「可視的な中心をもたない分散的なメディアのネットワーク」など、まるでインターネットのことを指しているようではないか。そう、アップルが『一九八四』的な官僚体制に対立するものとして打ち出した、無数のパーソナルコンピュータが形成する、脱中心化された分散型のネットワークのことを。続けて浅田はこんなことも書いている。

オーウェルの場合にはあらゆるメディアは一元的に中心化されていて、全員がそこから見張られていると同時にそこからの命令を受けると——そういうことでしょう。言ってみれば中心にいる父権的な存在から常に禁止の言葉を受け取っているわけですね［……］しかし実際にはそれと逆のことがおこりつつあるんじゃないか。多元的・非中心的なメディアのネットワークが全体としていわば電子の子宮となって人を包み込む［……］管理されているという意識ももたないし抑圧されているという意識ももたないまま　結果として管理され抑圧されている　そういう非常に気持ち悪い状態になりつつあるような気がするんだけどね。[6]

浅田の予言は、ハクスリーの『すばらしい新世界』的な、テクノロジーによる快楽追求が奨励される管理社会のイメージと呼応しつつ、それと同時に現代のデジタル社会における構造的なディストピア性をもある程度見通しているように思える。

アメリカの社会学者ショシャナ・ズボフは、「監視資本主義」という言葉で、現代におけるデジタル社会の（ディストピア的な）支配構造を指し示した。監視資本主義とは、一言でいえば、企業が消費者の個人データを収集、分析、利用することで利益を得る経済モデルを指す。言うまでもなく、ここで用いられている「監視」という言葉は、『一九八四』における「監視」のイメージからは遠く離れていることを確認しておこう。

ビジネスで利益を得るためには予測に長けている必要がある。予測をするために必須となるのが大量のデータ、すなわちビッグデータと呼ばれるものである。私たちがオンラインで行うほぼすべての行為は監視され計測されている。インターネット上の行動、位置情報、アクセスログ、購買履歴、ソーシャルメディアの投稿など、ユーザーの様々なデータがくまなく収集され、それらの流れはビッグデータの海に合流していく。そしてビッグデータは、私たちの行動パターンをより正確に予測するために用いられる。

5　同右、八-九頁
6　同右、一〇-一一頁

情報が過剰に溢れる現代にあって、人々の注意（アテンション）は企業にとっての貴重な資源となっている。ネットワークに蓄積されたビッグデータが富の資源になることに最初に気づいたのはグーグルだ。グーグルが開拓したパーソナライズ（個人化）とターゲティング広告のアルゴリズムは、インターネットと資本主義のあり方を変えた。グーグルはオンライン上に蓄積された膨大な量の行動データを掘り起こすことで、ユーザーへのサービス向上のためだけではなく、ユーザーの関心や選好と表示させる広告とを一致させることが可能となった。ビッグデータに基づくプロファイリングによって、事業者は個人の選好と特性に適合した広告やニュースを個人に対して正確にフィードすることができる。

今や、SNSのタイムライン、グーグルの検索結果、WEB広告、ネットフリックスのフィードに至るまで、あらゆるオンライン上の環境がパーソナライズされている。ビッグデータに支えられたアルゴリズムは、私に対して常に先回りして「私の欲すること」を提示する。それはさながら、お茶を飲みたいと思うよりも前にお茶がすでに差し出されているような状況に近い。こうして、アルゴリズムがユーザーの行動や選択に不断に影響を与える一方で、人々はネット環境に深く依存《アディクト》していくことになる。

『一九八四』における服従のシステムは、恐怖や苦痛や罰といったものをベースにしていた。しかし、現在の監視資本主義におけるそれは、それとは正反対のもの、すなわち「安楽」をベースにしている。

思想史家の藤田省三は、一九八五年に発表した「「安楽」への全体主義」の中で、現在の高度技術社会に出現しつつある全体主義を「生活様式における全体主義」として規定したうえで、それを支える精神的基盤に「不快の源そのものの一切全面除去を願う心の動き」があることを指摘している。

それは、私たちに少しでも不愉快な感情を起こさせたり苦痛の感覚を与えたりするものは、全て一掃して了いたいとする絶えざる心の動きである。苦痛を避けて不愉快を回避しようとする自然な態度の事を指して言っているのではない。むしろ逆に、不快を避ける行動を必要としないで済むように、反応としての不快を呼び起こす元の物（刺激）そのものを除去して了いたいという動機のことを言っているのである。[7]

藤田は、一つ一つ相貌と程度を異にする個別的な苦痛や不愉快に対して、その場合その場合に応じて、判断と工夫と動作によって具体的な不快に対応しようとするのではなく、逆にその対面の機会そのものを無くしてしまおうとする態度を時代精神の中に見出した。そこから、「今日の社会は、不快の源そのものを追放しようとする結果、不快のない状態としての「安楽」すなわちどこまでも括弧つきの唯々一面的な「安楽」を優先的価値として追求することになった」と結論づける。[8]

7　藤田省三『全体主義の時代経験』、みすず書房、一九九五、三－四頁
8　同右、四－五頁

アルゴリズムが常に私たちの選択や選好を先取りして提示する環境にあっては、藤田の言う「事態との相互的交渉」は起こり得ない。私たちはスキナー箱に閉じ込められた実験用のネズミのように、餌＝報酬が出てくるレバーを中毒したように押し続ける。安楽への全体主義は、私たちに苦痛を与える代わりにドーパミン漬けにする。私たちは、アルゴリズムによってオペラント条件付けされたネズミにすぎないのかもしれない。

安楽への隷属。安楽への全体主義。ただし、それは今や資本主義に組み込まれている。ビッグテックと広告主が莫大な収益を得るために、アルゴリズムで構築されたスキナー箱の装置《システム》に私たちは閉じ込められる。私たちを一秒でも長くプラットフォームに留めておくために。私たちから一秒でも長く注意（アテンション）を引き出すために。

『一九八四』の世界は、アップルが一九八四年にCMの中で予言したように、たしかに訪れなかったのかもしれない。しかし、支配のための、隷属のための装置《システム》は、種類は違えど、現に存在している。アップルは、中央集権的なシステムを破壊しさえすれば、自由で開かれた脱中心的ネットワークに基づく理想の世界が訪れるというヴィジョンを描いていた。しかし、現在の私たちはすでに知っているように、アップルもそこに含まれるビッグテックが創り上げた世界は、『一九八四』とは異なるもう一つのディストピアにすぎなかった。これを歴史の皮肉と言わずして何と言おうか。

アップルのCMは、当時のソ連に象徴される共産主義体制を仮想敵の一つとしていた。冷戦の時代、オーウェルの『一九八四』は反共プロパガンダとして好んで利用されていた、という歴史がある。アメリカ政府は第二次大戦後、オーウェルを西側陣営の正統的教義を擁護する「反ソ・反共作家」と歪めた上で祭り上げ、オーウェルの本を三〇カ国以上の言語に翻訳し配布するための資金援助を行った。[9]

もちろんオーウェル自身は右派的な反共イデオローグではなかった。もっとも、単純な左派というわけでもなかった。二〇〇三年版『一九八四』に序文を寄せたトマス・ピンチョンの表現を借りるのであれば、「左派の左派」とでも言うべきものであった。[10]オーウェルは公式の左派、すなわちイギリス労働党の支持者を公言しながら、しかし同時にイギリス労働党への批判的視点を欠かしたことがなかった。オーウェルが奉じる民主社会主義の理念とイギリス労働党の現状とのあいだの隔たりが、彼をそうした批判に向かわせたであろうことは想像に難くない。この点について、英文学者の川端康雄は、戦後のイギリス労働党政権の推し進めた国家主導型社会主義政策に対してオーウェルが懸念を抱いていたこと、そこに萌芽としてある全体主義思想が最悪のかたちに至れば、イギリスでも自分の描いた悪夢の世界が出来することを警告していたということはいえるだろう、と述べている。[11]

しかし冷戦は終わり、二項対立だった世界は一元化、というよりは多元化された。したがっ

9 川端康雄『オーウェル『一九八四年』：ディストピアを生き抜くために』、慶應義塾大学出版会、二〇二二、三七‐三八頁
10 トマス・ピンチョン「解説」、ジョージ・オーウェル『一九八四年〔ハヤカワepi文庫〕』高橋和久、早川書房、二〇〇九、四八五頁
11 前掲書、『オーウェル『一九八四年』：ディストピアを生き抜くために』、三七頁

て、『一九八四』もまた、二項対立を超えた世界の複雑な多面性に対応した、多面的な読みが求められるだろう。

世界の複雑な多面性。そう、筆者はこれまでオーウェルの未来予想が外れたかのように書いてきた。しかし、視点をズラしてみれば、現在こそがオーウェル的な時代であるという見方もできる。たとえば、ドナルド・トランプが大統領に就任したとき、『一九八四』の売上が大幅に伸びたという話がある。本書の訳者・山形浩生も「訳者あとがき」の中で指摘するように、『一九八四』の専制管理社会と現代との共通性といった議論は、すでに腐るほどある。外国情報監視法（ＦＩＳＡ）に見られる、アメリカ政府による通信の傍受や国民監視は常に問題化されてきた。フェイクニュースの蔓延は真実をなし崩しにし、フェイスブックはアルゴリズムを操作して選挙結果をも動かそうとする。[12] アルゴリズムは人々の認知的なバイアスに訴えかけ、行動を操作しようと仕向ける。アルゴリズムが私たちの無意識を完全にハックすることが可能となったとき、「人間」は不要なものとなるだろう。

オーウェルの予言の答え合わせはもう充分だろう。今現在の世界をオーウェル的世界からどれだけ隔たっているか（あるいは近づいているか）を計測する態度は、オーウェル的なディストピアと現在固有の（オーウェル的でない）ディストピアという両方の側面に着目する複眼的な視点を持たなければ意味をなさない。それどころか、そうした態度は、私たちが住む世界をオーウェルが描いたディストピアに比べればマシな世界として自らを慰める、（ふたたびピンチョンの表現を借りるのであれば）「政治的な怒りを失い、〝世の現状〟を弁明する言い訳がましい人間の一人に成り下がる」危険性を常に秘めているという点で、有害ですらありうる。[13]

言い訳がましい現状肯定のための便利なツールとしてではなく、現実に対峙する一つの武器として、言い換えれば、現状を支配する装置《システム》を多角的に批判し変更を迫るための武器として、『一九八四』は今こそ読まれる必要がある。

12　平和博「フェイスブックはアルゴリズムを操作して選挙結果も動かせるのか」 https://www.huffingtonpost.jp/kazuhiro-taira/facebook-2_b_5562503.html

13　前掲書、「解説」、四九九‐五〇〇頁

一九八四《いち きゅう はち よん》

2024年9月24日　第1刷刊行

著者　ジョージ・オーウェル

訳者　山形浩生《やまがたひろお》

発行者　太田克史《おおたかつし》

編集担当　片倉直弥《かたくらなおや》

校閲　鷗来堂《おうらいどう》

発行所　株式会社星海社
〒112-0013
東京都文京区音羽1-17-14 音羽YKビル4F
TEL: 03-6902-1730
FAX: 03-6902-1731
https://www.seikaisha.co.jp

発売元　株式会社講談社
〒112-8001
東京都文京区音羽2-12-21
販売: 03-5395-5817
業務: 03-5395-3615

印刷所　TOPPAN株式会社

製本所　大口製本印刷株式会社

ISBN978-4-06-537091-9 N.D.C.933 447p 19cm Printed in Japan